赵小赵 著

湖南文艺出版社　博集天卷

·长沙·

© 中南博集天卷文化传媒有限公司。本书版权受法律保护。未经权利人许可，任何人不得以任何方式使用本书包括正文、插图、封面、版式等任何部分内容，违者将受到法律制裁。

图书在版编目（CIP）数据

消失的第十七个春天 / 赵小赵著. -- 长沙：湖南文艺出版社, 2025.7. --ISBN 978-7-5726-2509-1

I. I247.5

中国国家版本馆 CIP 数据核字第 20252QH235 号

上架建议：畅销·小说

XIAOSHI DE DI-SHIQI GE CHUNTIAN
消失的第十七个春天

著　　者：赵小赵
出 版 人：陈新文
责任编辑：张　璐
监　　制：邢越超
策划编辑：刘　筝
特约编辑：王　屿
营销支持：周　茜
封面设计：沉清 Evechan
版式设计：潘雪琴
内文排版：百朗文化
出　　版：湖南文艺出版社
　　　　　（长沙市雨花区东二环一段 508 号　邮编：410014）
网　　址：www.hnwy.net
印　　刷：三河市天润建兴印务有限公司
经　　销：新华书店
开　　本：640 mm×915 mm　1/16
字　　数：264 千字
印　　张：19
版　　次：2025 年 7 月第 1 版
印　　次：2025 年 7 月第 1 次印刷
书　　号：ISBN 978-7-5726-2509-1
定　　价：52.00 元

若有质量问题，请致电质量监督电话：010-59096394
团购电话：010-59320018

目录 contents

序章　　　　　　　　　/ 001

阿兹特克死亡之哨　　　/ 011

厂区少年　　　　　　　/ 055

连环杀手　　　　　　　/ 099

嫌疑　　　　　　　　　/ 149

青春之刺　　　　　　　/ 197

走不出来的春天　　　　/ 253

如果你曾歌颂黎明，那么也请你拥抱黑暗。

——题记

序章

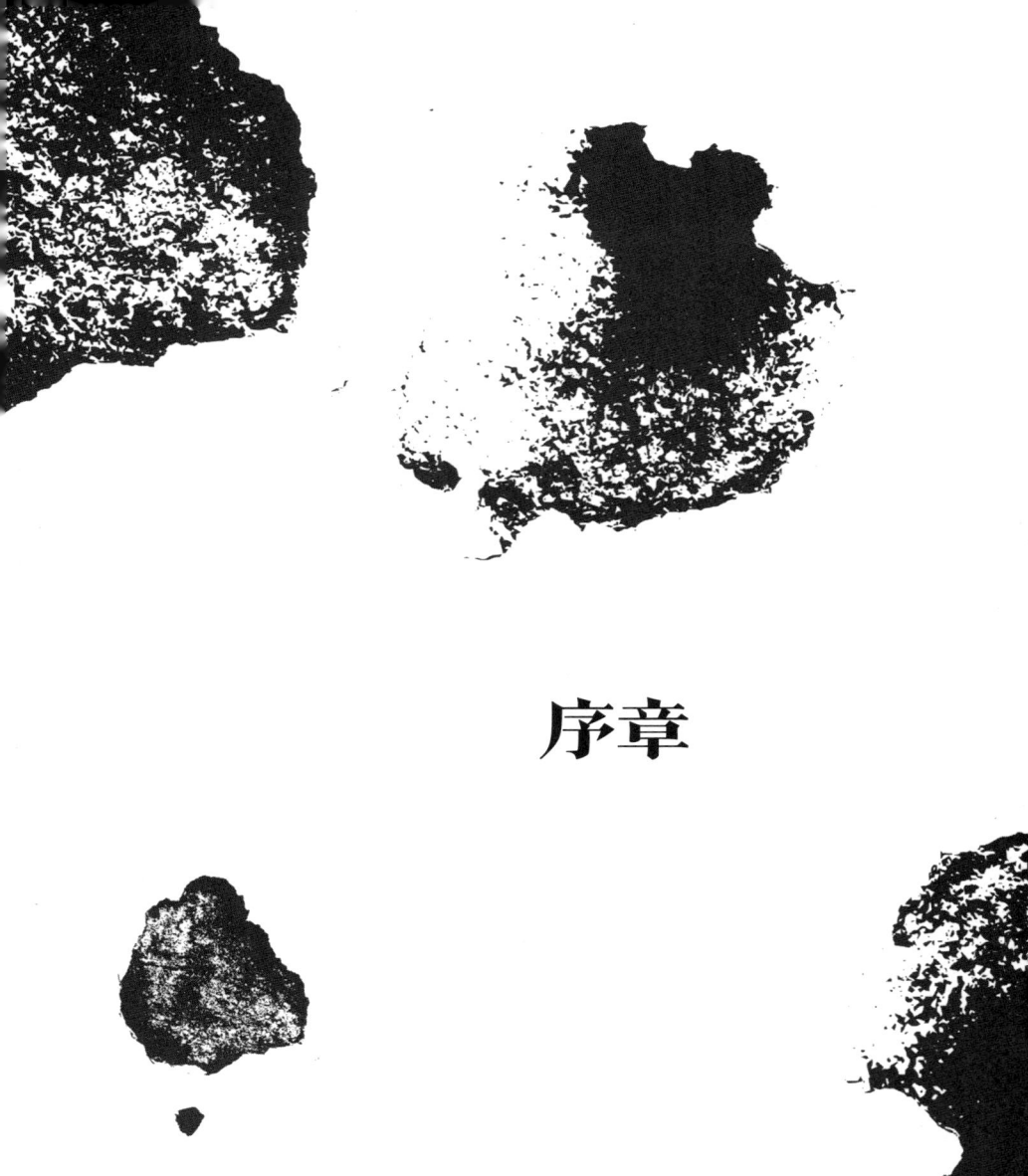

"假设人生轨迹如同铅笔画,能被橡皮轻易擦拭干净,你最想擦掉哪一段?"我忘了是在哪里看见这句话的,也许是在某篇鸡汤文中,也许这是一句冷僻的电影台词,还有可能这是从我自己的大脑沟回里胡乱生长出来的。学生时代的我自由散漫,字迹潦草不堪。每次老师检查我的作业,都能挑出一堆错别字。比如,我总是把汨罗江的汨写成汩,把按部就班写成按步就班。那时我的抽屉里有很多花花绿绿的橡皮,有的还带有香味,就是为改正错别字准备的。正因为有恃无恐——反正错了可以擦掉重写,我那个粗枝大叶的臭毛病一直延续到高中毕业才自愈。我至今都很纳闷,人类都快要登陆火星了,科学家为什么还没有发明出一种能擦掉记忆的时间橡皮?在我看来,这个世界很大程度上把回忆美化了。只要提起过往,很多人的眼神会瞬间变得柔和,脸上散发出光,语调跟午夜收音机里的女主播一样矫情,甚至连小时候被狗咬了一口都能说成是幸福的伤疤。我固执地认为,这其中有不少表演的成分——人们总是力图表现自己对故乡和故人的依恋,凸显一种与工业社会格格不入的人文情怀。如果穿越到过去,大部分人依旧会嫌弃故土,和父母吵架,跟老师对抗,与朋友交恶。

我笃信,回望来时路,每个人或多或少都会留下一些渴望擦掉的污点,如同作业本上的错别字。至少我本人是如此。确切地说,我想要擦掉的那段人生轨迹并不算污点,称为一段晦暗的经历似乎更合适。那是2012年春天发生的事,我还在读高二,只有十七岁。后来每次高中同学聚会,大家都对这段往事讳莫如深,避而不谈,仿佛那个阳光如血的春天真的被时间橡皮擦掉了,从大家的集体记忆中完全消失了。

然而，消失只是一种自欺欺人的假象。我至今仍无比清晰地记得当时的每一个细节，它们仿佛一段不曾生锈的铁轨，在记忆的隧道里熠熠生辉。我生命中的第十七个春天是如此魔幻，不仅彻底改变了我的命运，并且在时隔十二年后，如同黄金矿洞里窜出的红毛鬼怪，再次张牙舞爪地朝我扑来。

十八岁那年我考入星城警察学院侦查系，大四时保送公安大学犯罪心理学研究生，毕业后在省厅犯罪研究中心悬案股工作，刚被提拔为股长。男人的传统美德，诸如幽默、风趣、儒雅、浪漫、善解人意，我统统没有，那些让女人嫌弃的臭毛病我倒是集于一身。2024年春天，我调入蓝裙子系列杀人案的专案组，担任了副组长。

专案组组长叫赵卫国，是星城屏江区公安分局局长，脸上很少有表情变化，就像戴了一副三星堆的青铜面具。他在武警某边防支队缉毒大队服过役，和我父亲姚建宏是战友，我父亲还救过他的命。1988年夏天，星城的一个大学生合唱团去芒康边防检查站慰问。这个检查站的四周都是茂密的热带雨林，距离熊人谷垭口不到十里①。熊人谷方圆五百多公里，是一处尚未开发的生命禁区，山高林深，瘴疠横行，毒虫猛兽遍地。大山横亘国境线，毗邻金三角，地形复杂，因而成为境外向国内走私毒品的一条重要通道，活跃着十几个大大小小的武装贩毒组织。父亲他们进山围剿过多次，但毒贩一见到部队，就化整为零往境外逃窜，因此围剿扫毒效果甚微，只能以防堵为主。

武警官兵和大学生年龄相仿，合唱团到来那天，芒康检查站载歌载舞，青春的火花闪耀，气氛非常热烈。但演出刚进行到一半，突然起了大雾。毒贩最喜欢趁这种天气武装冲关，安全起见，合唱

---

① 市制长度单位，1里为150丈，合500米。

团紧急下撤到几公里之外的缉毒大队驻地。在清点人数时，大家发现少了一个叫梁奇志的成员，他是星城化工学院的一名大二的学生。当时我父亲和赵卫国是缉毒大队尖刀班的正副班长，接到命令后，两人立即带上尖刀班到芒康检查站附近的密林里寻找梁奇志，但直到天黑都没有找到人。父亲判断，梁奇志很可能是在雾中迷失了方向，误入熊人谷。

人多目标大，容易遭到武装毒贩的伏击。父亲让赵卫国带战士们返回驻地，打算只身潜入熊人谷寻找梁奇志。赵卫国不放心，非要跟我父亲一起去。两人是屏江老乡，多次出生入死执行缉毒任务，关系好得可以穿一条裤子。父亲拗不过赵卫国，只好带上他，趁着天黑潜入熊人谷。半夜时分，他们终于在一条山沟里找到了冻得瑟瑟发抖的梁奇志。一问才知，在合唱团下撤之际，梁奇志端起照相机想拍几张芒康检查站的远景，他觉得雾中的执勤官兵像是置身一幅水墨画中，很有诗意。结果拍完照片后，雾越来越大，他看不见合唱团和检查站了，于是慌不择路地钻进了雨林里，在里面瞎转悠了半天，又一头闯入了熊人谷。父亲没有责备梁奇志，这些大学生到条件艰苦的边防来慰问缉毒官兵已经很了不起了，作为尖刀班的班长，他有义务、有责任把梁奇志安全带回去，否则就是失职。而且，父亲从梁奇志的口音中听出来了，这名大学生也是屏江人。老乡在边境生死线上相遇，自然格外亲切。就这样，父亲和赵卫国一前一后护卫着梁奇志往回走。熊人谷中不仅有贩毒组织的秘密营地，还有战争年代埋设的地雷和挖掘的陷阱，他们借助微弱的月光，每走一步都小心翼翼。

然而，父亲怎么也没想到，这段看似不太遥远的路，他们竟然走了整整十四天！

梁奇志的身上携带了一部海鸥牌照相机，在那个年代这可是奢侈品。在迷路时，他把镜头盖弄丢了。返程前，父亲要梁奇志把照相机扔了，他说镜头会反光，容易暴露他们的位置。梁奇志不肯，说照相机不是他个人的,是合唱团的集体财产,只是归他保管,负责给慰问演出拍照,他要是扔了可赔不起。父亲有点气恼,问他命重要还是照相机重要,梁奇志那时还是个刚满二十岁的愣头青,说:"都重要!"赵卫国也觉得这么高级的东西扔了可惜,他说:"这不是大白天,没阳光,小心点应该没事。"

赵卫国这样说也是有点私心的,当时他交了个女笔友,老让他寄照片。芒康检查站离县城有好几十公里,他哪里有空去拍照?所以这事就一直拖着。现在有了梁奇志的这部照相机,他回驻地后就可以拍几张威猛的照片寄给女笔友了,彻底俘获她的芳心。见赵卫国求情,我父亲也就默许了。

正是这一妥协,差点要了三个人的命。

回撤途中,他们在国境线附近发现了一桩毒品交易。量很大,大约有五十公斤海洛因。交易双方有十几个人,都带着枪。虽然父亲和赵卫国都想抓住这伙毒贩,但考虑到敌众我寡,还带着梁奇志,他们就打消了这个念头。当卖方打开皮箱,露出里面的一沓沓钞票时,从没见过这么多钱的梁奇志惊呆了。他情不自禁地端起照相机,想记录下这种让人血脉偾张的场面。但他在拍摄时过于紧张,忘了关闭闪光灯。在他按下快门的瞬间,一梭子弹射了过来。梁奇志躲在树后,没有被子弹打中。蹲在他旁边的赵卫国身前没有任何遮挡物,如果不是被我父亲一个虎扑推倒在地,肯定会当场殒命。父亲却因此被一颗子弹打碎了右腿膝盖,他当时还勉强能行动,命令赵卫国:"你们俩先走,我断后!"但赵卫国坚决不肯丢下我父亲,他对梁奇志说:"你扶着姚班长,我来掩护。"

梁奇志架起我父亲就跑,父亲挣扎着吼道:"赵卫国!老子是班长,听我的!"赵卫国说:"少给老子来这一套,要活一起活,要死一起死。"父亲又对梁奇志说:"快把我放下,带着我是个累赘,让我留下来阻击,干掉一个保本,干掉两个赚一个。"梁奇志没有依我父亲的话,他气喘吁吁地说:"你们是为了救我才遇险的,我要是把你丢下,还是个人吗？"

父亲一路骂骂咧咧，梁奇志与赵卫国充耳不闻，一个拼命架着父亲跑，一个奋勇阻击。毒贩急于销毁梁奇志拍摄的毒品交易现场的照片，又见他们只有三人，因此穷追不舍。蛰伏在深山老林里的各个贩毒组织闻风而动，以为熊人谷潜入了前来侦察的武警官兵，于是纷纷派遣武装分子围追堵截。为了摆脱毒贩的疯狂追杀，父亲在和赵卫国商量后，放弃了按原定路线回撤的计划，带着惊魂甫定的梁奇志，掉头钻入了茫茫的热带雨林深处。天亮后，他们坐在茅草地上休息。

父亲对赵卫国说："你脑袋被门板夹了，管我干吗？老子一光棍汉，又是残废，死了就死了，你还有女朋友在等着你呢。"赵卫国说："什么女朋友，就通过几次信，八字还没一撇呢。幸好还没处对象，不然'光荣'了还得让人家伤心。"父亲把鲁莽的梁奇志骂了个狗血淋头后又夸他："你小子有种，要是来当兵，肯定能立功。"梁奇志说："我是屏江5731厂的，上高中时跟校外的小混混打过一次架，在派出所挂了号，考军校时政审没过，被刷下来了。"

赵卫国一听梁奇志是5731厂的，连忙从口袋里掏出女笔友的照片，问他："你认识这个姑娘吗？也是你们厂的。"梁奇志看见照片后乐了，说："这不是我高中的同班同学倪娟吗？"父亲感叹道："咱们仨真有缘分，老天爷一定不会让我们死的。"

那时候缉毒官兵被称为最可爱的人，每天都有很多女大学生给他们写信，在星城医学院读书的倪娟就是其中一位。赵卫国不断向梁奇志打探倪娟的情况，问他："她有照片上漂亮吗？"梁奇志说："比照片上更漂亮，是我们班的班花。"赵卫国又问："那你怎么不追她？"梁奇志笑了："我这种爱打架出风头的，她哪里会看得上？我有自知之明，就不自取其辱了。"父亲盯着那张照片反复看，羡慕地说："要是有个这么漂亮的女朋友，老子可舍不得死，爬也要爬回去。"

梁奇志拿起照相机，要给父亲和赵卫国照几张相，他许诺回去后，会亲手把这些照片交到倪娟手中。

赵卫国犹豫着说:"班长,咱俩现在这个样子太窝囊了,不像缉毒英雄,倒像狗熊,要不还是等回去后,刮了胡子、洗了澡,换身干净的军装再照吧。"父亲瞪眼道:"那还是当兵的吗?那是唱戏的相公!你不照我照,老子可把丑话撂到前头,那个姑娘要是看中了我,没看中你,你别悔断肠子。"

赵卫国被我父亲一激,说:"照就照,谁怕谁呀!她要是能看上你这歪瓜裂枣,老子一定成人之美。"

梁奇志用掉了整整一个胶卷给父亲和赵卫国照相。其间还开启照相机延时功能,三人拍了几张合影。当时他们其实是带着拍遗照的心情来照相的,在这个生命禁区,活着回去的希望太渺茫了。他们除了要躲避毒贩的搜捕,还要面对热带雨林里的瘴气、沼泽和毒虫猛兽。尤其是父亲,他的情况非常糟糕,伤口很快就溃烂了,每隔几个小时,他就要用手指把蛆虫从流脓的伤口里一条条抠出来。感染让他发起了高烧,还不断抽搐,完全丧失了行动能力。赵卫国用刺刀就地取材,做了一副简易担架,他和梁奇志抬着父亲在密不透风的丛林里艰难跋涉。途中几次遇到小股毒贩,每次都是侥幸脱险。梁奇志在大学接受过军训,还是学校的体育健将,他从毒贩的尸体上捡了一支冲锋枪和几颗手雷,把自己武装了起来。在这种绝地求生的特殊环境中,梁奇志很快就掌握了各种军事技能,开枪和投弹越来越像一个老兵,这也大大减轻了父亲和赵卫国的压力。他们饿了吃有虫卵的野果子,渴了喝有蚂蟥的泉水。在十四天艰苦卓绝的行军后,三人奇迹般地穿越熊人谷,回到了芒康检查站。事后父亲才知道,支队首长派了好几支小分队进熊人谷寻找他们,但都一无所获。支队的所有战友,包括合唱团的成员,都以为他们已经"光荣"了。看到面黄肌瘦、衣衫褴褛的三人突然出现在眼前,大家都冲过来,抱着他们又哭又笑。

父亲被紧急送到野战医院做手术,本来是要截去他的右腿的,父亲死活不让。医生说，如果不截肢，感染继续扩大会危及生命。父亲口里念出梁奇志教他的两句诗："生命诚可贵，爱情价更高。"听得医生一头雾水。父亲拿出从赵卫国那里偷来的倪娟的照片，嘿嘿笑着说："这是我的未婚妻，我成残废了，婚事就吹了。"

医生被父亲的话打动，保留了他的右腿，只在他的膝盖里植入了钢钉和钢板。奇迹再次发生了，父亲的感染不仅得到了有效的控制，而且半年后就伤愈归队了。

父亲这次穿越鬼门关，拯救大学生的经历的传奇程度，不亚于我后来看过的好莱坞影片《拯救大兵瑞恩》。父亲、赵卫国和梁奇志也因此成了生死之交，如果不是还在部队上，三人早就拜把子了。梁奇志没有食言，回星城后，他把洗印出来的父亲和赵卫国的照片，亲自交到了倪娟手中。倪娟被三人的故事感动得泪流满面，但让赵卫国非常郁闷的是，见到照片后，这名女大学生竟然对我父亲一见钟情了。从此她寄到边防的信，不再是给赵卫国的，而是给我父亲姚建宏的。父亲一开始还有点不好意思，觉得自己是夺战友所爱，不愿意回信。赵卫国不乐意了，说："平常你老吹牛自己是个爷们，怎么一碰到女人就蔫儿了？你再这么畏畏缩缩的，老子就给倪娟写信，说你被子弹伤了蛋蛋，成太监了。"父亲抬起刚刚好利索的右腿，朝赵卫国的屁股上狠狠踹了一脚，怒骂："你才是太监！"

就这样，父亲和这名女大学生好上了。倪娟就是我的母亲，她大学毕业后回到5731厂职工医院当了医生。婚后，父亲问母亲："梁奇志在热带雨林拍照时，我的右腿血淋淋的，残废的可能性非常大，为什么你会看上我？"母亲说："我是学医的，看见伤员，心里便油然生出一股悲悯情怀，很心疼你，想照顾你这位缉毒英雄。"

一次酒后，父亲把母亲的这个解释告诉了赵卫国，这家伙大言不惭道："我就说呢，老子一表人才，三天不洗脸都比你俊，她怎么会眼瞎？原来你小子是占了腿伤的便宜，她怕你以后找不到老婆，可怜你。早知道我也给自己的腿上来一枪，就没你小子什么事了。"

父亲经常跟我讲述他的这段光辉岁月，那是他人生中最高光的时刻，足以照亮一生。我无数次在父亲的回忆中热血沸腾，但直到2024年春天我才知道，这个故事是不完整的，被父亲有意删掉了一部分内容。而缺失的这部分，如同看不见摸不着的核辐射，对我的青春期，乃至人生，造成了极其重大的影响。

阿兹特克死亡之哨

一

南方的早春阳光纯净，天空瓦蓝，风轻柔得像刚刚弹出来的棉花，整座城市则如同一个发酵得恰到好处的荞麦馒头，蒸腾出香甜诱人的气息。启明路的百年法国梧桐树像一个个不老的妖精，把斑驳而奇幻的光影洒在屏江区公安分局的办公室里。喝着巴拿马翡翠庄园的瑰夏咖啡，眺望着汨罗江对岸苍翠欲滴的介山，我有种很强烈的不真实感。十二年前，我曾经是蓝裙子系列杀人案的头号嫌疑人，如今却成了这个专案组的副组长。幸亏当年没有确凿的证据，这一"污点"也没被记入我的档案，不然我连警察都没资格考。我这个人从小自由散漫，不喜欢被约束，无组织无纪律惯了，对制服之类的衣服向来不感兴趣，觉得穿在身上特不自在。高考填写志愿时，我原本想填历史专业，之所以改变初衷报考警察学院，就是遗传了父亲一根筋的毛病——我发誓要侦破悬案，摘掉扣在自己头上的屎盆子，我不想一直臭大街。但大学毕业前我受了一次重伤，差点把小命给弄没了，身体不适合到一线工作，只好读研。那次受伤的经历让我至今心有余悸，我能活到现在完全是因为走了狗屎运。

大四那年的国庆小长假，我和五位室友去湘西背包游，其中有魏大龙和肥仔。在一座叫里耶的小镇，我在和一名中年男子擦肩而过时，闻到他身上有股枪油味。看他的着装打扮和举止，不像是便衣警察或军人。当时魏大龙和肥仔他们在上厕所，我恰好又把手机留在了旅馆充电，只好一个人尾随着那名可疑的男子。大约跟踪了三个小时，那家伙进了武陵山深处一个隐蔽的溶洞。我没敢跟进去，就在附近转悠，结果找到了两个弹壳。弹壳做工很粗糙，应该是自制的。

我意识到这里可能是个地下黑枪制造工厂，准备回镇上报警。溶洞里却突然冲出来三名壮汉，手里都拿着枪，他们说着我听不懂的土话，恶狠狠地扑向我。我见势不妙，撒腿就跑，他们在后面穷追不舍，还不断冲我放枪。我感觉腰部一热，知道自己中弹了。又跑了几百米，我再也坚持不住了，一头栽倒在地，不省人事。等我醒来时，已经在星城人民医院了，而且是三天后。守候在床边的是魏大龙，胡子拉碴，眼睛通红。他说我失联后，他们五个一路找老乡打听，发现我独自进了深山，就找了过来。听到枪声，他们赶到现场，看见我躺在地上，浑身是血，三名壮汉正在检查我的背包。他们悄悄接近，以迅雷不及掩耳之势将三名持枪壮汉扑倒，然后把已经休克的我送到了龙山县人民医院抢救。

因为伤势太重，我又被紧急转送到了星城人民医院救治。医生诊断后，说我的体内有二十多颗钢珠弹，多脏器受伤，脾脏破裂，并给我下了病危通知单。我在昏迷期间，经历了两次大手术，体内的钢珠弹被医生成功取出。

我醒来时，母亲去门诊大厅缴费了。魏大龙守在病床旁，带着哭腔说："良子，你以为是进村里抓鸡呢？一个人就敢跟踪枪贩子，你差点死在那鸟不拉屎的地方知道不？"我说："跟你们花同样的钱，老子多玩了一个景点——去鬼门关转了一圈，真值。"魏大龙破涕为笑，说："是不是阎王爷嫌你小子长得埋汰，所以紧闭地府城门，怕放你进去拉低鬼卒颜值？"我不顾手上还扎着输液针头，一巴掌拍在他脑门上，说："滚，有多远给老子滚多远！"

魏大龙是我的室友，也是我的发小，我们从小就互相挖苦贬低。我骂他蠢，他嫌我丑，我们一本正经说过的话不超过九百句。其实他不蠢，脑瓜子挺灵泛；我虽然不帅，但也不至于有碍市容。从孩提时代起，魏大龙就跟牛皮糖似的黏着我，甩都甩不掉。他报考警察学院的目的跟我完全不同，就是想跟我在同一所学校，继续我们的伟大友谊。警方后来捣毁了那个藏匿在溶洞里的地下兵工厂，我也因为这一英勇事迹被保研，毕业后去了省公安厅犯罪研究中心悬案股，主要工作是整理档案、写研究报告，比较闲。身体逐渐恢复后，我不安分了一把，趁着到县城公安局缉毒支队调研，临时客串了一次卧底——冒充一个体貌特征跟我接近的毒贩去跟上家交易。这个毒贩绰号排骨，已被警方抓获，但他的上家还不知情。当时在外围负责接应我的就是魏大龙和肥仔，彼时两人都在缉毒支队工作。肥仔就是在这次行动中牺牲的，时年二十七岁，刚度完蜜月。肥仔牺牲的责任不在我，完全是个意外。我正要和排骨的上家接头时，附近恰好发生了一起扒窃案，失主报了警。一辆110巡逻车呼啸而来，排骨的上家以为警察是来抓他的，当即从身上掏出一颗手雷准备往人堆里扔，想制造混乱后逃之夭夭。肥仔猛扑上去，把毒贩和手雷都压在了自己壮硕的身体下面。手雷爆炸，毒贩身首分离。肥仔重伤，没能抢救过来。

2024年3月下旬，我去专案组指挥部所在地——星城公安局屏江区分局报到时，魏大龙是该分局刑侦大队的大队长。他老抱怨是我挡了他的升迁之路，说如果我不来凑这个热闹，他就是专案组的副组长了，一旦蓝裙子系列杀人案告破，他肯定立一等功，警衔能从一级警司晋升到三级警督。我说："屁，要不是老子那次跟枪贩子浴血搏斗，让你小子沾了点光，你毕业后能留在星城市局当缉毒警？早分配到乡下派出所抓赌去了。"

报到那天中午，梁奇志请我和赵卫国到屏江区的四季鲜大酒楼吃火锅。本来我和赵卫国都不想去，但梁奇志说："别的饭都可以不吃，这顿饭非吃不可。"他还请了我父亲。梁奇志在四季鲜要了个豪华包厢，三人摆了四个座位，空的那个是给我父亲准备的，也是主座。

去年秋天，父亲去世了，脑出血。梁奇志带来了两瓶茅台和一条软中华，都是父亲的最爱。我借花献佛，给父亲倒了杯茅台，又敬了根软中华，说当年往我头上扣屎盆子的那名凶手又出现了，我调入专案组，就是要亲手把那个王八蛋缉拿归案，叫他老人家在九泉之下安息。我的这番话也是对赵卫国和梁奇志说的，父亲至死都认为我就是真凶，他疾恶如仇，多次咬着牙对两位生死之交说：不亲眼看见我这个孽子伏法，他死不瞑目。

从2012年春天起，我们的父子关系就名存实亡了。在我面前，父亲就像个阿尔茨海默病晚期患者，彻底丧失了语言功能，直到去世，他也没再跟我说过一句话。父亲甚至在生前留下遗嘱，如果他死在我前面，不许我参加他的追悼会。但我还是参加了，我看见他躺在冰棺中，神情并不安详，眼睛微眯，一脸怒容。我梦见过父亲许多次，次次都是他拿枪撵着我到处跑。我说我不是凶手，他死活不信。最后都是我被他一枪射穿心脏，在疼痛中醒来。

微醺之际，我把刚发生的一起案子告诉了父亲。

2024年3月17日，屏江区水电泵厂宿舍发生了一起案件，受害人是一个叫王海英的少妇。上午九点半，她从外面买菜回来，被一名陌生男子尾随入室。该男子戴棒球帽和大号口罩，穿运动服和球鞋，说普通话。进门后他立即戴上手套，从黑色背包里拿出一件蓝色碎花连衣裙，命令王海英换上，并强迫她解开自己的胸罩交给他。王海英吓得大喊大叫，男子掏出一支手枪让她闭嘴，不然就打死她。王海英被迫穿上蓝裙子后，该男子又从背包里拿出了一支玫瑰色的口红和一瓶紫罗兰色的指甲油，命令她按照他的要求化好妆。在王海英化妆期间，该男子取走了她放在钱包里的身份证，还从她家的冰箱里拿出了一瓶绿茶。就在他摘下口罩喝茶时，王海英的一个男性朋友刚好过来敲门。王海英立即大声呼救，该名男子慌忙朝她开了一枪，然后跳窗逃跑了。幸运的是，那颗子弹并没有打中王海英。

在这起案件中，王海英没有丢失任何财物，身体没有遭受任何伤害，但她的身份证和从她身上取下的胸罩都被犯罪嫌疑人带走了。对了，犯罪嫌疑人还带走了自己喝了几口的绿茶。事后魏大龙在勘查现场时，在水电泵厂的女厕所旁边找到了王海英丢失的身份证和胸罩，但没找到那瓶绿茶。

案发当天,我去过现场,是魏大龙叫我去的。水电泵厂20世纪90年代就已倒闭,宿舍是那种老式的筒子楼,仅住了一些退休老职工。现年三十五岁的王海英住在一楼最东端,隔壁两间房都没住人。她并非本厂职工,而是外来租户,她自称是卖保险的,但警方的走访调查表明,她其实在以卖保险为名行苟且之事,客户都是中老年男性。她的口供也不完全真实,敲门的那个男人并非她的朋友,而是一名叫于永胜的嫖客,六十出头,是蔬菜公司的退休职工。两人在头一天就已约好,案发当天上午十点左右交易。王海英一次收费一百,别的行当节假日都涨价,她却打八折,薄利多销。魏大龙笑称,她倒是真卖保险套,一个十块。她已经进了看守所,很可能要转行踩几年缝纫机。

我环视王海英租住的房间,窗台上趴着一只正在晒太阳的花猫,魏大龙说那是王海英养的宠物。我突然想到了中学同学许默然,我一直怀疑他懂猫语,如果他在,说不定能从猫嘴里套出一些有价值的线索。魏大龙是我肚子里的蛔虫,叹息一声说:"别做梦了,喵星人都走了五年了。"他继续介绍,案发时,一支由大妈组成的舞蹈队在厂区跳科目三,喧闹声掩盖了歹徒的枪声。

我看见墙根处有个弹孔,魏大龙说弹头已经取出来送去做鉴定了。经他目测,应该为5.8毫米手枪弹。就在去年中元节的晚上,屏江区也发生了一起枪击案,至今未破。康复医院一名叫李霞的护士下夜班回家,走到月池塘时,前来接她的丈夫发现后面有可疑男子尾随。该男子的穿着打扮和王海英案子中的犯罪嫌疑人完全一样,为了恐吓上前理论的李霞的丈夫,他朝地面开了一枪。案发后,技侦人员不仅在现场提取到了该男子射击时遗留的弹壳和弹头,还找到了一颗未击发的5.8毫米手枪弹,上面沾满已经凝固的血迹。经过弹痕检测,发现涉案枪支为2011年一名警察丢失的92式佩枪。

这起案子我知道,因为涉及丢失的一支警用手枪,省厅非常重视，特意抽调了几名刑侦专家协助屏江分局破案。当时专家组判断，持枪歹徒的作案动机应该是强奸。那颗未击发的子弹应该是从歹徒身上掉落的，上面的血迹来源不明，有可能是歹徒本人所留，也有可能是以前的受害人留下的。警方把从子弹上提取到的指纹和DNA样本输入数据库内进行比对，但都没有找到匹配的对象。据李霞及其丈夫描述，歹徒身高178厘米左右，体形中等。他戴了棒球帽和口罩，看不清楚长相。魏大龙说，他高度怀疑两起案件中的嫌疑人为同一人，子弹同为那支92式警用佩枪发射。这次歹徒之所以敢在王海英面前露脸喝茶，是没想过要留活口。但不巧遇到那个叫于永胜的男人来敲门，他在惊慌之下子弹射偏了。魏大龙还说，在王海英的案子中，犯罪嫌疑人的作案手法，跟十二年前的蓝裙子系列杀人案一模一样。唯一不同的是，这次受害人侥幸活了下来，十二年前的三名受害人则全死了。

2024年春天，我在王海英的这间出租屋里闻到了一股熟悉的味道，不是通过嗅觉，而是直觉。我很难解释清楚这是一种什么样的感觉，它可能来自我的记忆，还有刑侦经验。但我暂时无法解读，就好像这股味道被加密过，我需要更多的时间来破译。

两天后，弹痕检测结果出来了，印证了魏大龙的怀疑，两起枪案中的手枪为同一支。凶手的模拟画像也制作完毕了，现在可以证实，我确非2012年春天那三起系列杀人案的凶手，我基本可以摘掉扣在头顶的屎盆子了。我看了画像，这是一张丑陋的脸，充满戾气。我的心跳突然开始加速，呼吸变得急促，胸口越来越闷。我赶紧打开房间的窗户，大口呼吸新鲜空气，似乎再晚一点，再慢一点，我就会窒息在一场缺氧的回忆中。

二

几杯茅台下肚，赵卫国和梁奇志也开始对我父亲掏肝掏肺。赵卫国碰了碰父亲面前的酒杯,提起了我这几年协助破的几起案子,说实践证明,虎父无犬子,我是块当警察的好材料,不可能是凶手。他叮嘱父亲:"如果在阴间遇到被害人,得到什么线索,就赶紧托梦过来,让警方早点把案子结了。"梁奇志拍了拍那把空椅子,像是在拍打父亲的肩膀,他说:"老伙计,你在那边孤孤单单的,今年清明我给你烧个大姑娘过去。你别想歪了,我不是叫你犯错误,是让人给你洗衣做饭、烧水泡脚。你那条腿一到春天就犯风湿,都是我惹的祸,老子一辈子都欠你的情。"

梁奇志现在是奇志集团的董事长了,身家至少十个亿。在他的办公室里,至今还挂着一张放大了的照片,颜色已经泛黄,放在镏金的相框里。那是他跟我父亲和赵卫国在熊人谷热带雨林里的合影。三个人,三支枪,虽然头发乱得像野鸡窝,一身血迹斑斑,邋里邋遢,但牛得不行,很有精气神。

我去专案组报到的那天下午,屏江区分局刑侦大队召开了一个茶话会欢迎我,由赵卫国主持。大部分时间都是魏大龙在发言,拍我马屁的同时,顺便介绍了一下王海英那起案子的最新情况。魏大龙说,经鉴定,犯罪嫌疑人强迫王海英穿的飞天牌蓝色碎花连衣裙,是浙江宁波一家台资企业生产的,该款式于2006年4月上市销售,2015年8月已停产,不算海外客户,至今已销售了八万余件;犯罪嫌疑人没有来得及带走的口红和指甲油,均为厦门美兰黛化妆品有限公司的产品,于2005年7月开始生产销售,2019年6月停产;除了弹头和弹壳,以及几个四十二码的阿迪达斯牌球鞋印,犯罪嫌疑人没有在现场留下任何痕迹;从王海英被丢弃的身份证和胸罩上均没有提取到犯罪嫌疑人的指纹和DNA;犯罪嫌疑人从出租屋中带走的那瓶绿茶一直没有找到,可能是其担心从瓶嘴残留的口水中检验出自己的DNA,所以没有把瓶子扔弃在案发现场附近;根据追踪视频,犯罪嫌疑人是从桥头菜市场开始尾随王海英的,作案后又返回了这个菜市场,消失在了监控盲区。因为桥头菜市场周边正在进行大面积的拆迁改造,监控严重缺失，无法继续进行有效的视频追踪，线索就此中断。

魏大龙说完后，赵卫国补充了一点："犯罪嫌疑人在王海英案子中的作案手法，跟十二年前三起命案中犯罪嫌疑人的作案手法非常相似。犯罪嫌疑人遗留在四个作案现场的蓝裙子、口红和指甲油，也分别为同一牌子。并案后，蓝裙子系列杀人案从省厅挂牌督办的六号大案，升级为四号，限期一个月侦破。"

我坐在窗外照进来的阳光中，说："四号大案有些蹊跷。"赵卫国问："有什么蹊跷？"我说："月池塘枪击案发生在2023年8月底，那次犯罪嫌疑人作案未遂。可能是为了避风头，犯罪嫌疑人隐匿了半年才再次作案，这个理由说得过去。但犯罪嫌疑人之前三次作案都发生在2012年3月和4月间，作案频率非常高，之后就销声匿迹了。十二年后，犯罪嫌疑人才重新作案，这是为什么？"赵卫国说："这个问题我也想过。最初我怀疑犯罪嫌疑人可能是犯事了，蹲大牢了，2023年才出狱。但想想又觉得不对，如果他进去了，肯定得采集生物样本，不可能比对不出来——除非月池塘枪击案中留在子弹上的指纹和血迹，不是犯罪嫌疑人本人的。"

魏大龙问："有没有可能是模仿作案，李霞和王海英的案子，并非十二年前的那名凶手干的？"他接着分析道："十二年前的三起命案都发生在5731厂家属区，没有涉枪，受害人都死了。而李霞和王海英的案子发生在屏江城区，犯罪嫌疑人都开了枪，受害人都活着。2012年春天发生的蓝裙子系列杀人案曾轰动一时，媒体广泛报道，案件细节悉数公之于众，从理论上来说，模仿作案并非难事。"

魏大龙的话音刚落，大家纷纷把目光投向我。我明白那些目光中的意味，在四季鲜吃火锅时，赵卫国就提醒过，我调到专案组当副组长，局里很多人是有想法的。特别是基层刑警，认为我是学院派，只会纸上谈兵。要不是魏大龙强行把大家的这股怨气压下去了，我恐怕要碰不少软钉子。

赵卫国很响地喝了一口茶，对我说："谈谈你的看法吧。"我没急着阐述自己的观点,先点了一根芙蓉王,缓缓吐出一口烟才说:"模仿作案仅存在理论上的可能性,实际上不可能。"魏大龙问:"为什么不可能?"我说:"从犯罪心理学来分析,犯罪嫌疑人模仿作案的动机大都是为了转移警方的侦查视线,以便保护自己。但在李霞和王海英的案子中,犯罪嫌疑人公然开枪,拿的还是一支丢失的警用手枪。犯罪嫌疑人不可能不知道,案子一旦涉枪,警方必定会不惜一切代价全力侦办,这对他非常不利。"赵卫国点头说:"模仿作案的动机确实不够充分。"

我继续说:"作案地点的改变,可能是因为十二年前的作案地点已经没有合适的作案目标了。李霞和王海英能够死里逃生,正是因为作案环境改变了,犯罪嫌疑人的行凶难度加大了。"魏大龙问:"那2012年春天后,犯罪嫌疑人为什么会停止作案长达十余年?"我说:"有三种可能——第一,他出国了,去留学或者工作;第二,他生了某种大病,花了十余年才治好;第三,他找了个女朋友或者老婆,生理需求暂时得到了满足,但从2023年夏天开始,他又成了光棍,克制不住自己的欲望了。不过,犯罪嫌疑人的作案动机,是不是为了满足其变态的生理需求,这点很难下定论。"

我看见魏大龙的表情略微有些惊讶,因为之前警方一直认为凶手的作案动机就是其变态的性需求。

魏大龙反问:"不为裤裆里的那点事,那犯罪嫌疑人作案是为了什么?"没等我回答,他又说:"蓝裙子系列杀人案中的受害人都没有丢失任何财物,首先可以排除是抢劫,情杀和仇杀更不可能,五起案子时间跨度长达十二年,受害人的生活也没有什么交集,犯罪嫌疑人不可能跟她们都有情感纠葛或个人恩怨。"

我弹了弹烟灰,说:"从犯罪心理学来分析,凶手在年少时选择成年女性作案,要么是憎恨成年女性,想要实施报复,要么是有俄狄浦斯情结,迷恋成年女性。他的原生家庭一定是不幸的,在他眼里,母亲有可能是个坏女人,深深伤害过他。也有可能他母亲非常优秀,但死于某种意外，让他久久不能释怀。总之，他的母亲不是魔鬼，就是天使。还有一种可能，犯罪嫌疑人曾经喜欢过一个身穿蓝裙子，涂了玫瑰色口红，十指涂抹紫罗兰色指甲油的女孩。但后来这个女孩出于某种原因离他而去了，犯罪嫌疑人的精神受到强烈刺激，他把受害人打扮成那个女孩的样子，或许就是为了纪念那段美好的情感。不管怎么说，既然是连环杀人案，五起案件就一定有个共性。"

赵卫国来了兴致，问我："那你觉得这个共性是什么？"

我苦笑着摇头说："五名受害人虽然均为女性，但年龄、长相、身材、学历、职业和家庭背景各异，甚至还有城乡差别——王海英是农村户口。她们却都成了犯罪嫌疑人的作案目标，他这审美也太多样化了吧，实在难以找到共性。"

在座的刑警都笑了，会议室里的气氛顿时活跃了不少。

我继续说："从犯罪嫌疑人的模拟画像来看，他三十岁左右。十二年前，他就算还未成年，也接近成年了，已经具备了实施性侵害的生理条件，但他为什么没有性侵当年的受害人？难道他有生理方面的隐疾？或者，他有某种心理问题，觉得性交很肮脏？从犯罪嫌疑人作案时的古怪行为来看，我更倾向于认为他有心理疾病。"

赵卫国说："这两种可能性都应该排除一下，不耽误时间了，现在就开始查！"

我把专案组能调动的刑警分成三组，一组去医院的泌尿科、肾病科和男科查，不光是屏江区，整个星城地区的医院都得查，有证和无证的中医门诊同样要查；二组也去医院，但查的是心理门诊和精神科；三组去失足妇女群体中走访摸排，询问是否接触过有特殊癖好的男性。

布置完行动，我回到自己的临时办公室，把犯罪嫌疑人的模拟画像钉在了墙上。那张人脸像一只巨大的蝴蝶，扇动着翅膀，不断在我的脑海里飞来飞去，掀起一阵阵惊涛骇浪。犯罪嫌疑人虽然面相凶恶，眼神却很柔和，准确地说是波澜不惊，根本看不出平静之下隐藏了什么。毫无疑问，这是一个心思非常缜密的家伙，非常善于掩饰自己的喜怒哀乐。

由魏大龙亲自带队的第三组很快有了调查结果，他们走访的失足妇女群体，年龄从十八岁到五十五岁不等，得出的结论是：有特殊癖好的男人不少。比如有人喜欢cosplay①，要求失足妇女在服务时穿上校服或其他制服；有人担心染上性病，或者患有隐疾，在消费过程中只打擦边球，不会跟失足妇女发生实质性的关系；还有人恋足，甚至爱好SM②。但看了犯罪嫌疑人的模拟画像之后，这些失足妇女都说不认识上面的男子。

魏大龙一度怀疑王海英对犯罪嫌疑人的描述有误，受到强烈惊吓时，受害人是有可能发生认知错乱的。魏大龙带上画像专家，到看守所重新提审了王海英。她在里面住了几天，已经过了应激期，认知也许恢复了正常。魏大龙要王海英再次把凶手的体貌特征描述了一遍，他说："不着急，慢慢想，想清楚了再说。"王海英问："能给我一根烟吗？"魏大龙掏出抽剩的半包芙蓉王，全塞给了她。王海英点了一根后开始回忆，身体仍然止不住地发抖。魏大龙又给她倒了杯茶，说："别怕，我保证你还没出去，那家伙就进来了。"但令魏大龙失望的是，王海英描述完后，画像专家笔下的犯罪嫌疑人的模拟画像，跟之前的并无区别。

魏大龙不死心，又问王海英犯罪嫌疑人的穿着打扮。她说："他从头到脚都是阿迪达斯的牌子，背包、棒球帽和口罩都是黑色的，运动服是浅灰色的，球鞋是白色的。"

离开看守所后，魏大龙调取了案发当天桥头菜市场的视频，发现犯罪嫌疑人的穿着打扮确实跟王海英描述的一致。

也就是说，她的认知没有出错，模拟画像的可信度极高。

又过了几天，另外两组的调查结果相继出炉。这次由专案组总指

---

① 指通过换装、化妆、添加道具等方式进行角色扮演。
② 指性虐待。

挥程副厅长主持召开案情分析会,一组的廖武军说,他也担心王海英对凶手体貌特征的描述有误,所以在去医院走访调查时,没有完全依赖模拟画像。据医生反馈,有生理方面隐疾的男性主要为中老年人,未成年人和年轻人比较少。这种隐疾一般为慢性病,患者会多次前来治疗,留下的病案比较多。虽然医院已经给患者建立了电子档案,不需要翻阅手写病历,但工作量还是很大。一组的人员几乎是二十四小时连轴转,花了五天时间,才查阅完星城地区所有综合和专科医院的相关病案。中医门诊的病案比较少,查阅简单一些,但有些证照不齐全的中医诊所,特别是游医,很不规范,根本就没有给患者建档,他们只能通过询问来打听。迄今为止,还没有锁定犯罪嫌疑人的身份。

二组的李文俊说:"星城各医院的心理门诊和精神科都查过了,患者以患精神分裂和抑郁症为主,性心理出问题的很少,而且多集中在性取向方面。我们逐一摸排,挨个筛查,没有发现嫌疑对象。有个患者一度被我们怀疑,该患者有异装癖,喜欢穿裙子,用女性化妆品,曾多次戴上女性假发进入女厕所偷窥,还经常偷窃女性内衣。但查到他现年只有二十岁,十二年前才八岁,不可能制造连环杀人案,所以又被排除了嫌疑。"

程副厅长说:"看来只能进行拉网式排查了。把凶手的模拟画像下发到星城各街道社区,媒体和网络平台上也要发,做到全覆盖,无死角,无漏洞,无盲区。"

我在一旁抽着烟,没有急于开腔,继续听大家发言。这段时间忽雨忽晴,汨罗江边的菖蒲和艾叶被蒸腾出浓烈的香气,蔓延到了会议室里。赵卫国说,凶手虽然没有地方口音,但五起案件全发生在屏江。而且,他每次都能从容逃离现场,说明他对地形非常熟,应该是本地人,至少是屏江的常住人口。按画像找人,虽然笨了点,但可能是最有效的办法。

之前的调查受挫,让魏大龙有些气馁,他摇头说:"我对这种排查方式并不乐观。"程副厅长说:"那就谈谈你的高见吧。"魏大龙说:

"犯罪嫌疑人在2023年中元节晚上作案时，并没有人看见他的长相，但他隔了半年才继续作案，这说明什么？"赵卫国说："说明这家伙非常谨慎，是个老手。"魏大龙说："这一次，王海英亲眼看见了犯罪嫌疑人的长相，你们觉得以他的狡猾程度，他还会留在原地等待我们去抓捕吗？"赵卫国说："我们可以增加警力，在星城的各个车站、码头、机场，以及出城的各个路口布控，严防凶手外逃。"

魏大龙还是摇头说："意义不大。如果我是凶手，在得知王海英没有死之后，肯定会在模拟画像出来之前就逃之夭夭。现在布控，基本上是做无用功。"

程副厅长点点头："你说得有道理。犯罪嫌疑人绝对是高智商，反侦查意识很强，他不会坐以待毙，首选处理方式是立即逃跑。但也不排除一种可能，他会故意挑衅，留在原地跟警方周旋。即使暂时抓不到人，查清他的身份也是一大收获。"

我使劲嗅了一口从窗外飘进来的菖蒲和艾叶的混合气息，掐灭烟头说："我完全同意赵局和程副厅长的观点，大规模的排查和布控不是做无用功，而是非常有必要的。犯罪嫌疑人在半年之内连续两次开枪行凶，说明他非常狂妄自恋，气焰极其嚣张。他就地隐匿，跟警方玩猫捉老鼠的游戏是很有可能的。"

专案组的总指挥和正副组长都赞同撒网式追查犯罪嫌疑人，魏大龙也就不好再坚持自己的意见了，他立即着手部署行动。

散会后，我回到临时办公室，望着凶手的模拟画像发呆。按照犯罪心理学，连环杀人案凶手第一次作案，往往会把地点选在自己最熟悉的地方，侵害对象也会最接近自己的生活圈子。蓝裙子系列杀人案中的前三起命案，集中发生在5731厂，这意味着凶手很可能就是本厂的内部人员。当年身为保卫科科长的父亲，与时任屏江县刑警队队长的赵卫国，就是根据这一判断，摸排了5731厂十二岁以上的所有男性，最终把我锁定为头号嫌疑人。这一误判，直接断送了我和父亲的亲密关系，也摧毁了我那段"来不及说爱你"的青涩早恋。

换句话说，它让我的青春期变成了一个漫长的雨季，而我就是那个把伞弄丢了的懵懂少年。

三

我打小就有个坏毛病，喜欢偷窥别人的秘密。父亲说我吊儿郎当、鬼鬼祟祟，一看就满肚子坏水。日后我一度成了蓝裙子系列杀人案的头号嫌疑人，恐怕跟我的这个坏毛病不无关系。我曾经偷窥了一个女生的QQ空间日志长达十几年，她每天都在上面记录自己一天的生活点滴。我像追着看一部长篇连载小说一样，日志中的每一个文字我都不会漏过。这跟刷手机一样，成了我的一个顽固的睡前习惯，不看就浑身不舒服，甚至会失眠。直到这个叫叶紫的女生成年，我依然对偷窥她的日志保持着强烈的兴趣。在我的心目中，不管叶紫的年龄多大，她永远是女生，是只属于我的女生。

5731厂是一家老牌军工企业，位于湘、鄂、赣三省交界处的慕兰山区，距离屏江县城八十多里，是三线建设时期的产物，当时主要生产坦克和装甲车，后来改制生产民用汽车，改名叫昌华汽车制造厂。但厂里人都爱叫老名，5731如同一串密码，有历史，有故事。我经常可惜自己晚生了十几年，没有亲眼看到坦克和装甲车从厂里轰轰烈烈开出来的壮观场面。我喜欢那种热血沸腾、自由不羁的生活，任何束缚我的规矩都让我嫌恶。

既然跟部队沾上了关系，厂里的职工多少都有些军人气质，这一点也遗传给了下一代，所以厂里的孩子都比较野，哪怕是丫头。上幼儿园以前，很多女孩没扎过辫子，没穿过裙子，都是一副男娃儿打扮——寸头、开裆裤，有的还会在鼻子底下画两撇胡子。她们不玩诸如芭比娃娃、毛毛熊、八音盒之类的玩具，却爱拔河、爬竿、捉迷藏、打篮球，夏天敢光着屁股下河游泳，秋天敢放火烧荒。往别人家的锁眼里灌胶水，朝座无虚席的电影院里扔鞭炮，偷骑大人的自行车横冲直撞，这些都是女孩子们的家常便饭。叶紫却是个例外，她从小就多愁善感，特别文静，经常一个人坐着听音乐、发呆、看书，职工图书馆里的小说被她看了个遍。她是在单亲家庭长大的，父亲郭明浩现在是星城师大艺术学院的教授。用她母亲叶丽萍的话说，叶紫的矫情是从胎里带出来的。至于她为什么没有遗传到母亲身上的那些所谓的优良基因，叶丽萍一口咬定，是郭明浩让遗传基因发生了突变。叶紫为此十分郁闷：难道自己就是传说中的转基因物种？

叶紫的父母都是5731厂的子弟，他们离婚时叶紫才四岁。叶紫对父亲的印象是模糊的，家里没有她父亲的任何照片，全被母亲烧了。她母亲还销毁了父亲穿过的衣服鞋袜、睡过的枕头床单、看过的书籍和弹过的琴谱，就好像上面沾有致命的病菌。甚至连她父亲爱吃的酸辣土豆丝和剁椒鱼头，母亲也再没做给她吃过。久而久之，她连父亲的模样都不记得了。听5731厂的人说，她母亲在怀上她之前，就经常跟她父亲吵架，都是因为一些鸡毛蒜皮的事。叶紫母亲的祖籍是绍兴，她在厂里做会计，还是财务科科长，是出了名的伶牙俐齿。她吵起架来手舞足蹈，腔调还有平仄韵律，一咏三叹，像唱越剧。厂里有两所子弟学校——慕兰小学和慕兰中学，叶紫的父亲是慕兰中学高中部的音乐老师，他文质彬彬，沉静内敛，喜欢用钢琴弹奏交响曲。跟叶紫的母亲吵架，他从没赢过。在5731厂所在的那个山旮旯里，戏曲的风头盖过交响曲是非常自然的事，否则不科学。

叶紫的父亲只当了两年老师就考上了研究生，毕业后他跟叶紫的母亲提了离婚。她母亲在家里唱了整整一个月"越剧"后同意了，条件是叶紫的父亲放弃女儿的抚养权，父女俩一辈子不得相见，并且他要把继承自叶紫爷爷奶奶的那套宿舍给卖了，钱留给叶紫当抚养费。叶紫本来叫郭晴雪，是她父亲取的名字。她出生那天晴空万里，但初春的积雪还未完全消融。离婚后，母亲把她的名字改成了叶紫，诗意全无，土得掉渣。但她不喜欢也得接受，她在家里没有话语权，都是母亲说了算。每次厂里请戏班子，只要有《铡美案》，不管是湖南花鼓戏还是越剧，母亲都会去看，看多少遍都不厌，还拉着叶紫一起去，尽管叶紫对戏曲毫无兴趣。

叶丽萍把自己的喜恶强行灌输给叶紫，这也是导致母女俩关系紧张的重要原因。在叶紫的记忆中，她和母亲总是在吵架，为学习吵，为穿着打扮吵，为生活习惯吵，为交朋友吵。她觉得母亲想控制她的一切，母亲则觉得她太叛逆，再不加以约束，长大后就会跟她父亲一个德行。她抗争过无数次，和母亲进行了漫长的拉锯战，彼此都伤痕累累。同龄的孩子都是在升初中后才进入叛逆期的，叶紫的叛逆期却从小学就开始了。她的整个成长史就是一部战争片，直至母亲遇害的那一刻，战争才戛然而止。不过，和平并没有就此到来，她似乎患上了战争后遗症，焦虑、神经质、敏感多疑，她老是从噩梦中惊醒，无来由地紧张和恐惧，对接近她的陌生人，特别是异性，充满敌意。

大学毕业后，叶紫去看过心理门诊，挂的专家号。为了找到病根，医生让她回忆往事，她滔滔不绝地说了一个上午。她记忆力惊人，能将她和母亲每一次战斗的过程徐徐道来，详尽到能准确描述自己当时的战前心理和战后感受，包括胜负情况，听得医生目瞪口呆。

母亲遇害那天的细节，叶紫更是记得格外清楚。

2012年3月17日，周六，阴转阵雨，东南风3—4级。

下午四点半，叶紫从县城的新华书店买辅导资料回来，买书一共花了五十三块七毛。她淋了点雨，雨不大，只是濡湿了头发。

5731厂门口的美多多奶茶店在搞促销，买一送一。慕兰中学的黑板报上贴了一张无痛人流的小广告。制造车间的屋顶挂着一只断了线的粉色气球，随风飘荡，像个走路不稳的醉汉。职工食堂前的老槐树开花了，一串一串的，如同吊丧用的白幡。厂工会的高音喇叭里在放张靓颖的《改变》，这是2011年的热门歌曲，山旮旯里的流行风尚总是比外界慢半拍。跟叶紫同班的男生许默然在水塔前喂流浪猫，他穿的是一套墨绿色的冲锋衣裤。

那天母亲不上班,叶紫敲了敲房门,里面静悄悄的,没有回应。叶紫觉得有点奇怪,但没多想,她从口袋里掏出钥匙插进锁眼。门上还有尚未褪色的春联和一个倒贴的大大的福字,字体珠圆玉润,规规整整,散发着墨香。叶紫后来对春联这种形式主义的东西非常厌恶,觉得内容全是自欺欺人。因为那个福字并没给母亲带来任何好运,祸事反而找上了门。

叶紫家在家属区一幢老旧的苏式建筑里,九栋三楼西端,两室一厅。当时汽车市场的竞争日趋白热化,用户关注的重心已由价格转向质量,走低端路线的昌华牌汽车销量锐减。厂子开始走下坡路,不少人离职。宿舍楼里的住户数量不到原来的三分之一,楼道显得空空荡荡,连脚下的回声都是寂寥的。以往这个时候母亲已经在煮饭了,高压锅阀门的排气声会响个不停。这天叶紫开门进屋后,却发现母亲身穿蓝色碎花连衣裙、白色高跟鞋和肉色丝袜,盘腿坐在卧室床头的地板上,脑袋耷拉着,背部抵着墙壁,双臂交叉放在小腹上,手腕和脚踝都被两根手机充电线捆绑在了一起。母亲还抹了玫瑰色的口红和紫罗兰色的指甲油,而她平时从不化妆,也不允许叶紫涂脂抹粉。口红和指甲油都是同桌唐恬恬送给叶紫的,她偷偷藏在枕头里,不知怎么被母亲发现了,还拿出来自己用上了。更奇怪的是,母亲穿的蓝裙子也是叶紫的!

窗外的雨大了起来,敲击在布满凹凸花纹的玻璃窗上,像是有一双手在不断地打架子鼓。叶紫喜欢阅读,经常陷入臆想,看到一些现实世界中根本不存在的东西,比如玛瑙做的城堡、会飞的房子、蓝雪人、水晶湖等等。她可以在汨罗江边坐上半天,什么都不做,就那样静静地看着水面上变幻莫测的光影。她在厂报上发表过不少文章,积攒下来有厚厚一摞,别人都夸她以后会当作家,母亲却非常嫌恶她的这种矫情,说她遗传了父亲的病态基因,写的文字全是无病呻吟,连祥林嫂都不如。祥林嫂是真有苦难,她是自寻烦恼。有一次,母亲趁叶紫不在家,把发表了她文章的那些厂报连同一些破铜烂铁,全卖给了收废品的姜师傅,用换回来的钱买了几个猪蹄红烧了给她吃。得知猪蹄的来历后,叶紫当即跑到厕所吐了起来。

在这个普通得不能再普通的下午,母亲的装扮和姿势却透着一种从未有过的诡异。叶紫不确定自己看到的画面是否真实,她上前叫了一声"妈",母亲没有回答。她用颤抖的手指触碰了一下母亲的身体,不仅冰凉,而且已经僵硬。她的大脑似乎被格式化了,瞬间一片空白。十几分钟后,叶紫的意识在急骤的雨点中渐渐恢复,但还是有些恍惚。她打开窗户,拨通了一个座机号码。

唐恬恬的声音在话筒那头响起:"喂,叶紫,这么早就吃过晚饭了?"两人原本约好饭后去学校排练节目,五一节学校要搞庆祝活动。叶紫说:"恬恬,你往我家卧室看,把看到的画面告诉我。"唐恬恬有点莫名其妙,问:"你搞什么名堂?"叶紫没有解释,说:"快点,照我说的做!"

唐恬恬住八栋三楼,就在九栋后面,窗户跟叶紫家相对,直线距离不到四十米。她打开窗户看向叶紫家卧室,跟头长颈鹿似的,脖子伸得老长。叶紫急不可耐地问:"看见什么了?"唐恬恬问:"坐在地板上的是叶阿姨吗,她是不是在练瑜伽?"叶紫没回答,又问:"你看仔细点,我妈穿的什么?"唐恬恬擦了擦眼睛说:"好像是你最喜欢穿的那件蓝色碎花连衣裙,太奇怪了,你妈怎么穿你的裙子练瑜伽?"

叶紫明白了,自己并没有产生幻觉,她进门后看到的都是真的!

叶紫的喉咙里像是突然冒出了一头毛茸茸的小怪兽,发出了撕心裂肺的尖叫声,整栋宿舍楼都快被震垮了。

后来魏大龙对叶紫说:"那天隔着几栋楼,我都听见了你的尖叫声,就像阿兹特克死亡之哨,那是我这辈子听过的最毛骨悚然的声音。"

叶紫的爷爷奶奶在她出生前就不在了,外公外婆都是5731厂的退休职工,跟叶紫的舅舅住在一起。叶紫的舅舅、舅妈很早就在厂里办了停薪留职，去海口开了家湘菜馆，生意挺红火。她母亲出事那天，舅舅在接到噩耗后，连夜带着舅妈和两位老人开车回湖南，但最快也要次日上午才能到达。事发当晚，叶紫就住在唐恬恬家。唐恬恬大部分时间都是一个人住，因为她家有两套房——她六岁那年，母亲因车祸遇难，父亲是销售科的，经常天南地北地出差，好不容易回来一次，也大都是住在另外一个女人家里，那是父亲给唐恬恬找的新妈妈。唐恬恬认生，很少去后妈家。她外公外婆和爷爷奶奶都不在了，父亲出差的时候，她就去厂里的食堂吃饭。

唐恬恬对叶紫说："你想在我这里住多久就住多久，我天天陪着你。"叶紫说："五一的节目我不参加了，你表演独舞吧。"唐恬恬说："那我也不跳了，我们是好姐妹，我不能把我的快乐建立在你的痛苦上面。"

两个女孩说着说着，抱头痛哭。

叶紫的母亲一走，就再没有人限制她的自由了，她可以想发呆就发呆，想读什么书就读什么书，想看什么电视节目也不需要先跟母亲请示了。她不需要再到处藏化妆品了，可以随便用。她周末睡个懒觉不会再有人过来揭被子，在电脑上看个甜宠剧也不会担心被母亲关掉Wi-Fi。叶紫对这些变化很不适应。有一次她花五块钱从地摊上买了副耳环，站在母亲的遗像前，她犹豫了好久才敢戴上。以前她也偷偷买过，母亲发现后厉声呵斥她："赶紧扔了！你是学生，戴这个干什么，想去站街吗？"气得她大哭了一场。现在，叶紫好想母亲再阻止她做这做那，但母亲一声不吭，始终在那个冰凉的镜框里看着她，似乎默许了她出格的做法。叶紫瞬间失去了自由的快感，她摘下耳环，连同那些化妆品一起，都扔到了窗外。

在漆黑的夜里，叶紫经常想，母亲临死前到底发生了什么？她一次次试图还原母亲生命中最后的时刻，却总是无果。直到这时，她才发现自己并不真正了解母亲，她甚至连母亲的生日都不记得，还是后来父亲告诉她的。她和母亲熟悉而陌生，遥远而亲近。她们之间永远是战火纷飞、兵荒马乱的样子。

四

20世纪60年代，由东部地区内迁的一些技术人员成了5731厂的拓荒者，以上海和江浙人居多，他们的子女成了厂二代，我和叶紫是第三代。工厂全盛时有近万人，学校、电影院、百货商店、银行、邮局、医院、溜冰场、饭店、招待所……一应俱全，很多职工在这里完成了生老病死的全过程。不过我的父亲姚建宏略有不同，他是外来户，屏江本地人，在武警边防部队一直干到了连长，转业后才分配到5731厂保卫科当科长的，他娶了我的母亲，也就是当年那个给他写信的星城医学院女生倪娟。

父亲性格直爽，脾气暴躁，不管是家人还是同事，哪怕是上级领导，只要说话做事不合他的心意，他就会瞪起眼睛骂娘。有一次厂里开中层干部会议，厂长刘明生念的稿子又臭又长，空洞无物。父亲拍案而起，指着刘明生的鼻子叫道："说点干货，别××拉稀，老子还要去抓贼呢，没空在这里磨洋工！"窘得刘明生面红耳赤，下不了台，从此父亲得了个外号叫姚老虎。父亲也因为这个暴脾气得罪了不少人，时任屏江县公安局刑警队队长的赵卫国是父亲的战友，一度想把他调到刑警队去，但刘明生死活不放人，这事就黄了。我从小没少挨父亲的揍，原因五花八门，比如挑食、顶嘴、撒谎、逃学等等。父亲还逼着我每天早晨去厂里的篮球场跑二十圈，风雨无阻。我稍有违逆，就会招来一顿打骂。

叶紫的母亲出事的那天，我在纸马河边寻宝。回来时天已经黑了，雨也停了。路面湿滑，我不小心摔了一跤，弄脏了衣服。我很沮丧，笋子炒肉肯定是父亲今晚的下饭菜了。一进厂区我就觉得不太对劲，平时晦暗不明的角落里都亮起了路灯。热衷跳广场舞的那些退休大妈也不蹦蹦跳跳了，都在篮球场上扎堆聊天。我还看见了县里来的警车，有好几辆。毫无疑问，厂里出了案子。我一阵窃喜，因为这意味着父亲正在协助警方破案，笋子炒肉这道菜他大概率吃不到了。果然，我一进家门，饭桌旁只坐着母亲。她皱眉问："上哪里野去了，跟个泥猴似的。被你爸看见，不抽你两巴掌才怪。"我飞快地换下脏衣服，把话题引开："我爸呢？"母亲说："有案子，他跟你赵叔叔在一起，叫我们先吃。"我问："厂里被偷了什么？"母亲给我夹了一筷子红烧肉，说："死人了。"我一愣，问母亲："谁那么想不开？"母亲说："不是自杀。我跟你爸去现场看过了，死者脖子上有伤，是被勒死的。从尸斑和尸僵来看，人应该中午就没了。"

5731厂以前从没发生过凶杀案，我一脸吃惊地问："谁被杀了？"母亲看了我一眼，缓缓地说："叶紫他妈。"

我的食道一阵痉挛，当即被刚咽下的红烧肉噎住了。母亲赶紧倒了杯温开水，我喝完后才缓过气来。匆匆扒了几口饭，我就想溜出去找叶紫，但被母亲拦住了，说人是横死的，煞气重，而且是晚上，出门容易撞邪。堂堂医务工作者居然迷信，我觉得好笑，但又笑不出声。我老老实实地回了自己的房间，心不在焉地写作业。我不是怕母亲，而是突然想起来，叶紫这个时候应该在接受警察的询问，没空理我。父亲也很可能就在旁边，万一被他撞见，我大概率得挨揍。

父亲午夜十二点才回家，边吃刚热好的饭菜，边跟母亲聊案子。我在隔壁装睡，竖起耳朵，把他们的对话听得一字不漏。这个夜晚我辗转难眠，心想，厂里有那么多人，怎么死的偏偏是叶紫的母亲呢？叶紫一定伤心得要死，我甚至脑补出了她肝肠寸断的画面——眼睛肿得像水蜜桃，脸比锡纸还白，咳出来的都是血。我很想现在就去安慰她，但不敢在父亲的眼皮底下溜出门，我只能盼着夜晚早点过去。这种等待实在是太煎熬了。

我是在屏江县城上的小学，住在爷爷奶奶家，初一才转到慕兰中学来，分在43班。我的同桌是魏大龙，前排坐的是叶紫和唐恬恬。让我惊讶的是，这里的学生课内课外都讲普通话，而不说湖南方言。

尤其是叶紫，说话带着越剧腔，糯糯的，好听极了。我喜欢看叶紫的那双大眼睛，水汪汪的，像月夜下的幽潭，闪烁着神秘的光泽。她的作文写得很好，想象力异常丰富，文采飞扬，几乎每一篇都会被语文老师当作范文朗读。我一度怀疑叶紫吃过什么聪明药，不然为何会有那么多奇思妙想？我就这样情窦初开了，我的胡子就是那时候长出来的。在梦中，我和她变成气球纠缠在一起，被风吹到了云端。一阵强烈的快感把我吞没，醒来后我的房间里弥漫着一股香椿味。

魏大龙的父亲魏光辉是5731厂原副厂长，后来跳槽去了一家进口汽车企业，当了中方总经理。魏大龙和他母亲还住在厂里，二十八栋一楼，他父亲每个月只回来一两次。没有父亲的管束，魏大龙比我行动自由得多。叶紫母亲出事后的次日早晨，天蒙蒙亮，我就打着晨跑的幌子来到了魏大龙家阳台外。我只敲了两下窗玻璃，他就穿戴整齐地跳下阳台，说："我就知道你这个点会来，我早起来了。"

我掉头就往篮球场走，魏大龙心照不宣地跟在后面。我俩坐在压住篮球架的石碾子上，魏大龙掏出一包芙蓉王——偷了他爸的，扔给我一根烟，问："你昨天去哪里了？找了你一天都没找着。"我没心思回答他的问题，点着烟问："叶紫怎么样？"魏大龙说："昨晚她住到恬恬家去了，吓傻了，只会哭。"我说："叶阿姨的尸体已经拉到县里去了，要做尸检，他杀的可能性很大。"魏大龙深吸一口烟，说："看到尸体，我心里直发毛，浑身起鸡皮疙瘩，太诡异了！"我问："你去现场了？"

魏大龙摇摇头，缓缓吐出一个烟圈说："没有，保卫科第一时间封锁了现场，我哪里进得去，是在我爸手机上看到的现场照片，他昨天正好回来了。也不知道是哪个手贱的人偷拍的，都在厂里转疯了。叶阿姨死的时候，竟然穿着叶紫的蓝裙子，还抹了口红和指甲油。我记得叶紫以前说过，她妈很古板，从不穿颜色鲜艳的衣服，三伏天都不露胳膊露腿，也从不化妆，连洗面奶都不用。看那张照片就像看日本的恐怖片，有点贞子的感觉。吓得我昨晚睡觉没关灯，半夜都不敢上厕所，一泡尿憋到早晨，差点尿了床。"

我说："我没看到照片，但听我爸说了。是有点古怪，三八节厂里妇检，是我妈亲自给叶阿姨检查的，说她戴的是小两号的胸罩——她故意把胸压扁了。我妈跟叶阿姨说，这样很不好，容易得乳腺增生，弄不好还会得乳腺癌。你猜叶阿姨怎么说？她说胸大丢人。怪不得别人叫她叶嬷嬷，她还活在清朝呢。"魏大龙说："她嫌胸大，好多女的还做隆胸手术呢！良子，你说会不会是有人盯上了叶阿姨，要跟她做那种事，她不答应，就被杀了？"我老练地弹了弹烟灰："我爸说尸体衣物完整，现场没有发现打斗的痕迹，不像奸杀。但也说不准，还得尸检。"

天色越来越亮，工厂外面炸油条的香气翻过围墙，飘到了篮球场上。我估摸着父亲该起床了，于是和魏大龙约好，上午八点半，叫上许默然，一块去唐恬恬家找叶紫。我回家后的第一件事就是刷牙，把满嘴的烟臭味刷干净，又换了套衣服。确定身上没有异味后，我才敢在父亲面前晃悠。但我白忙活了，父亲起床后根本没空管我，早饭都没吃就匆匆出了门，说要带叶紫去县里的刑警队做笔录。

见不着叶紫，我还是在约定的时间跟魏大龙碰了头。我们没叫许默然，也没去唐恬恬家，就像两只闲得发慌的野猫一样在厂区里游荡。经过一夜的发酵，今天厂里讨论叶紫母亲被害案的人更多了。大家三五成群地聚在一块，唾沫星子乱飞，似乎不是在讨论某个人的死亡，而是在交流一部热门电影的观后感。我注意到，这些人的脸上并没有悲伤和惋惜的表情，只有兴奋和猎奇。我感到有些悲哀。人们好像并不关心一个生命的突然消失，哪怕逝者是自己非常熟悉的人，他们关心的是死亡背后的那些"八卦"。生命如脚底野草，逝去无足轻重，反正在别处还会生长。有人说叶丽萍管厂里的钱袋子，可能是挪用了公款藏在家里，被贼发现了。有人说她虽然四十岁了，但白白净净，显年轻，家里又没有男的，被好色之徒惦记上了——喷漆车间的一名女职工还提供了"证据"，说她在澡堂子里见过光着身子的叶丽萍,她用双手很夸张地比画了一下,说:"男人不都好这口吗?"

我和魏大龙实在听不下去了,抓起一把掺杂着鸟屎的沙子,躲在暗处朝人群撒去。等恶毒的咒骂声响起时,我俩已经撒丫子跑远了。

叶紫待在县城的那几天,唐恬恬家俨然成了案件信息发布中心。信息源于我偷看到的案卷——为了协助警方查案,5731厂保卫科有一份刑警队提供的案卷,由我父亲保管。

许默然问我:"良子,尸检报告出来了吗?"

我说:"出来了,叶丽萍的死亡时间是下午一点半到两点之间。颈部有索沟,甲状腺、喉头黏膜、咽部黏膜、扁桃体及舌根部的淤血和灶性出血比较明显,舌骨及气管软骨发生了骨折,面部皮肤、眼结合膜及内脏器官的浆膜和黏膜下均有点状出血,符合机械性窒息的典型特征。"

魏大龙听得一脸蒙,插了句嘴:"能说句我听得懂的吗?"

我说:"警方的案卷里就是这样写的。"

唐恬恬问:"叶阿姨为什么会被杀?"

我继续复述案卷——

除了脖子上的索沟,叶丽萍的身体没有其他严重外伤,内脏器官也未见明显病变;胃容物、血液以及肾组织中,均未检验出毒物;捆绑叶丽萍的两根手机充电线都是她本人的,捆绑处有淤血迹象,表明死者是生前被捆绑的,并剧烈挣扎过;调阅叶丽萍半年来的手机通话记录,包括家里和办公室的座机通话记录,没有发现可疑情况;叶丽萍放在衣柜抽屉中的金银首饰都在,银行卡和钱包里的一千二百元现金也没丢失;现场门窗完好无损;案发时间段,同楼层的邻居没有听见呼救声和其他异常的动静,更没看见可疑人员;案发后厂里的财务科紧急查账,没有发现叶丽萍有贪污或挪用公款等经济问题;据多方走访调查,叶丽萍生前作风正派,虽然离异多年,却无再婚念头,更无关系亲密的异性朋友,无不正当男女关系,除了前夫郭明浩,叶丽萍生前并没有跟任何人结怨,但两人离婚已经十几年,平时并无来往，且案发当日郭明浩在星城，没有作案时间；案发当天上午九点半左右，厂里有人看见叶丽萍拿着一把荠菜从江边回来，去了财务科，原因不明。警方的初步结论是：叶丽萍是被人勒死的，根据索沟的深度判断，凶手力度较大，应该是男性，而且大概率是熟人作案。凶手可能以为叶丽萍有钱，到家中行窃却被发现，因此杀人灭口；凶手还有可能想侵犯叶丽萍，遭到严厉斥责后恼羞成怒，杀人泄愤。但尸检表明，叶丽萍并没有被性侵。凶手作案后，抹去了自己在现场留下的几乎所有痕迹，从其作案手法来看，有较强的反侦查意识，很可能有犯罪前科。但排查暂时没有取得任何进展，最先确定的十几名嫌疑人都有不在场证明。

魏大龙和唐恬恬同时问了同一个问题："叶阿姨被害时，为什么穿着叶紫的蓝裙子，还用了叶紫的化妆品？"

我说："警方对这个问题也很困惑。有人猜测，案发当天是周六，学校放假，凶手的目标或许是叶紫。发现叶紫不在家后，凶手就强迫叶阿姨穿上叶紫的蓝裙子，使用叶紫的化妆品，把她打扮成叶紫的样子，试图侵犯。"

房间里突然安静下来，就像一口冰封了的池塘。这种解释已经超出了魏大龙和唐恬恬的认知，两人张大嘴巴，仿佛是被冻僵了的青蛙。许默然却比较淡定，他眯着眼睛，似睡非睡，跟只打盹的猫一样。

从窗口远眺，汨罗江在太阳的照射下波光粼粼，宛如一条巨大的白蟒。汨江是楚文化的发祥地，屈原就被流放在这一带，写下了惊天地泣鬼神的《离骚》。楚人好巫，我从小就听了很多具有浓厚神秘色彩的传说。十七岁那年的春天，在我看来也是异常诡谲的——汨罗江水突然发生了倒流，我在慕兰山里看见了一只奇怪的大鸟，尖嘴长尾，羽毛绚丽，叫声却像婴儿啼哭。我还在黄金矿洞里找到了一块化石，像鱼，像蛇，又像海百合。

那天，我还向三人透露了一个细节，叶紫母亲被害时身上居然没戴胸罩。那时候我远未意识到，这个小小的案件细节，竟然会成为我人生的重大转折点。

五

还在念小学时，我就梦想当一名考古学家。我的这种爱好并非来自遗传，我的亲人里没有一个是从事相关职业的，父亲更是个历史盲，经常把程咬金当成岳飞的部下，以为李自成和洪秀全是一伙的。我觉得有些东西解释不清楚，就像我不知道为什么我一见到叶紫就情窦初开了。在屏江县城上学时，比叶紫漂亮的女生我见过不少，但无一例外如过眼浮云。我喜欢探索隐秘的事物，在时间的荒野中寻找遗失的历史，我很享受那种发掘的快感。我觉得考古和破案很相似，都是根据支离破碎的线索来还原事件的真相。或许我在潜意识中把叶紫当成了一件古董，对她充满了探究的欲望。跟同龄人相比，叶紫确实要显得内秀一些，她身上有古典的气质，温婉娴静，像秘色瓷，又像元青花。

初一刚入学，语文老师布置课堂作文《我有一个梦》。魏大龙写的是他做了个穿越到抗日时期的梦，化身无敌战士手撕小鬼子，还一枪击毙了那个号称日本谍报之花的女特务饭岛爱。本来魏大龙想说的是川岛芳子，但他把两人的名字搞混了。我在作文里说自己喜欢挖墓，终极梦想是挖到一座帝王陵。我写得太长，直到老师来收作文本还没写完，也就没有交代清楚我说的挖墓其实是考古。结果，我和魏大龙都被请了家长，回去后都挨了一顿揍，我们俩也因此成了患难之交。也正是因为这件事，叶紫注意到了我，并悄悄向我透露了一个小秘密——她也喜欢寻宝，小时候她还梦想过当加勒比女海盗。

在整个屏江县城，慕兰中学的教学质量是数一数二的。5731厂的子弟，大都是知识分子的后代，家长和厂领导都很重视教育。唯独音乐这门课被忽视了，初中部和高中部加起来只有一个音乐老师，每个班每周仅有一节音乐课。我在县城念书时，音乐老师弹的是脚踏风琴，但慕兰中学有一架钢琴，这让我觉得很高大上。据说这架钢琴是叶紫的父亲从废品收购站买回来的，他花了两个月才把钢琴修好，校准音，安上脚轮。这架钢琴漆色斑驳，表面有层很厚的包浆，属于德国一个早就停产的牌子，有上百年历史，堪称老古董。每次音乐老师打开钢琴盖，我就觉得是在打开一本老掉牙的线装书，我喜欢这股历史的味道。

我发现每次上音乐课前，叶紫比文娱委员唐恬恬还积极，她会抢着去器材室，小脸涨得通红，使出吃奶的劲，跟几个男生一起把钢琴推进教室，并且用自己的手帕把每个琴键擦得干干净净。钢琴奏响时，叶紫会特别专注，腰板挺得笔直，比上数理化的课还聚精会神。那时候我就理解了叶紫的心思，这架钢琴是她和父亲产生共鸣的精神纽带，也是父亲留给她的全部记忆。

魏大龙暗恋唐恬恬，这是我刚进43班就知道的秘密，这家伙上课有一半的时间不是在看黑板，而是看前排的唐恬恬。每次到了节假日，他总会找借口往唐恬恬家里跑。和魏大龙成为铁哥们后，我也成了唐恬恬家的常客，三个人总在一起打扑克。其实我对打扑克没兴趣，我感兴趣的是住在对面楼里的叶紫。透过窗口，可以看见叶紫在家里的活动情况。即使她家的窗户关着，透明的玻璃也挡不住我的窥视。直到后来叶紫的母亲察觉到不对劲，换上了带凹凸花纹的玻璃，这种偷窥才戛然而止。我从心底不喜欢叶紫的母亲，甚至有点讨厌她。我不止一次看见叶紫被她母亲呵斥，声音隔着几十米都能清晰地传到唐恬恬家来。第一次听到时，我还以为叶紫的母亲是在唱越剧，但越听越刺耳，而且都是刻薄的字眼。每到这个时候，叶紫就会飞快地把窗户关上。我很小就明白了一点：这个世界上有许多伤害在隐秘的角落里发生，用来遮掩的，只是一层脆薄的玻璃。

念小学时，我很厌学。特别是周一，背起书包就会本能地胃疼。进了慕兰中学后，这个毛病不治而愈。我不仅不厌学了，还盼望着上学，因为可以见到叶紫，可以闻到她身上的味道。其实叶紫平时不用化妆品，她母亲不让，但我坚持认为她身上有股清香，就像汨罗江边生长的菖蒲和艾叶散发出来的气味，《离骚》也是这股味道。魏大龙试着闻过，说我鬼扯淡，叶紫的身上什么味道都没有。

音乐课是所有课目里最散漫的，老师有时会让学生自由活动。一旦老师离开教室，一些学生就会马上跑过去，站在钢琴前兴奋地乱弹一气。叶紫很不高兴，觉得他们是在乱弹琴，把钢琴弄脏了。上初二前的那个暑假，我去县里的艺术培训学校报了个钢琴短训班，这所艺校是梁奇志开办的。从化工学院毕业后，梁奇志在县里的氮肥厂上了一年班就辞职下海了，他贷款收购了一家濒临倒闭的农药厂，第二年就扭亏为赢了。后来他开了药剂厂，并投资办了艺校和武术学校。20世纪90年代他就已经身家千万了。梁奇志没收我的学费，还专门指派了一位科班出身的老师教我学钢琴。

初二开学后第一次上音乐课，我拍了拍叶紫的肩膀说："一会儿你不是要排练诗朗诵吗？"叶紫问："怎么啦？"我说："我给你伴奏。"旁边的唐恬恬笑了："用什么伴奏，用你的嘴吗？"魏大龙说："他的嘴能弹吉他。"

叶紫没笑，但翻了我一个白眼。音乐老师上了半节课就走了，把剩下的时间留给大家排练献礼国庆的节目。我以百米冲刺的速度抢占了钢琴位，当一首《恰似你的温柔》从我指间流泻而出时，原本叽叽喳喳的教室瞬间鸦雀无声。

魏大龙跑过来，仔细检查我身上是否藏了录音机，但一无所获。他嘟囔着："你深藏不露啊！"

我没有告诉任何人，自己是为讨好叶紫才学的钢琴，这是我的秘密。我不觉得卑微，在爱情面前，这不卑微。

叶紫反应过来后，上台朗诵了一首自己写的诗歌，唐恬恬则上前伴舞。我们三人配合默契，后来这个节目在国庆献礼活动上拿了一等奖。那半节课我大出风头，成了我青春期的高光时刻。钢琴奏响的刹那，我和叶紫的关系似乎被添加了铀元素，发生了核裂变，从此开始微妙起来。我甚至觉得，世界都跟以前不一样了，阳光更白，雨雾更稠，水草更腥。这种又白又黏又腥的东西席卷了我的整个少年时代，让我的骨骼在暗夜里快速生长，从一个男孩变成了一个男人。

成年后，我再没取悦过任何人。即使遇到让我眼前一亮的异性，也是止于欣赏。有些能力似乎只存在于青春期，在迈进成人社会后就彻底丧失了。2024年春天的同学聚会，我本来想在现场弹一首钢琴曲助兴，却全然忘了指法，连五线谱都不认识了。我意识到，随着青春期的终结，生命发生了复杂的化学反应，我分裂成了两个完全不同的人。会弹钢琴的那个我永远留在了汨罗江边。

还是在初二，端午节来临前的一个下午，魏大龙说要带我去江边一个好玩的地方。我还以为是去看赛龙舟，没想到他拽着我来到一座荒草萋萋的墓冢前。这是座被盗掘一空的汉墓，我早就来过，在里面发现了几块残缺的画像砖和一些侍女俑的碎片。钻进阴暗的墓穴，魏大龙神秘兮兮地掏出父亲买给他的手机，打开了一部电影。我问："你从哪里弄来的？"魏大龙一脸坏笑："这你就别管了，反正不是我现场拍的。"

随着剧情的深入，那些破碎的侍女俑似乎全部复活了，她们不断发出声响。这种声音不仅撕裂了那个燥热的下午，也撕裂了整个夏天。

慕兰中学的那架古董钢琴仿佛能过滤掉一切杂音，只要我一触碰琴键，刺激我耳膜的那种古墓怪声就消失了。更奇怪的是，在弹奏钢琴时，我经常莫名其妙地想起叶紫的父亲。我没见过他，也没见过他的照片，但我的脑海里自动勾勒出了他的形象——高高瘦瘦，手指修长，皮肤白皙，眼神清亮，留《蓝色生死恋》中男主角那样的发型。他穿亚麻色的西服，白衬衣打底，戴红色领结，皮鞋是那种黛青色的，跟雨后的慕兰山一样。我对这个形象有种无来由的喜欢，我起初不知道叶紫的父亲当初为什么要娶叶丽萍，这两人明显不在同一个频道上。后来听唐恬恬说，在厂里的一次抢险事故中，郭明浩的父母为了救叶丽萍的父母，双双把命搭进去了。那时郭明浩才十三岁，跟叶丽萍是同班同学。叶家收养了已成孤儿的郭明浩，等他大学毕业后，就把叶丽萍嫁给了他。我心中的谜团终于得以解开，原来叶紫父母的结合跟爱情无关，在他们的世界里，少了一种叫作铀的元素。

匪夷所思的是，后来我偶然见到了已是著名钢琴家的郭明浩。我惊讶地发现，这个男人跟我当年想象出来的样子，几乎没有任何区别。

唐恬恬是在打扑克时聊起叶紫的父亲的，说完她扔下扑克牌，跑到卫生间把门一关，在里面哭得稀里哗啦。我以为她是同情叶紫的身世，泪点太低，但魏大龙说她是想起自己的母亲了。唐恬恬的母亲丁曼是师范毕业的，不仅长得漂亮，能歌善舞，还会唱昆曲，在厂里当幼师。唐恬恬的文艺天赋和长相都随母亲，性格也是，说话细声细气，还有些羞涩，跟厂里的那些疯丫头都不一样，所以她才能跟同样文静的叶紫做朋友。只有在唱歌、跳舞时，唐恬恬才会落落大方起来。

2001年5月17日上午，丁曼搭乘客车去县城给幼儿园的孩子买舞蹈服。因为雨天路滑，又起了团雾，客车失控冲出了盘山公路，摔到一条山沟里，成了一堆废铁。车上有二十几名乘客，当场死了八个，送到医院后又死了五个，丁曼和时任5731厂工会主席的林仕杰就在死亡名单上。唐恬恬从小就非常崇拜母亲，把她当成《哈利·波特》中的芙蓉·德拉库尔，母亲的陨落是她的魔法世界的终结。

唐恬恬的爷爷以前是厂里的高级工程师，拜伦的忠实读者，尤其喜爱看《唐璜》，所以给唐恬恬的父亲取名叫唐璜。车祸发生一年后，唐璜娶了比他大三岁的厂质检科科长邵美琼，她也是林仕杰的遗孀。邵美琼长得有点像87版《红楼梦》里的秦可卿，她还有个儿子叫林东亮，初中毕业后就在社会上打流，比唐恬恬大五岁。2005年邵美琼辞职下海，在县城开了家汽车配件专卖店，林东亮就帮母亲一起打理店子。后来他也不知道走了什么狗屎运,当上了梁奇志的专职司机。唐恬恬不喜欢父亲新组建的这个家庭,她从没叫过邵美琼一声妈,只叫她邵阿姨。在唐恬恬的心目中,妈妈这个称呼已经随着母亲的离世彻底消亡了。

高一某个秋意盎然的中午,我和魏大龙没有在教室里午休,而是坐在女澡堂子前的牛奶子树下扯淡。牛奶子树也就是香樟树,结的果实状如牛的奶头,挤出来的汁液像乳汁。我们在讨论环肥燕瘦谁更性感的同时,目光在那些衣着单薄的女人身上游走。一声暴喝突然在我们背后响起,回头一看,居然是叶紫的母亲,她提着一个铁桶准备去洗澡,极其愤怒地对我俩说:"你们小小年纪,不好好念书,在这里满嘴污言秽语,简直下流至极。再这么发展下去,长大了肯定得当流氓、强奸犯。我警告你们,以后离叶紫远一点,别带坏了她!"

我和魏大龙哪里敢分辩,像屁股安了弹簧,立马跳起来跑开了。被叶嬷嬷抓了个现行,肯定没有好果子吃。我们走回学校时,竟然有种慷慨就义的悲壮感。下午第一节是化学课,老师讲了什么我一句没听进去。第二节是数学课,上课铃刚响,叶丽萍就出现在了教室门口,跟疾步走过来的班主任说了几分钟,又把叶紫叫到了走廊上,神情严肃地交代了一番。叶丽萍走后,班主任走到我和魏大龙面前,目光威严地说:"你们俩跟许默然换个座位。"

43班正好有43个人,两人一排,多出来的那个人是许默然,他是刚转学过来的,一个人坐在第二组的最后一排,那时他跟我们还不太熟。班主任没有说让我们换座位的原因,应该是给我们留了情面。毕竟我的父亲是保卫科科长,魏大龙的父亲是原副厂长。我和魏大龙很不甘心地跟许默然换了座,整节数学课,我的心里都空落落的,感觉和叶紫隔了千山万水。

挨到下课,魏大龙飞奔至唐恬恬身边嘀咕着什么。同学们纷纷过来问我:"换座是怎么回事?"我说:"我和魏大龙上课喜欢讲小话,叶嬷嬷怕我们影响叶紫学习。"这个答案太不"狗血"了,同学们"哦"

了一声，很失望地散开了。

上完下午第三节课，我在放学路上问魏大龙："你跟唐恬恬讲了些什么？"魏大龙说："我告诉她，中午我和你在牛奶子树下讨论生理卫生课的内容，被叶嬷嬷抓了现行，遭到了打击报复。"我问："她也信？没问我们为什么要在女澡堂子前讨论？"魏大龙说："问了，我说在那儿等我妈从澡堂子里出来，找她要五块钱买复习资料。"

看着一脸无辜的魏大龙，我觉得他比唐恬恬更有表演天赋，应该让他去当文娱委员。

叶丽萍向我的父亲和魏大龙的母亲告了状，大人自然不会相信孩子的狡辩，我遭受了有生以来最猛烈的一次暴揍。母亲心疼地对父亲说，差不多就行了，再打就打残了。父亲啐了一声说，打残了好，免得出去祸害社会。魏大龙的父亲不在厂里，母亲吴兰舟是职工医院的护士长，连平时给患者打针都很轻柔，她怎么可能对儿子下毒手？也就是象征性地揪了几下儿子的耳朵。

换座风波过后，叶紫上学、放学都有母亲接送。课间休息时，叶嬷嬷也经常突然现身，监督叶紫有没有跟我和魏大龙这种不良少年接触。每次叶嬷嬷出现，她锐利的目光就像锯子，在我和魏大龙身上扫来扫去，让我俩不寒而栗。但我还是逮到了接触叶紫的机会。有天叶嬷嬷没来接她，我在放学路上截住了她，厚着脸皮说："你妈上纲上线，那天我和魏大龙真的是在讨论生理卫生知识。"叶紫说："我妈一向神经过敏，别理她。"

我大喜过望，看来叶紫没有把我当成小流氓。

叶紫问："你这两天老流鼻血，是不是被你爸打的？"我猛地点头，我的确被父亲扇了几个大耳光，鼻子都快被打歪了。叶紫说："对不起，都怪我妈。以后别用纸擦鼻血了，不卫生，用这个。"说完，她警惕地往周边扫视了一圈，迅速把一块手帕塞进了我的书包里。

我感动得语无伦次，说："我不疼，一点小伤，真的不疼。对了，我在江边发现了野水仙花，挖回来放在恬恬家了，是送你的。有空你

043

过去拿，这几天我们打牌老三缺一。"

叶紫点点头，红着脸走了。

我这段时间的郁闷一扫而光，甚至有些庆幸自己竟因祸得福。叶紫不仅没有鄙视我，还给了我一块手帕。虽然她没说手帕是送给我的，但我装糊涂，至今都没归还。

趁母亲周六上班，叶紫去了一趟唐恬恬家，我们四人打了一会儿升级。那次我超常发挥，和叶紫一队，压着魏大龙和唐恬恬打。叶丽萍快下班时，叶紫恋恋不舍地离开了，带走了那盆野水仙花，说她很喜欢。花盆也是我在汨罗江边找到的，是出自岳州窑的一个破陶罐，上面有鱼纹，还有纪年——民国二十七年烧制。我用沙子把缺口打磨得光滑平整，看上去很古拙。

叶紫走后，我还留在唐恬恬家，三人改打跑得快。我边出牌边朝叶紫家张望，看见她把水仙花盆摆在了窗台上，还远远地冲我笑了笑。没多久，叶紫的母亲回来了，发现了水仙花，厉声问她："哪里来的？"叶紫说："是野生的，我和恬恬去江边玩，挖回来的。"叶孃孃说："女孩子养花花草草容易矫情，到了社会上会被男人骗。"

话音未落，那盆水仙花就被叶孃孃推下了窗台，在楼底摔成了碎片。紧接着，窗户就关上了。

唐恬恬撇撇嘴说："叶紫她爸喜欢养花，离婚后，花盆都被叶阿姨砸了。没想到过去这么久了，叶阿姨还记仇。"魏大龙说："早知道那盆花送给我多好。"

我找魏大龙要了根芙蓉王，一声不响地抽着。我不是心疼那盆水仙花，是心疼叶紫。她满心欢喜地把花带回家，结果却挨了母亲的一顿羞辱，是我害了她。

当天深夜，我蹑手蹑脚地起床，跟做贼一样，溜到叶紫家楼下，把野水仙从碎裂的花盆里剥离出来，就地挖了个坑，移植在里面，这样叶紫一开窗户就可以看见了。周一早晨，叶紫在教室里对我说："水仙花真香，我在卧室里都能闻到。"我说："还没到花期呢。"叶紫脸红了，说："没开花也香，我以后天天在楼上给花浇水。"我提醒她："移植的时候我已经浇过了，这两天不要再浇，水多了会把花溺死。"说完我的耳朵就开始发烧，我没好意思告诉叶紫，我半夜给水仙花浇的是自己的童子尿。

那株野水仙的生命力很强，沾土就活，还生根发芽，长出了一大片。但在叶紫母亲出事的2012年春天，那些水仙花突然莫名其妙地全部死亡了。同时夭折的，还有我青涩的爱情。我相信这都是命运的安排，无论是生老病死，还是悲欢离合，都是造物主早就编写好的程序。这个世界就像一台精密设计的仪器，每个生命都是各司其职的齿轮。至于它的工作原理，是最伟大的科学家都无法破译的宇宙之谜。说生命源于自然演化，是分子随机组合的偶然事件，打死我都不信。

至少整个少年时代的我是这样认为的。

六

昌华牌微型面包车像个巨大的蟒蛇头，在盘山公路上忽隐忽现。父亲的驾驶习惯很粗暴，这是他在部队养成的，碰到急转弯和团雾他也不会减速，都是一脚油门过去。平时只要车的摇晃幅度大一点，叶紫准吐，这次却没吐，悲伤让她忘记了晕车引起的难受。路边荠菜青青，叶紫的眼泪忍不住流了下来。每年农历三月三前夕，叶丽萍都会去汨罗江边采回野生荠菜，煮鸡蛋给她吃，说可以祛病消灾。2012年的这个春天，叶丽萍采回的那把荠菜还在，但叶紫再也没有口福吃母亲煮的鸡蛋了，以后也不会再有了。

父亲在车上问叶紫："案发前你在干什么？"叶紫说："我去了趟县里的新华书店，一大早就出门了。午饭在麦当劳吃的，吃完后又去了书店，坐下午两点多的车回的厂里。"父亲又问："是跟谁一起去的？"叶紫说："一个人。"她看到了我父亲疑惑的眼神，补充道："县里举办龙舟杯中学生作文竞赛，语文老师要我参加。4月底截稿，我一个字还没写。我去新华书店买几本作文辅导书，找找写作灵感。"

这是叶紫第一次跟我父亲说这么多话，她有些内向，平时在厂里遇到我父亲，大多数情况下她都假装没看见。父亲刚开始提问时，叶紫很紧张，不停地咽口水，慢慢地就放松了。她感觉父亲并没有我说的那么暴躁易怒，上车后父亲还给了她一盒牛奶和两块蛋糕当早点。不过，这很可能是假象。不光大人擅长制造假象，孩子也会。她在外面从不跟母亲发生冲突，像个乖乖女，但关上家里的门窗，她会反抗，甚至会非常激烈地反抗。

叶丽萍把她的水仙花盆推下窗台那次，叶紫关上窗户后就开始反击："书上说养花能修身养性、陶冶心灵，我头次听说会让人变矫情的。在乌鸦的眼里，什么都是黑的！"母亲说："少喝那些毒鸡汤！姓郭的就喜欢莳花弄草，结果呢？成了个臭不要脸的东西。"

叶紫母亲总是以"姓郭的"来称呼叶紫的父亲，充满蔑视。叶紫说："罗阿姨以前也喜欢养花，家里的窗台上都摆满了，她考上了清华，毕业后出了国，也没见她被哪个男人骗。"叶紫说的罗阿姨叫罗薇薇，以前住叶家隔壁，从小就是学霸，后来定居在芝加哥，经常环球旅行，她和梁奇志都是5731厂子弟的榜样。

母亲从鼻孔里哼了一声："那是因为人家种好！"

每次理屈词穷了，母亲就会把锅甩给叶紫的父亲，让叶紫特别无语。

换座风波发生时，叶紫也跟母亲吵过架，她说："男生谈论女生很正常，女生也经常悄悄谈论男生，如果是同性对同性感兴趣才不正常。"母亲说："你没看见他俩那个猥琐的样子，不光说下流话，还盯着洗澡出来的女人看，眼珠子都快掉出来了，不是小流氓是什么？"叶紫说："那些女的又不是没穿衣服，看看有什么，大惊小怪的，至于吗？鲁迅早就说过，一看到短袖子就想到裸体，想到性交和私生子，那是国民劣根性，淫者见淫！"

叶丽萍被叶紫的话激怒了，扬起巴掌想打她，但手一直没落下去。在叶紫的记忆中，母亲只是毒舌，却一次都没打过她。但她觉得，母亲那些带着毒刺的语言，抽打在她身上的疼痛感，远胜过体罚。

叶丽萍和郭明浩吵架时是动过手的，叶紫亲眼看见过。具体是因为什么事她不记得了，只记得有一次杯子、盘子满屋飞，都是母亲扔的，父亲狼狈地躲闪，她瑟缩在墙角号啕大哭。还有一次是在父亲搬走之前，他蹲下来，想亲亲叶紫的小脸蛋，却被母亲推倒在地。父亲的脑袋磕在茶几上，出了血。印象中叶紫从没见郭明浩还过手，他似乎都没有高声说过话。叶丽萍总是拉上叶紫一起声讨郭明浩的狼心狗肺，叶紫不愿意，她觉得自己跟父亲没仇。

叶丽萍说："怎么没有？他背叛家庭就是对你不负责！"

叶紫还是不认同，自己的人生为什么要别人来负责？自己负责就好了。她从小就很独立，洗衣、择菜、做饭都会，学习也不让母亲操心，成绩稳定在班上前三名。相反，叶紫觉得母亲才不负责任，喜欢把自己的观点强加给她，独断专行，指手画脚，不允许她有自己的想法。按照政治老师的话来说，这叫霸权主义。不过，叶紫对父亲也爱不起来，在她还不懂爱的时候，父亲就离家出走了。她试图在学校里的那架古董钢琴中，在唯美抒情的乐曲中，寻找遗失的父爱，但一次都没有成功。

那个可怕的下午就像一条贪吃蛇，把叶紫对母亲的埋怨吃得干干净净，她心里剩下的，全是母亲对她的各种好。叶紫几乎是在一夜之间理解了母亲——她其实是个病人，失败的婚姻给她留下了严重的后遗症，她的任何不可理喻的言行都不应该被嘲笑，被敌视，被刺激，而是应该被同情，被安慰，被呵护。作为女儿，叶紫觉得自己这些年对母亲的关心远远不够，她只知索取，没有付出。她被怨恨绑架，忘记了爱。准确地说，叶紫是在十七岁的那年春天突然长大的。

在刑警队做笔录时，叶紫很配合，情绪稳定，有条不紊地回答赵卫国提出的每一个问题，清晰无误地回忆起案发前的每一个细节。她的这种与年龄和性别都不符的老成，让赵卫国很吃惊。他说自己的女儿也是十七岁，还经常搂着母亲的脖子撒娇，看见一只小虫子都会尖叫。

叶紫刚做完笔录，她舅舅一行人就驱车回来了，外公外婆一下车就住进了医院，两位老人的眼泪在路上已经流干了。叶丽萍被害的原因还没查明，后事暂时不能办。叶紫托我父亲跟班主任请了一周的假，她和舅舅、舅妈住在县公安局旁边的鸿运旅社，每天都会到刑警队询问案件进展。5731厂地处偏僻山区，交通不便，流动人口少，在这种地方发生命案，按理说不难侦破。以前厂里也发生过几起案子，大都是盗窃案，还有几起故意伤害案和强奸案，几乎不用刑警队出马，往往在三天之内，保卫科就能破获。但叶丽萍的案子，包括厂里后来接连发生的两起命案，却成了例外，十二年悬而未破。这其中有个很重要的原因，就是案发时，5731厂的监控系统正在升级改造中，无法通过监控视频这种有效的侦查手段来锁定犯罪嫌疑人。

直到叶紫假满，叶丽萍的死因依然是个谜，警方侦查毫无头绪。赵卫国说：“先回家吧，有消息会第一时间通知你们。”

逝者已矣，生者还得继续努力地活着。叶紫的舅舅、舅妈只好驾车返回了海南，叶紫也跟着已出院的外公外婆回到了5731厂。世界是如此奇诡，2024年春天，在王海英的出租屋内，我的脑海里闪现过一个名字——许默然。如果我的记忆没有出错，十二年前的那个春天，回5731厂的客车路过水电泵厂时，叶紫的脑袋里也曾冒出了同样一个名字。

当天她在QQ空间日志里写道：“凶手作案会避开人，但肯定不会避开猫狗。如果许默然真的懂猫语该多好，那就能知道凶手是谁了。”

许默然是慕兰中学乃至整个5731厂的异类，他跟我的家庭情况有点像，母亲马卉是厂二代，父亲是湖南本地人。马卉和我母亲在中小学和大学都是同校，但一直没同过班。在星城医学院读书期间，马卉和同班的男生许智远好上了，毕业后，双双去了慕兰山区的一座疗养院工作，在那里结了婚，并生下了许默然。后来，许默然的父母相继因公殉职。2010年夏天，他被外公外婆接到了5731厂，成了慕兰中学的插班生。

除了沉默寡言，大家一开始没发现许默然有什么特别之处。不久之后，有人注意到，总有几只流浪猫狗屁颠屁颠地跟着他，就像他养的宠物一样。他性格孤僻，独来独往，脸色阴沉得像爬满了苔藓，从来不笑，所以他在学校里没什么朋友。匪夷所思的是，厂里的流浪猫狗见了其他人都会躲，见了他却会主动上前献殷勤，还能根据他的指令上树抓麻雀、钻洞撵兔子。传达室的谭师傅养在楼顶的鸽子被偷吃了不少，有一天他终于用兽夹逮到了凶手，是一只狸猫。谭师傅准备将凶手就地正法，恰好被许默然看见了。他上前抚摸着那只狸猫的脑袋，嘴里发出几声奇怪的声音，刚才还在垂死挣扎的狸猫立马安静下来。许默然央求谭师傅高抬贵手，并许诺以后要是再有鸽子丢失，就由他来赔偿。看见凶残的狸猫在许默然的安抚下如此温驯，谭师傅惊骇不已，就放了狸猫一条生路。此后，谭师傅养的鸽子再也没有丢失过。许默然也因此得了个外号叫喵星人，传闻他懂猫语。

我为此问过许默然："你是不是真的能跟猫对话，能不能教我几句？"

许默然说他没这么大的神通，以前他父母工作的地方很单调，没什么玩的，他就跟猫狗之类的小动物玩。久而久之，他就能通过肢体语言和模仿发声跟小动物进行简单的交流了。许默然还说，要跟小动物和谐相处，就必须在了解动物生活习性的基础上，学会观察动物的步姿、神态、眼色、叫声，揣摩其心理。

我曾经花了整整俩小时来观察一只流浪猫，却什么都没学会，还差点被猫挠了一爪子。对我来说，猫二十四小时的神态没有任何变化，根本看不出喜怒哀乐。我觉得许默然长大后适合当兽医，或者心理医生，他连猫狗的心理都能看清楚，看人还不是小菜一碟？但这种天赋并没有给许默然带来更多的朋友，反而让大家把他当成了从异次元世界来的怪物，有意疏远他。不过叶紫和唐恬恬没有这种偏见，两人都喜欢小动物，经常跟许默然一起投喂野猫、野狗。爱屋及乌，我和魏大龙也就跟许默然走得比较近。但母亲不喜欢我和许默然玩，说他身上很可能有寄生虫，她担心传给我。母亲更不许我去招惹野猫、野狗，说被咬了会得狂犬病，死亡率是百分之百！母亲把狂犬病说得很恐怖，跟僵尸病毒一样，发作起来会口角流涎，见人就咬。我觉得母亲是耸人听闻，因为许默然的手上有许多抓痕和咬痕，都是他跟猫狗戏耍时留下的，但他从来没打过疫苗，我也没见他得狂犬病。魏大龙说这家伙可能天生对狂犬病毒免疫，我觉得只能这样解释了。总之，喵星人的世界普通人不懂。

许默然上课爱走神，经常望着虚空发呆，眼睛上就像浮着一层雾气。但开小差没有影响他的成绩，每次考试他都能进班级前十。我觉得许默然要是不开小差，把心思全部放在学习上，肯定能考年级第一。普通人连学英语都很难，许默然却能学会全世界语言学家都搞不懂的猫语，这得多牛！慕兰山区方圆数百里，有许多地方人迹罕至。我心想，那座隐匿在大山深处的疗养院，到底是怎样一个神秘之所，才孕育出了许默然这样的喵星人？

我至少也有一半的心思没放在学习上，我经常利用课余时间去搞所谓的田野考古。闯王残部在慕兰山区活动过十余年，白莲教也在这里设坛练过兵。我拿着一本爷爷翻烂了的《屏江县志》，在山里找到过义军留下的摩崖石刻、残碑、营地、墓葬，还有一把锈成铁渣的弯刀和一枚长满铜绿的永昌通宝。

插班前，许默然从没来过5731厂。这让我觉得不可思议，难道他母亲从不带儿子回娘家探亲？对此，许默然解释说，他父母工作的疗养院其实是精神病医院，外公外婆反对母亲去那里工作，双方闹得很不愉快，几乎断绝了关系。

我问他："精神病医院里是不是有很多武疯子，医护人员配枪吗?"魏大龙也问:"病人里面有没有美少女?"

许默然的回答很无趣:"医院有保密制度,里面的事不能随便透露。"

5731厂以前也有秘密,而且是军事秘密,但军改民后,就解密了。我和魏大龙都想不通,一个疯子扎堆的地方能有什么秘密。我察觉到,只要话题涉及那座医院,许默然就会三缄其口。如果别人追问,他那张脸就会越发阴沉,几乎要滴下水来。许默然有时会跟我和魏大龙去唐恬恬家打扑克,一开始,升级和跑得快他都不会,打了几盘后他就迅速摸清了门道。只要跟他打对子,准赢,而且他每次都是跑得最快的一个。玄乎的是,许默然在打扑克时,总会有只流浪猫跟过来,趴在唐恬恬家的窗台上看着他,赶也赶不走。我和魏大龙一度怀疑是流浪猫偷看了牌,然后用猫语告诉了许默然,但我们从没抓到过证据。从遗传学上来讲,许默然的脑瓜子灵泛是有原因的,父母是医生,外公外婆都是5731厂的电气化工程师,据说他爷爷奶奶还是星城外国语大学的教授,一个教德语,一个教法语。

高一那年霜降,我奶奶去世了。有天上音乐课,老师不在,我用钢琴弹起了《北国之春》,在旋律中想起了奶奶织的毛衣,心里一阵酸痛。但我从没见许默然悲伤过,难道他从不想自己的父母吗?自从许默然跟我和魏大龙换了座位,他就一直坐在叶紫和唐恬恬的后面,再没换过。如果是别人,我多少会吃点醋,但我不吃许默然的醋,因为这个喵星人从不跟任何女同学搭讪,当然也包括叶紫。他似乎对男女之情不感兴趣,只有跟小动物在一起时,他才浑身充满活力。倒是叶紫经常跟许默然说话,分享零食,或者借个橡皮擦什么的。叶紫的母亲向来不欢迎男生到她家串门,唯有许默然例外,她不仅会主动邀请,甚至会留他吃饭。后来我才知道,叶丽萍和许默然的母亲马卉在子弟学校是同桌,关系非常好。

慕兰山区有许多神秘动物的传说,比如会上树吃鸟的鱼,会拜月亮的黄鼠狼。还有种毒蛇像蜘蛛一样会吐丝,能结成一张棋盘状的网。人畜只要碰到网丝就会挣不脱，然后被蛇当成一枚死棋慢慢吃掉。最可怕的是鸡冠蛇，头顶有个鸡冠状的肉突，会发出母鸡那种咯咯的叫声，所过之处，草木皆枯。如果人被它咬了，三步之内必倒。我曾经约了魏大龙和许默然去山里掏蜂蜜，同行的还有叶紫和唐恬恬。我早就踩好了点，溪谷里有片洋槐树林，其中最大的那棵洋槐上有个树洞，里面就是蜂巢。我们点着火把驱散蜜蜂，把蜂蜜掏出来大快朵颐。

一条通体漆黑如炭的大蛇突然从树上一跃而下，像根鞭子似的直挺挺地朝我们扑来。我和魏大龙根本来不及反应，叶紫和唐恬恬则吓得大呼小叫。许默然却站在原地岿然不动，他嘴里发出几声怪异的猫叫。那条大蛇像是感觉到了危险，立即缩回脑袋，在半空中硬生生地拐了个弯，落在了地面上。但大蛇并没有逃走，而是昂首吐着芯子，对许默然怒目而视。许默然弓着身子，不断发出猫叫，大蛇的嘴里也咝咝吐声。一人一蛇就这样对峙了七八分钟，我和魏大龙都不耐烦了，各自捡了一块大石头，合力把蛇砸死了。

许默然说："可惜了，本来想活捉给我外公泡蛇酒的，能治风湿。"

叶紫突然说："那条蛇的脑袋上好像有个鸡冠。"

唐恬恬说："我也看见了。"

我和魏大龙连忙去看那条死蛇，但蛇头已被砸得稀巴烂了，什么也看不出。我们刚才太紧张，都没注意大蛇是否有鸡冠。

许默然却说："蛇头上光秃秃的，叶紫和唐恬恬肯定是看花了眼。"

那次我们到底是不是遇到了传说中的鸡冠蛇，我至今不知道。令我记忆犹新的是，那天溪谷里槐花香气袭人，不知从哪里来的风吹乱了许默然的头发，在阳光的照射下，宛如血红的鸡冠，这个喵星人看上去更像是一条鸡冠蛇。

同样让我难忘的还有一件事。那天许默然用一根末端尖锐的树枝当手术刀，把那条大蛇开膛破肚，取出了深绿色的蛇胆。我当时没在意，以为他是想把蛇胆带回去给外公泡酒喝。回去的路上，许默然把最后一块蜂蜜掰成两半，分给了叶紫和唐恬恬。快走到5731厂的后门时，我看见两手空空的许默然，突然想起了什么，问他："蛇胆呢？"许默然说："刚才塞在蜂蜜里，给叶紫吃了。"叶紫"哇"的一声就吐了起来，我很生气，质问道："许默然你是什么意思？"许默然平静地说："她近视，蛇胆明目。"

跟叶紫同学了几年，我还不知道她是近视眼。唐恬恬一脸诧异，问许默然："全班就我知道叶紫戴了隐形眼镜，是谁告诉你这个秘密的？"许默然淡淡地说："我自己看出来的。"叶紫费了很大的劲也没有把蛇胆吐出来，时至今日，我仍然不知道许默然到底是怎么看出叶紫近视的。难道他长了一双猫眼吗？后来我特意在晚上观察过许默然的眼睛，即使伸手不见五指，他的视力也极好，跟白天无异，而且瞳仁里似乎真的闪烁着跟猫一样的幽光。

在那个阳光像蜂蜜一样流淌的季节里，我还看出来了，许默然并非对人类社会不屑一顾，他也关心女生，特别是叶紫。在这一点上，喵星人跟普通人并没有什么不同。

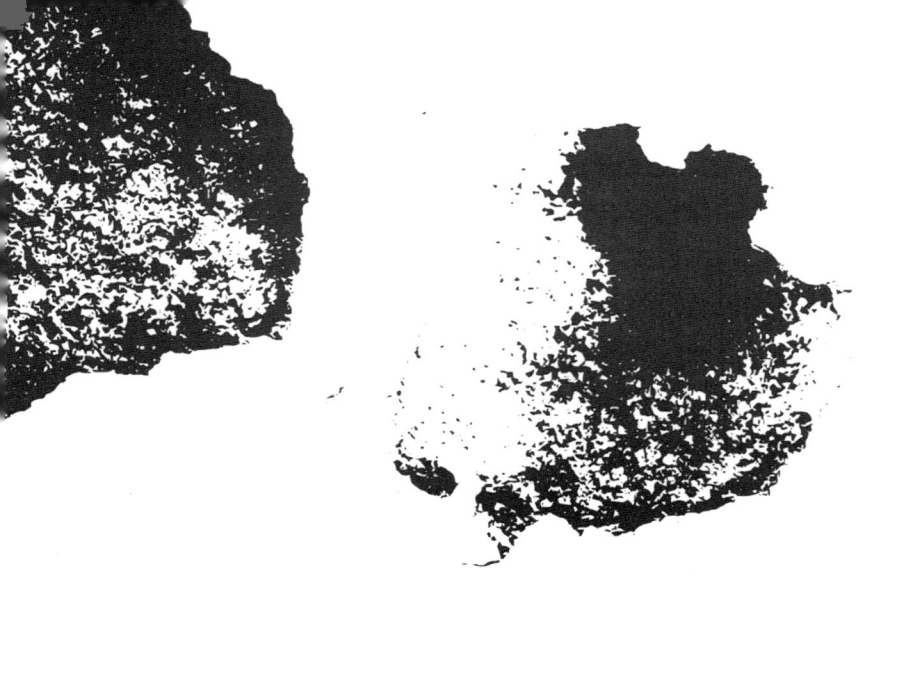

厂区少年

一

班主任很关注学生的心理健康,在叶紫回来前就跟全班打了招呼,不许大家向叶紫打听她母亲遇害的事。所以叶紫重返课堂后,同学们都跟以前一样嘻嘻哈哈,课余时间谈论的话题照旧,无非是追星、追剧、美食、美妆、游戏等等,似乎厂里根本没有发生过什么命案,那个春天跟以往也没有任何区别。但敏感的叶紫还是察觉到了,大家嘴上虽然不说,但目光都在探询,每个人的心中都在问:她母亲为什么被杀?凶手是谁?母亲死了,她会回到父亲身边吗?这些无声的探询刺痛了叶紫的心,平时上课聚精会神的她也开始走神了,脑子里乱糟糟的,像个鸡窝。

在县城等待警方消息期间,叶紫见到了自己的父亲郭明浩,是刑警队通知他来做笔录的。如果不是父亲自报家门,叶紫完全认不出来。他很像韩剧《浪漫满屋》中的柳民赫,儒雅绅士。这个剧是她躲在唐恬恬家里看的,叶丽萍从不准她看这种偶像剧,说看了会变成傻白甜。那天她父亲穿着卡其色的风衣,头发一丝不苟,身上有淡淡的古龙水的味道。四十岁的年龄,却一点都不油腻。

郭明浩离婚后一直没有再娶,坊间传闻他有个神秘女友,他那首震动乐坛的成名作《蝴蝶奏鸣曲》就是献给女友的。但谁也没有见过这个女人,郭明浩从没公开承认或否认过她的存在,这更给《蝴蝶奏鸣曲》增添了一份神秘浪漫的色彩。

郭明浩是开着一辆黑色奥迪来的,他送了叶紫一台苹果笔记本电脑,问她愿不愿意去星城读书,叶紫摇摇头:母亲把父亲定义成一个人渣，她一时难以接受父亲的善意。郭明浩没有勉强她，给了叶紫一张名片，说以后有困难可以随时找他。郭明浩走后，叶紫迷惑了很久，到底是父亲把母亲变成了那个样子，还是母亲把父亲变成了现在这个样子？

外公外婆要叶紫跟他们住在一块，她不肯，执意住回了自己家，那里还有母亲留下的气息。其间几名刑警又来勘查了一次，当时叶紫在上学，是她外公开的门。刑警在叶紫母亲的房间里鼓捣了半天，还不让她外公在场，搞得很神秘，但事后什么都没说就走了。

周六上午，我邀约魏大龙、唐恬恬和许默然一起去看叶紫，还凑份子买了水果和零食。叶紫主动提起了她母亲的案子，说警方只查出了叶丽萍的死因，被害原因还没搞清楚，作案工具也没找到。她还说，警方判断凶手很可能是厂里人，知道监控系统在升级改造，拍不到自己的行踪。她的母亲从不给陌生人开门，被害时身上没有抵抗伤，只有熟人才能轻易骗开房门，并且在母亲没有任何防备的情况下实施犯罪。

魏大龙说："厂里有大几千人，基本上互相都认识，犯罪嫌疑人的范围也太大了，跟大海捞针差不多。"

我给叶紫削了个苹果，说："听我爸讲，谋财害命、情杀和仇杀都排除了，正是因为凶手的作案动机不明确，所以排查难度非常大。"

叶紫坚持认为凶手是个变态，因为她母亲被害时的穿着打扮实在太怪异了。但母亲的身体并没有被玷污，她说不出凶手这样做到底是图什么。我说："我看过一部美国犯罪纪录片，凶手不图财、不图色，就是为了享受用刀子切割人体的那种快感。作案对象还是随机选取的，一共杀了十八个人。"魏大龙说："这部片子我也看了，凶手把尸体骨架做成标本，边欣赏边喝威士忌。"唐恬恬说："你俩是美剧看多了吧，我们厂里哪会有这种变态。"随即她瞟了魏大龙一眼："最变态的也就是你。"

魏大龙躺着也中枪，很无辜地问："我怎么变态了？"唐恬恬说：

"做梦都惦记着饭岛爱,不是变态是什么?"魏大龙笑嘻嘻地说:"我这不是变态,是生理卫生课没学好,课外找饭老师补一补。"

我想笑,但看见叶紫默默地吃着苹果,情绪不佳,就收敛了笑容。我看向一声未吭的许默然,他似乎感受到了我的目光,慢悠悠地说:"破案是警察的事,我们就别操心了。该忘掉的忘掉,该继续的继续。"

若干年后,我回忆起许默然说的每一句话,发现都充满了哲理,是人类智慧的结晶。但我那时年少懵懂,总觉得他说话大多数时候都十分无趣。

那天上午,我们在叶紫家闲聊时,她接到了赵卫国打来的电话,说自己正在5731厂保卫科,叫她过去一趟。叶紫以为他们有了凶手的线索,她欣喜若狂,叫我们在房间等她回来,自己飞奔下楼,朝保卫科跑去。还在保卫科的走廊上,叶紫就闻到了从办公室门缝里飘出来的烟味。她推开房门,发现赵卫国和我父亲都坐在沙发上,两人几乎被烟雾吞没了,她顿时有种不好的感觉。

父亲示意叶紫坐下,然后起身去倒水。赵卫国对叶紫说:"你外公外婆年纪大了,身体又不好,今天的谈话内容暂时不要告诉他们。"叶紫机械地点点头,她心中的那种不安感更强烈了。赵卫国盯着叶紫问:"你妈身体不好,你知道吗?"叶紫点头说:"知道,她血压高,有乳腺增生,还有胃溃疡和胆囊炎,是职工医院体检查出来的。"赵卫国说:"这都不算大毛病,我们查到这几年来,你妈每隔半年都会去县人民医院看病。"叶紫很纳闷地问:"我怎么没听她说过?"我父亲把水杯递给她,说:"厂里每天都有几班车去县城,你妈当天去当天回,你在上学,不知道也正常。"叶紫问:"我妈去县里看什么病?"赵卫国停顿了几秒,说:"她在四年前就确诊了中度抑郁症,今年转为重度了。"

叶紫不敢置信,她猛烈地摇头,说:"不可能!我看过我妈的病历,只有我刚才说的那几种病,没有抑郁症。"赵卫国说:"你妈应该是把抑郁症的病历给销毁了，不想让你看见。她多次跟医生说过，她有厌世的想法。我们已经在医院调出了她的病案，这个不会有错。"叶紫像是被一场突如其来的寒流包裹了，声音颤抖地问："我妈那么要强，怎么会得抑郁症？"赵卫国干咳了两声说："按照她看病时对医生的自诉，她得抑郁症主要是两个原因：一是离婚，二是……教育孩子。喀，老姚，你来补充吧，小叶同学家里的情况，你比我了解。"

父亲"嗯"了一声："你爸的事业越来越成功，经常上电视，还举办了钢琴巡回演奏会，你妈很受刺激。还有，你妈发现你越来越叛逆，老跟她对着干，担心你会走她的老路，被男人骗。她每天都很焦虑、烦躁、恐慌，久而久之，不得抑郁症才怪。她要是像你倪阿姨那样就好了，整天'八卦'这个'八卦'那个，下了班还要跳会儿广场舞才回家做饭，隔三岔五就陪我喝个革命小酒，别说生大病了，连脚气都没有。"

虽然是在房间里，叶紫却感觉自己置身冰天雪地中，肌肉僵硬，呼气成霜，她喝了口热水，极力让自己的声音变得正常一点："你们怀疑我妈是自杀的？"赵卫国说："二次尸检发现，索沟是一次性形成的，呈非闭锁状，从着力部向两侧逐渐变浅，索沟的上下缘与缢沟间隆起处有出血点。如果人是被勒死的，很可能会有多道索沟，而且索沟会呈闭锁状，深度均匀。结扣处有压痕，勒沟多有出血，颜色较深……"叶紫打断赵卫国的话："我听不懂这些，你就告诉我，尸检的结果到底是什么？"赵卫国说："县局的法医比较年轻，欠缺经验，之前的尸检不够严谨。第二次尸检是市局派来的两名法医专家负责的，他们都是行业内的权威。经过反复勘验和论证，最后得出结论，你妈应该是自缢身亡的。"

叶紫的胸脯急速起伏着，她情绪激动地问："如果我妈是自己上吊的，那她死的时候怎么会坐在地板上？"赵卫国说："小叶同学，你先冷静点，听我解释。自缢有很多种方式，房梁、暖气片、床架，甚至水龙头和门把手，都可以成为缢索的支撑点。自缢者也并非都是采取直立悬吊的姿势,坐姿、跪姿和卧姿都可以。听说你喜欢写文章,你应该知道三毛吧?就是那个台湾女作家,她就是坐在马桶上,用尼龙丝袜悬挂在输液架上自缢的。"

三毛的每一本书叶紫都看过,她很喜欢这位充满真性情的女作家,觉得她笔下的文字有一股撒哈拉沙漠的味道。三毛的死因叶紫也是知道的,她当时还难过得掉眼泪了。

赵卫国说:"我们判断,你妈应该是先自缢,死后遗体被人挪到了床上。"

叶紫根本无法平静下来,她再次打断赵卫国的话,快速问:"谁挪动的,他为什么要这么做?"

赵卫国说:"有一种可能,这个人本来只是去你家的,是男性的可能性比较大,至于他去的目的暂时不清楚。发现你妈自杀后,他就赶紧把你妈脖子上的绳套和手脚上的充电线都解开了,把她抱到床上,想给她做心肺复苏。市局的法医给我们科普了一下,在公共场合突发心脏骤停,男性被抢救成功的概率,要比女性高。造成这种差异的原因,是施救者羞于当众解开女性的胸罩来进行心肺复苏,影响了施救效果。胸罩对女性的身体有一个束缚力,会使胸廓的起伏受到限制,增加心脏的压力,让病人的情况变得越来越糟糕。进入你家的这位不速之客,很可能在给你妈做心肺复苏前,解开了她的胸罩。但心肺复苏并未成功,没能救活你妈,这个人害怕自己被误解,受到牵连,所以就把你妈的遗体放回了原处,重新捆绑好,并且抹掉了他留在现场的所有痕迹。可能他担心你会突然回来,就没有把胸罩再戴回你妈身上,这太耗费时间了,他想尽快离开你家。"

我父亲在旁边补充道:"我听你倪阿姨说过,你妈的胸罩偏小,做心肺复苏时肯定会受影响。"

叶紫摇头说:"不可能,如果我妈自杀了,别人就不可能进我家里来,特别是男人!"

赵卫国说:"我们了解过了,你妈作风正派,但她毕竟离异了,如果有亲密的异性朋友，是能够理解的。她担心你接受不了这件事，对你隐瞒也完全有可能。目前我们正在按照这个思路查找那个隐形的男人，还需要点时间。"叶紫问："我妈坐着是怎么自杀的？"赵卫国说："前几天我们第二次去你家勘查时，发现靠近你妈遗体的床头铁栏杆上有磨损的痕迹，那里很可能就是绳子的受力点。在机械性窒息前，人会本能地挣扎。你妈为了避免自缢失败，就用充电线把自己的手脚捆绑了起来。技侦人员现场模拟了一下，把绳子拴在床头栏杆上，坐在你妈死亡时的那个位置，捆绑住自己的手脚，把头伸进绳套，借助自身重力，是可以做到自缢的。"

叶紫还是不能接受这种解释，追问："那我妈的胸罩和自缢用的绳子呢，难道她死了以后又自己把这些东西扔掉了？"赵卫国说："进入你家的那个男人心思非常缜密，可能觉得绳子和胸罩上留下了自己的生物信息，比如皮屑和指纹，一时难以清除，他就干脆带走了。"我父亲说："还有一种可能，你妈个头比你高，体形比你胖，你的裙子穿在她身上偏紧，再戴上胸罩会很不舒服，所以她在轻生前自己取下了胸罩。"

叶紫说："你们绝对搞错了，如果我妈真的想自杀，临死前她不会打扮成那个样子的。"赵卫国说："自杀者易装比较常见，他们告别人世时往往会追求一种仪式感，梳洗打扮一番，穿上自己最喜爱的衣服，尤其是女性。也许你妈觉得自己的生活很失败，她梦想回到无忧无虑的少女时代，或者想带着美好的回忆离开这个让她痛苦的世界，所以就穿上了你的蓝裙子，还化了个妆。"我父亲说："良子他奶奶临终前就特意换了身荷绿色的旗袍，还戴了条珍珠项链，她说要漂漂亮亮地走。"

叶紫没有再问下去，她眼中的幽潭似乎瞬间枯竭了，露出了坚硬的鹅卵石，她拔腿跑出了办公室。

赵卫国有些担心地问我父亲："要不要送她去医院看心理医生？"我父亲说："不用了，凶宅她都敢住，这丫头能挺过去。"

那天还没断黑,叶丽萍并非他杀而是自杀的消息就在5731厂满天飞了。叶紫一下子成了吃瓜群众眼里的绿茶婊,说她骨子里遗传了父亲的闷骚劲,喜欢舞文弄墨,风流多情,跟性格古板的母亲关系紧张,天天吵架。甚至有人说叶紫人小鬼大,内心歹毒,故意刺激得了抑郁症的母亲,想让她快点去死,自己就可以早点解脱,去星城跟功成名就的父亲一起生活了。吃瓜群众更是对那个隐形的男人津津乐道,纷纷猜测他是谁,说叶丽萍真能装,平时看上去生人勿近,暗地里却耐不住空房寂寞。还有人说那个男人肯定是有妇之夫,所以才鬼鬼祟祟的,不敢公开露面。一连几天,叶紫都精神恍惚,她似乎在做一个很长很长的梦,不分白天黑夜都在梦游。得知母亲被杀时,她都没这么失魂落魄过。现在他杀突然变成了自杀,那母亲的死就跟她直接相关了。换句话说,是她谋杀了母亲,她就是凶手!

叶紫沉浸在内疚中不能自拔,她每天到点上学、放学,到点吃喝拉撒睡,跟个机器人似的。我安慰她:"听我爸说,你妈自杀只是法医的尸检结论,警察还在侦查,并没有结案。"叶紫坐在窗口,看着自己的脚尖不吭声。唐恬恬愤愤不平地说:"找不到凶手就说你妈是自杀的,这是警方在推卸责任。"魏大龙一拍脑袋,说:"我想起来了,我爸认识公安厅的一位领导,要不我叫他打声招呼,给县里施施压。"叶紫依旧沉默,窗外明明阳光灿烂,光落在她身上,却像万年寒冰。许默然也没说话,他坐在叶紫旁边玩猫,仿佛人类社会的纷纷扰扰跟他毫无关系。

清明节那天中午,窗外细雨霏霏。赵卫国喝着菊花枸杞茶,在办公室里看一份刚刚送来的调查报告,是关于那个隐形男人的。在叶丽萍的通讯记录里,没有发现这个男人的蛛丝马迹。走访调查也表明,他似乎并不存在。报告倾向于认为,这个男人可能有家室,跟叶丽萍的关系见不得光,因此两人的保密工作做得非常好。结合现场勘查、最新尸检报告、走访调查等情况,赵卫国觉得可以结案了,叶丽萍确实是自缢的。至于那个隐形男人,虽然他在叶丽萍自缢后的所作所为误导了警方,但从严格意义上来说并不算犯罪,或者说没有犯罪的主观意图。他和叶丽萍的关系属于道德范畴,可以慢慢查。也许过了这个风口,这个人就自动浮出水面了。

赵卫国正要写结案报告手机就响了,是我父亲打来的。赵卫国摁下接听键就说:"老伙计啊,从战场上下来二十多年了,你那个急性子怎么还没改?不是说好了吗,晚饭前我会亲自把结案报告给你送过去,你催什么催,急火伤肝,你还当自己是小年轻呢,一大把年纪了,得注意养生。"父亲在电话那头吼道:"老子不是催你,是通知你,赶紧把叶丽萍案的结案报告给撕了!"赵卫国问:"老姚,你抽什么风,你以为结案报告是电影票呢,说撕就能撕的?"父亲说:"别废话!厂里又死人了,我正在现场,死者现年二十六岁,跟叶丽萍一样,是穿着蓝裙子死的,还化了妆,手脚被捆绑着。"

赵卫国的脑海里顿时刮过了一阵飓风,他知道我父亲是个直肠子,从不开玩笑。按照我父亲的描述,5731厂刚刚死的这个人疑似他杀,案发现场跟叶丽萍的死亡现场相似。

这意味着他们之前的结论是错误的,叶丽萍并非自杀,而是他杀!

叶紫的QQ空间日志记载得非常详尽,清明节那天阴转阵雨,学校放假,她午休刚起床就接到了我打来的电话,我告诉她厂办主任刘冬梅死了,跟她妈的死亡方式差不多,穿着一件蓝色连衣裙。她就是在那一瞬间从恍惚的状态中清醒过来的,后来我又讲了些什么她已经没注意听了。自从警方怀疑她母亲是自杀后,她感觉勒过母亲的那条绳子似乎套到了自己的脖颈上,让她透不过气来,有一种强烈的濒死感。现在,那条绳子突然消失了,她就像从绞刑架上跌落,身心陡然轻松了许多。她一口气跑到汨罗江边,对着沉默的江水高声哭喊:"妈,他们都错了,杀你的不是我,也不是你自己,我一定会帮你找到凶手的!"

叶紫浑身被雨淋得透湿，但她一点都不觉得难受。这似乎是一场及时雨，带着某种神谕，唤醒了她体内休眠的许多东西。那种野蛮生长的状态逐渐被秩序取代，她的生活开始回归正常。从江边回来，叶紫看到厂里停着很多警车，吃瓜群众打着伞，聚集在发生命案的家属区二十四栋楼下交头接耳，她从旁边经过时竟无人理会。叶紫明白，自己已经不再是大家关注的焦点了。

喜新厌旧是人类的本能，面对死亡也不例外。

二

5731厂建在汨罗江边，风水不好，出浪子。这是母亲经常挂在嘴边的一句话。我真搞不明白，满脑子封建迷信的母亲是怎么当上医生的。我反驳过，说余光中先生礼赞蓝墨水的上游是汨罗江，说这里是块风水宝地。母亲撇撇嘴："什么蓝墨水，就是一江桃花水，怪不得屈原是个骚客。"母亲嘴里的骚可不是风雅的意思，而是指生活作风不检点。我仔细想了想，母亲说的似乎有几分道理。

叶紫的父亲抛妻弃女，魏大龙的父亲背着妻子吴兰舟包养情妇——小三叫刘冬梅，也是厂里的子弟。她原本在5731厂驻星城办事处搞接待，被时任副厂长的魏光辉看中，弄到厂办来当主任，还分了套房子。这个小三妥妥的是个戏精，当初口口声声不要名分，只要爱情。当了主任后，她就跟魏光辉摊牌了，要么上位转正，要么给她一百万青春损失费，不然就天天上门闹。

刘冬梅的父亲叫刘学峰，初中没毕业就辍学了，在车间当钣金工。十八岁时，他跟来厂里打临工的一个妹子同居了，生下了刘冬梅。但刘冬梅还没满月，那个妹子就因为受不了刘学峰的家暴跑了，从此再没回来。后来刘学峰嫌在车间干活累，就辞职了，先是盗伐慕兰山区的林木，被抓后判了五年，后越狱未遂，实际上蹲了七年牢。出狱后他跑去屏江黄金开发总公司的矿区非法淘金，还持刀重伤了两名巡查队员，被我父亲协助刑警队抓获，又判了十年。刘学峰的父亲被这个混账儿子活活气死了，母亲也在他坐牢期间病逝了。

2010年端午节前夕，刘学峰刑满出狱，跟人去了缅甸做珠宝生意。刘冬梅敢单挑副厂长，就是狐假虎威，仗着自己有个心狠手辣的老爸罩着。吴兰舟性格懦弱，顾及脸面不敢跟小三撕。倒是吴兰舟的弟弟吴勇波看不下去了，他是厂里的试车员，也是半个流子，背靠姐夫这棵大树，上班三天打鱼两天晒网。当刘冬梅再次到姐姐姐夫家胡闹时，吴勇波纠集俩哥们要暴揍这个泼妇。结果，刘冬梅从魏光辉买给她的POLO车里拎出一个液化气罐，打开阀门，扬言要跟吴、魏两家人同归于尽。她不是吓唬人，而是真的掏出打火机点燃了液化气罐，吓得吃瓜群众四散奔逃，吴勇波还跑掉了一只新皮鞋。幸亏我父亲及时赶到现场，把已经着火的液化气罐从刘冬梅的手里夺下来，塞进了旁边的防空洞里。轰隆一声巨响，液化气罐爆炸，地面摇晃，二十八栋宿舍楼被震碎了不少窗玻璃。

父亲是从枪林弹雨里闯过来的，自然不怕刘冬梅撒泼，当即要把她扭送到公安局法办。魏光辉急忙把父亲拉到一边，说把这泼妇送进去也关不了几天。要是把她那个不要命的父亲招惹回来，局面就更加不好收拾了，还是由他私下协商解决比较好。父亲想想也是，清官难断家务事，就放了刘冬梅一马。整个5731厂的人从此知道了，这娘们惹不得。魏光辉给刘冬梅写了一份保证书，等儿子高中毕业后就跟她结婚，逾期不办，赔偿两百万青春损失费。我记得那是高一上学期发生的事，女澡堂旁边的秋海棠开了没多久。当刘冬梅点燃液化气罐时，我和魏大龙都吓得躲到了露天乒乓球台后面。但同在现场的许默然没有跑，他一直蹲在泡桐树下喂猫，似乎这场骚乱是发生在另外一个平行空间的。

煤气罐事件让魏光辉灰头土脸，领导威信一落千丈。他就是在那个秋天停薪留职，去了星城一家外资汽车企业的。虽然魏光辉信誓旦旦地说，那份保证书只是缓兵之计，吴兰舟还是担心得要死，害怕这个家会被那个骚女人拆散。她跟我母亲是一个德行，满脑子迷信思想。她找了一打的神汉、神婆，又是画符又是作法，想收走那只让她家鸡犬不宁的狐狸精。钱被骗去万把块，刘冬梅却越活越滋润了，每天花枝招展，趾高气扬。一周要去厂里的俱乐部健两次身，腰更细了，听说买福彩还中了五千块钱。

刘冬梅上门闹事不仅让魏光辉丢尽了颜面，也羞辱了魏大龙，当时有好多同学都在现场看热闹。如果我没记错，应该也是那个秋天，在汨罗江畔的那座汉代古墓里，魏大龙跟我说他想报复刘冬梅，要我帮忙想招。当时魏大龙面容狰狞，如同貔貅，一副恨不得将刘冬梅弄死的表情。说实话，我也恨刘冬梅。父亲抱着燃烧的液化气罐朝防空洞入口跑时，我吓坏了。那个女人差点害死了我父亲，这个仇我肯定是不能忘的。

我和魏大龙坐在墓砖上抽着芙蓉王，把能想到的阴招、损招都讨论了一遍。比如砸刘冬梅的车子、往她门上泼大粪、半夜三更装鬼吓唬她……但讨论来讨论去，我们都觉得这些手段太小儿科了，根本不解气。

魏大龙咬牙切齿地说："如果杀人不犯法，老子一定把那个臭婆娘剁碎了做成麻辣香肠！"

我还记得，魏大龙说出这句怨毒的话时，古墓里的气温骤降了几度，我忍不住打了几个喷嚏。

密谋未果后，我们把讨论地点转移到了唐恬恬家，叶紫也参与进来了。女生的意见更不靠谱，唐恬恬说："可以在网上发帖黑刘冬梅，让她身败名裂。"魏大龙否决了："这不行，会把我爸牵连进去。"叶紫说："我写篇文章发在厂报上，影射她道德败坏，勾引有妇之夫，臭不要脸。"我说："厂报根本没几个人看，我们楼里的人都拿了当废品卖。"我怕伤叶紫的自尊心，又补充了一句，"但我经常看，只要上面有你的文章。"

那段时间魏大龙超级郁闷，经常去厂门口的网吧里看犯罪片，研究各种犯罪手法。我被他硬拽着去过几次,他看的全是重口味的片子,不是讲人肉叉烧包,就是说人皮灯笼之类的东西,看了想吐。有一天魏大龙兴冲冲地告诉我,他终于想出了一个完美的谋杀手段——买几个排球,把煤气用打气筒灌注到排球内。他爸有刘冬梅家的钥匙。他可以偷来钥匙,半夜悄悄溜进刘冬梅家,把排球放在她床底下,然后破坏气门芯。刘冬梅睡梦中就会吸入过量的一氧化碳,发生中毒事故。

那时候电力还比较紧张,在5731厂,冬天的传统取暖方式是用火桶——把蜂窝煤炉放在一个四方形的木架子里面,罩上一床小棉被。烤火时把双脚伸进棉被里,取暖、喝茶、闲聊三不误。晚上睡觉前在炉口搁一块小铁板,防止蜂窝煤继续燃烧,造成一氧化碳泄漏。魏大龙特意强调,这个犯罪计划要在冬天实施,因为冬天外面冷,家里门窗紧闭,警方事后调查时,会认为是刘冬梅睡觉前忘了关煤炉子,才会导致一氧化碳中毒的。这样的话,鬼都不会怀疑是谋杀。

我听了汗毛倒竖,魏大龙像是真要杀人的样子。我问他是克隆了哪部犯罪片里的情节,他坚称这是自己脑洞大开原创的。但直到冬天过去,春天来了,魏大龙也没有实施这起完美的谋杀。他说:"我爸把刘冬梅家的钥匙拴在自己的皮带上,我根本没有机会下手。"但我知道,其实他是怯。排球魏大龙倒是买了四个,后来一个送给了唐恬恬,另外三个含泪抛售,打二折卖给了低年级的学生。

2015年5月,发生了一起轰动全香港的教授杀人案。香港中文大学的一位姓许的教授据说为了跟情人长相厮守,把一氧化碳灌注到瑜伽球里,放在妻子的车上,导致妻子和同车的女儿中毒身亡。其作案手法跟魏大龙未遂的谋杀方案如出一辙。看到这条新闻时,魏大龙已经考入星城警察学院了,睡在我的下铺。我朝他竖大拇指,说他中学时代的智商就堪比大学教授。但魏大龙似乎选择性失忆了,根本不承认自己有过杀人的念头,说我那是臆想,侮辱他高尚的人格。

我认真想了想,不能完全排除这个可能。我脑袋里总是杂念丛生，有时我自己也分辨不清楚，哪些东西是真实的，哪些是虚构的。

我夸魏大龙智商高，那是捧他的臭脚，水分居多。在慕兰中学，真正称得上是鬼才的只有一个人，那就是许默然。高一下学期，清明节前的那个周末，我和魏大龙在汨罗江边放风筝，看见许默然带着几只流浪狗撵兔子。在许默然的指挥调度下，平时一盘散沙的流浪狗齐心协力，分工明确，很快就将兔子逼得无处可逃。

我脑袋里灵光乍现，说："要报仇，还得找喵星人。"魏大龙回过神来，立马跑到许默然身边，又是敬烟又是递槟榔，但许默然不好这两口。他问魏大龙有什么事，魏大龙说刘冬梅那个妖精婆把他家给害惨了，不给她点教训，她还以为5731厂是她开的。我在旁边煽风点火："那个泼妇差点把我爸炸死，此仇不报，枉为男儿。但我和大龙一直没想到好的办法报仇雪恨，希望你路见不平拔刀相助，伸张正义，为民除害。"许默然看了我俩一眼，不置可否，他拎着被咬断了喉咙的兔子，在流浪狗的前呼后拥下走了。兔血滴了一路，血腥味混杂着青蒿和油菜花的气息在江边弥漫。

魏大龙悻悻地说："这家伙还装上了。"我说："他不是装。"魏大龙问："那他怎么连屁都不放一个？"我说："我觉得这个忙他会帮。"魏大龙很纳闷："你是从哪里看出来的？"我盯着许默然的背影说："直觉。"

就在那之后的第三天下午，也可能是第四天，我对时间总是记得不太准确。那天放学后，我和魏大龙勾肩搭背地走出校门，后面跟着叶紫和唐恬恬。厂里也下班了，刘冬梅从办公楼出来，朝停车场走去。隔得老远，都能闻到她身上的香水味。魏大龙说那是他爸送给狐狸精的香水，叫毒药，很贵的。我不觉得那味道香，而是臊。刘冬梅爱摆谱，办公楼离她家不到一千米，上下班她都要开车。她正要拉开车门时，两条黄狗狂奔过来，疯了似的撕咬她。当时现场有好几百人，都看见了这血腥的一幕。刘冬梅发出凄厉的惨叫声，叶紫和唐恬恬吓得花容失色。那一刻，我和魏大龙还没意识到这件事跟许默然有关，光顾着幸灾乐祸了，享受着仇人遭报应的快感。遗憾的是，好戏仅仅持续了不到一分钟，我父亲就拿着灭火器跑过来，朝狗一顿狂喷。两条黄狗立即停止了攻击，掉头跑开了，消失得无影无踪。刘冬梅躺在地上打滚哀号。父亲将她抱起来，像扔麻袋一样扔进POLO车里，然后自己坐进驾驶室，一脚油门直奔职工医院。

刘冬梅被送医后，许多人仍然聚集在停车场，对着地上的那摊血迹指指点点。血迹中有衣服碎片，是被狗扯下来的。魏大龙坚称他看见了那个贱人的身体，还兴高采烈地描绘，直到被唐恬恬在胳膊上狠狠掐了一把才闭嘴。叶紫心有余悸地说："是谁家的狗不拴绳，太可怕了。刘冬梅肯定会狮子大开口，要狗主人赔钱。"我说："赔什么？那两条狗脏兮兮的，一看就是野狗。不过也是奇了怪了，它们怎么不咬别人，单单咬刘冬梅？不会是嗅到了她身上的臊味吧？"魏大龙十分同意："还真有可能，人品不好，狗都嫌。"

我突然意识到了什么，环顾四周，发现许默然正在花坛前逗猫。我和他目光相接，他意味深长地冲我笑了笑。我当即恍然大悟，一定是许默然唆使流浪狗袭击了刘冬梅！

那天晚上，魏大龙做东，请许默然在厂门口吃夜宵。我以去魏大龙家问作业为由，逃离了父亲的监管，坐到了夜宵摊上。魏大龙恭恭敬敬地给许默然倒了杯啤酒，问他："白天那件事你是怎么做到的？"许默然口风很严，否认狗咬人的事跟他有关。我以前听父亲说过，军犬经过训练，能记住目标人物的长相，以后见着了就会直接将其扑倒撕咬。我问许默然："那两条黄狗是不是被你训练过？"许默然摇头："我没喂过那两条狗，不知道它们是从哪里窜出来的。"

尽管许默然始终没承认是自己放狗咬了刘冬梅，但我和魏大龙在心里认定了就是他干的。正是从这一天起，我俩把喵星人当成了铁哥们。刘冬梅的伤势虽然不算很严重，但创面较大。给伤口消完毒，打了破伤风针，职工医院连夜派救护车把刘冬梅送到了县防疫中心注射狂犬疫苗，又转移到县人民医院救治。父亲带领保卫科的人到处寻找那两条肇事的黄狗，但连根狗毛都没见着。最终的调查结论是，袭击是野狗所为。油菜花开的季节，狗容易发情伤人。可能是刘冬梅身上的香水味吸引了野狗，引发了这场惨祸。刘冬梅只能自认倒霉，厂里也倒霉，支付了她两万多块钱的医药费和营养费。

这场完美的复仇让魏大龙出了口恶气。他母亲吴兰舟更是心花怒放，刘冬梅被送到职工医院来时，是她负责护理。看到情敌成了一个血人，吴兰舟心里充满了快感。给患者清洗伤口和打针也是有讲究的，患者疼不疼，取决于护士的手法。吴兰舟亲自上阵，一番操作下来，痛得刘冬梅大小便失禁，急诊室里臭不可闻。当晚，魏光辉去县人民医院探望了刘冬梅，从病房出来时拨通了儿子的手机，询问他的学习情况，然后说："离那个许默然远一点。"没等魏大龙问为什么，魏光辉就挂断了电话。巧的是，这句无厘头的话，父亲当晚也黑着脸对我说了一遍。我心虚，没敢问为什么。第二天早晨我和魏大龙谈起这件事，隐隐觉得家长话里有话，似乎他们已经猜到许默然就是那个隐身的狗主人了。

我那时并不清楚还有谁知道是许默然策划了这起狗咬人的事件，我和魏大龙没有告诉任何人，包括叶紫和唐恬恬。少年时代总是会有些英雄主义，或者大男子主义，我认为秘密是属于男人的，探索未知也是男人天生的使命。而女人就应该是透明的，跟纯净水一样，一眼就能看到底。多年后我才发现，其实女人的秘密并不比男人少，甚至更多。这个世界根本就没有百分之百的纯净，光照在透明的玻璃上也会产生折射。

狗咬人后的某天早自习，班主任把许默然从叶紫和唐恬恬后面调开，坐到了一组的最后一排，但没有公布原因。事后叶紫跟我说："下学期就要进入高二了，我妈希望我后面能坐个爱学习的同学，互相督促，以后能考上重点大学。许默然虽然成绩不错，但上课喜欢开小差，我妈怕他影响我学习。"

我认为这是叶丽萍的借口，唐恬恬的成绩在班上中等偏下，从小学到高中,她一直和叶紫同桌,但叶嬷嬷从来没有向老师提出换座位。我还发现,换座之后,许默然似乎再没有去过叶紫家。我觉得其中一定有隐情,难道许默然说了什么不该说的话,做了什么不该做的事,惹毛了叶紫的母亲?迷惑了很久我才慢慢意识到,那个像是从修道院里走出来的叶嬷嬷,很可能跟我的父亲和魏大龙的父亲有同样的心思——离许默然远一点!

成人想要表达某种意图时,往往不直接说出来,总喜欢拐弯抹角。我觉得不仅喵星人的世界我不懂,成人的世界我也不懂。

刘冬梅出院后最大的变化是不用香水了,这是我从她身边经过时发现的秘密。叶紫笑着说,可能是那两条狗给她留下了心理阴影。我朝刘冬梅的背影吹了个口哨,流里流气地说:"狗就喜欢那股味道。"叶紫脸上的笑容消失了,她加快脚步径直往前走。我有些奇怪,警觉地环顾四周,并没有发现叶嬷嬷。我跟上去问她:"你怎么了?"叶紫说:"刘冬梅身上的是香水味,很好闻的,你说话难听!"我还是那副吊儿郎当的样子,说:"走,我带你去个地方,告诉你什么才是真正的香味。"说完我就绕到水塔后面,穿过厂里的侧门往江边走。叶紫犹豫了一下,确认没人注意,就跟了过来,但始终跟我保持着一段距离。

工厂侧门外是一个菜园子,穿过菜园子就是奔腾不息的汨罗江。正值春天,万物生机勃勃。夕照中,江边的菖蒲和艾叶散发出一种跟白天完全不同的柔软的香气。叶紫很好奇,不知道我为什么要带她来这里。她突然想笑,觉得临江而立的我有点像一位行吟诗人,嗯,就是像屈原。

我回头朝叶紫笑了笑,深吸了一口空气,问她:"闻到香味了吗?"

叶紫不用深呼吸也能闻到这种熟悉的气味,她说:"闻到了,这有什么稀奇的,我经常闻。"我说:"你身上就是这股味道,别人都没有,你说稀奇不稀奇?"叶紫下意识地闻了闻自己的体味,什么也没有闻到。她的脸突然红了，似乎明白了我带她来这里就是为了说这些香香的话。春天来了，野狗会发疯咬人，我也疯了吗？她的小心脏好像被咬到了，连着抽搐了好几下。

刘冬梅不用香水后，魏大龙说她身上有股狐臭味，但我没闻出来。后来我学了刑侦才知道，喜恶会在某种程度上影响人的嗅觉。就比如榴梿，有人觉得有股恶臭，有人觉得很香。我确信自己真的能从叶紫身上闻出香来，虽然她平常几乎不用化妆品。叶紫曾经偷偷用过一次香水，是唐恬恬的，她只在衣服上洒了很小的一滴，回家还是被母亲闻出来了，母亲逼着她把衣服全脱掉，加上消毒水和洗洁精，在洗衣机里洗了两个多小时。而且她还被母亲要求去澡堂子里从头到脚洗干净，使劲搓，不能再有一点香水味。叶紫搓到皮肤发红时突然哭了，感觉自己真的像个肮脏的孩子，身体和灵魂都脏。

在教室里，不管隔着多少排课桌，我都能闻到叶紫身上的香味，只是有时浓有时淡。我问过魏大龙："恬恬不用香水时身上是什么味道？"魏大龙想了半天说："是牛奶子树的味道。"

但我没闻到，我觉得唐恬恬跟班上的其他女生一样，都是无色无味的。

汨罗江里流的似乎是蓝墨水，在落日下闪烁着诗意之光，叶紫问："我身上哪里香了，我怎么不觉得？"她浑身一阵潮热，好像闻到自己体内真的有股味道——草本植物的腥味。她还想起了那一次，明明还没到花期，她居然跟我说，水仙真香。

叶紫慌乱起来，说："不理你了，净瞎说。"

她转身飞快地跑开了，像只受惊的蝴蝶。

我吹着口哨往回走，心花怒放，空气里全是春天的味道，叶紫的味道。对了，还有股蓝墨水的味道。这是我第一次对女生表白。没有事先策划，没有任何铺垫，更没有准备礼物，完全是随心所欲。

多年后，男生向女生表白在大学校园里渐成时尚。表白方式五花八门，或下跪，或送玫瑰，或抱着吉他唱情歌，或用整栋宿舍楼里的灯光打出"某某我爱你"。每每看到这些新闻时,我就觉得好笑,太做作了。最纯情的表白,是不需要这些花里胡哨的东西的。带上喜欢的人,去江边深呼吸一下就好。这种没有预谋的表白,跟明天照常升起的太阳一样真实、长情。

那天傍晚,叶紫很快地飞过了菜园子,消失在了围墙后面。我从暮色苍茫的江边走回厂里,刚进侧门,魏大龙就从水塔后闪身出来,跟个鬼一样,吓了我一跳。他问我:"怎么走着走着你和叶紫就不见了?"我说:"我们去江边吹了吹风。"他说:"不叫我和恬恬。"我看见魏大龙的鞋底有烂泥巴,就问他:"你小子偷菜去了?"他甩过来一根精白沙,笑了:"我带恬恬去钻坟包了。"

魏大龙说的坟包就是那座汉墓,离之前我和叶紫站着说话的地方不远。我意识到这家伙其实早就看见了我和叶紫,是明知故问。每次去古墓,魏大龙都用手机给我看那些岛国动作片,搞得我每次经过那里,总觉得里面有女人的幽灵在游荡,跟在受难似的,不断发出怪声,蛊惑我前去英雄救美。

我问魏大龙:"不会吧,你也给恬恬下毒了?"魏大龙喷了口烟圈说:"屁!你纯洁点好不好?我告诉她,那个坟包里的砖头上有女的在跳舞,她不信,非要我带她去看。"

据《屏江县志》记载,那座汉墓的主人是个姓窦的中郎将,在汉景帝时告老还乡,死后安葬于此,历代多次被盗。我见过墓中残存的一些画像砖,多为骑射、采莲、春耕、狩猎、祭祀、宴饮等题材,乐舞题材也有,但不多,我没特别留意。

魏大龙说:"我打开手机电筒,把那些有女人跳舞的画像砖一一指给恬恬看,她很惊喜,还照着那些动作跳了起来。"

我脑补了一下那个画面,暗黑的墓室里,伴随着各种奇特的声音,唐恬恬在手机的幽光下跳着两千多年前的亡者之舞,太诡异了!

魏大龙说:"我无意中发现唐恬恬的胳膊上有好几个伤疤,像是烟头烫的。恬恬说,有天晚上厂里停电,她点蜡烛照明时,手忙脚乱，被滚烫的蜡油烫伤了。我不信，多问了几句，她就哭了，回家的路上再没跟我说一句话。"魏大龙猛吸了几口烟，说："亲爸哪里下得了这个狠手，听说她后妈抽烟，应该是那婆娘烫的。最毒后妈心！"

许多年后，我回望那座汉墓，它依然矗立在汨罗江边，只是日渐衰败。对考古学家而言，里面空空如也，已经没有任何秘密了。但对我来说，这座古墓从来没有被盗掘过，完好无损埋葬着许多秘密，有我和魏大龙的，还有叶紫和唐恬恬的，甚至有许默然的。那些秘密经常在暗夜里骚动不安，像磷火一样闪闪发亮。

三

刘冬梅被害是魏光辉报的案，他第一时间给我父亲打了电话。跟刘冬梅签下保证书后，魏光辉越发觉得妻子温良贤淑、善解人意，他不舍得离婚。刘冬梅不仅性格偏执，还有一个五毒俱全的父亲，要是娶了她，就等于在家里放了颗定时炸弹，他没这么傻。魏光辉想拖到儿子高中毕业后再来解决这个麻烦，女人，特别是漂亮女人，总是经不住时光煎熬的，到那时如果结婚无望，刘冬梅或许会放手。实在不行，就用钱了难。

5731厂后面有座职工陵园，清明节那天上午，魏光辉从星城驱车回来，领着妻儿去陵园给父母烧纸。中午一家人吃了顿饭，魏光辉准备返程时，下楼给刘冬梅打了个电话，想把一盒马来西亚产的燕窝送给她。刘冬梅没接电话，魏光辉就提着燕窝直接去了她家。他用钥匙打开房门，发现刘冬梅身穿蓝色碎花连衣裙、红色高跟鞋和黑丝袜，双腿并拢跪在客厅地板上，脚踝处捆了一条黄围巾。她的脑袋深埋在胯前，长发披散下来遮住了整张脸，双手则被一条绿围巾反绑在背后。魏光辉以为刘冬梅在玩绳虐，顿时兴致高涨，说："你怎么不叫我，这种游戏两个人玩才有意思。"但很快他就觉得不对劲了，他连叫了几遍刘冬梅都没吭声，他上前用手一摸，她的身体早已僵硬了。

父亲刚接到报案就往刘冬梅家赶，同时电话通知我母亲带几个医护人员过来。母亲到现场检查后，发现刘冬梅已无呼吸、血压、脉率，双侧瞳孔散大，颈动脉搏动和心音均已消失，而且出现了尸斑和尸僵。

母亲说："没有生命体征了，死亡至少两个小时。"父亲问："看出蹊跷了吗？"母亲点点头，舌头有点僵硬地说："跟叶丽萍死时的样子差不多，我全身都起鸡皮疙瘩了。"父亲点了根烟，郁闷地说："我和老赵都看走眼了，现在可以肯定，叶丽萍不是自杀的。"

在给叶紫打电话前，我去刘冬梅住的宿舍楼看热闹。保卫科已经封锁了现场，魏大龙正在楼道口探头探脑。我把他拽到楼下的自行车棚，问："里面是什么情况？"魏大龙说："跟叶紫她妈死的时候一个样，她穿着蓝裙子，化了妆，抹了玫瑰色的口红和紫罗兰色的指甲油，手脚还被捆绑着。"我不敢置信地问："你看到尸体了？"魏大龙说："没看到。"我擂了他胸口一拳，说："你瞎编呢。"魏大龙说："我妈去了现场，我听她说的。你妈也去了，不信你回家问去。"

一股凉意从我的脚板底下升起，但随即我长舒了一口气。我比谁都清楚，背负弑母黑锅的叶紫这几天有多难受。的确存在一名凶手，这下她可以放下心理包袱了。

看着从车棚顶上往下滴的雨水，我自言自语："凶手为什么要杀那婆娘，不会又是什么都不图吧？"魏大龙笑了："管他呢，我爸不会跟我妈离婚了，也不用赔钱了，她这叫死得其所。"

刘冬梅死后的那个周末，关于案子的细节越来越多了，都是我从父亲那里获取的。刘冬梅家的门窗没有被撬坏，现场没有搏斗的痕迹。尸检显示，死亡时间在案发当天上午十一点左右。刘冬梅的右手背上有两个清晰的尖牙伤痕。法医一度怀疑是毒蛇咬的，请来星城林业大学生物系的专家鉴定后，确认是蜘蛛咬的，而且是攻击性极大、毒性极强的漏斗形蜘蛛。这种蜘蛛有巴掌大，毒牙比蛇的更长、更锋利，能轻松刺穿鞋子和脚指甲，其释放的神经性毒素超过眼镜王蛇和银环蛇数倍,能在十五分钟内毒死几个成年人。漏斗形蜘蛛是澳大利亚悉尼的特有品种,国内根本就没有,除非是走私过来的。在生物专家的协助下,警方对刘冬梅的房间进行了仔细搜寻,终于在卫生间的洗衣机下面发现了一只拳头大小的漏斗形蜘蛛,但已成血肉模糊的尸体了,应该是人为弄死的。残存的两颗尖牙状如匕首,让人触目惊心。

除蜘蛛咬伤外,刘冬梅身上并无其他伤痕,捆绑处也没有束缚伤,这意味着她是死后被人捆绑的。经大龙的父亲辨认,刘冬梅穿的红色高跟鞋和黑色丝袜,以及捆绑她的两条围巾,均为她本人所有。但大龙的父亲说,从未见刘冬梅穿过那件蓝色碎花连衣裙,她也从来不用玫瑰色的口红和紫罗兰色的指甲油。警方确认,刘冬梅和叶丽萍遗体上所留的化妆品为同款,均为美兰黛牌。两件蓝色连衣裙也为同款,均为飞天牌,只不过叶丽萍穿的蓝裙子要比刘冬梅的大上一码。

之前警方在叶丽萍家勘查时,发现叶紫还有一件同款式的蓝色碎花连衣裙,她说那是自己初中时穿过的,后来身体发育了,码子偏小,就没再穿了。警方曾怀疑凶手是偷了叶紫的这件旧裙子,以及她的玫瑰色口红和紫罗兰色指甲油,用在了刘冬梅的被害现场。但调查后得知,叶紫的裙子和化妆品并没有丢失。警方还特意比对了一下,刘冬梅被害时穿的蓝裙子和叶紫的那条旧裙子,只是颜色和款式相同,并非同一码子。这种飞天牌连衣裙价格不贵,不到两百元,很多实体服装店和网店都有卖。美兰黛牌的口红和指甲油价格更便宜,销量巨大。因此裙子和化妆品是凶手盗窃所得还是自购的,一时很难下结论。但警方倾向于那件蓝色连衣裙是盗窃的,因为只有八成新。

我借了魏大龙的手机,偷偷从父亲的手机里翻拍了几张现场的照片拿给叶紫看。照片上死亡的刘冬梅姿势怪异,像是一个跪着受刑的忏悔者。叶紫似乎又回到了母亲的遇害现场,她两眼惊恐,失声尖叫。我连忙把手机收起来,对她说:"别怕,这不是你妈,是刘冬梅。"叶紫喝了杯冰镇可乐,情绪稳定了一些。

我继续爆料——案发现场没有提取到任何可疑的足迹、毛发、指纹、血迹。刘冬梅家中有价值十几万元的首饰，还有八千元现金和笔记本电脑，都没有丢失。屋里连翻动的痕迹都没有，可以排除谋财害命的可能。刘冬梅最近一个月的通讯记录都查过了，没有发现可疑线索。尸检表明，刘冬梅没有被性侵，可以排除奸杀，但她身上戴的胸罩离奇缺失了。大龙的父亲对警方说，刘冬梅平时很注意美体塑胸，除了洗澡，她都不会取下胸罩。目前，警方正在调查是否存在情杀或仇杀的可能。鉴于刘冬梅的案子跟叶丽萍的案子存在高度关联性，警方重新对叶丽萍的死亡进行了定性，改自杀为他杀，并且决定并案侦查。

叶紫问："监控还是没有拍到凶手吗？"

我苦笑着摇头，厂里监控的升级改造年前就开始了，到现在都没有完成，施工方说是因为厂里拖欠工程款。我爸到厂领导办公室拍了几次桌子，刘明生说厂里的销售业绩下滑得厉害，资金周转困难。安保工程是非营利性项目，得缓缓。如果不是叶紫的母亲出事，我巴不得厂里永远不要装监控。我逃学、旷课、抽烟，就算没被老师逮着，也总能被父亲逮着。只要是在厂区，不管我和魏大龙躲在哪个角落里鬼混，都逃不过父亲的火眼金睛。我们之所以每次都能被抓现行，就是因为父亲查了监控。

魏大龙抖着腿，一副先知的派头："我早就说了，是变态干的，你们还不信。"

从父母在家里的对话中，我察觉到警方似乎倾向于凶手是个变态，动机不明。调查刘冬梅之死是否存在情杀和仇杀的可能性，只是既定程序，走个过场而已。既然凶手是同一人，叶丽萍案已经排除了情杀和仇杀的可能，那么刘冬梅案也应该排除，否则不合逻辑。

我对叶紫说："你一个人住，要小心点。"叶紫说："我枕头底下藏了把菜刀。"魏大龙笑嘻嘻地说："恬恬，你也经常一个人住，要不要我搬过来跟你做伴？"唐恬恬一副凶巴巴的表情，娇叱道："滚！"

当天晚上，叶紫打开窗户，看着对面楼里的唐恬恬，两人煲起了电话粥。叶紫问："你觉得厂里谁是变态？"唐恬恬吃着爆米花说："厂里有几个流子，偷鸡摸狗的事干了不少，但应该没胆子杀人。就算他们狗胆包天，也没这个智商把警察耍得团团转。智商在线的，要么上了大学，要么进了办公室，哪里会当无业游民。我觉得是厂外头的人作案，会不会是快递员干的？"叶紫说："我妈很小心，平常从不让快递员上门，她都是亲自下楼取快递的。赵队长也说他们调查过了，我妈和刘冬梅在被害当天都没有签收过快递，应该是熟人作案，所以我妈才会给凶手开门。"唐恬恬说："也不一定，可能你妈听见敲门声，误以为是熟人，结果引狼入室了。"

叶紫觉得唐恬恬的说法也不无道理，谁还没有个听差的时候？她的心房像变成了一间小黑屋，一点光线都透不进去，她完全迷失了方向，只好说："算了，恬恬，早点睡吧，你千万别给陌生人开门。"

唐恬恬关上了窗户，很快，她房间里的灯灭了。叶紫却继续坐在窗前，嗅着从汨罗江边吹过来的菖蒲和艾叶的混合香，她的脑袋没那么迷糊了。刘冬梅是小三，作风不好，还蛮横不要脸，凶手盯上她一点都不奇怪，但母亲也成了凶手的作案目标，她怎么也想不通。这两个人根本没有共同之处：年龄悬殊，性格也有很大的差异。对了，还是有一点是相同的，母亲离异，刘冬梅单身，两人身边都没有男人。但叶紫仔细一想又觉得不对，刘冬梅是魏大龙他爸的相好，全厂的人都知道，她还是有男人的，只是两人不经常在一起。

5731厂在大山里，叶丽萍的案子一开始没有引起星城媒体的关注。刘冬梅遇害后，立即成了连环杀人案，离奇的案情迅速吸引了大众的眼球。星城的记者闻风而动，跑到厂里来，要采访受害者之一的女儿叶紫，吓得她都不敢去上学了。我父亲发火了，连厂领导都不请示，直接给门卫下命令："记者一律不许进厂。"他又吩咐科里的人："见到混进厂里来的记者，没收采访工具，把人给老子扭送到保卫科来！"

我和魏大龙周末在叶紫家楼下义务放哨,发现了两个冒充清洁工的记者。我当即把敌情报告给父亲,原以为会得到表扬,没想到屁股被父亲狠狠踹了一脚,他瞪着眼说:"不好好念书,到处瞎逛什么?"

赵卫国也在刑警队下了封口令,要保护相关人员隐私,不许任何人透露案情。父亲打电话问:"老赵啊,案子有进展没有?"赵卫国说:"我还想问你呢,你那边排查得怎么样了?"父亲说:"排查过了,厂里没这号变态。"赵卫国说:"我们还在查,加班加点,老子都快累成变态了。"

世上哪里有不透风的墙,5731厂的两起诡异命案还是上了星城媒体的头条,并被冠以"蓝裙子系列杀人案"的称谓滚动报道。甚至有记者挖出了猛料,声称被害者之一的前夫是著名钢琴家郭某。郭明浩看到了报道,知道女儿的正常生活已经受到了严重干扰,他马上给叶紫打电话:"你还是到星城来念书吧,不习惯住我这里就寄宿。"叶紫说:"凶手还在逍遥法外,我妈死不瞑目。我不能一走了之。"郭明浩说:"那你住外公家去,别单独住,不安全。"叶紫说:"不,我要陪我妈,她怕孤单。"说完她就挂了电话。郭明浩在心里叹气,这孩子看着内秀,也有灵气,但骨子里还是有叶丽萍的那股执拗劲,认死理。

叶丽萍被害后,早餐叶紫都是在厂里的食堂吃的,中午和晚上在外公家吃。这个久雨初晴的周日,外婆蒸了蒿饺,让叶紫午饭后带回家当零食。将春天新鲜的野蒿蒸烂、揉碎,掺入糯米粉和白糖捏成饼状,入锅蒸熟后就是甘甜清香的蒿饺了,住在汨罗江边的人都好这口。叶紫就很喜欢吃蒿饺,觉得有楚辞的味道。

这天叶紫约了唐恬恬来她家分享美食,满屋都是野蒿的气息。叶紫本来想跟唐恬恬聊聊韩剧的,这几天晚上,她都要看会儿韩剧才能睡着。但吃着蒿饺,她又想起了母亲,这也是母亲的最爱。她鼻子一酸,泪水在眼眶里打转,她使劲忍住,对唐恬恬说:"我还是不相信凶手是厂外头的人。我妈跟刘冬梅不一样,她不招摇,不可能被流窜犯盯上。"唐恬恬说:"如果真是厂里的人就太可怕了,说不定我们还认识他。我以后再也不敢随便给人开门了。"叶紫说:"凶手和我妈认识,警察迟早会找到他的。如果不认识,还不好找呢。"唐恬恬吃完最后一个蒿饺,用纸巾擦了擦嘴,说:"会不会凶手本来只是想杀你妈一个人?"叶紫茫然地看着她问:"什么意思?"

唐恬恬似乎害怕有人偷听,她起身关好窗户,然后神秘兮兮地说:"我今早还没起床,就在想这两起案子。我觉得刘冬梅可能认识杀叶阿姨的凶手,凶手作案时,恰好被刘冬梅撞见了,但她没有告发,而是和凶手达成了某种秘密交易,可能是跟金钱有关的交易。后来不知道出于什么原因,交易破裂了,刘冬梅扬言要去告发,凶手就杀她灭口了。然后凶手伪装了现场,假装自己是连环杀手,误导警方破案。事实上,凶手原本只有一个目标,就是你妈。"

叶紫心想,唐恬恬的假想,的确能够解释凶手为什么要杀刘冬梅。

唐恬恬又说:"凶手和刘冬梅合谋杀害你妈也是有可能的,事后凶手再把同谋杀掉,自己就安全了。你想想看,你妈有没有得罪过刘冬梅?"

叶紫想了半天也没想起母亲和刘冬梅有什么仇怨,刘冬梅从没到她家来过,两人在工作上也没有什么交集。母亲倒是在叶紫面前多次提到过这个女人,说她风骚,不正经,当小三当出了新高度,居然理直气壮地去魏副厂长家里闹,真是臭不要脸。叶紫觉得唐恬恬提出的假想不成立,因为没有谁会杀一个跟自己无冤无仇的人,除非是神经病。蒿饺留在叶紫舌尖上的甜味渐渐变成了苦涩,她的眼前又迷蒙起来,她对唐恬恬说:"我要是知道谁是凶手,先打他几百个耳光,把他打成猪头再报警。"

唐恬恬"扑哧"一声笑了:"你打得过吗?你妈打他还差不多,她打人耳光可响亮了。"叶紫问:"我妈什么时候打人耳光了?"唐恬恬意识到自己说漏了嘴,掩饰道:"哦,我瞎说的。"但叶紫不信,非要唐恬恬把话说明白。她看出来了,唐恬恬一定有什么事瞒着她。这种感觉很不爽，她觉得好朋友就应该分享秘密。

多年后，叶紫发现，其实每个人都有不能分享的秘密。

包括她的父亲和母亲，还有她本人。

四

狗咬人事件后，我并没有跟许默然保持距离。相反，父亲越是禁止的事我越想做。每个少年都有很强的逆反心理，在逐渐长大的过程中喜欢挑战上一辈的权威，甚至违抗世界的规则，想做自己的英雄。魏大龙更是把自己父亲的话当耳边风，许默然帮了他一个天大的忙，他自然不能卸磨杀驴。只要有活动，我和魏大龙就会叫上许默然，有时候是打扑克，有时候是采蕨菜、挖笋子，有时候是去荒郊野岭寻找失落的古遗迹——虽然许默然对历史不感兴趣，但他喜欢带着野猫、野狗到处跑。在许默然奔跑时，一条用红豆穿成的项链从他的衣领里面露了出来。我问许默然，那个像牙齿一样的吊坠是什么东西？许默然说，是狼牙。我用手摸了摸那颗狼牙，有种奇怪的感觉，似乎那颗狼牙随时会咬破我的手指，我连忙把手缩了回来。

2011年的春天，5731厂的广播里发布紧急通知，有个麻风病人从传染病医院里逃了出来，提醒大家注意防范，一旦发现疑似人员，要马上报警，绝对不可以与病人接触。广播里还列举了麻风病人的一些特征，我只记住了一点：麻风病人的脸部皮肤溃烂，状如鬼魅。那段时间，厂里"谈麻色变"，父母不准我去厂外面玩耍，门卫也加强了对外来人员的盘查。

有个周末，我实在耐不住寂寞，偷偷和魏大龙跑到汨罗江边钓刁子鱼。结果被父亲在监控里发现，回家后挨了一顿胖揍。母亲吓唬我说，麻风病是烈性传染病，发展到后期会全身溃烂而死，惨不忍睹。在古代，哪个村子里有人得了麻风病，整个村子都会被官府围起来放火焚烧，人畜不留。现在有专门的医院收治麻风病人，为了防止传染，这种医院都建在荒无人烟的地方，管理非常严格。母亲特意在网上找了些麻风病人的照片给我看，我着实被吓到了，病人的整张脸支离破碎，像一面被摔裂的镜子，异常恐怖。我终于老实了，闲得发慌时，就跟魏大龙去唐恬恬家打扑克。我们叫过许默然好几次，他都没来，每次都说有事。我并没有在意许默然的缺席，我无暇顾及一个喵星人在忙些什么。自从我在汨罗江边跟叶紫表白后，她跟我的互动明显多了起来，每次打扑克必到。只要有她跟我在一起，这个世界少了谁我都不觉得无聊。

我依稀记得，2011年四月下旬的一个早晨，不是周六就是周日，我和魏大龙在练习定点投篮。许默然的外公急匆匆地走过来，说许默然经常在深夜去外面喂野猫、野狗，他和老伴平时睡得早，也就没管他。今早老两口起床后发现，许默然一夜未归，手机也打不通——那是许默然母亲的遗物，他从来不关机。老人知道许默然平时跟我和魏大龙关系比较好，就来问我们看见他了没有。我们都说没看见，老人急了，马上去保卫科报了案。

父亲没有怠慢，迅速通知了公安机关。警方高度重视，在最短的时间内组织了一支搜救队伍，由赵卫国亲自率领，火速奔赴5731厂周边的山区。父亲也把保卫科的所有人派了出去，协助警方寻找许默然。

我那时候觉得父亲和警方的反应有些过度，许默然只是一个晚上没回家，如此兴师动众，至于吗？很多年后我才知道，这里面有一个秘密，一个不能说的巨大秘密。

搜索到中午时，许默然依旧下落不明。监控显示，昨晚九点半时他走出厂门，消失在了监控盲区。他手里还提着一个保温瓶，应该是去投喂流浪猫狗的。好朋友一夜之间成了全县关注的焦点，我感觉自己也牛起来，甚至有了一种必须把人找到的强烈使命感。我和魏大龙在厂里厂外到处寻找许默然，还叫上了叶紫和唐恬恬。

在找到江边那座汉墓附近时，两条黄狗跑了过来，其中一条冲着我们狂吠。魏大龙弯腰捡起一块鹅卵石，正要扔过去，被我阻止了："这两条狗好像在哪里见过。"叶紫说："我想起来了，就是这两条狗咬了刘冬梅。"魏大龙反应过来了："是有点像。"唐恬恬紧张地问："狗怎么冲我们凶起来了，不会咬人吧？"

我发现这两条黄狗不像是要发动攻击，而是边叫边往远处的一座小山包跑去。且狂吠的只有其中一条黄狗，另外一条狗的嘴里叼着什么东西，只能发出低沉的声音。我揉了揉眼睛，终于看清楚了，狗嘴里叼的是条项链，没错，就是许默然戴的那条狼牙项链！

我脑袋里的某根弦"咚"的一声被拨响了，说："许默然可能是遇到什么麻烦了，派狗叫我们去帮他。"

恍然大悟后，我们跟着两条黄狗往那座山包跑。现在连叶紫和唐恬恬都知道了，刘冬梅被狗袭击的事肯定就是许默然指使的。但大家都保持了高度默契，没再提这件事。

那座山叫玉兰山，海拔并不高，也就两百多米，平时几乎没人踏足。上面有成片的玉兰树，有的树龄有数百年。山前是川流不息的汨罗江，后面是层峦叠翠的慕兰山区。我去过那里许多次，发现了许多明清时期的古墓，还有一块残缺的墓志铭，墓主人是宋朝靖康年间的屏江县令。我们跑得上气不接下气，两条黄狗很聪明，钻进树丛后怕我们看不见，不断用吠声引路。屏江有丰富的黄金矿藏，汨罗江更是长江以南沙金蕴藏量最丰富的河流之一。我不断提醒大家注意脚下，因为山上有不少挖金形成的深坑，本地人叫金井。井口被野草、枯叶覆盖，人一不小心就会失足掉进去。两条黄狗终于停了下来，围着一座金井狂吠。我和魏大龙跑过去，发现许默然果然就在井底！

接下来的事情就变得简单了，我在树林里扯了一根粗壮结实的藤蔓，扔进金井。四人合力把许默然拽上来后，他手里还提着保温瓶。金井深达几米，幸运的是许默然并没有受伤，他说井底有很厚的一层落叶，自己掉进去只是摔疼了屁股。对于坠井的原因，许默然说自己是来这里喂流浪狗的，夜晚没看清楚脚下，所以摔了下去。井壁很光滑,他爬不上来,呼救没人听见,手机也没了电。那两条黄狗被他喂熟了,通人性。于是他把狼牙项链摘下来,扔上去,叫黄狗衔住去搬救兵。许默然说得轻描淡写,似乎只是不慎踩到了一堆狗屎,我们却听得惊心动魄。玉兰山遍地野坟,即使是白天也阴气森森,他居然在井底待了一整夜。

我突然发现那两条黄狗不见了,狼牙项链挂在一棵野茶树上。许默然什么都没说,摘下项链往自己的脖子上戴。下午四点半的阳光穿过茂密的树冠,正好照射在那颗狼牙上,闪烁着瘆人的血光。我听见叶紫低呼了一声:"好酷!"

我没有吃醋,我自己都有点纳闷,这个世界上唯一不会让我吃醋的男生,好像就是许默然,我说不清楚是为什么。也许,我把这个喵星人当成了非人类。

一层暮霭渐渐从汨罗江面泛起,在返回厂里的路上,许默然跟往常一样沉闷,话很少,问一句答一句,跟挤牙膏似的。魏大龙则喋喋不休,说坠井的要是自己,肯定会吓个半死。我用魏大龙的手机给父亲打了电话,说我们找到许默然了,并大致说了下他失踪的原因和营救的过程。父亲说:"人没事就好。"他还告诉我,搜救队那边有个意外的收获,找到了那个出逃的麻风病人,他躲在梧桐山上一座废弃的黄金矿洞里,人已经被送往麻风病医院了。防疫人员正在对那个麻风病人藏身的矿洞,以及可能活动过的地点进行消毒。父亲警告我,至少一个月不要往梧桐山上跑,当心被传染。我开了免提,父亲的话大家都听见了,陷入了沉默。

魏大龙突然指着前面一个渐行渐远的背影问:"许默然怎么先走了?"

许默然和麻风病人几乎是同时被找到的,这似乎只是一种巧合。除了汨罗江边行走的四个少男少女,没有人把这两件事联系起来。警方、保卫科和学校都没有询问许默然,他们都相信了我在电话里反映的情况。但从这个春天的傍晚开始,我和魏大龙有活动都不再叫许默然了,叶紫和唐恬恬也一样,开始疏远他。我们都没有说原因,再次保持了高度的默契。我很清楚,大家都怀疑许默然失踪的那天,其实是去给那个麻风病人送饭了。从厂里到麻风病人藏身的梧桐山,直线距离有三公里。如果从玉兰山抄近路,能缩短一半的路程。许默然爱心泛滥,连猫猫狗狗都要投喂,何况一个逃亡的病人?他完全有滥施同情心的动机。我们不是排斥许默然,而是害怕他会被麻风病人传染,然后又传染给我们。没有人不害怕死亡,而且是那么丑陋的一种死法。至于许默然为什么要给麻风病人送饭,谁也不知道。但他做出这种事,我并不觉得特别奇怪。他是喵星人,如果举止跟常人无异,我反而会觉得奇怪了。许默然似乎有自知之明,那段时间,他独来独往,比以前更孤僻了,只跟野猫野狗玩耍。但我再也没看见过那两条黄狗,它们跟那个狼牙如血的下午一起消失了,仿佛从来就没有出现过。

有时候我会怀疑,我青春期发生的那些事,是否并不存在,只是一种曼德拉效应?

快五一了,学校要搞庆祝活动,叶紫和唐恬恬放学后在教室里排练。只要班上出节目,总少不了两人搭档。从我学会弹钢琴起,这个持续了多年的双人组合就变成三人行了。我当时还没意识到,那个五一节,竟然是自己青春的最后一次彩排。

不管是小学部、初中部,还是高中部,我是整个子弟学校里唯一会弹钢琴的学生。如果把音乐老师排除在外,我很可能是整个5731厂唯一会弹钢琴的人。之所以如此肯定,是因为我从没听到工厂家属区有钢琴声。这种唯一性让我显得很牛,每次学校有文艺表演活动,我都会被邀请上台伴奏。叶紫和唐恬恬的节目也因为有了我的参与,次次都能拿一等奖。

自从叶嬷嬷把我定义为不良少年,叶紫就不敢在母亲的眼皮底下跟我来往了,只有在排练节目时,叶嬷嬷才允许叶紫和我在一起,因为这是班主任的安排。叶嬷嬷最初是反对这种安排的，她找班主任交涉过，不许我和她女儿在一个节目组里。但班主任说，我的位置无可替代，如果她坚持，就让叶紫退出，换别人。叶嬷嬷最终妥协了，慕兰中学每年都有几个保送上重点大学的名额，在校多拿几个奖，对获得这个名额至关重要。为了防止叶紫被我骚扰，排练时，叶嬷嬷只要有空，就会过来盯梢。她不说话，就站在教室的窗口那儿看，装模作样地拍照。别人问起，她就说是给女儿留下青春的记忆，理由冠冕堂皇。我就是从那时起，知道大人撒起谎来比孩子一本正经多了。在叶嬷嬷的严密监视下，我们排练总是不在状态，不是叶紫朗诵忘了词，就是唐恬恬的舞蹈动作不到位，或者我弹琴跑了调。只有当监视终止时，我们才会完全进入状态。其实诗还是那首诗，舞还是那支舞，钢琴还是那架钢琴，但感觉不一样了，排练被注入了灵魂。

　　五一节的头天晚上，我们又在教室里排练。这次没人来监视了，叶紫的外婆中风住进了职工医院，叶嬷嬷要去照顾她。叶紫朗诵的是普希金的诗歌《假如生活欺骗了你》，她的声音很有感染力，似乎能给伤口止血、止疼。唐恬恬跳的是芭蕾舞《天鹅湖》，她舒展双臂，脚尖点地，亭亭玉立，宛如一只真正的白天鹅，翩翩欲飞。我用柴可夫斯基的钢琴曲为诗舞伴奏，用叶紫的话来说——琴声空灵，把人带入了一个唯美的童话世界。柴可夫斯基的钢琴曲难度系数太大，其实我只会弹一些片段，而且很不熟练，但除了音乐老师，子弟学校的师生都是钢琴盲，谁也听不出来。我平时弹得比较熟练的，是一些流行歌曲。

　　排练现场洋溢着浓郁的俄罗斯风情，不仅仅是校区，这座二十四小时机器轰鸣的汽车工厂，这个坚硬冰冷的钢铁世界，似乎也变得柔软温暖起来，到处都是抒情的味道。我们的配合空前默契，达到了完美的境界。排练进行到一半时，唐恬恬突然肚子疼，急急忙忙去了厕所。教室里只剩下了我和叶紫，空气中抒情的味道迅速发酵成了爱情的味道。都说初恋时不懂爱情，我却认为，那才是真正的爱情，虽然幼稚，但纯粹、干净，没有一点杂质。而长大后的两情相悦，看似成熟，其实多了许多世俗的东西。

唐恬恬暂时缺席了，趁着这个空当，叶紫要我教她弹钢琴。我欣然答应，让她坐在钢琴前，自己站在旁边指导。当我握着她的手指在黑白琴键上移动时，我们俩的身体挨得很近，几乎是耳鬓厮磨。那股菖蒲和艾叶混合的香气迅速把叶紫包裹起来，让她如同一个刚蒸出笼的肉粽。我体内的激素急剧飙升，嘴唇控制不住地落在她的右边脸颊上。仿佛电路被接通了，她开始发热、发光。叶紫很害怕这种突如其来的光热会烧伤她，她想立即切断电源，但身体丝毫不能动弹。我也一样，想从叶紫的脸上挪开嘴唇，却无能为力。我们似乎都被一根高压电线吸附住了，怎么也挣脱不开。直到走廊尽头的厕所传来很响的关门声，电闸被拉下，我们才迅速分开，重新回到绝缘的状态。

排练继续，我和叶紫却没有了之前那种完美的配合状态，老是出错。唐恬恬问："怎么回事啊？我才出去一会儿，你俩就不在状态了？"我找借口："要怪只能怪你突然离场，把感觉破坏了。"唐恬恬反击我："你不是喜欢和魏大龙讨论生理卫生课本吗，都讨论几年了，女生有生理期，你不知道啊？"

平常唐恬恬跟人说话都是和和气气的，这天晚上从厕所回来后，她就跟吃了枪药似的。我以为她是因为来了大姨妈，情绪波动大，也没在意。叶紫却始终没吭声，她的眼睛一秒都没离开过朗诵稿，嘴里默念着，假装在寻找感觉。

那次排练就这样草草结束了，叶紫和唐恬恬先走，我留在后面收拾现场——关灯、关门窗，把钢琴推进器材室。我吹着欢快的口哨，体内的激素还没完全消散，我还在回味那激动人心的一幕，历史性的一幕。

这个夜晚我献出了自己的初吻，我觉得自己一下子从男生变成了男人。我的内心感觉神圣无比，就像刚刚在教堂里，手捧《圣经》虔诚地听了一次布道。我的耳朵里全是美妙的钢琴曲，不是柴可夫斯基的,而是赞美诗。爱的甘露和天籁之音同时降临,我的心灵得到了一次洗礼。当我关上器材室的门,准备回家时,一个人影突然从暗处窜出来,二话不说就左右开弓,给了我两巴掌。

寂静的夜里,耳光声是如此响亮,似乎整个厂区都能听见,整个世界都嗡嗡作响。我听到的不再是赞美诗,而是噪声。

我看清楚了,出现在我眼前的是叶紫的母亲。她就像一个青面獠牙的夜叉,恶狠狠地说:"臭流氓,你敢欺负我女儿!"我马上明白了,叶嬷嬷在暗中监视排练,她成了伟大历史的见证者。我结巴着说:"阿姨,我……我错了。"叶嬷嬷说:"我要告你耍流氓,抓你去坐牢。"我说:"阿姨,千万别告诉我爸,他会打死我的。"叶嬷嬷冷笑:"这么小就对女生动手动脚,长大了肯定是强奸犯,打死你是为民除害。"我说:"我不怕坐牢,我怕叶紫的名声被毁了。"

叶嬷嬷愣了一下,阴森森地问:"你威胁我?"

我说:"我不是威胁您,是为叶紫考虑。她成绩那么好,肯定是要上大学的。不像我,成绩中不溜,考不考得上大学还是未知数,毁了也就毁了,大不了进厂里当工人。"叶嬷嬷气急败坏地说:"我早就知道那架钢琴有毒,那个臭流氓祸害了我,还要来祸害我女儿,他迟早要下地狱!"我用乞求的口吻说:"阿姨,我保证不会有下次了,您也千万别把这件事告诉叶紫,会伤害她自尊心的。"叶嬷嬷沉吟了一会儿,说:"兔崽子,以后再敢碰我女儿一根手指头,我跟你拼命!"

叶嬷嬷撂下这句狠话就走了,如同一股黑色的风。

我没有马上走,我的脸好像被刺毛虫爬过,火辣辣地疼。我冲到厕所里,把脑袋搁在水龙头底下,用冷水使劲揉搓脸颊。确信脸上不会留下巴掌印后,我才敢离开学校。快走到牛奶子树下时,我看见魏大龙站在树下抽烟。我主动要了一根,问他:"梦游呢?"魏大龙说:"晚上吃撑了,出来消消食。恬恬和叶紫早就回家了,你怎么才回?"我说:"拉肚子,上了趟厕所。"魏大龙问:"明天就要上台表演了,你没事吧?"我说:"没事,回去喝杯温开水就好了。"

抽完那根烟，我就走了。我没有意识到，我在黑暗中竭力掩盖的那个秘密，却成了别人的秘密。

第二天演出，我伴奏时大失水准，全程跑调，搞得叶紫的朗诵和唐恬恬的舞蹈完全找不到节奏，彻底乱了。最后我们得了个鼓励性质的优胜奖，奖品是每人一支廉价的圆珠笔。领奖时，我看见了叶嬷嬷从台下投来的怨恨的目光。

很奇怪，叶紫和唐恬恬，包括魏大龙，都没有询问我为什么会演砸，更没有指责我葬送了班级荣誉。我有个明显的感觉，进了高中后，我们不再什么事都拿出来说了。很多时候，我们会把心事埋起来，藏在一个谁也看不见的地方。只有我自己知道，那次演出为什么会跑调。弹奏钢琴时，我耳朵里响彻的不是柴可夫斯基的《天鹅湖》，而是叶嬷嬷那两记嘹亮的耳光。在很长一段时间里，我都用普希金《假如生活欺骗了你》的诗句来自我安慰——

一切都是瞬息，一切都会过去。

告别青春期后，我才发觉，过去不是一座城市，不是想不去就能不去的。生命中的很多坎，根本就过不去。

生活没有欺骗我，是我被那个死于情场决斗的俄罗斯诗人欺骗了。

五

发现叶紫和我在教室里有亲密行为后，叶嬷嬷肺都快气炸了。要不是担心毁了女儿的清白，她绝对要把我扭送到派出所去。回到家后她没有把这件事挑明，她也害怕叶紫的自尊心受不了，做出什么极端的行为。她隐晦地对叶紫说："女孩子一定要自重自爱。"叶紫心虚，不知道母亲为何突然冒出这么一句话，她试探着反问："我怎么不自重自爱了？莫名其妙！"叶嬷嬷看都不看她："没说你，我是在提醒你。晚上我去医院看你外婆，有个女孩子跟你差不多大，被查出宫外孕,差点死了。"叶紫放下心来,回击时就硬气了不少:"这跟我有什么关系?白天听老师唠叨,回家继续听你唠叨,烦死了。"叶嬷嬷说:"听孩子她妈讲,是被一个会弹钢琴的小白脸骗了。会弹钢琴的男人都是花花肠子,没一个好东西。"

叶紫怀疑她母亲是故意编故事来发泄对她父亲的怨恨,因为她实在想不起来,除了我和音乐老师,5731厂还有谁会弹钢琴,音乐老师还是个女的。她反驳道:"贝多芬还是钢琴家呢,他多伟大啊,是音乐史上不朽的存在。"叶嬷嬷嗤笑一声:"确实伟大,一个四十岁的老男人去勾引十七岁的女学生,还恬不知耻地写了首《献给爱丽丝》,居然成了世界名曲,太荒诞了!"

为了论证郭明浩人品卑劣是有原因的,叶丽萍早已搜集了详尽的资料,随时能够引经据典,叶紫瞬间哑口无言。

魏大龙是唐恬恬的铁杆粉丝,每次有排练,他都会去捧场,在旁边递瓶矿泉水、录个小视频之类的。五一前夕的那个晚上,魏大龙在家里玩手机游戏忘了时间,等他赶到学校时,排练已经过半。他正要进教室,却发现叶嬷嬷躲在走廊昏暗的光影里偷窥,更让他瞠目结舌的是,我的嘴唇和叶紫的脸居然贴在了一起。魏大龙有些不知所措,既不敢现身,也不敢声张。叶紫和唐恬恬回家时,他偷偷跟在后面。待两人分开后,他连忙叫住唐恬恬,把刚才看到的惊人一幕告诉了她。

唐恬恬半晌才反应过来,问魏大龙:"叶阿姨呢?不会还在教室外面吧?"魏大龙说:"我走的时候她还没走,不知道想干什么。恬恬,你说叶嬷嬷会不会把良子扭送到校长那里去?要是真那样就完了,学校会把良子和叶紫开除的,最轻也得记个警告处分。姚老虎知道了更不得了,良子不死也得脱层皮。"

唐恬恬转身就往学校跑,魏大龙在后面追着问:"你去干什么?"唐恬恬说:"去帮良子求情,不能让叶阿姨到校长那里去告状。"魏大龙说:"你别天真了,叶嬷嬷还能听我们的?弄不好一个屎盆子扣下来,咱俩也得受牵连。"唐恬恬气愤地说:"大龙,良子平时把你当哥们,关键时刻你却只顾自己,你好意思吗?你要是怕受连累就别跟着我,以后也离我远点,我不跟胆小鬼做朋友。"魏大龙臊得不行,说:"我怕什么!去就去,大不了一起被开除。"

唐恬恬和魏大龙一口气跑进了教学楼,但事情的发展出乎意料,两人还没来得及跟叶嬷嬷求情,就目睹了我被掌掴的场面。看得出来,叶嬷嬷最终放弃了将事态扩大的打算,唐恬恬如释重负地说:"良子应该没事了,这个秘密咱俩要烂在肚子里,跟谁都不能说。大龙你要是敢大嘴巴,我跟你绝交!"魏大龙说:"我保证守口如瓶,要是泄了密,你不光要跟我绝交,我还会自我了断,绝后当太监。"唐恬恬"呸"了一声:"狗嘴里吐不出象牙。"

魏大龙说:"良子胆儿可真够肥的,你转个身的工夫,他就跟叶紫亲上了。"唐恬恬目光如刃,狠狠地剜了魏大龙一眼:"恶心!"魏大龙问:"初吻多浪漫啊,怎么就恶心了?"唐恬恬扔给他一个大白眼:"恶心的是你。"

十二年前那个春天的下午,在叶紫的再三追问下,唐恬恬只得把叶紫母亲掌掴我的秘密和盘托出。叶紫听了面红耳赤,她迫不及待地问:"恬恬,还有谁知道这件事?"唐恬恬说:"就我和大龙知道,没有告诉其他人。五一节那天,良子弹琴跑调,应该跟这件事有关。你妈那两巴掌打得可重了,良子当时都蒙了,看得我都心疼。良子这人挺厚道,关键时刻还替你着想,生怕你妈一冲动向老师告状,耽误了你考大学。"

唐恬恬回家后,叶紫盯着母亲的遗像恍惚了很长时间。叶丽萍离婚后,几乎没照过相,遗像是从她的工作证上翻拍下来的,一脸严肃,不苟言笑。叶紫现在明白了,她被我偷吻的那个晚上,母亲说的那些话并非莫名其妙,而是意有所指。以往,母亲总是把她的自尊一次次撕裂，踩在脚底下不停摩擦，唯有那一次是例外。叶紫设想了一下，如果当时母亲把她和我的那个禁忌之吻告诉了学校，并且用这件事来羞辱她，还会有五一节的那场表演吗？不会有的，肯定不会有的，或许那个晚上她就会精神崩溃，从楼上一跃而下，完成她人生最后的演出。她很怕死，却经常有死的念头。当母亲反复践踏她的自尊心时，她总是想报复。而报复母亲最好的方式，就是杀死她自己。

叶紫非常清楚，母亲很爱她，几乎把她当成了生活的全部意义。如果她死了，母亲一定会痛苦万分，生不如死。她觉得这种报复方式很残忍，却无比惬意。就好像有的人总是喜欢撕裂自己的伤疤一样，其实就是在血淋淋的疼痛中寻找快感。但叶紫从来没有真的尝试过杀死自己，因为她的母亲也掌握了这一撒手锏，而且使用得炉火纯青。每次两人吵得不可开交，她不肯妥协时，母亲就会用死来威胁她。

忘了是因为什么事，有天晚上，叶紫和叶丽萍发生了激烈的争执。叶丽萍站到窗台上，说如果她再不听话，自己就跳下去，吓得叶紫赶紧抱着母亲的双腿大哭，说自己再也不任性了。叶丽萍从窗台上下来，和叶紫抱头痛哭，说以后再也不骂她了。可是到了下一次，叶紫依然会像个斗牛士一样，挑战母亲的权威。叶丽萍依然会破口大骂，毫不顾忌地撕碎她的自尊心。叶紫和叶丽萍就生活在这个怪圈里，身心俱疲。

叶紫慢慢回忆起来，去年五一节表演结束后，母亲对她的管束明显加强了。财务科事不多，母亲每天都会到教室外面来转几圈，而且专门选择下课的时间来。她每次来都有借口，要么送零食、水果和牛奶，要么送清凉油、暖水宝和辅导书。放学后和双休日，母亲几乎跟她寸步不离，她在家里接打电话，母亲都会在旁边偷听；她去汨罗江边散一会儿步，母亲也会在远处窥视。叶紫感觉自己的一举一动都受到母亲的约束，毫无隐私可言。叶紫为此跟叶丽萍激烈争吵过，但跟往常不一样的是，母亲这次丝毫不退让，态度十分强硬，说她正处在危险的青春期，必须严防死守，绝不能让任何人伤害她，也不能让她犯任何错误。

叶紫正在胡思乱想时，电话铃响了，是唐恬恬打来的，一开口就说："叶紫，我的那件蓝裙子不见了，会不会被那个变态杀手偷走了？"叶紫心中一沉，说："别急，你再找找看。"唐恬恬说："找几遍了，肯定是丢了。"

叶紫没再多说，她直接挂了电话，以百米冲刺的速度跑到唐恬恬家。

刘冬梅被害后，警方一直在追查她身上穿的蓝裙子的来源。刘冬梅身高166厘米，体重48公斤，那件蓝色碎花连衣裙像是为她量身定做的，非常合体。在裙子上没有提取到刘冬梅的指纹，显然是死后被凶手穿上去的。保卫科向全厂发了通知，要求每户家庭自查，是否丢失或出借过一件蓝色的碎花连衣裙。如果有，要立即报告给保卫科。经过初步追查，全厂一共有三件同款的连衣裙丢失，但出借的没有。丢失的原因都是一样的——晒在外面被盗。其中2008年被盗的有两件，2009年被盗的有一件，同时被盗的还有其他衣物和鞋袜。厂区经常有流浪人员潜入，小偷小摸的事时有发生。然而，经过保卫科的仔细比对，丢失的三件蓝色碎花连衣裙都跟刘冬梅穿的那件不一样，不是花色不对，就是尺码不同。

唐恬恬的那件蓝裙子是跟叶紫一起在县城买的，比叶紫的要小一个码子。两人平时经常穿同款式的衣服和鞋袜，背同样的书包，留同样的发型，跟双胞胎一样。保卫科要求排查时，唐恬恬并没有当回事，因为在刘冬梅被害的前两天，她整理衣柜时还见过那件蓝裙子。

那天唐恬恬给我和魏大龙都打了电话，但我家里没人接。叶紫和魏大龙过去后，唐恬恬又和他俩在家里翻箱倒柜地找了一遍，还是没找着那件裙子。叶紫猛然想起来，刘冬梅和唐恬恬的身高差不多，只是唐恬恬更苗条一些。刘冬梅是上周三遇害的，死亡时间是上午十一点左右。唐恬恬最后一次看见那件蓝裙子，是上周一晚上八点左右。

也就是说，如果刘冬梅穿的蓝裙子是唐恬恬的，那凶手是在上周一晚上八点后，到上周三上午十一点之间偷的裙子。

叶紫问唐恬恬："这个时间段都有谁来过你家？"唐恬恬说："只有你、良子和大龙来过，没别人。"魏大龙立即叫了起来："我可没偷！"唐恬恬不满地说："我又没说是你偷的，你激动什么啊？"魏大龙说："我能不激动吗？那个狐狸精遭到报应了，厂里人都在背后瞎传，说我们一家人是凶手。扯淡，刘冬梅被杀那会儿，我们全家都在扫墓呢。"

叶紫没有理睬魏大龙的愤懑，她问唐恬恬："你爸呢？"唐恬恬说："我爸今天上班，他不可能是凶手，他是个老好人，别说杀人了，他连只鸡都不敢杀。我们家吃鸡鸭鱼，都是买杀好了的。"叶紫说："我不是怀疑你爸，我是在想，你爸会不会无意中把凶手领到了家里，被凶手钻了空子，偷走了你的裙子？"唐恬恬摇摇头："我想起来了，上周一我爸和邵阿姨在杭州旅游，周六才回来。"魏大龙问："有没有可能是林东亮把什么人带到你家来了？"唐恬恬说："他很久没回厂里了。而且，除了我和我爸，还有邵阿姨，别人都没有这里的钥匙。"

难道唐恬恬丢失的蓝色碎花连衣裙，并非刘冬梅穿的那件？

我从父亲手机中翻拍的现场照片仍然保留在魏大龙的手机里，之前因为害怕，叶紫和唐恬恬都没仔细看过。此刻，叶紫要魏大龙调出那些照片，她和唐恬恬强忍住心理上的不适，认真端详起来。随着魏大龙将照片放大，唐恬恬惊叫道："这件裙子就是我丢的那件！"叶紫问："你确定吗？"唐恬恬指着裙子的腰部中间说："我去年中元节给我妈烧纸时，不小心把火星溅在裙子上面了，烧出了一个疤，正好呈梅花形，这个特征我记得非常清楚。"

叶紫的确看见了那个梅花形的疤，黄豆大小，不放大看，很容易忽略。她说："走，我们去找良子，要他赶紧把这件事告诉他爸。"魏大龙说："良子他爷爷今天过生日，他们一家人都去县城了，得吃了晚饭才回。"唐恬恬不知所措地说："那怎么办？今天是周日，学校放假,保卫科也不上班,都找不到人报案。"

母亲出事后,叶紫沉稳了许多,她没慌,掏出母亲的手机给赵卫国打了个电话,反映了唐恬恬裙子丢失的情况。赵卫国听了很兴奋,说这是条重要的线索,他马上带人过来。在外婆家吃完晚饭,叶紫准备返回自己家,她手里还拿着外婆煮的一根老玉米,边走边啃。在叶紫的 QQ 空间日志中,她是这样描述那个晚上的——

> 月亮好像是蓝色的,夜和风好像也是,那些洒在地上的斑驳光影,就像一件摇曳的蓝色碎花连衣裙。

她特意从我家楼下经过,看见我家黑灯瞎火,知道我还没回,心里不免有些失落。她现在很想跟我说说话,想把唐恬恬丢失裙子的事告诉我。她还想问问我,她母亲打我的那两个耳光疼不疼。

穿过篮球场时,叶紫看见魏大龙在投篮,问他怎么一副闷闷不乐的样子。魏大龙扔下篮球说:"刘冬梅跟我家有仇,我又是有机会偷到那件裙子的三人之一,这下我成头号嫌疑人了。"叶紫说:"凶手不可能是你,你跟刘冬梅有仇,但跟我妈没仇啊。"魏大龙一拍脑门说:"对啊,我真是个猪脑壳,怎么就没想到这层逻辑关系?"

叶紫在把啃秃了的玉米棒子丢进垃圾桶时,看见有个白色的物体在桶内,很晃眼。她好奇地拿起来打量,突然发出"啊"的一声惊呼。魏大龙连忙跑过去,发现叶紫手里拿的是一只白色的胸罩,他说:"你怎么把这玩意捡起来了?多脏啊。"

路灯下,拎在叶紫手中的白色胸罩像招魂幡,显得异常诡异。叶紫喃喃自语:"我妈的文胸怎么会在这儿?"魏大龙一听,瞪大了眼睛问:"你怎么知道这是你妈的?"叶紫说:"三八节妇检,倪阿姨说我妈的文胸小了,会刺激乳腺增生,容易得乳腺癌。我妈就在网店买了两只大号的,一只黑色,一只白色。是我收的快递,包装也是我拆的,我记得就是这个牌子,罩杯大小也一样,都是 E。"魏大龙说:

"也不能光看牌子和大小，咱们班上就有好几个男生跟我一样，穿阿迪达斯球鞋，码子也相同。"

叶紫的眼睛里似乎钻进了一群萤火虫，熠熠发光，她说："我妈出事后，那只白色的文胸不见了，只剩下了黑色的。还有，我检查过了，这只文胸没有任何损坏，很新。如果不是我妈的，别人为什么要扔掉？"

魏大龙说："篮球场离厂门口近，周边没住人，文胸被扔在这里是有点古怪。如果是别人不想要了的，应该扔在宿舍楼前的垃圾桶里才对，为什么要舍近求远？对了，会不会是那个变态凶手扔的？"叶紫似乎想起了什么，她把那只胸罩放到一边，在垃圾桶里掏了起来。魏大龙问她："你找什么？"叶紫说："我妈的身份证也不见了。如果是被凶手拿走的，他要销毁证据，肯定会把身份证和文胸扔在同一个地方。"

魏大龙觉得叶紫的分析有道理，他干脆把垃圾桶里的东西一股脑儿倒了出来。按照厂里的环卫制度，每两天清理一次垃圾，时间是早晨。幸好叶紫发现得及时，不然到了明早，垃圾车一来，证据就彻底被销毁了。魏大龙和叶紫在垃圾堆里翻找着，身份证体积小，不像胸罩那么显眼，两人只能用手一点点地摸索。十几分钟后，魏大龙在垃圾中摸出了一张身份证，对着路灯一看，上面清楚地印着一个名字——叶丽萍！叶紫的脸色瞬间变得惨白。

晚上八点整，赵卫国和技侦人员驱车到达了5731厂。唐恬恬的父亲已经提前接到我父亲的电话通知了，领着刑警进了他家勘查现场。赵卫国带来了刘冬梅被害时穿的蓝裙子，经过唐恬恬的现场比对，确认就是她丢失的那件。赵卫国把唐恬恬叫到空旷的楼顶，点了根烟，先聊了几句家常让她放松，然后才开始询问："刘冬梅被害时你在哪里？"唐恬恬说："我去陵园给我妈扫墓了，厂里很多去扫墓的人都看见了我，包括魏大龙和他爸妈，对了，还有叶紫，她也在给母亲烧纸。"

赵卫国问:"你确定刘冬梅被害的前两天,只有那三个同学去过你家吗?"唐恬恬说:"我确定!他们都是我最好的朋友,平常经常到我家来玩。我敢打包票,刘冬梅的案子绝对跟他们仨无关。我怀疑凶手有我家的钥匙,趁我不在,开门进来偷走了裙子。"烟头在赵卫国的嘴上忽明忽灭,像汽车尾灯,他说:"叶紫肯定没有作案动机,她妈也是受害者。姚建宏是我的老战友,刚正不阿,他儿子的人品应该也不差。那个魏大龙呢,你真的那么信任他吗?"唐恬恬点头说:"我和他从小玩到大,他虽然有点油腔滑调,但没有坏心眼。他跟良子关系很铁,两人整天泡在一起。良子没问题,他肯定也没问题。"赵卫国吐了口烟圈,说:"这三个有机会偷到那件裙子的人当中,魏大龙是唯一有作案动机的。"

唐恬恬很惊讶:"你们不是查过了吗,他们一家人都没有作案时间。"

赵卫国看着远处高耸的烟囱,说:"任何证据都是相对的,有作伪的可能。当然,有作案动机和作案时间,也不一定就是凶手。对警察来说,定罪必须精准无误,但怀疑可以扩大化。"

叶紫就在这个时候像只野猫般飞奔上了楼顶,卷起一股旋风,她上气不接下气地说:"赵队长,我有重要的情况要反映!"

赵卫国以为叶紫要反映的还是裙子那件事,他笑了,说:"我已经跟你的闺密聊上了,接下来的事就交给我们警察来办吧,有最新的消息我会通知你。赶紧回家休息吧,不早了,别在外面晃悠,凶手还没有落网,不安全。"叶紫尽量让呼吸平缓下来,她说:"不是裙子的事,我发现了新的证据。"赵卫国这才注意到叶紫的左手拿着一只白色胸罩,右手似乎也攥着什么东西。他问:"什么新证据?"

叶紫说了她和魏大龙在垃圾桶里的发现,赵卫国当即打电话给一名正在勘查现场的技侦人员,是名女警,上来把胸罩和身份证放进了物证袋。赵卫国冲女警使了个眼色,她很默契地把唐恬恬带走了。赵卫国这才皱眉问叶紫:"你妈丢了这两样东西,你怎么没早告诉我们?"叶紫说:"我之前不确定我妈的身份证是我没找着,还是她自己弄丢了。那只白色文胸,我以为是晒在外面时被风吹掉了,所以就没跟案子联想到一起。"

赵卫国扔掉烟头,重新点了一根,继续问:"你妈平时把身份证放在哪里?"叶紫说:"钱包夹层里。"赵卫国又问:"除了魏大龙,还有谁接触过这两样东西?"叶紫说:"他没碰过文胸,但身份证是他找到的。"

十分钟后,赵卫国带着两名刑警来到厂里的篮球场上,叶紫指认了那只垃圾桶,倒在地上的垃圾还没清理。赵卫国叮嘱刑警再翻一遍垃圾,看看有没有新的发现。他嫌勘查灯不够亮,又开来了一辆警车,把大灯对准地上的垃圾。强烈的光源吸引了许多小昆虫,它们争先恐后地飞过来,像在跳舞。两名刑警忙活了一个多小时,但再无任何收获。送叶紫回家时,赵卫国就上次案件的错误定性,向她表示了歉意,他说,自缢和他缢都是通过重力压迫颈动脉使大脑缺血、缺氧,或者刺激颈动脉窦反射引起心脏骤停,在死亡特征上比较相似,尸检容易出现误判。如果凶手又伪造了现场,就更难区分了。

叶紫没有计较这件事,她忐忑不安地问:"赵队长,我妈的案子能破了吗?"

烟头从赵卫国的指间弹了出去,像道撕裂夜色的流星,他沉声说:"我觉得能。"

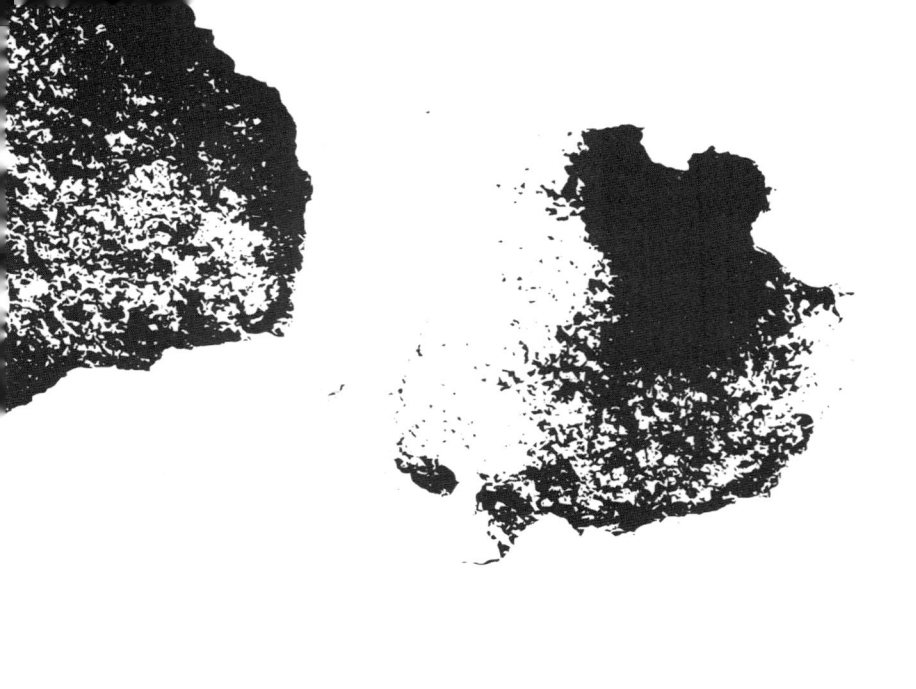

连环杀手

一

  2011年五一节之后，几乎每个晚上，叶紫都会出现在我的梦中，延续着那个短暂而奇妙的禁忌之吻。但在梦幻世界之外，我跟叶紫的接触少了许多。我必须恪守对叶紫母亲做出的承诺，至少明面上要做到。课间休息时，我不再去跟叶紫搭讪，不论叶嬷嬷有没有过来监视。上学和放学时，我也有意避免和叶紫同行。有时候去唐恬恬家打扑克，叶紫来了，一起玩了没多久，我就会催她快点回去。我害怕再被叶嬷嬷抓现行，那种后果是我的生命中不能承受之重。多年后回忆自己的这种心理，我觉得并没有夸张，是的，我就是在那时明白了爱不是独角戏，而是双人舞。我每踏一步，都要考虑叶紫的进退。

  叶紫敏感地察觉到了我的疏远，她眼里的那泓潭水更深幽了，发表在厂报上的豆腐块，透着一股少女的迷惘和伤感。有天下午上完历史课，我帮老师把投影仪搬回器材室。当时已经放学，我看见那架放在角落的古董钢琴上积了薄薄一层灰，我已经很久没有弹奏了。我走过去，打开琴盖，刚弹了半首庾澄庆的《让我一次爱个够》，房间里的光线就突然暗淡下来，是叶紫背着书包站在了门口。她问我："你最近为什么老躲着我？"我的手离开了琴键，语无伦次地说："我……我怕影响你学习。"叶紫又问："这是你的真心话吗？"我点点头："当然。"叶紫说："那我们一起努力，等都上了大学，我再听你弹刚才那首曲子。"叶紫说完就跑开了，器材室里再次亮堂起来。

  我和叶紫的这次见面就像地下党接头，我似乎得到了上级的某个重要指示，突然有了使命感。我上课不再跟魏大龙讲小话了，学习越来越专注，成绩大幅度上升。高一下学期的期末考试，我居然考了全班第七名，而叶紫是第二名，许默然是第三。那年刚放暑假，叶紫的外婆病情加重，从职工医院转到星城人民医院做手术。叶嬢嬢请了一周的假，和叶紫的外公在医院轮流陪护，叶紫终于可以短暂地放飞自我了。我记得那天正好是小暑，唐恬恬的父亲在南京出差，我们去她家打扑克。叶紫说慕兰山区有座铁牛寨，丹霞地貌非常雄奇，她很想去看看。叶紫只是随口一说，我却动起了心思。我想趁着叶嬢嬢不在家，我们组团去铁牛寨游玩。我说出自己的想法后，得到了大家的一致响应。我当即用唐恬恬家的电脑上网查询了一下，铁牛寨在慕兰山区腹地，距离5731厂近百里，根本没有直达车，就算有，当天往返也不可能，得在外面过夜。我正发愁怎么坐车去铁牛寨时，魏大龙兴奋地说："我有办法！"

最近厂里在试验一款新车型，是七座商务车。作为试车员，吴勇波每天要驾驶这款新型商务车在不同的路况上测试，收集各种数据，供技术人员分析改进。魏大龙说："我可以让舅舅把车开到铁牛寨去。"计划进展得异常顺利，吴勇波满口答应，并且说服了自己的姐姐，厂里的免费福利不要白不要。我的成绩突飞猛进，父母正想着怎么犒劳我，见我提出和同学出门旅游，也开了绿灯。疏远了许默然几个月后，我发现他并没有出现麻风病的症状，于是放下心来。叶紫、魏大龙和唐恬恬同样心照不宣，不再刻意跟许默然保持距离。去铁牛寨之前，我问许默然愿不愿意跟我们一起去，许默然想了想，同意了。

在山巅刚泛起鱼肚白时，车子就出发了，一路朝东，奔向太阳升起的地方，仿佛要回到人生的某个起点。许默然很知趣地坐在副驾驶位上，我与叶紫，魏大龙与唐恬恬各坐一排。车子全程在盘山公路上行驶，在惯性的作用下，我和叶紫的身体经常不受控制地挨到一起。起初，我们还会有意识地分开，但慢慢就习惯了，确切地说，是很享受这种亲密的肢体接触。我能明显感觉到，车内充斥着激素的气息。

许默然不像我们四人那样兴致勃勃，他一路寡言少语，甚至都没有回头，就像一尊黑色的玄武岩石雕。我注意到他偶尔会看一下车内的后视镜，双眼眯成一条缝，犹如猫瞳。他跟这个世界似乎隔着一层镜子，坚硬又脆弱，一旦裂开，那些尖锐的碎片就会成为致命的武器。

车子开了两个多小时，在一个三岔口，吴勇波往左打方向。

"走错了，是中间那条路。"这是许默然上车后说的第一句话。

吴勇波朝副驾驶瞟了一眼，对许默然挑战他这个老司机的方向感颇为不满。许默然淡淡地补充了一句："我去过。"吴勇波还是有些不信任他，他拿出手机拨打了同事的电话，那个同事去过铁牛寨。交谈了几句后，吴勇波悻悻地把车倒了回去，驶入中间的那条路。

铁牛寨"养在深闺人未知"，刚开始搞旅游开发，我听父亲说，梁奇志的公司参与了投资，还是大股东。我问许默然："你是什么时候去的铁牛寨？"他犹豫了一会儿说："几年前。"吴勇波说："路今年才修通呢，你是怎么去的？"许默然说："骑马。"

慕兰山区有一种矮脚马，跑不快，但耐力极好，以前是山民用来驮运物资的重要交通工具。骑马对工厂子弟而言就是一个美丽而遥远的传说，听到许默然说他是骑马去的铁牛寨，我们都兴奋起来，纷纷问他骑马是什么感觉。但许默然并没有回答，他闭着眼睛，似乎睡着了。

在铁牛镇吃了午饭，又开了半小时，车才到达铁牛寨。据说某大将曾率领义军在此驻扎，铸铁牛以镇清妖，故得此寨名。这里的丹霞地貌鬼斧神工，千姿百态。不过，在我眼里，最美的风景是叶紫。那天叶紫和唐恬恬都穿着蓝色碎花连衣裙、白色网球鞋，像两朵楚楚动人的蓝莲花。叶紫还把平时盘着的长发放了下来，上面别了一枚桃红色的有机玻璃发卡。在山风的吹拂下，她秀发飘飘，裙裾飞扬。我甚至有种感觉，叶紫就是这片山水胜地孕育出来的小魔女，她让整个丹霞地貌有了灵气。

魏大龙充当了专职摄影师，他用手机给唐恬恬和叶紫拍了很多照片。走到闯王庙时，魏大龙去上厕所，我客串了一把摄影师，给两位穿着同款连衣裙的女生拍了张合影。叶紫和唐恬恬迎风而立，舒展双臂，合二为一，摆了个宛如蝴蝶展翅的姿势。在我正寻找最佳拍摄角度时，一只绿色斑纹的蝴蝶从叶紫的胸前轻盈飞过，恰好被我用镜头捕捉到了，瞬间变成了美丽的永恒。

那时候我还不知道，这张抓拍的照片，后来竟会成为蓝裙子系列杀人案的破案灵感。

吴勇波嫌天热，到此一游后就待在空调车里睡觉。没有了舅舅充当电灯泡，魏大龙求之不得，他不停地围着唐恬恬献殷勤，一会儿给她扇风，一会儿给她递零食。我和叶紫也不用遮遮掩掩了，在没人看见的地方，我们会手拉手。走在最前面的许默然则全程一声不吭，他在一个叫牛鼻崖的地方驻足远眺。强烈的阳光透过一人高的巴茅，把他的脸照得半明半暗。我循着他的目光望去，却并没有发现什么特别的风景。我对许默然的状态见怪不怪，没有追问他为什么发呆，转而跟叶紫、魏大龙和唐恬恬商量晚上的活动安排。叶紫说，路过铁牛镇时，她看见墙上有皮影戏的公告，是《贵妃醉酒》，她想去看看。唐恬恬说她好久没唱歌了，想去唱卡拉OK。魏大龙说，走了一下午的路，身上的二两油全蒸发掉了，他想吃烧烤，全荤的。最后我总结了一下，先吃烧烤，再看皮影戏，然后唱卡拉OK。没有人征求许默然的意见，仿佛跟我们同行的他并非人类，而是一只特立独行的猫。

返回铁牛镇住宿的路上，暮色苍茫，车在陡峭的山路上摇摇晃晃，我们都睡着了。只有吴勇波在专心致志地开车，山间突然飘起了团雾，视线极差。吴勇波开车更小心了，原本半小时的车程，他开了一个小时还没到。突然传来一声巨响，车身猛地一沉，吴勇波跳下车一看，爆胎了！我们都被惊醒了，并没意识到这是一个大麻烦。魏大龙还开着玩笑："我以为是打爆米花呢，刚闻到香味，梦就醒了。"

直到吴勇波说车上没有备胎，我们才傻眼了。车用的是新胎，按理说不会轻易爆，但天黑雾大，吴勇波没注意到路中央有一块棱角坚硬的岩石，结果车胎从上面轧过时被扎破了。许默然往窗外看了看，对吴勇波说："你走错路了。"吴勇波这才注意到四周非常荒僻，我们去铁牛镇时似乎没走过这里，应该是在团雾中迷了路。更糟糕的是，他发现手机在这鬼地方竟然没信号，连救兵都搬不到。吴勇波懊恼地问许默然："这儿离铁牛镇有多远？"许默然说："二十多里，往回走，东南方向。"我们听了，心都跌到了谷底，难道我们要露宿在这荒山野岭吗？吴勇波狠狠踹了破胎一脚，骂骂咧咧："老子只能坐11路公交去镇上，叫人过来换胎了。"走之前他扔下一句话："都在车上好好待着，别乱跑。"魏大龙讨好地对唐恬恬说："你不是要唱卡拉OK吗，我打开车上的音响给你伴奏。"唐恬恬没好气地说："在这儿唱，招狼呢？"在夜色和雾气的包裹中，周围的一切都影影绰绰。叶紫自我解嘲："我真是乌鸦嘴，要看什么皮影戏，现在可以看个够了。"

团雾被慕兰山区的当地人称为鬼雾，飘忽不定，来去无踪。吴勇波走后没多久，团雾就消失了。叶紫突然说："快看，萤火虫！"大家朝她手指的方向望去，山谷里的萤火虫成群结队，像是寨子里的村民集体出动了，提着灯笼去赶集。夏夜的汨罗江边也能见到萤火虫，但从没这么壮观。唐恬恬叫了起来："哇，银河好美！"我们的视线转移到头顶，平日夜空里的银河总是朦朦胧胧的，像雾里看花，此刻却清晰异常，似乎还能看见飞溅的浪花，以及在惊涛中穿梭的船只。车子抛锚带来的烦恼，迅速被这唯美浪漫的夜景驱散了。我们都下了车，高声唱起歌来，唱陈绮贞的《还是会寂寞》，唱王菲的《寓言》，唱张靓颖的《我用所有报答爱》。叶紫和唐恬恬还跳起了舞，她们欢乐的样子，就像是从山林里跑出来的两个小精灵。

当我们玩累了，准备上车休息时，突然发现许默然不见了。起初我们以为他可能是方便去了，但我们等了半个多小时，他还没有回来。叶紫看着幽暗的山林，忧心忡忡地问："听说山里有狼，还有野猪和豹子，他不会出事吧？"魏大龙调侃道："野生动物不会伤害喵星人的，他们是同类。"这个时候我根本没心思开玩笑，我怀疑许默然是在方便时掉到了悬崖底下，决定下去找一找。

2011年夏天的这个夜晚，世界仿佛凝固在一颗巨大的琥珀里，晦暗不明，安静异常。谁也没有想到，这个被时间遗忘的地方，日后会成为我们命运的分水岭。

我们顺着陡峭的羊肠小道下到崖底，眼前豁然开朗，山谷中赫然出现了一个湖泊，在月光下如同一块圆润而晶亮的墨玉。一座浮桥延伸到湖心岛，上面隐约有一片建筑掩映在竹林中。我们在崖底边找边喊，仍然没发现许默然的踪影。我说："岛上有房子，走，去找找看。"没有人提出异议，在大家的眼里，不管喵星人的行为有多荒诞，似乎都是合理的。

湖面荷花盛开，散发着暗香。走过颤巍巍的浮桥，我们来到岛上，发现那片建筑是几排钢筋水泥的房子，有两层的，也有三层的，还有平房，里面无人居住，遍地野草和青苔，还有成堆的鸟粪。敞开的门窗被山谷里的风吹得摇摇晃晃，发出怪异的声音。叶紫自言自语："荒岛上怎么会有这么多房子，人都到哪里去了？"唐恬恬说："这里太适合拍鬼片了。"我装腔拿调地对她说："你身后就跟着一个鬼。"唐恬恬尖叫一声，下意识地回头看，魏大龙正拿着手机电筒晃来晃去。她颤声问我："鬼呢？"我笑了，冲魏大龙努努嘴："就他，大色鬼。"

唐恬恬明白她被我捉弄了，娇嗔着要打我。看见叶紫在旁边笑得花枝乱颤，她意识到了什么，及时收回了粉拳。魏大龙冷不丁冒出一句："这里有点像厂里的职工医院。"我当即愣住了，叶紫和唐恬恬也是。相处久了，我们多少有些默契，脑海里不约而同地浮现出一个念头：这里会不会是许默然父母工作过的精神病医院？

从外观和规模来看，眼前的这片建筑的确像5731厂的职工医院。不知是不是因为心理暗示，叶紫和唐恬恬都说闻到了一股福尔马林的味道。在我们的想象中，疯人院是个惊悚灵异的地方，那里群魔乱舞，人鬼不分。一想到自己置身这种电视里才能见到的恐怖之地，多巴胺就在我们的体内飙升。当我提议进去探险时，没有人表示反对。这里楼房的内部构造也跟职工医院相似，中间是走道，两边全是空房间，面积大小差不多，没有任何装潢。我们喊着许默然的名字，空旷的走道里传来变调的回声，听上去让人毛骨悚然。

叶紫悄悄拽住了我的手，掌心里全是汗。我很男子汉地低声说："别怕，有我呢。"其实我的腿肚子也在抽筋。一道残影从我们身边掠过，吓得唐恬恬尖叫连连。我使劲嗅了嗅，说："有股臊味，应该是黄鼠狼。"魏大龙说："我×！什么乔丹、约翰逊、科比，老子都不服了，我现在就服许默然。在这种鬼地方住一天，老子都得发疯。"

拐过一个弯，我示意大家停下来。我俯身从地上捡起一枝断荷，很新鲜，明显是刚折下来的。我放慢脚步，领着大家继续往前走。走了二十多米，我们发现左边的一个房间内，有个人背对着门口，像根木桩般纹丝不动地立着。窗外的月光照进来，把他的影子投映在地上，单瘦颀长。我们都认出了这个背影，正是许默然。我喊了他一声，他如梦初醒，缓缓转过身来。我这才看清楚，他手里捧着几枝荷花。我隐隐猜到，这个空无一物、满地垃圾的房间，可能留存了许默然的某段回忆。

叶紫问："默然，你怎么跑到这儿来了？我们找了你好久！"许默然说："不是在等着换胎吗？反正闲着也是闲着，我就随便逛逛。"一向好脾气的唐恬恬有点恼了："你当是逛夜市呢，我们还以为你被狼叼走了。"许默然说："看你们玩得开心，我就没打招呼，免得扫大家的兴。"魏大龙没有拐弯抹角，直接问："这里是你爸妈以前工作的地方吧？"许默然迟疑了一下，点点头。我问许默然："我们是朋友吗？"许默然"嗯"了一声："当然。"我伸手拍了拍他的肩膀说："既然是朋友，来看你爸妈，应该叫上我们。"

许默然的声音像是从狭窄的墙缝里挤出来的："对不起。"

我把刚才捡的那枝断荷递过去，说："你掉的。"

许默然接过断荷，放在鼻子底下使劲嗅着。夜色深沉，他的眼里仿佛涌动着一片海，那是大家第一次在喵星人的脸上看到这种神情，柔软而悲伤。

叶紫拽了一下唐恬恬，两人转身出了房间，再次进来时，手里已经捧着一大把沾满夜露的野花了，都是送给许默然的，确切地说，是送给许默然父母的。无须多言，我们都明白许默然来这里是怎么回事了——车子抛锚的地方正好离他以前生活过的疯人院不远，触景生情，他想起了自己的父母，于是过来悼念。许默然告诉我们，这是他父母生前的办公室。每年有很多候鸟从西伯利亚飞到岛上来越冬，各种叫声掺杂在一起，婉转动听，像弹琵琶的声音，岛因此而得名，叫琵琶岛。岛西南角有一大片芦苇丛，他经常去那里捡鸟蛋。湖面上的荷花是他父母亲手种植的，他们是这座医院的第一批工作人员。因为慕兰山区在大力发展旅游业，这座医院在今年初搬迁了。我听父亲说过，梁奇志的公司准备把琵琶岛开发成度假村，串联铁牛寨和附近的福禄山国家森林公园，打造出一条精品旅游线路。但我一直不知道琵琶岛在什么地方，更不知道岛上以前还有座疯人院。

许默然把手里的荷花和野花都放在窗台上，然后三鞠躬，我们也跟着三鞠躬。叶紫从许默然刚才的话语中，感受到了一种对现实的无奈，她愤愤不平地说："挤占精神病人休养的空间，太不人道主义了。"许默然的目光穿过残缺的窗玻璃，看向遥远的夜空，幽幽地说："这里不是精神病医院。"听到这句话，我们面面相觑，都有点迷茫。许默然刚才不是亲口承认了，这是他父母工作过的地方吗？

许默然从窗外收回视线，转身说："这里是麻风病医院。"看见我们呆若木鸡的样子，他说："我以前没讲实话，骗了你们。"我问他："上次你是想从玉兰山抄近路，去给那个躲在梧桐山上的麻风病人送饭，才掉进金井的，对吗？"许默然点头说："他叫孙飞虎，是这里的病人，是在医院搬迁的途中逃跑的。"接着又说："我没有被传染，我知道怎么防护。"

我明白了，社会上谈麻色变，所以许默然对外谎称父母是精神病医院的医生，以免自己受到歧视。相对麻风病来说，精神病没有那么可怕。如果足够坦诚，我就不得不承认，早知道这里是一座被遗弃的麻风病医院，我是绝对不会闯入的。许默然说，由于外公外婆的不理解，他爸妈很少回厂里探亲。爸妈遇难后，他才第一次见到外公外婆。

许默然说完这些，房内一时间静得出奇，仿佛能听见竹叶摇曳的声音。魏大龙不由自主地后退了两步，仿佛自己闯入了一片雷区。许默然敏感地察觉到了魏大龙的举动，说："别担心，这里消过毒。"叶紫的身体没有动，她问："你完全可以选择继续隐瞒，为什么要告诉我们真相？"许默然说："因为，我们是朋友了。"

原来，他以前并没有把我们当成真正的朋友。或许在他的词语定义中，朋友比同学更具褒义色彩，更值得信任。

我问许默然："岛上只有一座麻风病医院，你以前在哪里上的学？"许默然说："我在星城读完小学三年级后，就没再去上学了，一直在岛上生活，直到回5731厂。"我又问："为什么不上学了？"许默然说："有次我在作文里写了我的爸爸妈妈，说他们是麻风病医院的医生，同学们知道后，就都不跟我玩了，还冲我吐口水，说我身上有病毒。"叶紫说："他们才有病！"许默然说："我不愿意再去上学了，爸妈就把我接到岛上，买了中小学教材，他们自己教我。"

叶紫突然做了一个令我们都很惊讶的举动，她上前一步，张开双臂拥抱了许默然。我看到，她的脸上有圣徒一样的辉光。我没有嫉妒，我明白她的这个拥抱其实是献给许默然父母的。我和唐恬恬相继上前拥抱了许默然，最后上前拥抱他的是魏大龙，他还在许默然的胸口擂了一拳，说："每天跟麻风病人打交道，你小子还能活到现在，简直比牛魔王还牛！"许默然没料到我们会以这种方式来安慰他，一开始有些手足无措，后来才慢慢放松了。叶紫问："你以前住在这里害怕吗？"许默然没有正面回答，他说："习惯了就好了。"我问："你爸妈为什么要到这种地方来工作?"许默然说:"我爸妈很崇拜苏菲和马海德,把他们当成偶像。"唐恬恬问:"苏菲和马海德是谁?"叶紫说:"我看过他们的传记,苏菲是个演员,大美女。马海德是外国人,抗战时去了延安。两人的爱情故事很浪漫,一辈子不离不弃,他们也是我的偶像。"叶紫说出这句话时,许默然眼里的那片海骚动起来,我似乎听见了海燕歌唱的声音。

之后许默然领我们去看了他和父母住过的宿舍,门已经朽坏,窗台坍塌了半边。现在离年初并不远,但没有人住的建筑,总是特别容易颓败。魏大龙突然指着房间里的一面墙壁叫起来,好多蝴蝶!我们顺着他的手指看去,那面墙上密密麻麻地趴着几十只蝴蝶,在月光下形态各异。我从来没见过这么多蝴蝶聚集在同一个地方,而且这些蝴蝶根本不怕人,在我们的惊呼声中一动不动,显得有些骇人。许默然看出了我们眼里的疑惑,解释说:"这不是活的,是蝴蝶标本。"我们这才壮着胆子上前围观,发现的确是蝴蝶标本,而且属于不同的种类。唐恬恬惊叹道:"这些标本放在一起,就像一支舞蹈的分解动作,太神奇了!"叶紫问许默然:"标本都是你爸妈制作的?"许默然说:"不,是我自己制作的。"

许默然的这个回答,比在暗夜里突然看见如此多的蝴蝶标本更让人惊讶,我们没想到喵星人还有这个本领,这也太心灵手巧了。我问:"这么漂亮的标本你为什么不带走?"许默然凝视着蝴蝶标本,说:"我特意留下的,让它们陪着我爸妈。"

我们在岛上四处逛了逛,在一株高大的红豆杉下,许默然说麻风病医院实行封闭式管理,野兽却屡屡不请自到。猴子会扔石头砸窗玻璃,蟒蛇会来偷鸡摸蛋。曾经有头老狼潜入医院,咬死了食堂喂的两头黑山羊,还咬伤了一名当过兵的门卫,最后被医护人员合力打死在这株红豆杉下。门卫掰下老狼的犬牙当吊坠,用红豆穿成了两条项链,自己留了一条,另外一条送给了他。

离开琵琶岛之前,许默然说他不想让更多的人知道这个秘密,我们明白他的顾虑,答应守口如瓶。多年后我才知道,许默然在这个寂静山谷里透露的,并非他过去生活的全部真相。我们封印在瓶子里的,只是秘密的一部分。

我们回到车子的抛锚地没多久,吴勇波就坐着修车师傅的皮卡过来了。换完胎,吴勇波把车开到铁牛镇,满怀歉意地请大家吃了一顿烧烤,还要了半箱廉价啤酒。从这个夜晚开始,许默然彻底融入了我们的小团体。这顿烧烤吴勇波花了不到三百元,对我们而言,却是一次青春的盛宴。星光闪耀,月色撩人,有些东西在碰杯声中告别,有些东西则在张开双臂迎接。往后余生,即使坐在金碧辉煌的宴会厅,面对山珍海味,我们也再没有这么尽兴过。

二

2012年这个多雨的春天,我跟做贼一样,尽量绕开父亲走。不到一个月连出两起命案,5731厂人心惶惶。作为负责治安的保卫科科长,父亲很没面子。他的脾气越来越暴躁,动不动就骂娘,骂厂领导冷血,只抓生产销售,不抓安全,舍不得花钱升级监控,也骂自己无能,算什么缉毒英雄,就一狗熊!父亲还骂刘学峰没良心,女儿被害也不露面,不知道在哪里鬼混。我后来偷看了案卷,刘学峰2011年4月从缅甸回来了,据说做珠宝生意亏了。此后他一直混迹于县里的地下赌场和夜店,给人看场子,偶尔也会回厂里住几天。从2012年3月17日上午9点45分开始,刘学峰的手机就一直处于关机的状态,信号消失在厂区附近。他的那些狐朋狗友都说,自那天起,再没看见过他。叶丽萍被害后,警方一度把刘学峰列为嫌疑对象,但始终没找到人。刘冬梅被害后,刘学峰的名字就从嫌疑人名单上被抹掉了。刘学峰虽然打跑了妻子,但对女儿疼爱有加,父女俩的关系一直不错。如果有人敢欺负刘冬梅,刘学峰不惜动刀子,为此还被拘留过。这是连环杀人案,既然刘学峰没有动机杀自己的亲生女儿,他也不应该是杀害叶丽萍的凶手。刘冬梅被害后，刘学峰一直没有现身，电话也联系不上。厂办的同事反映，刘冬梅曾说过，她爸要去青海做药材生意。刘冬梅遇害前几天还在抱怨，一连半个月都打不通她爸的电话。警方据此判断，刘学峰的这次消失，很可能是去了青海，在某个信息闭塞的地方，不知道女儿遇害了。

警方判断，咬死刘冬梅的悉尼漏斗形蜘蛛很可能是凶手从网上非法购买的。这种交易非常隐蔽，包裹通常会写上其他商品的名字以掩人耳目，很难追查。如果叶丽萍是被凶手勒死的，没法呼救说得过去。但毒蜘蛛咬了人，人不会马上毙命，毒性发作需要一段时间，整栋宿舍楼却没有任何人听见刘冬梅的呼救声。按照正常逻辑，受害人在面对死亡威胁时，即使遭到了胁迫，也会大声呼救或极力反抗，这是一种本能的反应。但刘冬梅没有任何求救的行为，身上也没有任何抵抗伤，似乎是在安静地等待死神慢慢降临。父亲和赵卫国一度怀疑，凶手是先用镇静剂之类的药物使刘冬梅失去了意识，再用毒蜘蛛咬死她的，这样就能完美地解释她临死前为什么不反抗了。但尸检表明，刘冬梅体内并没有这种药物成分。毒蜘蛛的死亡也是一个谜，是被刘冬梅还是凶手弄死的？杀害刘冬梅后，凶手为什么不把蜘蛛的尸体带走，毁灭证据？

叶丽萍被害时，我父亲觉得她的死亡姿势很奇特，像在坐禅。刘冬梅的死亡姿势也很怪诞，像在负荆请罪。尤其是两名被害人身穿同款的蓝色碎花连衣裙，化了同样的妆，更显诡异。凶手为什么要采取这种闻所未闻的作案手法，是否有什么深意？父亲百思不得其解。刑警队有人怀疑凶手可能参加了某个邪教组织，如此杀人是一种献祭仪式。但父亲和赵卫国都觉得这种解释有点扯，屏江古属三苗之地，受传统巫文化影响，迷信的人不少，但从没听说过有邪教存在。

父亲原本指望从刘冬梅被害案里找到突破口，拔出萝卜带出泥，顺带把叶丽萍的案子破了。但十几天过去了，案件毫无进展。调查表明，嫌疑最大的魏光辉一家人根本没有作案时间，目前也没找到任何他们雇凶杀人的证据。父亲急得上火，每天看什么都不顺眼——嫌母亲下班后身上的消毒水味道太重，嫌电视里的抗日神剧演得太假。厂里跳广场舞的大妈他也嫌，说这是一群爱闹腾的老妖精，全然忘了自己的丈母娘就是领舞的。在这个非常时期，我可不想触霉头。我甚至避免跟父亲对视，以免他顺着我的目光过来找碴儿。

爷爷七十大寿这天，我跟父母一大早就去了县城。老爷子的寿宴是在家里办的，都是亲戚，刚好一桌。下午在家里开了两桌麻将，老爷子自己不打，他要的就是个气氛。我发现母亲一整天都有些心神不宁，早晨她忘了换鞋子，趿拉着一双拖鞋就出了门。在厨房给保姆打下手时，她把洋葱头当成大蒜，放进了豆瓣鲫鱼里当佐料。在牌桌上，母亲成了神炮手，一放一个准。

我万万没有料到，我也被母亲给一炮轰倒了，生命中从此硝烟弥漫。

晚饭吃到一半时，父亲接到赵卫国的电话，"嗯""啊"了几声后，他对赵卫国说："你先带人过去，我马上赶回来。"父亲并没有喝酒，但额头青筋突起，面色通红，仿佛全身的血液都涌到了脑门上，我立即意识到厂里出大事了。父亲刚撂下饭碗，就叫上我和母亲，上了保卫科那辆破越野车，这是父亲唯一假公济私的地方。从厂里到县城，交通实在太不方便了，每天只有早中晚三班车，客少时会减到两班。如果父亲外出了，遇到厂里突发治安事件，没车就很难及时赶回。

那天傍晚，还没出城，父亲就给唐恬恬的父亲打了电话，说了裙子的事，要他配合警方的工作。我这才明白父亲火急火燎赶回厂里的原因。透过车内的后视镜，我看见母亲虚弱地靠着后排座椅，紧闭双眼，脸色煞白，像是有些晕车。

父亲知道我和唐恬恬关系不错，就问我："平时她家里都有些什么人进出？"我说："经常去的就我和大龙，还有叶紫。"父亲又问："许默然呢？"我说："偶尔去，我们有时会一起打扑克，但次数比较少。"父亲瞪着眼睛问："不是叫你不要跟他来往吗，耳朵塞猪毛了？"

车已经驶上盘山公路了，我假装没听见他的话，盯着从车灯前跑过的一只野兔看。父亲点了根芙蓉王，将车窗开了一条缝，说："别以为我不知道，那小子跟刘冬梅的事有关。"我心里一惊，问父亲："你怀疑是许默然杀了刘冬梅？"父亲说："他不是喜欢小动物吗？刚开始我们确实把他当成重要嫌疑人查过，但没找到他作案的证据。最关键的是，叶丽萍被害他有不在场证明。既然是连环杀手，他应该也跟刘冬梅的案子无关，所以就排除了他的嫌疑。"我松了口气，继续问："既然凶手不是他，那你还问他去没去过唐恬恬家，有意义吗？"父亲把车开得飞快，像一头觅食的猎豹，他冷哼一声："刘冬梅被狗咬跟这小子脱不了干系，你给老子听清楚了，以后少跟他来往！"

整个行车的过程中母亲都在昏睡，一句话都没说过。去县城的路上，她也是这样睡过来的。父亲问母亲："你怎么了？"她说："身体有点不舒服。"女人每个月总有那么几天，跟霜打的茄子似的提不起精神，父亲就没有多问。在老爷子的家里，母亲的话也很少，基本上是别人问一句她就答一句，很少主动找话。我觉得母亲精神萎靡肯定不是身体的原因，她以前得了流感高烧不退，照样在家里洗衣做饭，话还特别多。母亲一下子从王熙凤变成了林黛玉，我怎么看怎么觉得古怪。我感觉母亲的心里藏了事，而且是不方便说的事。

车子刚进厂门，我就看见篮球场那里有警察。奇怪的是叶紫也在，她和赵卫国正围着一只垃圾桶在说什么。父亲停下车，朝赵卫国快步走去。我想跟过去，问问叶紫是怎么回事，但被父亲喝止了，叫我别凑热闹，赶紧回家给我妈冲杯红糖水。我只好跟叶紫默默对视了一眼，我看得出来，她有很多话想跟我说。上楼时，我发现母亲虚弱得都快走不动路了，两腿直打战。我去搀扶母亲，她却一把推开了我，动作有些粗暴。我意识到了不对劲，从母亲这个生硬的动作中，我感觉到了她对我的冷淡、不满，甚至厌恶。

回家后，母亲急慌慌地把房门关上了。我刚打开灯，还没来得及换鞋，母亲就一个耳光扇了过来，结结实实地打在了我的脸上，我眼前顿时一阵金星乱冒。在我的记忆中,这是母亲第一次动手打我。我捂着脸,不可思议地看着她,问:"你打我干什么?"母亲反问:"人是不是你杀的?"我有点蒙,问:"什么人?"母亲说:"叶紫的妈妈,还有刘冬梅。"我盯着母亲有些扭曲的五官,感觉她神经不正常,我问:"妈,你是不是发高烧说胡话了?我怎么可能杀人?"母亲厉声问:"人要不是你杀的,那你藏在床垫下的东西是从哪里来的?"我的脑袋里"轰隆"一声,像是暴发了一场山洪,等洪流渐渐平静后,我质问母亲:"你为什么随便翻我的东西?"母亲说:"我昨天下午给你换床单时发现的。你还没回答我的问题,东西是从哪里来的?"我心虚地说:"是……是我捡的。"母亲刨根问底:"在哪里捡的?"我的脑筋快速转了一下:"叶紫家楼下。"

母亲又是一巴掌扇过来,但这次被我躲开了,母亲怒不可遏:"你哄鬼呢?"我说:"真的是捡的,你千万别告诉我爸。"母亲冷笑道:"你还知道怕?你作孽的时候怎么不怕?"我没有跟母亲纠缠,想趁父亲还没回家,赶紧把证据销毁了。我溜进自己的房间,翻开床垫,底下空空如也。我慌了,问母亲:"东西呢?"母亲跟进来,说:"扔垃圾桶里了。"这一次,我的脑袋里像是爆炸了一颗原子弹,腾起了巨大的蘑菇云。我终于明白,赵卫国和叶紫为什么都围在篮球场边的那只垃圾桶旁了。我一屁股瘫坐在床上,像个中风患者。

母亲突然换了一副面孔,可怜巴巴地说:"良子,千万记住了,你爸要是问你,你什么都不要承认。"我说:"我本来就什么都不知道。"母亲说:"我是上夜班时扔的,今天凌晨三点多钟,没人看见。胸罩和身份证我用湿抹布反复擦过了,不会留下指纹,你别担心。"我说:"捡东西又不犯法,我有什么好担心的。"母亲说:"对,如果查到你头上,你就这么回答。你还可以找个借口,说本打算把东西还给叶紫,看见出了人命案,害怕自己被怀疑,就偷偷藏起来了。"我哭笑不得:"这不是借口,我本来就是这样想的。"母亲说:"很好,你就这样一口咬死了,嘴一松你这辈子就彻底毁了。"我简直无语了,问母亲："我跟叶紫是同学,和刘冬梅也没仇,我杀她们俩干什么,我疯了吗?"母亲说:"不管是不是你干的,这件事你都要烂在肚子里,对谁都不能说。明天一觉醒来,都忘了,记住了吗?"

我没有再说话,倒在床上用被子蒙住了脑袋。过了一会儿,我迷迷糊糊地睡着了。

我被尿憋醒时,已经是凌晨一点半了,父亲刚回家,母亲打了热水给他泡脚。父亲问:"你不是不舒服吗,怎么还没睡?"母亲说:"喝了杯浓茶,睡不着。你那边发现什么了?"父亲搓着脚丫子说:"在篮球场边的垃圾桶里发现了叶丽萍的胸罩和身份证。"母亲故作惊讶地问:"谁扔的?"父亲说:"应该是凶手试图销毁罪证,可以肯定是厂里的人干的。"母亲说:"也不一定吧,有可能是别人捡到的,怕牵连自己,就扔垃圾桶里了。"

我听见"咔嗒"一声,父亲用打火机点了根烟,说:"胸罩晒在外面被风吹走了,被人捡到还有可能。但身份证要么放在家里,要么就随身携带,不容易掉,应该是凶手从叶丽萍的家里拿走的。"母亲问:"他拿走这个干什么?"烟气从门缝里飘进了我的卧室,父亲说:"凶手肯定是个变态,不能用正常人的思维来理解,鬼知道他想干什么。"母亲说:"拿走这些东西的人也不见得就是凶手,可能他只是恶作剧。你又不是不知道,叶丽萍性格古怪,容易得罪人。"父亲问:"你今天这是怎么了,老替凶手开脱,他是你亲戚啊?"母亲说:"别不识好歹,我是怕你们破案心切,办了冤假错案。"说着她往脚盆里加了些热水,父亲痛得叫起来:"哎哟,你要烫死我呀!"

第二天清早,天还没亮,我照例去篮球场跑步,竟然看见叶紫在那里等我。一见面,她就说起了昨天的事,我打断她说:"我都听我爸讲了,你的声音有点哑,是没休息好吗?"她说:"我们老在恬恬家玩,竟然都没发现凶手是什么时候进来偷走裙子的,太可怕了。一想起这个,我就后背发凉,昨晚都没睡着。"我说:"以后找我不要这么早出门,太不安全了,有事白天再说。"叶紫点头说:"赵队长昨晚向我打探许默然的情况，我说凶手不可能是他。"我说："警察肯定也会向别人打探我和大龙的情况，案发前我们都去过恬恬家，这是例行调查。"叶紫望着天边的一颗孤星，幽幽地说："真希望我妈能给我托个梦，告诉我凶手是谁。对了，赵队长说，既然找到了我妈的文胸和身份证，凶手落网也就快了。"我把脚下的一颗小石子踢进黑暗深处，意义不明地说："也未必吧。"接着又补充一句，"你别太乐观，希望越大，失望越大。"

当天下午放学后，我和叶紫在汨罗江边又见了一次面，是叶紫主动邀约的。我们坐在一根从江底挖出来的阴沉木上，叶紫说："中午我爸给我打电话了，又叫我去星城念书。"我说："你不是拒绝了吗？他烦不烦啊？"叶紫说："我之前是拒绝了，我想在这儿陪着我妈，我总觉得她还在家里。真是奇怪，以前我妈在的时候，我从没这么想她，甚至讨厌她。"我问："你现在改变主意了吗？"叶紫说："我外婆的脑梗又严重了，外公要送她去星城的大医院做手术。外公年纪也大了，腿脚不方便。如果我在星城读书，可以抽空去医院照顾外婆。"我不高兴地说："照顾你外公外婆，应该是你舅舅的事，怎么能让你一名学生去做？他们太自私了。"叶紫说："我舅舅一家都住在海口，回来一趟不方便。我舅妈的爸爸妈妈跟他们住在一块，也要人照顾。"我问："你决定去星城读书了？"叶紫看着江上的浮萍，点点头："是星城师大附中，省重点。我爸正在帮我办转学手续，估计要半个月左右。"

我沉默了一会儿，又问："跟你爸住在一起你习惯吗？"叶紫说："我爸说房间都给我准备好了，推开窗就是麓山，春天能看见雪白的樱花，秋天能看见遍山的红叶。"我望着一只在江面上盘旋的白色的水鸟，心头怅然。叶紫扭头看向我，红着脸问："我走了，你会……想我吗？"我没有任何迟疑地回答："肯定会。"叶紫说："那我们都考星城师大吧，明年我在那里等你。"说完，她就起身跑开了。

我没有急着回去，而是坐在原地发呆。叶紫突然要转学，我没有任何心理准备,陡然间觉得整个胸口空落落的,还有点疼,心脏仿佛被利器戳了一下。不过,最让我郁闷的还不是叶紫要走这件事。她不是说了吗,明年会在星城师大等我,以我现在的成绩,加把劲,考上那所大学问题不大。让我忐忑不安的,是警方的新发现。有了那些关于春天的梦之后,早晨我会把弄脏的内裤藏在床垫底下,放学回来再洗干净,这个秘密从没被父母发现过。前天下午,父亲在加班,我和魏大龙,还有叶紫,在唐恬恬家打扑克,没想到母亲恰好给我换床单,发现了床垫下的秘密,把我当成了连环杀手。

我正出神时,一只手在我的右肩上重重拍了一下,骇得我差点跳起来,回头看到是魏大龙,我骂道:"你发羊角风呢!"魏大龙和我并排坐在阴沉木上,说:"看见你和叶紫在这里卿卿我我,我识趣吧?等她走了我才过来。"我问:"有烟吗?"魏大龙掏出一个揉得皱巴巴的烟盒,是精白沙,他扔给我一根,用打火机点着:"发什么呆呢,有心事?"我说:"你来了正好,跟你说件事。"魏大龙说:"我也想跟你说件事。"我说:"你先说。"

魏大龙蔫头耷脑地说:"恬恬要去县一中念书了。"我问:"她为什么要转学?"魏大龙说:"她后妈非要她转的,说厂里出了个变态杀手,在这里上学不安全。"我问:"你舍不得她走?"魏大龙说:"废话,叶紫要是转学了,你会舍得?"我苦笑一声,把叶紫刚才说的话告诉了魏大龙,他惊讶地问:"这对闺密是约好的吗?"我说:"叶紫可能还不知道恬恬要走,否则会告诉我。"魏大龙猛吸了口烟,恨恨地说:"都怪那个狗日的凶手!"

我心里也窝火,捡起一块瓦片,看准角度,朝江心打了一串水漂。魏大龙问:"你想跟我说的也是叶紫要转学的事?"我看着在水面跳跃的瓦片,像一个高手在展示水上漂的绝技,我说:"不是。"魏大龙诧异地问:"那是什么事,比你的心上人要走还重要?"我说:"警方正在查你和叶紫在垃圾桶里找到的两样东西。"魏大龙来了兴致:"你知道叶嬷嬷是多大的罩杯吗? E罩杯!"我朝魏大龙的脸上喷了一

117

口浓烟，说："看你那猥琐样，不去岛国演动作片可惜了。"魏大龙问："你不猥琐你提这个干吗？"

我平静地说："我早就见过了。"

一轮血红的落日孤悬在汨罗江上，像一颗滴泪痣。我告诉魏大龙，在叶嬷嬷遇害的前一天晚上，大概八点多钟，我去叶紫家楼下给水仙花浇水，在那里意外捡到了叶嬷嬷的身份证和胸罩。我还没来得及把这两样东西还给叶紫，第二天叶嬷嬷就死了，吓得我不敢拿出来了，害怕被人当成凶手。我本来打算等风头过后，悄悄把东西处理掉的，没想到被我妈发现了，现在我浑身长嘴都说不清楚了。魏大龙看着我，就像在看一只从江里爬上来的水猴子，他问："良子，是不是叶紫要走，你脑子受刺激了？"我说："我有那么玻璃心吗？"魏大龙愣了好一会儿，又问："真的是你捡的？"我反问："你以为呢？"魏大龙环顾四周，空旷无人，他把屁股往我身边挪了挪，伸手勾着我的肩膀，说："良子，你给我交个底，那两样东西是不是你偷的？"

我把魏大龙搭在我肩上的胳膊甩开，用力将烟屁股弹到江里，说："我没你那么变态，就是我跟你说的那回事，你爱信不信。"魏大龙说："我信，警察会信吗？你爸会信吗？"我说："我这不是找你商量吗？能不能帮我一个忙？"魏大龙问："什么忙？"我问："叶紫她妈出事时你在干吗？"魏大龙歪头想了想："那天吃完午饭，我本来想叫你去恬恬家斗地主，但你家电话没人接，我就一个人窝在房间里打游戏了。"我说："如果警察问你，你就说案发时我跟你在一起。"魏大龙惊得五官都错了位："什么，你叫我做伪证？"

我告诉魏大龙，叶嬷嬷遇害那天，叶紫打着买作文辅导书的幌子，约我一起去县城逛街。为了掩人耳目，我们约定错开时间出发，在新华书店会合。叶嬷嬷和我父母抬头不见低头见，我怕这事穿帮，就没跟父母说我要去新华书店，而是谎称要去纸马河边寻宝，中午不回去吃饭，带了几个面包当干粮。纸马河是汨罗江的支流，传说李自成的义军遭清军围剿时，曾把大量的钱财扔进河里。直到现在，附近的村民还经常能在河滩上发现古币。父母并不喜欢我痴迷老古董的行为，觉得那是老头子才会干的事。尤其是父亲，他希望我以后考军校，他认为没当过兵的男人都不算真正的男子汉。但父母对我参加户外活动倒是挺支持的，觉得至少能锻炼身体，以后不管做什么工作，这都是不会贬值的本钱。

魏大龙问："这件事还有谁知道？"我说："喵星人，我本来想让他帮我做证的，但他说叶阿姨被害时，他正在厂门口买书、理发、喂猫。那里都有监控，他没办法帮我圆谎。"魏大龙拍拍我的肩膀说："你放心，这忙我帮定了。就算要受满清十大酷刑，我也绝不会告密。要是从我这里漏了半个字，我不光死全家，祖坟也会让人给刨了。"

叶丽萍被害那天早晨，我并没有坐车去县城，叶紫在新华书店空等了一场。从5731厂到县城，是上午六点和九点、下午三点发车，叶紫坐的就是六点的那趟早班车。我对这次失约的解释是：我准备坐车出发时，刚好在厂门口看见父亲出来买烟，我只好躲到一边，眼睁睁地看着班车开走了。改坐下午三点的班车已经没有意义了，因为路上要将近两个小时，到时叶紫该返回厂里了，所以我就去了纸马河寻宝。叶紫对我的解释深信不疑，包括此刻坐在夕阳中的魏大龙，也相信了我的话。他们都没有想到，这是一个彻头彻尾的谎言。

而且，我在用一个谎言掩盖另外一个谎言。

2012年这个血色弥漫的春天，对5731厂的很多人来说，都隐藏着一个可怕的秘密。但在我看来，这个春天里的秘密远比表面看上去的更多、更血腥。只是，我不敢打开那个封印秘密的所罗门魔瓶，我担心里面的妖怪跑出来，让整个世界的秩序失控。

三

得知叶紫要转学后，我每天都会跟她单独待一会儿。有时候是在她家，大部分时间是在江边，看云、看鸟、看落日，叠纸船、打水漂、放风筝。偶尔十指紧扣，感觉彼此的心跳。我有种很不好的预感，似乎这不是一次暂别，而是永别。我们之后的人生走向完全验证了这一点，在汨罗江从叶紫身边消失后，我们之间就好像突然少了一个导体，或者说发生了短路，我们身上的电子再也不会彼此吸引了。虽然我一直在尝试重新接通电源，但不管是身体还是灵魂，叶紫都成了我的绝缘体。

随着胸罩和身份证被发现，一度沉寂的叶丽萍被害案又成了吃瓜群众茶余饭后的话题。特别是那只白色的胸罩，让许多人浮想联翩。叶紫走在厂里，一些猥琐的目光就跟牛皮糖似的黏着她，观察她是否遗传了母亲的丰乳肥臀。在警方提取到新物证的一周后，我从江边回来，一进门，就发现家里的气氛不对，到饭点了厨房里却没有烟火气，母亲坐在沙发上啜泣，父亲站在窗前黑着脸抽烟。我刚把家门关上，父亲就转过身来，目眦欲裂地朝我大吼："跪下！"

我立即意识到警方终于查到我头上来了，我强作镇定地问："怎么了？"父亲上前一脚，准确地踹在我的膝弯处，我不由自主地跪倒在地。我感觉到了强烈的屈辱，母亲不断朝我递眼色，示意我不要反抗，我继续装傻："不就是回家晚了点吗？今天是周日，又不上学。"父亲厉声问："叶紫她妈的东西你是从哪里弄来的？不说实话老子捏死你！"

我原本担心是母亲没有擦干净胸罩和身份证上的指纹，被警方顺藤摸瓜查到了我这里。事后我才知道，警方并没有找到指纹，而是在胸罩上提取到了微量的皮屑，并且在胸罩鸡心的位置发现了一点干涸的血迹。这意味着胸罩是直接从人体上取下来的，并没有用水洗涤过。很快，警方便从皮屑里检测到了叶丽萍的 DNA，但血迹不是叶丽萍的。

2004 年秋天，5731 厂发生过一起未遂的盗窃案。有人半夜潜入财务科，想撬开保险箱，被巡逻的保卫人员发现了。窃贼翻墙逃跑时，手臂被围墙上的玻璃碴扎破，留下了血迹。父亲判断是内贼，要求所有嫌疑人都配合警方采集血样进行比对。他还以身作则，第一个被采样，在警方的DNA数据库里留下了自己的基因信息。在那次排查中，锅炉房的一个临时工在采样前逃之夭夭了，被抓获后证实他就是窃贼。

2012年春天，警方意外发现，叶丽萍胸罩上的血迹跟父亲有亲缘关系，DNA的相似度高达50%。也就是说，留下这滴血的人，要么是父亲的父母，要么是父亲的子女。赵卫国担心出错，让技侦人员多检测了几次，但结果仍然是一样的。子女的基因一半来自父亲，一半来自母亲。我的奶奶已经去世了，爷爷则长期住在县城，因此，我这个父亲的独生子就成了嫌疑最大的人。赵卫国徇了一把私，没有直接传唤我，而是先把这个情况告诉了父亲。如果我真的跟这起案子有关，也算是给了我一个自首的机会。

接到赵卫国的电话时，父亲正在家里帮母亲择菜。确认检测结果无误后，父亲火冒三丈，把手里的芹菜往地上一扔，就要去把我逮回来，但被母亲死死拽住了。眼见纸已经包不住火，母亲只好哭着将事情的原委和盘托出。得知两样至关重要的物证是母亲丢弃在垃圾桶里的，父亲气不打一处来，扬手给了母亲一耳光。虽然父亲性格暴烈，这却是两人结婚以来他第一次对母亲动粗。父亲骂母亲糊涂，这是包庇犯罪，母亲却坚持说，叶丽萍的胸罩和身份证都是我捡的，我跟凶杀案无关。我的话能糊弄母亲，却糊弄不了父亲，他认为我的解释就是一派胡言。他记得很清楚，案发前一天在下雨，我却声称当晚去叶紫家楼下给花浇水了。还有，胸罩上的血迹怎么解释？在我回家之前，父亲仔细搜查了我的房间，在书桌抽屉里找到了一把房门钥匙，但不是我们家的。父亲来到九栋三楼，开枪杀敌都没害怕过的他，手指颤抖着，将这把钥匙插进了叶丽萍家的锁孔。他最不想看到的一幕出现了，咔嗒一声，门开了！联想到唐恬恬那件神秘失窃的蓝裙子，父亲的脸瞬间变了色。千算万算，他没有算到自己的儿子竟然是蓝裙子系列杀人案的疑凶。而且从目前的种种迹象来看，我的嫌疑最大！

我辩解说叶紫有些马大哈,经常把家里的钥匙弄丢,有一次被我捡到,就偷偷配了一把,然后将捡到的钥匙还给了她。有了这把备用钥匙,我就不用担心叶紫再掉钥匙被她妈责骂了。我承认雨天浇花确实是我给自己找的借口,我说我暗恋叶紫,那天晚上突然很想她,就到她家楼下去转了转。我坚称胸罩和身份证就是在水仙花地里捡到的,至于这两样东西为什么会出现在那里,我也不知道。

当父亲提到胸罩上的血迹时,我一开始有些蒙,后来才隐约想起来是怎么回事。但我不能打破那个秘密的瓶子,就绞尽脑汁,编织出了一个荒唐而且十分猥琐的借口:看见叶阿姨的胸罩,我起了生理反应,把鼻血掉在上面了。话音刚落,我就被父亲一巴掌打落了一颗牙,幸好只是智齿。

在父亲看来,我的这些解释统统是狡辩,是阎罗殿里唱戏——哄鬼。当晚,父亲不顾母亲的苦苦哀求,亲自开车押送我去县公安局自首。因怕我跳车逃走,父亲还将我的一只手铐在了车门扶手上。出发前,父亲给班主任打了个电话,说我生病了,要请几天假去县人民医院看病。班主任问什么病这么严重,连职工医院都看不好,父亲没有回答,直接挂断了电话。路上父亲警告我:"你是未成年犯罪,量刑可以从轻。见了警察一定要如实招供,争取宽大处理。不要再编瞎话,一条路走到黑,自己作死。"

2012年春天,父亲不过四十岁出头。他一直觉得自己还是个生猛的小伙子,精力过人。这一夜,开车去县城的途中,父亲无意中看了后视镜一眼,发现自己竟然一脸憔悴,两鬓斑白,像个六十多岁的小老头。

我一路上都在为自己开脱,向父亲重复着那些牵强的借口。但父亲根本不搭理我,只顾开车,连母亲几次打电话来他都不接。他不断地抽烟,车内乌烟瘴气,呛得我连连咳嗽,嗓子火烧火燎地疼。看着窗外无边无际的夜色,我脑袋里一片虚无。仿佛有一座巨大的火山突然爆发了,火山灰布满了整个天空,地球开启了末日倒计时。我惶恐不安,感觉从这一刻开始,我的青春,乃至人生都将进入一个漫长而灰暗的冰川期。但令我最焦灼的不是如何应付警方的讯问,而是怎么搪塞叶紫。她会相信我的解释吗?如果她得知我因为冲动,把肮脏的鼻血滴落在她母亲的胸罩上,三观会不会碎裂?我曾经想过,要把那两件物证偷偷带到江边烧毁,但时间一久,居然把这件事给忘了,我懊悔不迭。

赵卫国早已站在县公安局门口等候,父亲开的车一到,他就亲自把我带进了讯问室。父亲没有马上驱车回厂,就待在车上等讯问结果。刑警队的一个小伙子几次请父亲去会客室里休息,都被他拒绝了。小伙子又给父亲送来了一碗热气腾腾的馄饨当夜宵,父亲也没吃,只问了句:"有烟吗?"小伙子连忙屁颠屁颠地跑去买了两包芙蓉王,恭敬地递给了父亲。

我是赵卫国看着长大的,他自然对我凶不起来,整个讯问过程就像聊天。赵卫国希望用这种方式来瓦解我的心理防线,套出真相。但我的口供并没有什么新意,跟我在父亲面前说的完全一样。赵卫国问我:"叶丽萍和刘冬梅被害时,你都在干什么?"我说:"叶丽萍被害那天,我在纸马河寻宝。我的奶奶虽然不是5731厂的,但也被爸妈葬在了职工陵园。刘冬梅被害那天上午,我爸妈去职工陵园给奶奶烧纸,我本来要一起去的,但闹肚子,就临时打了退堂鼓,窝在家里看书。"

我的解释虽然很牵强,但无懈可击。赵卫国觉得这只有两种可能:第一,我说的都是真的,事实就是如此;第二,有高人在背后指点,教我这么说的。

赵卫国下意识地朝窗外看了一眼,我父亲开来的越野车就停在那里。但他很快否决了第二种可能性,他觉得我父亲不是那种人。赵卫国暂时中止了讯问,来到走廊上抽烟,思考怎么调整策略。父亲的电话在这个时候打了进来:"老赵,要是那兔崽子嘴硬,你就给老子上手,打残了我不怪你。"赵卫国苦笑道:"你以为这是在边境扫毒呢,我们有纪律，不能瞎来。"父亲没再坚持，他一声不吭地挂了电话。

一场雨在夜色中不期而至，落在窗外的法国梧桐树上，发出很有节奏的滴答声，如同莫尔斯电码。抽完第三根烟，赵卫国看了看手表，已经是凌晨两点半了。他犹豫了一下，还是拨通了叶紫母亲的手机。过了好一会儿，叶紫才接听，声音慵懒地问："谁啊？"赵卫国说："是我，刑警队的老赵。"叶紫打起精神问："赵队长，这么晚找我，有急事吗？"赵卫国问："你最后一次见到你妈的身份证，是什么时候？"叶紫想都没想就说："是我妈出事的那天早晨，五点半左右。我准备坐车去县城买作文辅导书，从我妈的钱包里拿银行卡时，看见了她的身份证。"赵卫国不动声色，又问："你确定那是身份证，不是医保卡或者别的什么卡吗？"叶紫说："确定。除了身份证和银行卡，我妈的钱包里没有别的卡。而且，刚开始我拿错了，把我妈的身份证当成了银行卡，所以我对这个细节记得很清楚。"

赵卫国问叶紫："你妈最后一次戴那只白色的胸罩是什么时候？"叶紫说："今年三八节体检后，我妈担心得乳腺癌，就买了两只大号的文胸，一黑一白，以前的都没再戴了。家里只剩下一只黑的，白的那只，她应该一直戴到被害的时候。"

关于家里的房门钥匙，叶紫承认自己掉过好几次，有一次还是我捡到还给她的。

跟叶紫通完电话，赵卫国独自来到局里的健身房打沙袋。他知道我父亲是个视荣誉如生命的人，一生最引以为傲的就是那段激情燃烧的军旅岁月。如果我真的涉案，父亲肯定颜面无存，所有的荣誉感必将化为乌有，这对父亲来说是一种极其残忍的打击。赵卫国很想找到我没有涉案的证据，捍卫父亲的荣誉。但按照叶紫的说法，我不可能在案发头一天晚上捡到她母亲的胸罩和身份证。这意味着我在接受讯问时撒了谎，我的嫌疑不减反增。然而，赵卫国总觉得有哪里不对劲，他疯狂地击打沙袋，累到快要虚脱时终于想起来了——我亲口承认了暗恋叶紫，叶丽萍被害那天，我和叶紫一大早都出门了，会不会是找借口去约会？如果案发时我和叶紫在一起，那就可以排除我的作案嫌疑了。

赵卫国摘下拳套，再次拨通了叶紫的手机。她刚一接听，他就问："你妈遇害那天，你真的是一个人去的县城吗？"叶紫被问了个措手不及，迟疑了一会儿才说："对啊，怎么了？"赵卫国故意诈她："根据我们的最新调查，你那天并不是一个人出门的，还有一个男生跟你一起。"叶紫一下子就掉进了赵卫国挖掘的语言陷阱，半天没吱声。赵卫国心里有底了，继续敲打她："叶紫同学，希望你如实回答警方的询问，这对侦破你母亲的案子非常有帮助。"

叶紫终于吐出了实情，说那天她本来是和我约好一起去县城逛街的，因为我父亲的意外出现，我错过了早班车。叶紫还强调和我并没有做过任何出格的事，只是互相督促，相约考同一所大学。

叶紫问："赵队长，这件事跟我妈的案子有什么关系？"赵卫国没有回答，他说："不早了，抓紧时间睡会儿吧，天亮后你还要上学呢。"十分钟后，赵卫国拉开车门坐到了父亲旁边。他说了我接受讯问时的态度，以及叶紫反映的情况。他问父亲："叶丽萍被害的那天早晨，你去过厂门口买烟吗？"父亲说："没有。那天倪娟上班，我在家听了会儿收音机就去职工医院做牵引了——老毛病，一到春天，受过伤的那条腿就会隐隐作痛。一上午我都没从理疗床上下来，没去买烟，医院不让抽。"

父亲说完，车内二人陷入了长时间的沉默，这种隐蔽的寂静危机四伏，仿佛两人还潜伏在边防的深山老林里，准备进行一场惊心动魄的扫毒战斗。

赵卫国离开讯问室时，我歪坐在椅子上睡着了，还做了一个奇怪的梦，梦见自己化身地下党员给组织发报，在敌人破门而入的一刹那，我把一封密电嚼烂吞进了肚子里。回到讯问室，赵卫国叫醒了我，将我之前说的谎言一个个戳穿。我的反应再次让他震惊，我坚称自己是在案发头天晚上捡到的胸罩和身份证。我还说叶紫在母亲遇害后脑子受了刺激，记忆出错是完全有可能的。不过，这次我爽快地承认了案发那天和叶紫有约，我说之前撒谎是怕挨父亲揍。

一个痴迷考古的十七岁少年，热爱秘密，也善于把自己隐藏在秘密当中。

2012年的春天，正是由许许多多的秘密串联而成的。只是我和父亲，还有赵卫国都没有想到，破译这个春天的密码，用了整整十二年！

四

在长达十年的军旅生涯中，赵卫国五次光荣负伤。最危险的是第三次，也就是和我父亲潜入熊人谷解救迷路的梁奇志那次。如果不是父亲在毒贩开枪时把他扑倒了，他坟头的草都三尺高了，甚至可能连坟头都没有，成了客死他乡的孤魂野鬼。赵卫国总想着报答父亲的救命之恩，但在没有硝烟的和平年代，哪里来的机会？

雨停了，天渐渐地亮了，又慢慢地黑了。除了偶尔去公安局大楼里上个厕所，整整一天，父亲都坐在那辆昌华牌越野车内，不吃不喝不睡，只抽烟。

2012年那个春风沉醉的夜晚，赵卫国把没上任何械具的我带过来，对父亲说："你们可以回家了。"父亲的本能反应是：赵卫国在徇私枉法，以报答他当年的救命之恩。他跳下车，一把揪住赵卫国的衣领，说："老赵，你别害老子，也别害你自己。把这个兔崽子押回去，该怎么判就怎么判！"赵卫国说："这是省厅督办的大案，要是破了老子起码能捞个副局长当。可惜啊，目前还没有任何证据证明是你儿子作的案，不然我肯定抓他，谁不爱升官发财？"父亲说："脑子没被驴踢的都知道是这龟儿子干的！"赵卫国说："定罪得讲证据，不是想当然。"父亲说："那先把他关起来，慢慢找证据。"赵卫国说："我们肯定会补充侦查的，但讯问时间不能超过二十四小时，再过半个钟头就到点了。你不想害老子，就赶紧带上儿子滚蛋。"

父亲愣了好一会儿，然后狠狠踹了我屁股一脚，吼道："上车！"

目送越野车驶离，赵卫国心中五味杂陈。其实他比父亲更害怕我跟案子有牵连，救命之恩还没报呢，又亲手把恩人的儿子给抓了，那岂不是要负疚一辈子？赵卫国审问过自己，真的没有徇私情吗？他一次次说服自己——没有！叶丽萍的胸罩和身份证都不是在案发现场找到的，也不能证明它们跟案情有关。经历了丧母之痛，叶紫的精神受到刺激，记忆的确有可能出错。我虽然有叶丽萍家的房门钥匙，但没有证据表明我在案发时去过犯罪现场。

最为关键的是，我提供了自己的不在场证明。

叶丽萍被害那天，魏大龙吃完午饭后闲极无聊，骑上二八大杠去纸马河找我玩，他到那里是中午一点左右。下午三点半阴转阵雨，我兴致不减，继续在河滩寻宝，魏大龙则先行回家了。

赵卫国问我："案发当天，你不是临时改变主意去纸马河寻宝的吗，你又没有手机，魏大龙怎么知道你在那里？"我说："那天错过早班车后，我在厂门口碰见了出来买油条的魏大龙，是我主动告诉他的。我还问了他要不要一起去，他说上午要在家里追美剧《越狱》，正看得带劲，不去。"赵卫国又问我："你为什么不早点提供自己的这个不在场证明？"我说："魏大龙是中途过来的，又提前离开了，所以我忘了这件事。"

赵卫国随即派人驱车去5731厂找魏大龙当面核实情况，魏大龙的证词跟我的说法完全一致。魏大龙还展示了那天在纸马河拍摄的照片，上面有时间戳。除了几张风景照，还有一张照片清楚地显示了我正蹲在河滩上寻宝，这张照片是2012年3月17日下午1点45分33秒拍摄的。从5731厂到纸马河，步行大概需要一小时。尸检表明，叶丽萍是在3月17日中午1点半到2点之间死亡，所以我根本没有作案时间。

正是基于这个强有力的不在场证明，赵卫国让父亲把我领回了家，他自己也如释重负。一路上我和父亲默默无语，各怀心思。赵卫国把讯问时掌握的情况，包括拷贝回来的那些照片，全部发到了父亲的手机上。父亲知道我和魏大龙是一个鼻孔出气的好哥们，他总觉得这个不在场证明里面有猫腻，但他一时又找不出反驳的理由。我心里充满了对魏大龙的感激，这个哥们没白交，关键时刻帮了我大忙。我也庆幸自己未雨绸缪，避免了一场牢狱之灾。

　　回到家里，母亲做了一大锅热气腾腾的饺子当夜宵。她的眼睑还是红肿的，白天应该没少哭。父亲埋着头，自顾自吃着饺子，没喊我一起吃，甚至没跟我说一句话。我有些尴尬，端着一碗饺子去了自己的房间。母亲拿了醋碟进来，满脸歉意地说："妈错怪你了，让你受委屈了。来，把这个也吃了。"她变戏法似的从口袋里掏出了两个煮鸡蛋，上面还散发着一股荠菜香。我说："三月三都过去好久了，还吃什么荠菜煮鸡蛋。"母亲说："农历三月还没过完，只要是在这个月吃，都能祛病消灾。"我剥开鸡蛋没滋没味地吃着，母亲又说："明天同学问起，你就说你得了急性肠胃炎，不该说的千万不要说。"我"嗯"了一声，看见我兴致不高，母亲默默地带上房门离开了。

　　吃完鸡蛋和饺子，我发现床头有两本书，一本是《青少年性心理健康》，另一本是《俄狄浦斯情结解析》，都是从厂图书馆借来的。我哭笑不得，把书扔到一边，想上网看会儿收藏的盗墓小说。进入收藏夹，我发现里面多了几个陌生的网址，打开一看，是几个青少年生理卫生讲座。我面红耳赤，母亲竟然真的把我当成了性变态，用这种方式来对我进行启蒙教育。

　　第二天清晨，我照例去篮球场跑步，老远就看见叶紫站在篮球架下，如同一株美人蕉。我快步上前，嗔怪道："大清早的，不是叫你不要一个人出来吗？"叶紫说："你一天都没来上学，我担心你。"我心里暖洋洋的，说："没事，是急性肠胃炎，吊了一天水就好了。对了，你怎么知道我回来了？"叶紫说："昨晚看见你爸开车回厂里，后排好像还有一个人，但看不清楚，我猜应该是你。你怎么突然生病了？"

我说:"可能是吃坏了肚子。"叶紫有点纳闷:"我也得过这种病,在职工医院抓点药吃就好了,为什么要去县人民医院?"我说:"我反应比较严重,上吐下泻,还打摆子,我爸不放心,非要我去大医院。"

叶紫说:"赵队长昨天凌晨给我打了电话。"我装糊涂:"是不是你妈的案子有消息了?"叶紫摇头说:"可能是例行询问吧。对了,我把我们那天约了一起去新华书店的事告诉他了。"叶紫用手指绞动着衣角,有些害羞。我装出一副无所谓的样子:"说了也没什么,我们又不是去干坏事。"叶紫望着模糊的树影,说:"我现在有点悲观了。"我问:"为什么?"叶紫说:"在电话里,赵队长老问你在案发当天的活动情况,连你都怀疑上了,说明警察破案完全没有头绪。"毛玻璃一样的天色遮掩了我的窘迫,我说:"怀疑是警察的职业病。"叶紫说:"整个厂里,你最不可能是凶手。"我问:"为什么?"

叶紫把目光转向我,认真地说:"因为,你跟我爸一样,会弹钢琴。"

上午有节自习课,我和魏大龙悄悄离开教室,穿过厂里的侧门,坐在菜园子的篱笆下抽烟。我把自己被父亲押到公安局接受讯问的过程绘声绘色地描述了一遍,说:"幸亏你两肋插刀,把我捞出来了,够哥们。这周期中考试,我一定让你抄进前二十名!"以前每次考试,魏大龙都会抄我的卷子。因为担心被老师抓包,我不敢让他抄太多。患难见真情,这回我豁出去了,决定让他敞开了抄。魏大龙似乎对胸罩上的那滴血兴趣更大,他问我:"那真是你的鼻血?"我说:"我又不是母的,还能是什么血?"魏大龙赞叹两声:"良子,没看出来啊,你这么重口味。"我说:"还不是被你小子拖下水的。"魏大龙说:"别往我头上扣屎盆子,是你自己意志薄弱。像我这种钢铁意志的,所有病毒一靠近,都会灰飞烟灭。对了,这事叶紫知道吗?"我扯了一朵攀附在篱笆上的牵牛花,在手上把玩着,说:"我没敢告诉她,你也别告诉恬恬。"提起唐恬恬魏大龙就无精打采,他问:"恬恬要走了,良子,你说我送件什么礼物给她好?"

我回答不出，把视线转向汨罗江面上闪烁的阳光，心想，我又该送给叶紫一件什么样的礼物呢？

这个牵牛花开的上午，赵卫国在刑警队主持召开了案情分析会。他提出了两个问题——如果叶丽萍的胸罩和身份证确实是被凶手扔下楼的，那他的动机是什么？还有，种种迹象显示，叶丽萍和刘冬梅是被同一个人所杀的，既然是连环杀手，作案手法也应该基本一致，为什么在刘冬梅家楼下没有发现她的胸罩和身份证？

会议室内众说纷纭。一部分人认为，凶手将被害人的胸罩和身份证丢弃到公共区域，是出于一种变态心理。另一部分人则认为，这是凶手在故意羞辱警方。赵卫国说，勘查刘冬梅被害现场时，没有注意查看她是否丢失了身份证，不排除凶手丢弃了她的胸罩和身份证，但还没有被我们发现的可能性，有必要对命案现场的周边仔细勘查一遍。

这次勘查赵卫国没有提前通知我父亲，毕竟我刚接受过讯问，多多少少跟案情沾了点边，按规定需要回避。警车是下午两点到厂里的，赵卫国先是带人搜查了刘冬梅的家，之后去了她的办公室，都没发现身份证。赵卫国给魏光辉打了个电话，问他刘冬梅平时把身份证放在哪里，魏光辉说："放爱马仕包里，跟车钥匙在一起。包包有两个，一个是酒红色的，一个是苹果绿的。"赵卫国找到了那两个爱马仕包，但都没发现身份证，只在酒红色的包里找到了一把车钥匙。赵卫国把带来的人分成两组，一组走访调查刘冬梅的邻居，以及负责这片家属区的清洁工，询问他们在刘冬梅被害后，是否见过被丢弃的胸罩和身份证；另一组勘查宿舍楼周边，包括花坛、绿化带、下水道、窨井。

从铁牛寨回来后，我和魏大龙有集体活动都会叫上许默然，他有时参加，有时不参加。参加时他也不会跟我们一起嬉闹，话不多，在大多数情况下保持安静的状态，像一只离家出走的猫。许默然比班上的每一个同学都更像成年人，谨言慎行，甚至比班主任更沉稳，至少从外表上看是这样的。他似乎没有青春,或者说,他的青春已经埋葬在那座荒废的麻风病医院里了。

这天下午的第一节是体育课,我和魏大龙叫许默然一起去踢足球,他说不去,要喂猫。他喂猫的地方距离刘冬梅住的宿舍楼不远,大约两百米,是一片灌木茂密的绿化带,靠近配电房,在警察设置的警戒线以外。他喂的是两只刚出生不久就被母猫遗弃的小猫咪,小家伙连路都走不太稳,叫起来奶声奶气的。

赵卫国跟许默然远远地打了个照面,他认出了这个少年。去年这个时候,许默然被报过失踪,警方组织过大规模的搜寻,后来他被几个同学救了,据说是在去玉兰山上喂野狗时,失足掉进了一座废弃的金井。刑警对宿舍楼下的勘查持续了一个多小时,连臭烘烘的阴沟都筛了几遍,依旧没有任何发现。赵卫国抽着烟,有些沮丧,刘冬梅被害两周了,她的胸罩和身份证会不会被别人捡走了?就在这时,赵卫国看见许默然的手里正拿着一个紫色的带状物,他心中一动,快步走过去。他终于看清楚了,许默然拿着的正是一只脏兮兮的胸罩!

赵卫国扔掉烟头,迫不及待地问:"哪里来的?"

许默然蹲在地上喂猫,头都没有抬,指了指绿化带说:"猫从里面刨出来的。"

这片绿化带立即被拉上了警戒线,刑警勘查的同时,赵卫国把胸罩的照片发给了魏光辉,问他这是不是刘冬梅的。很快,魏光辉回复了,说这只胸罩是他在香港铜锣湾给刘冬梅买的,花了三千多块钱。赵卫国刚把手机揣进裤兜,一名刑警跑过来,举着一张身份证兴奋地说:"赵队,找到了,就是它!"

回县公安局的路上,赵卫国给我父亲打了个电话:"在刘冬梅家楼下找到了她丢失的胸罩和身份证,肯定是连环杀手所为。良子没有撒谎,叶丽萍的胸罩和身份证应该是他捡的。"父亲沉吟了一会儿,问:"是你们发现的吗?"赵卫国说:"不是。"他把发现过程讲了一遍,然后说:"我知道你怀疑是良子指使许默然,把刘冬梅的胸罩和身份证藏在绿化带里的,然后故意让我们发现,以便彻底为他脱罪。"父亲说:"这个可能性是存在的。"

阳光照进车里有些晃眼,赵卫国戴上墨镜,很坚决地说:"不存在!"他告诉父亲,刘冬梅的胸罩和身份证上都沾满了尘土,一看就是被丢弃很久了。特别是身份证,被发现时有一大半都陷在浮土里,没有人为埋藏的痕迹,周围也没有发现新鲜的鞋印。赵卫国说:"如果良子真的是凶手,他就不会只拿走叶丽萍的胸罩和身份证,却丢掉刘冬梅的,这不合逻辑。"父亲沉默不语,赵卫国听见电话那头有呼呼的风声,他问父亲:"你在哪里?"父亲说:"纸马河。"赵卫国一时没反应过来,追问:"钓鱼呢?"父亲说:"勘察地形。"

这次赵卫国弄明白了,父亲是觉得魏大龙提供的那些照片的真实性存疑,在进行实地比对。他感慨地说:"老伙计,人家是想方设法把自己的儿子从号子里捞出来,你是挖空心思要把儿子送进去,老子不服你都不行。"

到下午第三节课时,整个5731厂都知道了警方在刘冬梅家附近发现了她的胸罩和身份证。魏大龙对我说:"看来叶嬷嬷的那玩意真的是你捡的。"我在魏大龙的头上使劲薅了一下,说:"原来你一直在怀疑我呢。"

这天放学后,我破例没有和叶紫去汨罗江边漫步,而是找了个理由,说我的急性肠胃炎好像没有彻底好,又开始闹肚子了。回家后,我待在自己的房间里陷入了沉思。我很清楚,叶丽萍的胸罩和身份证根本不是我捡的。我对魏大龙,对父母,对警方都没有说实话。诡异的是,似乎是为了确证我虚假的口供,刘冬梅的胸罩和身份证竟然出现在了她家附近。这是巧合,还是凶手在故意用这种方式挑衅警方——你们怀疑错了人,我才是凶手,有本事来抓我啊!如果是后者,那凶手是怎么知道警方已经怀疑上我了的?我接受了讯问这件事,除了父母、魏大龙和许默然,整个5731厂并没有其他人知道。我把脑袋想破了,还是没有琢磨透。

吃晚饭时，母亲提起了警方下午在厂里的新发现。我知道，这是母亲故意说给父亲听的，以证明我的清白。父亲没有接茬儿，一声不吭地扒饭。似乎母亲是在"八卦"一部肥皂剧的狗血剧情，跟他这个保卫科科长没有半毛钱的关系。从刑警队接受讯问回来后，我感觉自己在父亲眼里不再是儿子了，而是犯罪嫌疑人。我一度天真地以为，血浓于水，父子关系要不了多久就会修复如初的。但随着时间的流逝，我和父亲之间的隔膜越来越深，最后竟成了一堵坚硬而透明的冰墙，我在这头，父亲在那头。

这天深夜，已经熄灯上床的我听到父母在客厅说话。母亲的声音很不悦："你怎么整天板着个苦瓜脸，我又没在外面给你戴绿帽子。"父亲说："养了个孽障，我高兴得起来吗？你还不如给我戴绿帽子呢。"母亲说："老赵都说了，那两样东西是良子捡的，他跟案子没关系，你怎么还是不信？"父亲很响地吐了口痰，说："两次都是同学替他开脱的，信他不如信我明天买彩票会中五百万。"母亲说："他打小就纯良，我不相信他会杀人，他没那个胆子。这俩案子连老赵都破不了，良子也没那个智商。别人不知道，我还能不知道吗，就你那脑瓜子，还能生个福尔摩斯出来？"父亲说："男人一旦精虫上脑，没有什么事是做不出来的。"母亲说："你也太夸张了，他还是个孩子呢。青春期对那方面有些好奇是正常的，不好奇才有问题。"父亲说："偷女人的胸罩，那是好奇的问题吗？我告诉你，就算他不是杀人犯，也是个流氓。"母亲生气了，说："哪里有当爸的这样说儿子的，他不是你亲生的吗？"父亲瓮声瓮气地说："那要问你。"

母亲"扑哧"一声笑了出来，怨气顿时消散了不少。

一缕酒香钻过门缝飘进我的卧室，父亲说："我下午去纸马河了。"母亲问："去那里干什么？"父亲嚼着兰花豆下酒，嘴里不断发出嘎嘣声，他说："看看魏家小子拍的那些照片是不是真的。"母亲问："你脑袋是不是被门板夹了，你巴不得送儿子去当裁缝吗？"父亲说："我是保卫科科长，这是我的职责。"母亲说："你也是孩子他爸，保护儿子也是你的职责。"父亲说："两码事。"母亲问："你在纸马河找到什么了？"父亲说："什么也没找到，但我会继续找的。"母亲关了电视，把遥控器"啪"一声扔到茶几上，问："建宏，你这不是钻牛角尖吗，你到底想干什么？"父亲说："我要真相。"母亲问："如果真的是良子做的呢？"父亲点了根烟，重重地吐了个烟圈，说："那我就送他去自首。"母亲说："你要毁了他吗？"父亲说："两条人命啊，不是两只鸡！还有叶紫那丫头，打小没了爸，现在又没了妈，多可怜，她的生活也差不多被毁了。"

母亲沉默了，父亲又说："进去踩缝纫机不是毁他，是改造他。"母亲说："可以送他去当兵，那里也能改造人。"父亲的声音突然提高了八度："你以为部队是什么地方？土匪窝吗，什么人渣都要？他根本不配当兵，我不能让一粒老鼠屎坏了一锅粥！"母亲愤愤不平地说："我看你就是有妄想症，是破不了案逼出来的。非要找个背锅的人，才能顾全你保卫科科长的面子。找不到就拿自己的儿子顶缸，你这是心理变态！"父亲猛然站起来，碰翻了茶几上的酒瓶，一阵清脆的碎裂声传进我的耳朵里。母亲说："瞪我干吗？动手啊。你干脆把我也当包庇犯抓进去好了，这个家里就剩你一个人，你爱怎么耍威风就怎么耍。"

我并没有听见父亲的巴掌落在母亲脸上的声音，却听见了母亲嘤嘤的哭声，在漆黑静谧的夜里，像在弹奏一支变调的钢琴曲。

这样的场面如同样板戏，在我的家里反复上演。隔着冰墙，我总是看见父亲一脸的冰碴儿。有时候我放学回家，父亲本来正跟母亲谈笑风生，一看见我，笑容就瞬间僵住了，表情变得狰狞。

那个魔幻的春天，我顾不上跟父亲和解，也顾不上庆祝期中考试自己的名次进入了全班前五，我忙着给叶紫准备告别礼物。叶紫问："良子，我怎么觉得你最近有些不对劲？"我反问："怎么不对劲？"叶紫说："跟我出去散步的时间少了，也不怎么去恬恬家打扑克了。"她甩了甩额前的刘海问："你是不是喜欢上了别的女生？"我说："哪儿有！除了你，我看班上所有的女生都是男生。"叶紫的两颊顿时像涂了胭脂，红扑扑的，她说："嘴巴跟抹了蜜似的，那你在忙什么？"我笑嘻嘻地说："你刚才已经说出了答案，我在采蜜啊，不然嘴巴怎么会甜得发腻？"叶紫娇嗔："真讨厌，没句正经话。再不老实交代，我就不理你了。"我神秘兮兮地说："现在真不能说，我要送给你一个惊喜。"

叶紫咯咯笑着："什么惊喜啊？难道你要送一条汨罗江给我吗？"

我一本正经地说："差不多吧。"

魏大龙已经准备好了送给唐恬恬的礼物，是一双绣花红舞鞋。他托父亲从星城的湘绣专卖店买的，纯手工制作，丝绸面料，要五百多块钱。

我调侃道："送什么不好送鞋子，你成给恬恬拎鞋的了。"魏大龙说："你是没看见，恬恬穿上那双红舞鞋就跟天使一样美丽，给她拎鞋我都愿意。"我问："你爸没问你买这个干什么吗？"魏大龙说："问了，我实话实说的。"我有点好奇："他没骂你早恋？"魏大龙说："他有什么资格骂我？我还没说他和刘冬梅的破事伤害了我幼小的心灵呢。再说了，我跟恬恬八字没一撇，算不得早恋，也就是个单相思，不像你和叶紫。"我问："我和叶紫怎么了？"魏大龙很贼，把问题抛了回来："你跟叶紫发展到哪一步了？"

我圆滑地说："无可奉告。"

虽然刘冬梅的胸罩和身份证是许默然在无意中发现的，我还是很感激他帮了我一个大忙。然而，我总感觉自己在那双猫瞳里似乎是半透明的，这种感觉很奇异，也很不爽。因为他能看清我，我却不能看清他。叶紫和唐恬恬要转学在班上已经不是秘密了，跟她们关系好的人都在准备礼物。一天中午，魏大龙告诉我，许默然也准备了礼物。我问："什么礼物？"魏大龙说："是他收养的猫咪。"

那天午后，阳光白花花的，像豆腐脑，菖蒲和艾叶的香气翻过篱笆和围墙，从江边一直蔓延到了厂区。我站在牛奶子树下，看到了正在水塔前给两只猫咪洗澡的许默然。我脑补了一下叶紫收到这份礼物后的画面——她写文章时，猫咪就趴在书桌上当第一位读者；她睡觉时，猫咪就蜷缩在她脚边当热水袋；她散步时，猫咪就当她忠实的小跟班……许默然抬头时发现了我，朝我笑了笑。我只好走过去，没话找话："这就是你送给叶紫和恬恬的礼物？"许默然点头说："花白色的那只送给叶紫，虎纹色的送给恬恬。"我问："有什么讲究吗？"许默然说："叶紫很文静，花白色的那只胆子小，见了人就躲；恬恬喜欢跳舞，虎纹色的那只走路像模特。"

我的心里突然冒出一股酸泡，这是我第一次嫉妒许默然，这个喵星人似乎比我和魏大龙更懂女生的心。

许默然准备了两份礼物，我才想起要给唐恬恬也准备一份。我从自己收藏的古钱币中找了一枚开元通宝，背后有月牙痕，据说是杨贵妃在钱模上留下的指甲印。我把这枚古币穿上红丝线，当成项链送给了唐恬恬。魏大龙也给叶紫送了本美国小说《杀死一只知更鸟》，是他在厂门口的旧书店里淘的，精装本，九成新。魏大龙问我给叶紫送了什么做留念，我拿出一只绿色丝绸面料的香囊，故意拖长声调，吟哦着《离骚》中的句子："扈江离与辟芷兮，纫秋兰以为佩。"

魏大龙凑近闻了闻，说："有股菖蒲和艾叶香，好像还有芍药和兰草味。"我问："好闻吗？"魏大龙说："还行，就是淡了点，感冒了肯定闻不出。"我说："你懂什么，要的就是这股淡雅味，刘冬梅那样的女人才喜欢香喷喷的，一股小三味，招野狗。"魏大龙不高兴了，说："你这不是在骂我爸吗？"我脑筋转得快，改口道："你想多了，我说的是咬刘冬梅的那两条野狗。"魏大龙没再计较，说："这只香囊估计恬恬也喜欢，送我了，我去送给她，你再买一只。"他伸手就要去抢那只香囊，我连忙闪开，说："想得美！"魏大龙说："多少钱，算我买的。"我说："是我专门为叶紫定做的，出多少钱都不卖。"魏大龙又不高兴了，骂道："你个重色轻友的家伙，迟早遭报应。"

我没有忽悠魏大龙，香囊的确是我定做的。

这段时间，我一有空就骑上父亲的二八大杠往纸马桥镇上跑。以前每到端午节，在汨罗江流域，家家户户都会燃香驱五毒，大人和小孩会佩戴香囊辟邪。现在这个风俗不流行了，很多制香作坊都倒闭了，只有纸马桥镇还剩一家。我后来才知道，在叶紫离开5731厂的同一天，仅存的那家制香店也关了门。我送给她的那只香囊，很可能是整条汨罗江流域的最后一只香囊。菖蒲和艾叶就是汨罗江的味道，我答应过叶紫，要送给她一条汨罗江，我必须兑现承诺。

那时我并没意识到，魏大龙的一句抱怨，竟一语成谶。

五

回想起来，叶紫觉得用"离骚"两个字来形容2012年的春天再贴切不过了。这里的"离骚"跟佩剑长啸的三闾大夫无关，跟《诗经》里那些华丽的辞藻也无关。那个呦呦鹿鸣的季节，汨罗江畔弥漫着一股浓烈的离愁别绪，这种情调渗透进叶紫的生命中，让她像一头春情萌动的麋鹿，整天骚动不安。

转学的消息公开后，叶紫和唐恬恬都收到了很多礼物。这么多年过去了，大脑里的信息不断自动更新升级，很多原始数据被覆盖了，叶紫仍然清晰记得的，只有两个人送的礼物，一个是我的，另一个是许默然的。其他的她都忘记了，包括那本《杀死一只知更鸟》——书到现在她还珍藏着，但她一直以为是自己买的。直到高中毕业六周年聚会，听魏大龙提起这本书，叶紫才知道是他送的。

叶紫青春期的记忆，大都跟那个热衷考古的少年有关。他高高瘦瘦，头发有点自然鬈，单眼皮。不管看什么，他的眼神总是飘的。对了，到了秋天，汨罗江边被风吹着跑的芦花就是他那个样子。真是信了他的邪，一个阳光少年居然喜欢老古董。看见他经常在那些破败的古遗址上转悠，她就觉得好笑，感觉他就像个盗墓贼。他抽烟，说一口带有浓重湖南腔的普通话，有点油腔滑调，甚至痞里痞气，可就是听着舒坦。还有，他老说她身上有股菖蒲和艾叶的味道。她没好意思说，其实他身上也有股味道——钢琴的味道。但钢琴具体是什么味道的她也说不清楚。

嗯，没错，叶紫说的就是我——姚嘉良。

当我拿出那只带有流苏的绿色香囊时，叶紫闻到了清新淡雅的菖蒲和艾叶香，闻到了楚辞的味道。她立即明白了我送给她这件礼物的用意，我要她记住这条流淌着蓝墨水的河流，记住岸边那个会弹钢琴的少年。叶紫的眼泪瞬间流了下来。那是她人生中第一次被男生感动得流泪。

那年四月底，叶紫和唐恬恬的转学手续都办好了，两人约好同一天离开厂里。叶紫查阅了QQ空间日志，离别的头一天是4月28日，周六，上午阴转多云，东南风2—3级。她在唐恬恬家打扑克，这其实是我和魏大龙为她们举行的告别仪式，许默然也参加了，准确地说，还有两只小猫咪，是许默然送给两位女生的。说了几句伤感的话后，唐恬恬把扑克一甩，哭了。我说："又不是上战场，别搞得跟生离死别似的。来日方长，等高考结束了，我们有的是时间一起玩。"魏大龙用极其煽情的语调说："今天短暂的分离是为了以后更好的相聚，来吧，大家以茶代酒，友谊万岁！"

2022年春天，叶紫看电视剧《人世间》，听到那首主题歌时，她条件反射地想到我和魏大龙那天说的话。长大了，在成人世界里见多了悲欢离合，叶紫发现来日方长其实是无力抵抗现实的一个借口，是自欺欺人。时间确实很长，但很多美好的事物只属于某一个固定的时间节点，过了这个点，就会慢慢改变模样。在时间这个宇宙无敌的存在面前，不管愿不愿意，所有人最终都会选择举手投降。

谁也没有想到的是，那天的伤感气氛竟然是被一向不苟言笑的喵星人驱散的。他郑重其事地提醒两位女生："年底猫咪就要进入青春期了，很叛逆，这个时候最难管，要防止猫咪在外面瞎搞对象。"

魏大龙第一个笑喷了，接着是我，然后是叶紫和唐恬恬，我们笑成了一团。两只猫咪受到惊吓,一直往许默然的脚下钻。他蹲下来,一边摸猫一边认真地问:"你们笑什么?我说的是真的。"

那天叶紫的日志显示,下午多云转小雨。叶紫把许默然送她的花猫放在外婆家,午饭后她来到职工陵园跟母亲告别。这一去不知道什么时候能回来,她外公外婆有在星城买房养老的想法。当年叶紫的父母闹离婚,她的外公外婆都没表态,一边是亲生女儿,一边是救命恩人的儿子,哪边都不好偏袒。叶丽萍遇害后,为了外孙女的成长和前途,两位老人是赞同她回到父亲身边去的。此刻,母亲端坐在冰冷的墓碑之上,目光严厉。叶紫把自己的选择告诉了母亲,希望她能够理解。

叶紫说:"妈,我爸挺重情重义的,您的墓就是他出钱修的,在职工陵园算是最高档的一座。"

叶紫母亲下葬的那天,她父亲特意从星城赶来了,一身黑西服,怀抱一大捧菊花,当着很多人的面,哭得像个少年。叶紫对母亲说:"我爸并没有那么不堪,你们俩的生活之所以鸡飞狗跳,是因为不合拍,就好比无论多么高明的钢琴家,也无法给越剧伴奏。"叶紫希望母亲能够跟过去和解,跟父亲和解。叶紫把案子的最新进展告诉了母亲,说凶手太狡猾了,警方迟迟找不到有价值的线索。叶紫的言语间颇有些埋怨的意味:"妈,您频繁到我的梦里来串门,就是从来不肯告诉我凶手是谁。不知您是更年期提前了,还是患上了阿尔茨海默病,居然把这么重要的事给忘了。"叶紫还对着母亲的照片发誓:"不抓到凶手,这辈子我绝不结婚。"

在墓前絮絮叨叨了一个多小时,叶紫发现母亲原本尖锐的目光似乎变了,不是变柔和了,而是变得阴晴不定。

叶紫也准备送一件礼物给我,最初她想送我首诗,自己写的。绞尽脑汁写了半页纸后,她觉得太矫情了,就撕了。后来她想送给我一双球鞋,都在网上看好了,是个名牌,六百多元。但叶紫突然想到,我每天把她留下的信物在地上摩擦,很不吉利,因此取消了订单。叶

139

紫不堪选择恐惧症的折磨，干脆直接问我："你想要什么礼物？"我盯着她看，说："把你那件旧的蓝色碎花连衣裙送给我吧，反正你也不穿了。"叶紫的脸红到了脖子根，说："旧裙子有什么好要的，又不是捐助贫困家庭。"她用笑声掩饰窘迫："不过你的嘴巴倒是够贫的，我可以考虑送你一套牙具。"我没笑："我就喜欢你的旧裙子，上面有你的味道。"叶紫语无伦次起来："那……那我洗干净了再送给你。"

我说："不要洗，洗了味道就淡了。"

叶紫还是把那件蓝色碎花连衣裙洗了，她不好意思就这样直接送人。上面不仅有樟脑丸的味道，还有股梦的气息。当然，不是每一个梦都有气味的，在她梦见我的时候才会有。她执意要把旧裙子洗一遍再送给我，是觉得那上面有秘密的气味，她还不想跟任何人分享自己最羞于启齿的秘密。叶紫把洗干净的蓝裙子挂在阳台外面的晾衣竿上，想让阳光蒸发掉梦的气息，她打算在我明天晨跑时再把裙子送给我。

那天下午从职工陵园回来，叶紫去了汨罗江边，她和我约了在那里见面。即将到来的离别让我们比平时少了许多顾虑，勇气倍增。在江滩漫步时，我们的身体挨得很近，时不时会发生轻微的触碰，像蜻蜓点水一样在彼此的心里泛起阵阵涟漪。天空突然飘起了毛毛雨，我说："去汉墓里躲躲雨吧。"

叶紫有些慌乱，她敏感地意识到可能有某些暧昧不明的事情会发生，但她还是不由自主地跟着我往汉墓走去。很多年后，叶紫一遍遍设想，假如没有那场突如其来的细雨，命运会不会是另外一种走向。

2012年春天的那个下午，我用打火机照明，带着叶紫穿过汉墓甬道。摇曳的火光中，我们像是钻入了时空裂缝，走进了一幅千年前的壁画中，我们仿佛听见了驼铃声和丝竹声。很快，打火机里的可燃气体耗尽了，黑暗从四面八方压迫而来。在叶紫发出惊呼声的同时，我抱住了她。大概过了五六分钟，也许更久，我们一动不动。确切地说，是叶紫没动，而我的身体像是有根竹笋破土而出。

在这个寸草不生的阴暗地穴里,叶紫居然闻到了浆果的气味,梦的气味。

叶紫突然清醒过来,她含混不清地说:"良子,别这样!"她使尽全身力气,猛地把我推开了。我站立不稳,跌坐在地。叶紫撒腿就跑,任凭我在后面叫她,她始终没有回头。她害怕被浆果的气味吞没,害怕梦境变成现实。

叶紫一口气跑回了厂里,她没有直接回家,也没有去外公外婆那里,而是来到了唐恬恬家。叶紫敲开门,唐恬恬看见她一头的水晶珠链,就笑着问:"怎么连伞都不打,和某人到雨中寻找最后的浪漫去了吧?"叶紫的心脏还在狂跳不止,一时说不出话。唐恬恬突然紧盯着她的嘴唇看,仿佛她那里长了颗美人痣。叶紫抹掉满脸的雨珠,终于定下神来,问:"看什么呢?"唐恬恬挤眉弄眼地反问:"叶紫同学,老实交代,你刚才到底干什么去了?"

唐恬恬狡黠的表情让叶紫意识到了不对劲,她没有马上回答,而是先冲到镜子前照了照,发现嘴唇上有块红斑,她立即反应过来,嘴上却说:"皮肤过敏,大惊小怪的,至于吗?"唐恬恬直言不讳:"是和某人亲嘴亲的吧?"叶紫的脸登时红成了火烧云,但她很聪明,把问题丢给了唐恬恬:"亲嘴会成这样啊?你是不是被人亲过,所以知道?"唐恬恬语塞了一下,然后说:"没吃过猪肉还没见过猪跑啊,电视里见多了。"叶紫继续搪塞:"我是皮肤过敏,你是神经过敏。"唐恬恬耸了两下鼻子,说:"你身上的味道也不对。"

叶紫在进门前特意闻过自己,确信那种从梦里溢出来的浆果味没有尾随而来,但她还是有些心虚地问:"怎么不对了?"唐恬恬说:"有股男生的味道。"叶紫有点好奇了:"男生是什么味道?"唐恬恬俯身抱起那只蹒跚学步的虎纹猫,在怀里温柔地摸着,她浅浅地笑着说:"这个问题你应该去问某人,他比我有发言权。"

想起汉墓里发生的事,叶紫又一次心律不齐了,她说:"哎呀,我听不懂你在说什么。"唐恬恬说:"谁叫我是你的闺密呢,那我就勉为其难地告诉你吧。男生的味道,就是梦的味道。"当她说出这个答案的时候,表情像极了一只调皮的小松鼠。那一瞬间,叶紫深信不疑,唐恬恬已经知道她刚才的经历了。叶紫也是在那一刻震惊地发现,这个喜欢跳舞的文静女孩竟然什么都懂。

叶紫一直以为,梦的气味就跟例假一样,只有女人才有。是唐恬恬让她明白了,原来男生也有。回到家,她把身上穿的衣服都脱了下来,翻来覆去地闻了闻。好像是有股奇特的味道,丝丝缕缕的,不仔细闻很容易忽略。该怎么形容那股味道呢?有点腥,像香椿,而且是跟鸡蛋清拌在一起的香椿。噢,原来这就是男生的味道!叶紫洗了个热水澡,换了身干净衣服,然后去了外婆家。

吃晚饭时,桌上竟然真的有一盘香椿煎鸡蛋,她的脸立即红了。外公问她:"你没发烧吧?"她说:"没有。"外婆问:"你怎么不吃香椿煎鸡蛋?"她说:"气味太大。"外婆嘟囔着:"香椿年年都吃,怎么今年你就觉得气味大了?"外公叹了口气:"妈不在了,孩子娇气了。"

雨早就停了,从外婆家出来,叶紫在厂区漫无目的地走着。奇怪,无论她走到哪里,那股香椿的气味都会跟到哪里,中间还夹杂着浆果的气息。叶紫有点后悔,下午在汉墓里对我太不友好了,那不近人情的一推肯定伤了我的自尊心。她觉得我不过是一时冲动,行为有些失控,并非故意冒犯。事实上她也有些情不自禁,差点沦陷在那片黑暗中,她只是比我多了一点点理智而已。如果能穿越到几个小时前,她不会选择逃走,而是会选择和我离开汉墓,继续在江边漫步,让毛毛细雨冲淡那些梦的气味。

叶紫曾经笃信,那种隐藏在青春深处的原始本能是无罪的,跟香椿一样,到了春天就会蓬勃生长。但2012年春夏之交,叶紫彻底推翻了本能无罪论,她觉得冲动是有罪的,必须受到惩罚。

晚上七点钟左右,叶紫在澡堂前的牛奶子树下遇到了魏大龙,他送母亲上夜班。刘冬梅死后,魏大龙的母亲变得疑神疑鬼,总觉得那个小三会阴魂不散，找她的麻烦，每次夜班都要儿子接送，完全忘了一个医务工作者应具备的科学观。叶紫想就下午的事跟我道歉，她要魏大龙帮她把我约出来，说自己有事找我。魏大龙说，他之前给我打过电话，想约着一起去看电影，把她和恬恬，还有许默然都叫上。但我妈说我下午一身湿答答地从外面回来，把自己关在房间里一言不发，跟哑巴了似的。吃完晚饭，我撂下碗筷就出去了。

魏大龙问叶紫："你们是不是吵架了？"叶紫连忙否认，并迅速岔开了话："良子可能是找许默然玩去了。"其实叶紫刚才看见许默然在篮球场上喂猫了，我并不在旁边，她想静一静，就没有过去跟许默然打招呼。

从牛奶子树下离开后，叶紫又去江边找了一圈。她甚至壮着胆子，站在汉墓黑黝黝的甬道口朝里面喊："良子，你在吗？对不起，下午我有点过分，你别生气了。我们和好吧，我不怪你，你也别记恨我了。"但汉墓里没有任何声音，叶紫迷惑了，那个傲娇的少年到底去了哪里？

叶紫失魂落魄地回到家，她给唐恬恬打了电话，但没人接，她想可能她被魏大龙邀请去看电影了。叶紫心烦意乱，她打开电脑，登录 QQ 开始写日志，写到下午沾染在她身上的香椿气味时，叶紫突然想到，她上午晒出去的那件蓝裙子还挂在阳台外面，肯定被下午的那场雨淋湿了。叶紫起身过去收裙子，却惊讶地发现晾衣竿上空空荡荡的。

叶紫以为裙子被风吹掉了，她拿了支手电筒，跑到楼下去寻找，但一无所获。她又怀疑是自己记错了，可能自己早就把裙子收起来了。她返回家中，在衣柜和行李箱中四处翻找，还是没有发现。那件蓝色碎花连衣裙是叶紫准备送给我的，上面有她的味道，是思念的载体。叶紫心想，如果她跟我说蓝裙子弄丢了，我肯定不信，会以为她是故意不给的，是还在责怪我下午的鲁莽和冲动。然而，当叶紫慢慢冷静下来后，一个可怕的念头像龙卷风一样从她的脑海里升起——

蓝裙子会不会是被那个变态杀手偷去作案了？

脑组织仿佛被急速旋转的龙卷风撕扯得支离破碎，叶紫感觉一阵眩晕，浑身不受控制地战栗。她连喝了两杯水，强迫自己镇定下来，然后拨通了我家的座机号码。之前叶紫迟迟不敢打这个号码，是因为我曾告诉她，我父母知道了我和她在早恋，她觉得难为情。现在叶紫顾不得这么多了，她要立即把蓝裙子丢失的情况报告给我父亲。接到叶紫的电话后，父亲非常重视，他要叶紫把门窗反锁好，待在屋里不要外出，保护好现场，不要让任何人进来。

叶丽萍出事后，厂里的治保队增加了巡逻密度，由原来的每三小时一次改为两小时一次。刘冬梅遇害后，又改为一小时一次。父亲拿起手机，通知治保队长："那个变态杀手好像出来了，把你的人都给老子拉出去，半小时巡逻一次。不，二十四小时不间断巡逻！再出事，老子撤你的职！"父亲还不放心，他拿了件外套决定今晚亲自巡逻。母亲正坐在沙发上看婆媳剧，她不以为然地说："春天里风大，谁家没丢过衣服呀？叶家丫头的蓝裙子不见了就想到杀人，你和她是不是都太神经质了？"在父亲摔上门的刹那，一句话从门缝里挤进来："老子宁可发神经，也不能犯错误！"

赵卫国曾经叮嘱叶紫，尽快换掉家里的门锁，说不排除凶手有她家房门钥匙的可能。但叶紫没有更换，她担心换了锁，母亲会进不了家门。唐恬恬的蓝裙子被盗后，赵卫国又提醒了叶紫一次，她还是不肯换，但唐恬恬马上就更换了门锁。叶紫现在有些懊悔自己的执念，如果那件蓝色碎花连衣裙真的被变态杀手偷去作案了，那她也有责任。不过，现在恐惧战胜了自责，叶紫按照我父亲的吩咐，将家里的门窗全部锁死了，打开每个房间的灯，把电视调到一档热闹的综艺节目上。就这样她还是觉得不够安全，又把藏在枕头底下的菜刀拿到了手上。

如果我没记错，在叶紫那晚的 QQ 空间日志里，她是这样写的：

此时此刻，我特别想他。如果他在我身边，即使整个世界陷入黑暗，一线光都没有，我也不会紧张。我像个花痴一样不断臆想着和他的对话，我说："别离开我，我怕。"他说："放心，我永远陪着你。"我问："这辈子你还会喜欢别人吗？"他说："除非我得了老年痴呆，把别人当成了你。"

翻阅当年的日志，叶紫在看到这段文字时，仍然止不住觉得肉麻，耳根发烧。但对当时那个十七岁的怀春少女来说，这些都是她真实的内心独白。在那些充满浆果味的梦境中，她和那个痞帅的少年就是用这种语气对话的。

厂里的电影院每晚只放一场电影，七点半开始，九点半散场。那天晚上电影散场后，叶紫再次给唐恬恬打电话，想提醒她注意变态杀手，但依旧没人接听。透过玻璃窗，叶紫发现唐恬恬家亮着灯，但窗户紧闭，看不清里面。叶紫猜测是唐恬恬出门忘了关灯，她可能还跟魏大龙在一起，今夜对两人来说同样意义非凡。明天上午，叶紫的父亲将开车来5731厂接叶紫和她的外公外婆去星城。叶紫本想把丢失蓝裙子的事告诉她爸，但犹豫了一会儿，还是没有打这个电话。因为她也不确定蓝裙子是被凶手偷走了，还是掉到楼下被人捡走了。她爸要是担心，晚上睡不好觉，第二天开车会不安全。

叶紫把翻乱的行李箱重新整理好，目光突然落在一条酒红色的围巾上。这条围巾是她在学校作文竞赛中得到的奖品，戴了三年，羊绒的，很暖和，也好看。送给我做留念，我能戴在脖子上，零距离感受她的气息，这比送蓝裙子更有意义。就在叶紫臆想我戴着她的围巾，站在冰天雪地里酷酷地回头一笑时，座机铃声响了，她的第一反应是我打来的，但话筒里传出的是一个陌生的男声："你没事吧？"

叶紫以为是别人打错了，问："你谁啊？"对方说："我大龙啊，你听不出来吗？"叶紫愣了一下，好像的确是魏大龙的声音，但感觉有些失真，仿佛是被卡住了的老式磁带，她问："你怎么啦？声音都变了，恬恬呢？"魏大龙大口地吞咽唾沫，说："出事了！"叶紫的声音也变调了，急忙问："谁出事了？"魏大龙说："恬恬的后妈。"叶紫问："邵阿姨出什么事了？"魏大龙说："死了。"紧接着补充道，"跟你妈和刘冬梅死时的样子很像。"

望着墙上母亲的遗像，叶紫瞬间失语。她几乎可以肯定，邵阿姨被害时穿的蓝裙子，就是她今天丢失的那件！

叶紫跑到邵美琼家楼下时，那里已经聚集了很多人。魏大龙告诉叶紫，恬恬正在现场接受询问。她爸在重庆出差，保卫科通知他连夜坐飞机回来了。保卫科也通知了林东亮，他正驾车从县城赶回厂里。从魏大龙口中，叶紫得知了更多的细节。晚上唐恬恬一直在家玩猫，晚上八点半左右，邵美琼过来了，问她怎么不接电话，唐恬恬说，她明天就要离开厂里了，父亲又经常不在家，她就把电话插头拔了，免得被人盗打她家的电话。邵美琼要她赶紧收拾一下，说："今晚就开车送你去县城。"唐恬恬问："不是明天上午走吗？"邵美琼说："明天我要去武汉进货，抽不开身，所以今晚特意从县城赶过来接你。"

唐恬恬收拾行李花了差不多一个小时，然后她拎着行李箱来到三十九栋宿舍楼前的葡萄架下，那里停着邵美琼的蒙迪欧。此前，邵美琼和她约定，一小时后在车旁会合。但邵美琼迟迟没有下来，唐恬恬就上楼去找，结果发现邵美琼穿着蓝色碎花连衣裙、黑色高跟鞋和咖啡色丝袜躺在卧室的床上，四肢分开，被电话线捆绑在床头的柱子上，早已没有了心跳和呼吸。她跌跌撞撞地跑下楼，正好碰见我父亲带着治保队过来巡逻，就赶紧报了案。

叶紫说："怪不得恬恬不接电话，原来她把插头拔了。"魏大龙说："我还准备约她今晚去看电影的，电话老不通，我以为她不在家。"叶紫问："看见良子了吗？"她话音刚落，我就从葡萄架后面钻出来了，说："我在这儿呢，这边发生什么事了？"魏大龙问我："良子，你去哪里了？一晚上连个鬼影都找不着。"我说："晚饭后去江边走了走。"魏大龙打趣道："不会是叶紫要走了，你想不开吧？想学屈老先生我不拦你,但先把你收藏的那些古董送给我。"我说:"你懂个屁,我是在江边体验《离骚》的意境,感受屈老先生那种伟大的爱国情怀。"

魏大龙说:"你不是体验《离骚》,你是闷骚,不,是真骚!"叶紫没心思听我和魏大龙贫嘴,她把我拽到一边说:"你撒谎,我也去江边了,没找到你。"我说:"后来我回学校了,在器材室里弹钢琴。"叶紫语塞,她没想到我晚上会跑去空无一人的学校弹琴。我问:"这里到底怎么了,这么多人?"叶紫就把刚才魏大龙告诉她的那些话复述了一遍,我说:"又是谁的蓝裙子被偷了?"叶紫说:"我的,准备送给你的那件。"

我登时汗毛根根竖起,像碰到了一根高压电线。

透过葡萄叶,我看见父亲走出宿舍楼,正在跟赵卫国通电话。我脖子一缩,不想被他看见。等父亲转过身去,我赶紧拉着叶紫离开了,一直把她送到家,说帮她找一找,看看那件蓝裙子是否真的被偷了。我们把房间的每个旮旯都找遍了,又去了楼下,仍然没有找到。叶紫说:"回去也睡不着,走走吧。"我说:"行,反正我爸今晚也没空管我。"我们走在厂区昏暗的路灯光线中,叶紫几次想跟我说对不起,下午不该那样待我,但话到嘴边又吞了回去。我也对下午的事只字不提,仿佛那些不愉快已经被汨罗江上的风吹散了。不知不觉,我们走到了慕兰中学校门口。

叶紫突然停下脚步说:"我想听会儿钢琴。"

我有器材室的钥匙,是班主任给我的,快到五一了,班上要出节目,班主任要我抓紧时间练琴,这次演出一定要为集体争光,不能再出现去年五一节那样的失误了。在叶紫的QQ空间日志中,那个夜晚坐在钢琴前的我头发凌乱,目光纯净,面色忧郁,与窗外照进来的清冷月光融为一体。我的十指宛如一群芭蕾舞演员在雪地里集体跳舞,动感十足。虽然我弹奏的不是什么高难度的世界名曲,而是一首很老的通俗歌曲——童安格的《明天你是否依然爱我》,但在叶紫的心目中,我的琴风像莫扎特,像肖邦,又像德彪西。

叶紫有了一种沉浸式的体验感，这是只属于她一个人的钢琴演奏会。

叶紫的脑袋里甚至冒出了一个疯狂的念头，如果此刻的我再像下午那样冲动，她会毫不犹豫地迎合我。就让春笋肆意生长吧，让浆果芳香弥漫，让梦的气息把我们俩彻底淹没。当时的叶紫完全没有想到，在这个琴声飞扬的夜晚之后，她和我会成为两个世界的人，生活和爱情同时绝缘。

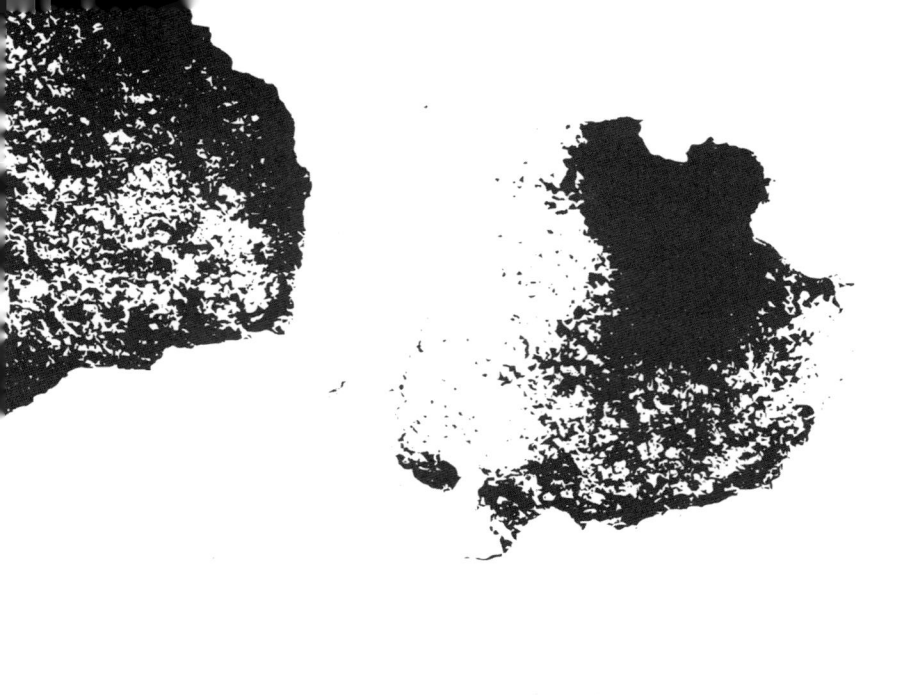

嫌疑

一

我小时候在爷爷家里看了很多古代的文献典籍，包括一些野史，当我梳理那些历史人物的生平时，发现有一个共同的特点，即偶然中孕育着必然。也就是说，决定这些名人最终命运的，往往并非什么轰轰烈烈的大事件，而是一些很偶然的举动。这些举动在当时看似无足轻重，却对他们日后的人生走向起了关键性的作用。我自己也是如此，倘若我不是执意要叶紫把蓝裙子送给我做留念，倘若没有汉墓里的那次青春的冲动，我和叶紫，包括唐恬恬、魏大龙和许默然，也许还有更多人的命运列车，很可能会驶向另外一条轨道。

2012年那个多云转小雨的下午，叶紫从汉墓里惊慌逃离后，我一个人在冰冷的雨中踟蹰了很久，浑身的每个毛孔都好像结满了霜。跟叶紫的预感类似，在我说去那座阴暗的地穴里躲雨时，我就意识到了可能会有什么不可抗的事情发生，但我还是鬼使神差般一头钻了进去。事后我还曾脑洞大开，怀疑汉墓里是不是有某种妖邪的东西在蛊惑我，就跟海妖唱歌蛊惑船员一样。我非常懊悔，觉得自己很肮脏，亵渎了圣洁的女神。那天我和叶紫在江边漫步，原本是想留下一个美好回忆的，结果却把自己最丑陋的一面暴露了出来。叶紫那一推，我就知道自己在她心中的形象也被推倒了。回家后我闷闷不乐，把自己关在房间里给叶紫写道歉信。吃完晚饭，我悄悄来到父母的卧室，偷走了叶紫家的房门钥匙——那是我私自配制的，被父亲没收了，放在床头柜的第二个抽屉里。我无脸见叶紫，准备趁她去外婆家吃饭时，把那封道歉信塞进她的行李箱。

当我开门进入叶紫家后，却没有了把道歉信拿出来的勇气，我觉得那些文字太苍白了，也太没诚意了。在我从叶紫家落荒而逃前，看见她的蓝裙子还晾在外面，应该是淋了一下午的雨，我就把裙子收了进来，挂在了封闭式的阳台上。我又去了江边，把道歉信撕碎撒进了水里。那些白色的纸屑如同冥币，似乎在祭奠一段死去的时光。从江边回来不久，叶紫就去了我刚才走过的地方。我至今也不清楚，我和她是在哪个地方完美地错过的。

接着，我去了慕兰中学的器材室，不是为了五一的表演练琴，而是宣泄。我没有开灯，故意把自己笼罩在黑暗中，与世隔绝。那些压抑的愧疚和情感从我的指间流泻而出，我感觉从身体到灵魂都轻松了许多。从慕兰中学出来时，我看见邵美琼家楼下闹哄哄的，这才意识到出事了。听到叶紫说她的蓝裙子丢了，可能是被凶手偷走穿在邵美琼身上了，我大惊失色，因为我记得很清楚，那件蓝色碎花连衣裙是我亲手从外面收进来的。裙子的丢失，意味着我很可能跟那个连环杀手擦肩而过了。在我的回忆中，那一天发生的很多事情都像在放一场电影，很不真实。那个夜晚，我始终没有勇气对叶紫提起下午在汉墓里发生的事，包括我写的道歉信。叶紫也没有提，而且从她的话语和眼神中，我读出了宽容。我如释重负，那一刻我深信，若是心有灵犀，语言有时是多余的。

我刚弹完《明天你是否依然爱我》，叶紫就接到了赵卫国的电话，她平常总带着母亲留下的手机，但很少用。赵卫国问叶紫在什么地方，她说在学校。赵卫国说，他已经带人到了厂里，听说死者邵美琼穿的蓝裙子可能是凶手从她家盗走的，要她马上回来，配合警方去她家勘查现场。

我再次送叶紫回家，说："你和恬恬明天肯定都走不成了，警察会找你们调查。"叶紫说："是老天爷不想让我这么快离开。"她的这句话如同一阵春风从我心头吹过，我知道她彻底原谅我了。我说："凶手肯定有你家的钥匙，你还是睡到外婆家去吧。"叶紫说："算了，他们的作息时间跟我不同，我住过去会影响他们休息。反正也住不了几天了，我把门反锁睡。"

我迟疑了一下，还是没有把晚饭后开锁进入她家的事说出来，我觉得这种行为多少有点阴暗。我说："有什么事，你第一时间给我打电话，半夜也行。"叶紫问："你不怕你爸妈说你吗？"夜色加深了我的情感，我说："当然怕，但我更怕你不安全。"叶紫很感动："放心吧，不会有事的，我妈会保佑我。对了，在邵阿姨家楼下，我给我爸打了电话，把这边发生的事都告诉了他，叫他暂时不要过来。但他说，出了这么大的事，明天他更要过来了。他要陪着我，直到警察的调查结束。"

我第一次听到叶紫用这样的语调说话，那是一个女儿受到父亲宠爱时的语气，骄傲而甜蜜。我从来没有这样说过话，因为父亲从来没有宠溺过我。从我记事起，父亲就是一身军人作风，刚硬粗砺，常常碰得我头破血流。

我说："你爸对你还挺好的。"叶紫说："他特别温和。"她羞涩地看了我一眼："是不是弹钢琴的人都是这样？"下午那次冲动留给我的心理阴影还没完全消失，我躲着叶紫的目光，说："你爸是钢琴家，跟普通人不一样。"叶紫说："你以后也会跟普通人不一样，你会成为考古学家。对了，听恬恬说你送了她一条项链，上面的古币是唐朝的，很珍贵吧？"我听出了叶紫的醋意，说："那不是我的藏品中最珍贵的。"叶紫不依不饶："你的藏品我都看过，还有什么更珍贵的？"我看着叶紫："是一个人，价值连城。"叶紫感觉到了我热烈的目光，以及话语里的爱意，她头一低，看着地上自己的影子，娇嗔道："某人糖吃多了，当心牙烂掉。"

这种美好的对话到叶紫家楼下时戛然而止，我看见父亲和赵卫国就站在楼道口抽烟，旁边还站着几名拎着勘查箱的刑警。我想回避，但已经来不及了。

我找了个鬼都不信的借口，说自己刚从学校练琴回来，路上碰见叶紫，担心她的安全，就充当了一回护花使者。但没人理睬我的话，接连发生的凶杀案让所有人的心里都堵得慌。赵卫国问叶紫："现场保护好了吗？"叶紫看了我一眼，说："除了良子，没别人进去过。"虽然父亲的脸在夜色中是黑的，但叶紫的这句话出口后，我感觉父亲的脸瞬间更黑了，他厉声问我："你去她家干什么？"我说："叶紫的裙子丢了，我去帮她找，但没找着。"父亲问："什么时候去的？"我说："大概一个小时前。"父亲完全是一种审讯式的语气："你怎么知道她的裙子丢了？"

我说："邵阿姨出事后，我去楼下看热闹，在那里碰见了叶紫，她告诉我的。"父亲的语气更严厉了，追问道："后来你们去哪里了？"我说："去学校练琴了。"为了强调深夜练琴的合理性和必要性，我信口胡诌："叶紫担心明天走不成，有可能还会参加学校的五一节演出，就跟我一起排练。她表演诗朗诵《海燕》，就是高尔基写的那篇——让暴风雨来得更猛烈些吧。"父亲狐疑地看向叶紫，叶紫连忙点了点头，表示我没有撒谎。赵卫国打断了父亲对我的审讯，面无表情地对叶紫说："走吧，去你家。"

父亲狠狠剜了我一眼，跟着赵卫国上了楼。

我回到家，母亲正在洗澡。她也去了案发现场，在公安局的法医到来之前她就检查过了，邵美琼已无生命体征。趁母亲洗澡之际，我把叶紫家的钥匙悄悄放回了原处。母亲从卫生间出来后，我关上门，坐在床头，想安静地回味一下夜晚和叶紫的那些美好的对话。这时我听见客厅里的座机响了，平日这个点几乎没有人打座机，我以为是叶紫打来的，正要起身去接，母亲却拿起了话筒。我站在门后偷听，透过门缝，我看见母亲用手捂着话筒，声音很小。这让我觉得很奇怪，以往母亲接听电话从来不这样。我有种不好的预感，一些不美好的事情将要发生了。

父亲回来时，已经睡下的母亲起床给他下了碗阳春面，锅碗瓢盆哐当作响。我在半梦半醒间看了眼闹钟，凌晨三点一刻。我听见父亲的脚步声一度出现在我房间门口，停顿了一会儿又悄悄地退了回去。然后我听见父亲打开了电视，放的是父母都不爱听的京剧。父亲边吃面条边跟母亲说话，高亢的唱腔盖住了两人的交谈声。我完全听不清楚，最终放弃了偷听的念头，迷迷糊糊地继续睡觉。

这一觉我一直睡到次日上午八点多，起床后我发现父亲不在家，问母亲："我爸呢？"可能是昨晚没休息好，母亲的眼睛里全是血丝，她声音嘶哑地说："你爸一大早就协助警察查案去了。"客厅里烟气很重，我敞开窗户，心想，父亲这得抽了多少烟啊，难道他一晚上没睡吗？母亲告诉我，昨晚刑警在叶紫家勘查完后，把她带到了邵美琼家。经叶紫现场辨认，确定邵美琼穿的蓝裙子就是她丢的那件。我"哦"了一声，没说话。吃完早饭，我给唐恬恬打电话，想安慰她几句，但无人接听。叶紫那边也一样，始终没人接电话。我又打魏大龙的手机，系统提示已关机，再打他家的座机，是他母亲接的，说他跟着舅舅到外面试车去了。

唐恬恬家刚出事，魏大龙就出去逍遥快活，这不太合情理。那种不祥的预感越来越强烈了，我坐立不安，跟母亲说我去学校练会儿琴。母亲说："去吧，今天周末，好好玩，中午我给你做粉蒸排骨吃。"

出了门，我在楼道里听见一阵压抑的哭声从家中传出，不知是母亲的，还是电视里的。在我的回忆中，那一天整个厂区都透着种种古怪，牛奶子树的几片叶子被风吹落，逆时针旋转着下坠；趴在水塔上的青苔远远看去，就像个三头六臂的绿巨人；飘浮在烟囱上的云朵线条格外分明，组成了一个复杂的几何图案，如同神秘的麦田怪圈；车间里的机器不断发出轰鸣声，既像意大利歌剧的咏叹调，又像客家人唱的民歌；还有平时到处乱窜的野猫野狗，跟它们的主人许默然一样，突然不见了。

我在器材室里弹的是《隐形的翅膀》，五一节我们班四个女生表演集体舞，我弹这首曲子伴奏。寻宝和弹钢琴是最能让我迅速排除杂念的两种方式,随着悠扬的琴声响起,从昨晚开始的不安情绪渐渐逃走了。当我被偏移成45°的阳光照得有些晃眼时,抬头看见一个穿卡其色风衣的中年男人站在窗口。我停下来问他:"你找谁?"

中年男人说:"不找谁,听到有人弹琴,过来看看。"我不再理会他,继续弹钢琴。中年男人说:"你有弹钢琴的天赋,不过要想提高琴艺,得多弹世界名曲。"我头也不抬地说:"我不想当钢琴家。"中年男人叹了口气:"可惜了。"我再次停下,问他:"你是谁啊?"中年男人笑了笑:"以前这里的老师。"说完就转身走了。

我弹着弹着,突然意识到那个男人是谁了,是这架古董钢琴的第一任主人,叶紫的父亲郭明浩!我当即起身追了出去,但早已不见了他的踪影。

在我去练琴之前,父亲第二次去到纸马河调查那些可疑的照片。邵美琼被害后,我进入叶紫家寻找丢失的蓝裙子,父亲觉得我有故意破坏盗窃现场的嫌疑。联想到我昨天下午从外面回来,一副心事重重的样子,父亲更是心生疑窦。在赵卫国领着刑警进入叶紫家勘查现场前,父亲打电话给母亲,说了自己的怀疑,叮嘱她悄悄盯着我,观察我是否有什么反常的举动。凌晨父亲回到家里,母亲说我一切正常。父亲半信半疑,吃完面条后他突然想到了什么,来到卧室打开床头柜,发现叶紫家的那把门钥匙被人移动过。父亲之前在钥匙上缠了一根头发丝,一旦有人拿起来,头发就会掉。父亲问了母亲,确认她没动过钥匙。这个意外发现加深了父亲对我的怀疑,他猜测是我在案发前用这把钥匙开门进入了叶紫家,偷走了蓝裙子,案发后再以帮叶紫找蓝裙子的名义进入现场。这样的话,就算警方在勘查时发现了我留下的痕迹,我也能自圆其说。

父亲认为,如果我就是杀害邵美琼的凶手,那刘冬梅和叶丽萍也应该是我杀的。但叶丽萍被害时,我有完美的不在场证明。也就是说,要想证明我是连环杀手,就必须推翻那个所谓的不在场证明。父亲再次拿出魏大龙提交给警方的那些照片，他已经忘了自己看过多少遍了，照片上的一草一木、一沙一石他都在现场找到了，没有任何问题。

那问题到底出在哪里呢？

凌晨的厂区寂静得像座天坑，父亲毫无睡意，他在客厅里抽着烟，目光像水蛭一样死死吸附在照片上面。直到天快亮时，双眼熬得通红的父亲猛然发现了一个细节，在其中两张照片的背景上，均出现了一座圆锥形的土堆，隐约可见上面有些白色的物体。这座土堆距离魏大龙拍照的位置大概有五十米，在一片油菜地的旁边。纸马河在慕兰山区，气温相对较冷，油菜花比山区外开得稍晚，一般要到四月上旬才开。叶丽萍是3月17日遇害的，按理说纸马河边的油菜花还含苞待放，但照片上的油菜花开得非常烂漫，这有点反常。父亲连早饭都没顾上吃，就开车直奔纸马河，再次进行实地勘查。

父亲找到了油菜地旁边的那座圆锥形土堆，那是座坟丘。墓碑上的纪年显示，墓主人是位女性，卒于20世纪90年代的某个冬日。那些白色物体已经在风吹雨打中不成形了，但依稀能辨认出是祭祀用的纸扎。祭祀一般在清明节前后或逝者忌日，在叶丽萍遇害的3月17日，这位逝者的后人不太可能来祭奠她。当然，如果碰到特殊情况，祭祀也有可能提前。比如逝者的后人要去外地打工或长途旅行，清明节不在家。油菜不按时令开花也不是完全没有可能的，每块土壤有自己的小环境，温度、湿度、微量元素等均有不同。要想证明那些照片是假的，就必须排除这些可能性。

父亲坐在一条开满紫云英的田埂上抽烟，像个忠实的守陵人。金黄色的油菜花散发出一股浓郁的香味，他却一点都闻不出来，鼻子里全是烟草味。

邵美琼的遗体被连夜送回县城尸检，赵卫国跟三名刑警在5731厂的招待所里留守。今天一大早，他又带人在邵美琼家的宿舍楼下仔细勘查了一遍，在阴沟里找到了她的胸罩和身份证。但这并没有让赵卫国兴奋，跟叶丽萍和刘冬梅的被害现场一样，邵美琼家的门窗没有被损坏，现场没有搏斗的痕迹，目前也没发现目击证人，监控仍然是瞎子，意味着这又是一起疑难案件。

七点四十五分，父亲拨通了赵卫国的手机，问他："叶紫和唐恬恬的笔录做了吗？"赵卫国吃着油条说："还没有，昨晚这两个丫头的状态都不太好，我们只是简单地询问了一下。现在还早呢，不到八点。让她们好好睡一觉吧，今天上午再正式做笔录。对了，刚刚我们在宿舍楼下找到邵美琼的胸罩和身份证了。"父亲没有接赵卫国的话，说："把魏大龙控制住。"赵卫国停止了咀嚼："为什么？"父亲说："上次他给良子提供的不在场证明是假的。"赵卫国一怔："哪里假了？"父亲说："回来再跟你解释，照我说的去做就行了。把人都带到保卫科，我让治保队的孔队长配合你。"赵卫国说："知道了，你在哪里？"父亲说："纸马河，调查完就回来。对了，把许默然也带到保卫科讯问。"赵卫国说："一大早就给老子发号施令，你当自己是公安局局长呢？"父亲没理会他的牢骚，挂了电话，继续坐在田埂上抽烟。他没有急着去找乡民询问那位逝者后人的情况，以及这片油菜地的具体花期。他看着天色慢慢变化，想给自己一点心理缓冲时间。

刘冬梅被害后，父亲去厂领导办公室拍桌子骂了几次娘，监控升级改造工程终于继续启动了，预计五一节可以竣工。邵美琼却恰好在这之前遇害了，不得不说，凶手对厂里的安保系统了如指掌，很会钻空子。

上午九点二十分，一个老农肩扛着锄头走过来。父亲起身迎上去，先敬烟，然后问："老乡，这坟头是谁家的？"老农反问："你打听这个干什么？"父亲扯了个谎："我是县文化馆的，出来采风，会看点风水，觉得这个阴宅位置绝佳，肯定旺后人，能出大官。"老农喜上眉梢地说："那是我老伴！还真被你说对了，我儿子研究生毕业，在省农业厅当处长。"父亲看了一眼坟头残破的纸扎，故意套话："有娘亲保佑，他肯定是个孝子。"老农吐着烟圈说："可不是，不管多忙，年年清明他都会回来给老娘上坟。"父亲问："这片油菜地是您家的吧？长势不错啊。"老农点头说："我家的油菜开花比别人地里的迟，要到四月上旬才开，但打出来的菜籽油在纸马河一带是最香的。不信你问去，我要是扯淡，免费送你十斤菜籽油。"

父亲没有再问了，他上了那辆破越野车，掉头往厂里开。

车速很慢，如同蚯蚓般在机耕道上歪歪扭扭地爬行。没开多远，父亲就觉得头昏脑涨，眼前发黑，仿佛身上的血液在一点一滴地流失。雪花状的阳光洒在父亲身上，居然冰冰凉凉的。当年拖着伤腿在潮湿闷热的原始雨林里突围时，父亲也没感觉这么虚脱过。他不得不靠边停车，抽了两根烟才慢慢缓过劲来。

匪夷所思的是，二十四年前，父亲的伤腿明明已经痊愈。但从2012年这个阳光如雪的早晨开始，父亲的右腿突然瘸了，他成了真正的残疾人。

二

我回想起来，2012年4月29日上午还发生了一件古怪的事。我正在学校器材室里弹奏《隐形的翅膀》时，一片色彩斑斓的树叶从窗外飘到了黑白琴键上。我仔细一看，竟然是只奄奄一息的蝴蝶，而且是断翅的。这似乎预示着我的早恋会自此夭折。毫无疑问，我严重的宿命论思想就是在这个春天萌芽的。

在我的生命中，2012年4月29日是个具有重大历史意义的日子，完全不亚于阿姆斯特朗代表人类首次登上月球。5731厂保卫科有四间房，那天上午，叶紫和唐恬恬分别在两间办公室里做笔录。许默然进了保管室，魏大龙则被带入值班室。当赵卫国说出我父亲早晨在纸马河调查到的情况时，魏大龙傻眼了。赵卫国说他涉嫌伪造证据罪和包庇罪，两罪并罚，可以免费送他去学几年缝纫。

魏大龙被吓到了，他耷拉着脑袋交代说，叶丽萍的胸罩和身份证被发现后，我担心警方可能会把我当成重要嫌疑人，于是要他把手机的时间回拨到3月17日，然后带上寻宝的装备，穿着那天的衣服，和他一起去了纸马河，并且要他用重置过时间的手机给我拍了几张照片。魏大龙还交代，他说自己在叶丽萍被害那天午饭后去纸马河找我玩，也是在我的授意下瞎编的，其实他哪里都没去，一直窝在家里追美剧《越狱》。但魏大龙极力为我辩护，说我是怕解释不清楚才伪造了不在场证明。他甚至信口胡诌，说我从小就腼腆害羞，见到女生就会脸红。几次考生理卫生都没及格，我对女人的生理结构根本不感兴趣，我绝对跟案子毫无关系。

一名女警给叶紫做笔录，叶紫说，昨天下午她去职工陵园吊唁母亲后，跟我在汨罗江边走了一会儿，三点多下雨，她就回来了，然后去了唐恬恬家。那名女警很细心，从叶紫语焉不详的讲述中，判断出她是一个人从江边回来的。女警抓住这个细节问叶紫，在江边散步时，她是不是和我闹了别扭？叶紫起初否认，但小脸涨得通红。女警心里更有数了，叫她不要有任何顾虑，说警方会保护当事人隐私的。如果她选择隐瞒，警方就会加大调查力度，反而会让更多人知道，增加隐私泄露的风险。女警还强调，警方并非特意针对我，是因为我和叶紫的关系特殊才这样问的，凡是有可能接触到那件蓝色碎花连衣裙的人都要接受调查，查明案发当天的行动轨迹，以排除犯罪嫌疑。做了一番激烈的思想斗争后，叶紫最终还是把汉墓里发生的事说了出来。

警方给唐恬恬做笔录时也有重要收获。警察问她邵美琼是否跟别人发生过冲突，唐恬恬说不知道，她对父亲再婚很不满，所以基本不关心后妈的事情。警察又向唐恬恬询问我的情况，问我是否跟邵美琼有过摩擦，唐恬恬说没有，至少她没见到过。她还说，我不是小肚鸡肠的人，即使受了委屈也不会记仇，更不会报复。警察敏感地意识到唐恬恬的话里有故事，几番追问后，唐恬恬说出了我曾被叶丽萍打过耳光的事。她的本意是想证明我并非睚眦必报之人，没有害人之心，甚至会以德报怨，但从警察的视角来看，我善于隐忍和伪装，喜怒不形于色，很多重大刑事案件的凶手都具备这种特质。

只有许默然那边迟迟没有进展，他一口咬定，自己在接受讯问前，根本不知道我曾经私藏过叶丽萍的胸罩和身份证，他跟我的关系也很一般，所以他没有理由也没有动机帮我洗脱作案嫌疑。赵卫国替换了讯问许默然的警察，亲自上阵。

他问许默然："是不是良子事先把刘冬梅的胸罩和身份证扔在宿舍楼下，授意你交给警察的？"许默然说："不是，是猫咪刨出来的。"赵卫国又问许默然："咬死刘冬梅的那只毒蜘蛛是不是你提供给良子的？"许默然说："不是，我跟刘冬梅无冤无仇，没必要借别人的手害死她。"赵卫国用钢刀一样的目光盯着这个少年问："许默然同学，你不要自作聪明。如果我们找到证据，证明你有包庇犯罪的行为，你自己掂量一下后果，还想不想考大学了？"许默然说："我该讲的都讲过了，不该讲的不能乱讲。"赵卫国憋着火问："刘冬梅被狗袭击那件事，是你干的吧？"许默然说："不是我。"赵卫国咄咄逼人："那是谁？"许默然竟然笑了："你不应该问我，应该去问那两条咬人的狗。"

赵卫国这次没有憋住火，怒吼一声："兔崽子，你给老子等着！"

为了从许默然身上取得突破，赵卫国再次询问了叶紫、唐恬恬和魏大龙，如果能证明是许默然教唆流浪狗袭击了刘冬梅，那他就涉嫌故意伤害罪。捏住了这个罪名，赵卫国就不怕许默然嘴硬了。然而，被询问的三人都表示，不知道刘冬梅为什么会被狗袭击，更不知道许默然跟这起伤害事件有关。赵卫国心里十分窝火，他已经明显感觉到这四人和我是一个小团体了，没那么容易瓦解。赵卫国的心情非常复杂，一方面他并不希望我是凶手，另一方面他又希望真凶早日落网。技侦科那边打来电话，赵卫国接听后默默挂断，他走出房间，来到保卫科的走廊尽头。父亲已经从纸马河回来了，正站在那里抽烟，窗外是奔腾的汨罗江。

父亲转过身来，腿有点打晃，赵卫国问："老姚，你的腿怎么跛了?"父亲说:"突然就这样了,可能是旧伤复发了。"赵卫国说:"从缉毒战场上下来这么多年了,你的军人本色一点都没改啊,雷厉风行。"父亲没吭声,他又把头扭向窗外,目光仿佛在江面上打水漂。赵卫国说:"我失职啊,竟然没有看出魏大龙的那些照片是造假的。"他苦笑一声:"我根本没想到,两个毛孩子会有这么深的心机。"

父亲还是没说话,他从远处收回目光,看向楼下的一株美人蕉。

赵卫国说:"这样的亏以前在缉毒战场上我也吃过,边境上有些毒贩才十来岁,持枪拒捕时比成人还玩命,我记得队里有个四川籍的战士,在退伍的前一天执行任务时,被一个十五岁的毒贩扔手雷给炸死了。现在生活安逸了,就不长记性了。"

赵卫国越是东拉西扯,父亲越是心神不宁,他说:"你有事就说,有屁就放,别拐弯抹角!"赵卫国尴尬地笑了笑:"你个狗日的,还是这个臭脾气,难怪一直窝在这山旮旯里。"父亲说:"我还就喜欢这里,负氧离子含量高,水质好,以后肯定比你长寿。"赵卫国说:"你那是阿Q精神,生活没有质量,活那么久有个屁用。"

看见赵卫国还在磨叽,父亲不耐烦了:"老赵,你是不是便秘,要不要我送你一瓶开塞露?"赵卫国说:"好吧,那我就直说了,刚接到消息,尸检的初步结果出来了,邵美琼的身上没有其他外伤,也没有被性侵,死因是心梗。通过调阅她的就诊记录,发现她以前就有心血管狭窄和动脉粥样硬化的毛病,但不算严重,人到中年都会有一点,这次心梗应该是被诱发的。"父亲问:"是被什么诱发的?"赵卫国说:"尸检发现,邵美琼的血液中含有高浓度的非洛地平成分。"

父亲问:"邵美琼有高血压?"

赵卫国说:"我们问过她的儿子林东亮了,邵美琼没有高血压史,在就诊记录上也没发现她开过这种降压药。我们在邵美琼的手上提取到了几滴已经干涸的饮料残汁,鉴定后发现是西柚汁,而且含有非洛地平。法医说,西柚中的某些成分会影响肝脏中某种与降压药代谢相关的酶的功能,从而使血液中药物浓度过高,导致低血压,甚至诱发心梗。在这只饮料瓶上只采集到了邵美琼的指纹，至于她是在不知情的状态下喝下的毒饮料，还是被凶手强迫吞服的，现在还不好判断。根据初步调查，邵美琼被害前至少四十八个小时内，没有购买西柚汁的记录，那瓶饮料应该是凶手提供的。邵美琼不太可能喝陌生人给的饮料，她和凶手应该是熟人。据林东亮说，他母亲大部分时间都住在县城买的商品房里，很少回5731厂的宿舍，昨晚她是临时改变计划，提前回来接唐恬恬去县城的。凶手不仅知道邵美琼的心血管有毛病，而且对她的活动轨迹非常了解，充分说明了两人认识。老姚，我记得你好像也有高血压。"

父亲阴着脸说："老子吃的也是非洛地平。"

赵卫国把一口烟深深地吸到五脏六腑里，然后有气无力地吐出来："在邵美琼穿的那件蓝色碎花连衣裙上面，采集到了几枚可疑的指纹，已经比对过了，是良子的。"上次父亲送我去公安局接受讯问时，警方采集了我的指纹和DNA信息，所以这次迅速在数据库中匹配上了。赵卫国说："要不要我让技侦科多比对几次？"父亲遥望着一头正在横渡汨罗江的老牛，掐灭烟头说："别做无用功了，抓吧。"

我是在准备离开学校器材室时被两名刑警带走的，从那以后直到高中毕业十一周年同学聚会，我再也没有碰过钢琴。那天我被带上了一辆挂着民用牌照的警车，跟赵卫国一起坐在后排。一路上无论我问什么，他都不回答，我想打电话给父母也没被允许。上了盘山公路，车子才拉响警笛，尖锐的声音像一把刺刀划开山林的寂静。那种不好的预感终于变成了现实，我不知道到底是哪里出了问题，茫然地望着窗外，脑袋昏昏沉沉的，竟然睡着了，还梦见自己和魏大龙坐在澡堂前的牛奶子树下，讨论环肥燕瘦谁更性感的美学问题。

多年后，魏大龙仍然对自己在这次讯问时的表现耿耿于怀，甚至深感羞愧。他觉得自己没有经受住考验，当了可耻的叛徒，愧对我们的革命友谊。我却没有埋怨魏大龙出卖了我，在确凿的证据面前，继续狡辩没有任何意义，也很不明智。换了我，也会做出同样的选择。其实内疚的是我自己，为了洗脱作案的嫌疑，让好朋友担着巨大的风险替我做伪证，这多少有点自私自利了。幸好魏大龙伪造证据的事没有被记入他的学籍档案，不影响他高考。警方认为他并非有意包庇犯罪，而是被我忽悠的，是逗哥们义气。再加上他接受讯问时态度良好，又是未成年人，所以被宽大处理了，以批评教育为主。

那次魏大龙虽然没有看见警察讯问许默然，但听见了赵卫国的咆哮声，也看见了他摔门而出时那张气急败坏的脸。因此，魏大龙后来多次在我面前大夸喵星人，说他"坚贞不屈"。

2012年春末，我故地重游，第二次进了县刑警队的讯问室。赵卫国没有马上让我这个二进宫的交代，而是想给我一个机会，如果我能主动坦白，可以算我是自首。赵卫国亲自给我泡了一碗红烧牛肉面当午餐，要我考虑清楚，一会儿该怎么说、说什么，然后他带上房门出去了。吃完泡面，被辣椒一刺激，我的脑袋慢慢从混沌的状态中清醒了。我想起来了，昨晚我第一次去叶紫家时，我把她的蓝裙子从外面收到了阳台上，一定就是那个时候我在裙子上留下了自己的指纹。可是，我该怎么跟警方解释这件事呢？说我是好心帮忙肯定没人信。把昨天下午在汉墓里发生的事告诉警察呢？说我是去送道歉信的，但道歉信已经被我撕了，警方会相信吗？再说了，本来这件事就让我非常自责，觉得自己冒犯了叶紫，再说给警察听，那更是往叶紫的伤口上撒盐，让她情何以堪？

在赵卫国重新进来时，我编造了一个借口，说我给叶紫写了封情书，不好意思当面交给她，就在晚饭后从父亲的床头柜里偷了那把钥匙，直接开门进了叶紫的家，准备把情书藏在她的行李箱里。赵卫国问："情书呢？"我说："到叶紫家后，我又没了勇气，就把情书撕了。出门前，我发现叶紫的蓝裙子还晾在外面，已经被雨淋湿了，就替她收了进来，挂在阳台上。"赵卫国问："撕掉的情书扔在哪里了？"我说："离开叶紫家后，我去了江边，把碎纸扔江里了，估计现在已经冲到洞庭湖去了。"

赵卫国不动声色："再想想你还有什么可以交代的。"我说："昨天下午我和叶紫在汨罗江边走了一会儿，这种早恋行为很不应该。赵叔叔，我已经认识到自己的错误了，没有树立正确的学习观、恋爱观、人生观，从这里出去后，我一定给班主任写份深刻的检讨书，保证再不偷偷摸摸地跟女生谈恋爱。"赵卫国厉声说："臭小子，这里不是学校，是刑警队，少给老子贫嘴！"

我实在想不起来自己还有什么把柄捏在警方手里，我说："昨晚从江边回来后，我一直在学校练琴。"赵卫国问："有人证明吗？"我说："昨天是周六，学校里没别人。"赵卫国点了根烟，在烟雾中审视着我："昨天下午，你除了和叶紫在江边散步，还干了什么？"我琢磨着赵卫国的话，觉得意味深长，我试探着回答："走着走着下起了雨，我们就去了汉墓里躲雨。哦，那座汉墓早就被盗了，是空的，里面没有文物。"赵卫国耐着性子道："说说你在墓里面干的事吧。"

我的心脏像是被谁用力捏了一下，血液立即往头上涌。我意识到叶紫那边可能泄密了，否则，警方不会如此关心一个坟包。我揣摩着，要用怎样的语言来讲这件不可描述的事。我说："给我一根烟。"赵卫国愣了一下，还是起身给了我一根芙蓉王，并替我点上。

我猛吸了几口烟，缓缓吐出，像是做出了一个重大的决定。我抽烟的样子如此老练，让赵卫国对我的怀疑又增添了几分。我说："我亲了叶紫，把她吓跑了。这个是我的初吻，确实违反了学生行为准则，但不犯法，怎么，这您也管？"

赵卫国觉得我是在虚与委蛇，他忍了很久的脾气一下子上来了。他走过来夺下我抽了一大半的烟，扔在地上用鞋掌碾碎，吼道："初吻？那去年这个时候，你们在教室里亲嘴算什么？"

我完全猝不及防，像是被人突然推到水里，呛着了，鼻孔和肺都火辣辣地疼。接着，我去年春天被叶丽萍扇过的脸颊也开始隐隐作痛。我甚至出现了幻听，响亮的耳光声和俄罗斯风格的钢琴曲交替回响。这个悲伤的小插曲只有我、叶紫、魏大龙和唐恬恬知道，赵卫国是怎么知道的？幻听慢慢消失后，我心想，问题应该出在我的三个好朋友身上，是他们在警察的软硬兼施下泄了密。

我对赵卫国说："去年那次是亲脸，不是亲嘴，不叫吻。"

赵卫国咆哮道："那你这次对一个女生动手动脚又算什么？我告诉你，就凭这一流氓行为，就能拘留你！"

我不相信叶紫会把我的冲动行为视作耍流氓，昨晚叶紫的言行已经证明她原谅了我。抓治安工作的都爱虚张声势，妄图把对方吓得方寸大乱从而主动交代，父亲就是这副德行，我打小见惯了，一点都不怵，对赵卫国说："如果叶紫报警说我耍流氓，那我就认了。"赵卫国这才反应过来，我是保卫科科长的儿子，不是法盲，他那个气啊，牙都快咬碎了。

他看了眼天花板上的监控探头，强忍住揍我的冲动，说："昨天下午，你的欲望没有得到满足，于是晚上潜入叶紫家，不仅偷了她的蓝裙子，还偷了她的口红和指甲油，接着，你以某种借口敲门进入邵美琼家。你先诱骗邵美琼喝下掺有非洛地平的西柚汁，她心梗发作后，你不仅没有施救，还趁她丧失意识时对她进行了猥亵。后来，你把邵美琼的尸体移到床上，给她穿上叶紫的蓝裙子，化好妆，还将她的四肢瘫开捆绑在床头的柱子上。清理完现场的痕迹后，出于某种变态心理，你把邵美琼的胸罩和身份证扔到了楼下的阴沟里。为了掩人耳目，你故意到学校练琴。案发后，你又打着帮叶紫找蓝裙子的幌子，悄悄把她的口红和指甲油放回了原处。"

我听得云里雾里，问赵卫国："什么西柚汁，什么非洛地平？"赵卫国就把邵美琼的死因说了一遍，然后问："你爸有高血压，吃的也是非洛地平。如果我没猜错，掺在西柚汁里的非洛地平就是偷了你爸的吧？"

我有些蒙，我原以为警方只是把我当成了犯罪嫌疑人，但从赵卫国刚才的语气来看，他们似乎已经认定了我就是凶手，这就有点吓到我了。我强作镇静地说:"如果我是连环杀手,那叶丽萍也应该是我杀的,可案发时我在纸马河寻宝。难道我是孙悟空,有分身术吗?"赵卫国冷笑几声:"你的铁哥们已经承认做伪证了,你还要继续抵赖吗?"我以为赵卫国又在诈我,反问:"有图有真相,不在场证明还能有假?"赵卫国气极反乐:"小子,你的心理素质真过硬,脑瓜子也转得快,你爸应该早点送你去当兵,在革命的大熔炉里炼一炼,没准还是块好钢。可惜啊,晚了。"我说:"我才不去吃那个苦呢,我要当考古学家。"

赵卫国不再跟我兜圈子,直接把父亲在纸马河的最新调查结果,以及魏大龙的供词告诉了我。这招让我彻底蒙了,我千算万算,没算到我和魏大龙精心伪造的不在场证明居然会被父亲推翻。看到我哑巴了,不再梗着脖子狡辩,赵卫国得意地说:"现在交代还来得及,我卖你爸一个人情,仍然算你是自首。"说完,他主动给了我一根烟,还是软中华。

那时我还是一个痴迷考古的少年,对刑侦一窍不通。考上警察学院后,我慢慢发现,刑侦和考古其实是相通的,都是根据支离破碎的信息还原事件的真相。比如嫌疑人模拟画像,就跟考古学的颅骨复原技术有关。每次看到博物馆陈列的古人类颅骨化石,我都会下意识地在脑海里复原古人的相貌。这种虚拟的描摹让我对生死和时间都有了更深的敬畏,世上没有什么东西能够永恒,除了爱,也许还有慈悲。

十二年前那个春光灿烂的下午,在屏江县公安局刑警队的讯问室,一根软中华抽到四分之三时,我承认自己确实做了伪证,但不是因为犯了罪,而是想洗脱犯罪嫌疑。因为我担心警方搞有罪推定,不相信叶丽萍的胸罩和身份证是我捡的。

赵卫国的怒火又熊熊燃烧起来,都到了这一步,我不仅不坦白,还把屎盆子反扣到警方头上,他说:"良子,你是独生子,你非要让你爸妈绝后吗?"被诬陷成杀人犯,我的抵触情绪也上来了:"我还没满十八岁,就算我杀了人,也判不了死刑。"赵卫国说:"法律是判不了你死刑，但你会把牢底坐穿。你知道坐完十几年牢是什么样子吗？基本上跟废人差不多，跟社会脱节了，精神也会出毛病。出来后找不到工作，没有女人肯嫁给你，不是绝后是什么？说不定你爸妈还会跟你断绝关系，到时你就成了丧家之犬。如果坦白了可以从宽，少判几年；要是还能检举揭发别人的犯罪线索，出来得就更快了。"

我扔掉烟屁股，问："我为什么要杀人，动机呢？"

赵卫国没有直接回答，而是说："从凶手的作案对象和作案手法来看，他可能从小缺乏父爱，有严重的恋母情结，甚至是恋乳情结。"我问："我爸对我的教育一直比较粗暴，我又私藏了叶丽萍的胸罩，还把鼻血弄在上面，所以你们认为我符合这种犯罪心理，对吗？"赵卫国说："怀疑是警察的职业本能。"我问："凶手既然迷恋这类女性，为什么又要将她们杀掉？"赵卫国说："当然是为了灭口，不然受害人会告发他猥亵。"

我说："可是警方并没有在受害人身上找到猥亵或性侵的痕迹。"赵卫国说："猥亵是很难在受害人的身体上留下明显痕迹的，即使有，也能轻易抹掉。另外，三名女性被害人的确都没有遭受性侵，这说明了两点：第一，凶手非常谨慎，害怕性侵会在被害人体内留下自己的生物信息；第二，凶手还未成年，身体发育不成熟，有心理障碍，害怕跟成年女性发生性关系。"

我又找赵卫国要了根软中华，继续问："叶丽萍是叶紫她妈，刘冬梅是大龙他爸的相好，邵美琼是唐恬恬的后妈，厂里有那么多女人我不杀，为什么偏偏要拿好朋友身边的人开刀？"赵卫国说："这不奇怪，谋杀大多发生在熟人之间。凶手越是熟悉被害人的生活习惯和活动规律，谋杀越容易成功。"

我郁闷无比地抽着烟，听赵卫国喋喋不休，他说："叶丽萍一直阻挠你和她女儿早恋，而且打过你耳光，你怀恨在心，一直试图报复。3月17日那天上午，你假装和叶紫相约去县城买书，然后故意爽约，用私自配制的钥匙进入她家，但叶丽萍恰好到江边挖荠菜去了。

你没有马上离开，一直等到她回家。把她勒死后，你解开她的胸罩进行了猥亵。"我忍不住插嘴问："我把叶紫的蓝裙子穿在叶丽萍身上，又给她抹口红、美甲，再把她的手脚捆绑起来，是什么意思？"赵卫国说："就是性变态的意思。杀害叶丽萍后，你的性心理越来越扭曲，不能自控，只能依靠类似的犯罪行为才能满足欲望。你们学校的青春期性教育太失败了，老师难辞其咎。"

慕兰中学的生理卫生课的确没有好好上过，老师都是照本宣科，从来不深入讲解，也不答疑解惑。男女生的生理知识基本源于网络、小说或影视作品，我则多了一个渠道，就是魏大龙提供的那些岛国动作片。实事求是地说，我对性充满好奇，所以才经常做那些充满香椿气味的梦，但我自认为这种好奇跟性饥渴扯不上半毛钱的关系，我更不会心理变态到去杀人。

我问赵卫国："就算我拿走被害人的胸罩是因为性变态，那我拿走她们的身份证又做何解释？"赵卫国："很多连环杀手都喜欢拿走被害人的一两件私人物品，来当成战利品收藏，这也是一种畸形的犯罪心理。"我又问："为什么我只把叶丽萍的胸罩和身份证藏了起来，却把另外两名被害人的胸罩和身份证扔到了楼下？"赵卫国说："这是故意制造烟幕弹，迷惑警方，以证明叶丽萍的胸罩和身份证是你捡来的。"我哭笑不得地问："听说咬死刘冬梅的毒蜘蛛还是进口的，我上哪里弄去？我爸就是一葛朗台，你问问他，他每个月就给我二十块零花钱，我买得起进口货吗？"赵卫国说："买不起可以偷，至于从哪里偷的就要问你本人了。"

我彻底无语了，耳旁又响起了悠悠钢琴声。这次不是幻觉，我听得很真切，是《圣经》里的赞美诗，我学钢琴时听老师弹过。我记起来了，县公安局斜对面有座清末时期建造的老教堂，今天是周日，上帝正以慈悲的目光俯瞰人间，可他老人家却没有保佑我。赵卫国见我有些恍惚，就倒了杯热水放在我面前，说："良子，再给你点时间，好好寻思寻思，是一条路走到黑，还是悬崖勒马。"说完，他打开门准备出去,我在后面叫了他一声:"赵叔叔。"

赵卫国一阵窃喜,以为我终于熬不住要坦白了,他回头问我:"想通了?"

我说:"不要告诉我爸,我抽了烟。"

赵卫国猛地摔上门,去了隔壁,父亲已在那里等候他多时。在我穿上警服后的某个灯火阑珊的傍晚,赵卫国喝着小酒,透露了当年讯问我时的一些细节。在讯问室隔壁,他和父亲透过单向可视玻璃,看着正在发呆的我。有很长一段时间,两人都没有说话,只是埋头抽烟。赵卫国记得那次穿越熊人谷时,父亲的伤口溃烂发臭,长满了蛆,每天他都要忍着剧痛,用刺刀将蛆一条条挑出来。有天凌晨,穿过热带雨林的风发出野兽一样的嗥叫声。父亲醒来,发现梁奇志正在酣睡,赵卫国则望着从树叶缝隙里洒下来的星光发呆。父亲问赵卫国是不是想家了,赵卫国说自己是家里的独苗,他后悔上战场前没有结婚,给爸妈留个后了。父亲那时候虽然也没结婚,但他有个弟弟,自己光荣了家里的香火还能延续。父亲再次劝赵卫国,要他带上梁奇志先走,自己慢慢爬回去。赵卫国生气了,说父亲要再讲这种话,就是侮辱他这身军装。父亲很感动,他和赵卫国相约,要是两人能活着回去,以后就把对方的孩子当成自己亲生的一样对待。那个夜晚,赵卫国和父亲轻声唱起了家乡的花鼓戏《补锅》,梁奇志也醒了,加入合唱,他们还朗诵起了当时非常流行的一首诗《相信未来》。这是赵卫国和父亲的生命中最富有诗意的一个夜晚,没有之一。正是这种血色浪漫坚定了他们活下去的信心,最终走出了死亡丛林,走过了人生中最暗无天日也最光荣的十四天。

在赵卫国的印象中,我嘴甜,有礼貌,性格纯良。我父母的为人赵卫国也很清楚,他想不明白,这两人教出来的儿子为什么会犯下这种惊天大案?一定是某个环节出了问题,要么是教育环节,要么是侦查环节。如果是前者,责任在我的父母和学校;如果是后者,责任在警方。后者比前者更可怕。一个有罪之人被关进监狱,还有改造好的可能性；要是警方办了冤假错案，就会彻底毁掉一个好人的一生，甚至毁掉一个家庭。在这种坚硬的沉默中，赵卫国仔细推敲着案件的每一个细节。案发时间、作案动机、作案对象、犯罪手法、遗留证据、信息采集等等，他都回头审视了一遍。至少在目前，我是头号嫌疑人。但是，除了叶紫的那件蓝色碎花连衣裙上留有我的指纹，三起凶杀案都没有目击证人，没有视频证据，没有发现我留下的其他痕迹。

这绝对是高智商犯罪，一个十七岁的少年是怎么做到的？

蓝裙子系列杀人案不仅在省厅挂牌督办，而且成了舆论关注的焦点，县公安局承受着巨大的破案压力。在对我的讯问告一段落时，县局的汪局长就要求赵卫国主动联系电视台，把已抓获犯罪嫌疑人姚某的风声放出去。赵卫国拒绝了，说证据链并不完整，必须做到严丝合缝才能公开宣传。尤其是我还未满十八周岁，属于未成年人，必须慎之又慎。汪局长说："市局的梁局长在电话里骂了我一上午，再破不了案，屏江县公安局的这块牌子群众不来砸，他也会过来砸。"

赵卫国反问汪局长："前面两起案件的犯罪现场，姚嘉良没有留下任何痕迹，反侦查意识非常强。为什么在第三起案件中，他会犯这种低级错误，把自己的指纹留在蓝裙子上？"汪局长不以为然："是人就会犯错误，智者千虑必有一失。"他又语重心长地告诫道："老赵啊，我知道你和姚建宏是战友，有过命的交情。但这三起案子不是打架斗殴、赌博嫖娼，是性质极其恶劣的命案，全省历史上都没发生过几起，你好自为之吧。"

汪局长的言外之意很清楚，提醒赵卫国不要徇私枉法。

父亲面前的烟灰缸里堆满了烟蒂，他刚才跟赵卫国一样，也回忆起了曾经的那段高光岁月。父亲很后悔自己当时没有战死，这样光荣就永远属于他，就不会有现在的这种耻辱了。缉毒英雄的儿子竟然是杀人犯，这实在是太讽刺了，让他羞臊得无地自容。父亲问赵卫国："可以定罪了吗？"赵卫国说："还不能，良子的解释虽然牵强，但都能自圆其说。"父亲用手指掐灭还在燃烧的烟头，空气中飘浮着一股皮肤烧焦的味道。父亲说："自圆其说个屁，那都是狡辩。你看他那个痞里痞气的样子，哪里像个学生？"赵卫国看着可视玻璃那边一脸茫然的我，说："老姚，他是你儿子，你比我更了解他，你真的觉得他有这个智商作案吗？"

父亲沉吟着，伸手去拿烟，但烟盒空了。赵卫国一摸自己的烟盒，也空了，他把自己抽了一小半的烟递过去，父亲接过来狠命抽了两口，然后吐出三个字："不好说。"

赵卫国说："我一直在想，凶手为什么没有性侵被害人？如果戴上避孕套性侵被害人，足够小心的话，是不容易留下自己的生物信息的，会不会是凶手有生理缺陷？"父亲怒目而视："你的意思是老子那方面有毛病，遗传给了那个小兔崽子？"赵卫国苦笑："如果你有生理毛病，怎么会有儿子？我们现在不讨论凶手是谁，只讨论案件中的疑点，老姚你别对号入座。"父亲说："也许凶手是害怕留下精液，被警方锁定身份。"

赵卫国摇头说："之前我也是这样想的，但还是觉得不对。凶手敢冒这么大的风险杀人，而且是连续杀人，却没有胆量戴避孕套性侵被害人，这说不通。还有，把三名被害人捆绑成不同的姿势，这到底意味着什么？"父亲说："你刚才讯问那兔崽子时不是说了吗？就是性变态。"赵卫国说："我只是找不到更好的解释才这样说的，不一定是正确答案。而且，老姚你发现没有，凶手捆绑被害人的手法很专业，良子他做得到吗？"

父亲陷入了沉默。

透过可视玻璃，赵卫国看见我的十根手指不断在椅子上敲打着，眼里有一种迷幻的光。这种光赵卫国似曾相识，他想起来了，在那个血色浪漫的夜晚，在熊人谷闷热潮湿的热带雨林里，三个血气方刚的男人，唱湖南花鼓戏和朗诵诗歌时，眼里就是这种光，对自由和爱情充满渴望的光。

父亲的嘴角全是鄙夷，说："这小子在弹琴呢，都这个时候了，还有心思自我陶醉，简直是乱弹琴！"赵卫国被我眼里的光强烈吸引了，他依稀记得，他和父亲，还有梁奇志，就是在这种光的照耀下，穿过了生命中的至暗时刻。

父亲碰了碰赵卫国的胳膊，问："老赵，想什么呢？"赵卫国说："先把人羁押，要是羁押期间找不到确凿的证据，就只能放人了。"父亲咬着牙根问："凭什么？"赵卫国的脸平静得像一面镜子，说："疑罪从无。"父亲怒吼一声："赵卫国，你这不是在报答我，是在害我！老子一辈子光明磊落，从没做过亏心事。你要是把那小王八羔子放了，老子后半辈子都睡不了一个安稳觉！"赵卫国说："如果办错了案子，我也睡不了安稳觉。"

迟疑半晌，父亲问："你怎么跟上面交代？"

赵卫国脸上的那面镜子瞬间碎裂了，说："天塌下来，老子顶着！"

三

我被羁押在县看守所，关在一个单间里。赵卫国担心我想不开，让一个被拘留的人过来看着我。羁押期间，来提审我的人一拨接一拨，有县里的、市里的、省里的，每次我都否认是自己作的案。但我不哭不闹，这一点似乎是遗传自父亲，他的性格里没有懦弱的因子。从小我就没哭过，哪怕被父亲揍得鼻青脸肿、皮开肉绽，我也只哼几声。奶奶去世时，我很伤心，但我表达悲伤的方式不是掉眼泪，而是发呆，一天一夜不吃不喝。母亲一度怀疑我的泪腺有问题，要带我去星城的大医院看眼科，被父亲厉声喝止了，说只有娘们才动不动就流猫尿，我们老姚家的爷们都不兴哭哭啼啼的！

我至今记得，看着我的那个家伙绰号瘦猴，三十岁出头，本地人，是因为贩卖假药进来的，被拘十天。瘦猴在转入这个单间前，被赵卫国交代了任务，想办法套我的话，立了功能早点出去。他问我：

"小兄弟，犯什么事进来的？"我望着天花板说："杀人。"瘦猴假装吓了一大跳："毛都没长齐还杀人，吹牛呢。"我说："杀了三个，都是女的。"瘦猴心想有戏，急忙问："怎么杀的？"我说："一个勒死，一个用毒蜘蛛咬死，一个用药毒死。"瘦猴问："然后呢？"我说："解开女人身上的胸罩，给她们穿上女生的蓝裙子，再给她们美甲、抹口红，捆住手脚，出门时拿走胸罩和身份证。"

瘦猴一脸淫邪地问："除了杀人，你就没有对她们做点别的？"我摇头说："没有。"瘦猴不解："那你图什么？"我说："刺激。"瘦猴说："不就是过了个眼瘾吗，有什么刺激的？网上随便看，犯得着杀人吗？我告诉你个网址，欧美的、日韩的、东南亚的片子，应有尽有。算了，给你也是白给，你这罪顶天了，没机会上网了。"我说："不过眼瘾，是过嘴瘾。"

瘦猴摸不着头脑了，问我："什么意思？"我说："在这里待着无聊，我过过嘴瘾。"瘦猴问："你没杀人？"我说："没有。"立功的想法成了泡影，瘦猴恼羞成怒地反呛："没杀人警察能抓你？"我一把锁住瘦猴的喉咙，说："你再污蔑我杀人，我就杀了你。反正我身上有三条人命了，不在乎多一条！"瘦猴憋得满脸青紫，求饶道："小兄弟，把手松开，有话好好说，刚才老哥只是跟你开个玩笑。你怎么可能是杀人犯呢？一看就是个模范少年，我这样的才像。"

我松开了手，问他："你出去后，能帮我带个话吗？"

瘦猴是带着任务进来的，自然一口应承。他找了个放风的时间，把我要捎的口信报告给了赵卫国。口信内容出乎赵卫国的意料，羁押期间，我居然不是要瘦猴带话给父母，尽快捞我出去，而是要他去5731厂告诉叶紫，我没杀人。赵卫国一时难以判断，这到底是传说中的真爱，还是我故意为之——也许我已猜到瘦猴充当了线人的角色，口信是给警察看的。如果我真的是凶手，有这么缜密的心思就一点都不奇怪。

赵卫国把我的口信转达给了父亲，他听了嗤之以鼻："这兔崽子人小鬼大,别上他的当。"父亲坚称我是杀人犯,他早晨不止一次在我房间里闻到过那种香椿的气味,也多次发现了我藏在床垫下的脏内裤。父亲经常跟母亲抱怨:"这孩子脑袋里成天想些乌七八糟的东西,长大后很容易走上犯罪的道路。"母亲却说:"青春期都这样,正常。"父亲说:"屁!老子二十岁才第一次梦遗,还是因为训练时肚子受伤,护士天天给我换药才有了生理反应。"

母亲白了父亲一眼:"时代不同了,现在的孩子要是二十岁才梦遗,得看医生。"

我被羁押后,母亲几乎天天在家里跟父亲吵:"你要是怀疑我给你戴绿帽子了就直说。"父亲说:"我什么时候怀疑你了?"母亲怨毒地说:"你不就是怀疑我给你生了个野种吗?虎毒不食子,良子如果是你亲生的,你会拼命把他往死牢里推?"父亲说:"只要犯了法,就得接受法律的制裁,跟他是不是我亲生的没关系。我老头子要是杀了人,我照样送他进监狱。"母亲说:"有人看见良子报复叶丽萍了吗?没有吧?有人看见良子从网上买毒蜘蛛了吗?也没有吧?你看见良子偷了你的降压药,放进西柚汁里了吗?还是没有吧?什么都没有,凭什么往他头上扣屎盆子?"

父亲说:"没发现不等于他没有做,调查需要时间。"母亲说:"那就等查清楚再下结论,没查清楚就血口喷人,那是造谣中伤,是犯罪。"父亲说:"老娘们真是头发长见识短,我告诉你,不是每一起案子都能查得一清二楚的,悬案多了去了。乳臭未干就跟女生亲嘴,还动手动脚,梦里面都是光屁股的女人,查不清楚我也相信这兔崽子就是凶手。那天在讯问室,他竟然叫老赵给他烟抽。那个流里流气的样子你是没看见,就是个小流氓!"

母亲哭着说:"如果你把他当流氓抓起来我也认了,但这是杀人,不掉脑袋也会判无期,等出来人已经毁了。建宏,我们就这么一个孩子,你得想办法把良子捞出来。"父亲抽着烟,鼻孔里像绿皮火车头一样往外冒着黑烟,他粗声粗气地说:"养了这种孽种,老子宁愿断子绝孙。"母亲哭得更厉害了："良子要是成了杀人犯，你这个保卫科科长在厂里抬得起头来吗？你还好意思把你那些军功章拿出来显摆吗？"

每年夏天，父亲都会把自己的几枚军功章从箱底拿出来，擦得锃亮，然后挂在胸前，迈着正步在屋子里意气风发地走几圈。听到母亲的这句话，父亲蔫儿了，他被戳到痛处了，颓然地说："这起案子我不再介入了，该怎么着就怎么着。"

从2012年那个春天起，这些凝聚了父亲鲜血和荣耀的军功章就一直沉默地躺在箱底，父亲再也没有戴过。在父亲心目中，它们不再是稀罕的宝贝了，只是普普通通的金属。它们身上的光芒日渐暗淡，直至生锈。

瘦猴跟我住了一周就出去了，从他口中，赵卫国得知我没那么脆弱，就没再安排人住进来。我又在看守所待了一周，这期间我靠自学打发时间。书都是赵卫国带进来的，是高中的现行教材，还有各种辅导资料。十四日内，警方并没有补充新的证据。按照法律规定，我被解除了羁押。

那是一个大雨滂沱的下午，刚刚立夏，但屏江是山城，气候依旧温暖如春。赵卫国亲自开车来看守所接我，说："你小子知道吗？局里开了一上午的会，讨论要不要提请逮捕你，要是通过了，你现在就享受不到自由的空气了。老子是顶着撤职的压力保你出来的。为了你个王八羔子，老子把自己的前途都押上了。"我说："谢谢赵叔叔。"赵卫国说："别谢我，你小子应该感谢法律，有空子让你钻。疑罪从无，谁都负不起办冤假错案的责任。"

我坐在副驾驶座，看着窗外被暴雨摧残的一排排行道树，恍若隔世，我说："我本来就是被冤枉的。"赵卫国说："你是不是被冤枉的让时间来检验，只要发现了新证据，证明你就是凶手，老子会亲手把你逮回来。"我说："你没这个机会。"赵卫国啐了一口痰："有个性，这点随你爸。对了，现在你能不能跟叔撂句实话，那三起案子到底跟你有没有关系？我不录音，也不报告，你事后可以不认账，就当吹牛皮。叔要是骗了你，就是诱供，猪狗不如，天打雷劈。"

车窗玻璃上流淌的雨水就像一幅抽象的后现代主义油画，我凝视着油画，想了一会儿："可能有点关系。"赵卫国来了精神，急忙问："你真杀人了？"我说："没有。"赵卫国恼怒地说："你耍老子呢？"我说："没耍你。"赵卫国说："那你说的有点关系是指什么？"我避而不答："反正我没杀人。"赵卫国说："真有种，除了你爸，你是第二个敢跟老子玩绕口令的。"我说："你们得给我平反。"赵卫国笑了："是不是还要在厂里给你开一个恢复名誉大会？"我认真地问："可以吗？"

赵卫国看着摇摆的雨刮，说："别痴人说梦了，把你放出来，我已经被人戳脊梁骨了，再给你平反昭雪，我这身警服就没法穿了。"我倔强地说："你们本来就抓错了人！"赵卫国说："错没错现在还不能下定论。如果你小子运气好，真凶很快落网，我一定敲锣打鼓在5731厂给你开平反大会，把电视台、报社的人都请来，再唱三天三夜花鼓戏。让全县，不，全省的人都知道你是清白的。"我问："抓到真凶要多久？"赵卫国说："这就难说了。"他侧头瞟了我一眼："如果凶手是你，就会很快。"

雨小了一点，车窗玻璃清晰了许多。我看见车子并不是往城外开，而是在城里穿街走巷，我问："这是去哪里？"赵卫国说："去你爷爷家，案子没破前，你不要回厂里了，哦，这是你爸的意思。转学手续已经替你办好了，你去县一中插班。"我将车窗开了一条缝，冰凉的雨雾瞬间扑面而来，愣了好久我才问："叶紫呢？"

赵卫国说："他们一家都去星城了。"

爷爷从没把我当成杀人犯，对我宠爱如常。赵卫国送我去的那次，老爷子对他说："卫国，你知道什么职业的犯罪率最低吗？"这个赵卫国还真没研究过，他老老实实地回答："不知道。"老爷子说："考古。你看哪个搞考古的人会犯罪？一个都没有！"赵卫国问："为什么？"老爷子说："喜欢考古的人只研究死人，不研究活人。而且只喜欢解谜，不喜欢制造谜题。我孙子以后是要当考古学家的，他绝对不可能是杀人犯。"

赵卫国听得半懂不懂，嘴里却说："您老说得对。"

后来我并没有如爷爷所愿，成为考古学家。但在公安大学读研时，我做过一项课题研究——职业跟犯罪率的关系。研究结果证实了爷爷的说法，从事历史和考古行业的人，极少犯罪，特别是杀人、抢劫和强奸等恶性犯罪。

2012年初夏，我成了县一中的插班生，唐恬恬却没有转学过来。原因无他，就因为我这个头号嫌疑人在一中念书。风闻我是蓝裙子系列杀人案的重大嫌疑人，一中的校长最初拒绝我插班。后来是梁奇志亲自出面交涉，给一中的贫困学子提供了一笔可观的助学金；赵卫国也向学校再三保证，我是无罪释放的，不会留下案底和不良记录，高考不受影响。校长这才网开一面，勉强接收了我。

每周母亲都会过来看我一次，父亲却从未来过。我从母亲那里得知，叶紫在我被羁押的第三天就跟着她爸去了星城。我解除羁押后打过叶紫的手机，但已停机。县一中的校园里也有一棵牛奶子树，比厂里澡堂前的那棵还要大。课间休息时，我经常坐在树下看其他同学玩耍，在这个新环境里，我有点不合群。虽然汨罗江绕城而过，但距离一中至少有两公里，我闻不到菖蒲和艾叶的气息。我去过江边几次，这里的水鸟不会唱越剧，也不会吟哦楚辞和《诗经》。江里没有蓝墨水的味道，而有一股刺鼻的化学品气味。沙滩上也捡不到可以打水漂的古陶片，到处是塑料袋和泡沫盒，还有用过的避孕套。站在江边，吹着带有汽车尾气的风，我心里空空落落的。是因为少了那座埋藏了许多秘密的汉墓吗？还是因为少了那些让我魂牵梦绕的草本植物的味道？抑或是，少了一个说话带越剧腔的女生？

也许都是。

我的思绪经常顺汨罗江而下进入洞庭湖，然后逆湘江而上来到星城。叶紫的新校服是什么式样呢，比慕兰中学的好看吗？她还在做作家梦吗？会不会也有男生像我那样喜欢她？对了，我送她的那条汨罗江，她带走了吗？爷爷每晚都看《新闻联播》，一到天气预报我就会凑过去看，只因主持人会播报星城的天气。我想象叶紫在各种天气里的样子——中雨转阵雨，海棠落了一地，她打伞踩着花泥去上学，像走在一首宋词里；北风三级，风吹起她校服的裙摆，她看起来一定很像只可爱的蝴蝶；多云转晴，阳光把她身上的菖蒲和艾叶味蒸腾得更浓郁，许多男生闻到后肯定会为之倾倒；阴转小雪，雪花落在她乌黑的发辫上，像不像暗夜里绽开的水仙花？

魏大龙每个周末都会来县城看我，有时还会和唐恬恬一起来。

2012年端午节，学校放假，我们仨拎着一串粽子坐在城东码头的浮桥边，等着看龙舟赛。魏大龙说厂里的人都把我当成了连环杀手，说我之所以被释放，是因为我爸跟刑警队队长赵卫国是战友。唐恬恬说："我不相信你是凶手。"我问她："为什么不信？"唐恬恬画了眼影的双眸在阳光下显得特别妩媚，她抿嘴轻笑："你的手是用来弹钢琴的，不是用来杀人的。"

我想起叶紫也说过类似的话，如今叶紫还这样认为吗？唐恬恬还告诉我，林东亮原本想来县一中堵我，找我算账的，被梁奇志拦住了。梁奇志警告林东亮，要是敢弄我，他就别想在屏江这块地上混了。我有些感动，父亲当年没有白伤那条腿，梁奇志还是知道感恩的。我问："你后妈死了，她开的汽车配件专卖店关门了吗？"唐恬恬说："林东亮租给别人了，我爸也换了岗位，调到了总务科，他现在不用出差了。"

锣鼓喧天，十几条龙舟踏浪而来，围观的人群在两岸大喊加油。我问魏大龙："叶紫有没有给我留下什么话？"魏大龙摇头："她走的时候没跟任何人打招呼，一家人是晚上坐车离开厂里的。"唐恬恬几次欲言又止，我剥开一只豆沙粽子递给她，说自己在看守所待了半个月，很多事情都想开了，也能放下了。唐恬恬这才说："你被羁押后，叶紫过来找我，哭着说自己瞎了眼，居然把你这个杀人犯当成了那种朋友，还说这辈子都不想再见到你了。"

我其实远没有自己说的那么豁达，得知叶紫对我的评价后，我的灵魂一阵刺痛。唐恬恬说："我叫叶紫不要相信那些流言蜚语，但她一根筋，听不进去。"魏大龙扔过来一根精白沙，我大口抽着烟，以缓解那种尖锐的疼痛感。魏大龙自己也点了根烟，看着远去的龙舟说："你和叶紫都转学了，上学都没什么意思了。幸亏恬恬没转，不然我就要学屈原那老头子跳汨罗江了。"我问："不是还有许默然吗？"魏大龙说："他上周辍学了。"我很惊讶："为什么？"

魏大龙问我："还记得那个琵琶岛吗？"我吐着烟圈说："当然记得，岛上以前有座麻风病医院，许默然在那里生活过好几年。"魏大龙说："麻风病医院搬迁到了沱龙峡，还是在慕兰山区，位置比以前更偏僻了，许默然去那里当了保安。我很纳闷，他成绩那么好，肯定能考上大学的，为什么要去当保安？"魏大龙露出一副不可理喻的表情，"他说现在大学毕业后工作也不好找，正好那座麻风病医院在以疗养院的名义招聘保安，待遇还不错，他就去了。"

我看着被风卷走的一只黑色塑料袋，沉默不语。

唐恬恬说："真是奇了怪了，许默然一走，厂里的野猫野狗就不守规矩了，经常跑到别人家里去偷吃的，夜里叫得那个惨，跟喊冤似的。"

我却不觉得奇怪，许默然解散了自己的动物王国，曾经臣服于他的那些野猫野狗自然就成了乌合之众。

时过境迁，很多记忆在我的脑海里已经模糊了，但关于许默然的那部分就像一面经常擦拭的玻璃，永远是清清亮亮的。高考结束后的那个下午，我走出考场，竟然在校门口看见了许默然，不是偶遇，他是站在那里等我。除了个头长高了些，这位消失了一年之久的喵星人似乎没什么变化，脸上还是那种生人勿近的表情。许默然买了两杯奶茶，和我一路走到江边。

我记得那天的阳光是一种灿烂的菊花黄，天空则是优雅的木槿蓝。许默然说，他不是忘了我们的友谊，是为了不影响我们几个学习，才一直没联系我们的。我用吸管吮吸着奶茶里的珍珠，问他："你在麻风病医院当保安，怎么有空到县城来？"许默然说："今天我休假，正好你也是今天高考完，所以我特意过来看看你。"我说："你不上大学，太可惜了。"许默然说："没什么可惜的，沱龙峡比琵琶岛的风景更漂亮，我就当是天天在那里度假了。"

我问："你以前不是觉得麻风病医院的生活很单调吗？"许默然喝着奶茶，坐在一块很大的鹅卵石上说："心态不同，感受就不同。而且现在沱龙峡有了手机信号，也能上网，生活并不单调。"我换了个话题："你有叶紫的消息吗？"许默然点头说："一直都有联系。"

叶紫去星城后，跟魏大龙和我都断绝了联络，却和许默然保持着联系，这让我有些讶异。我问他："叶紫现在过得怎么样？"许默然说："叶紫跟她爸相处得挺好，郭老师还给她外公外婆在星城买了房子。"我说："过几天就要填志愿了，我第一志愿准备填星城师大，她呢？"许默然说："她没告诉我自己会填什么志愿，但她要我告诉你——不要再靠近她，永远不要。"

望着沙子里闪闪发光的云母，我的眼神无比黯淡。我明白了，许默然这次来找我，就是受叶紫所托，来阻止我跟她报考同一所大学的。也是怪了，自从我离开5731厂后，那个山旮旯里就太平了，再也没有发生过凶杀案。厂里的人更加认定我就是那个连环杀手了，叶紫一定也是这样认为的。我很想跟叶紫解释，可是她连解释的机会都不给我。我和她的关系走到这一步，或许就是对我那次冲动的惩罚。

许默然看着一只俯冲下来捕鱼的水鸟，说："我知道你不是凶手。"我问他："你为什么信任我？"许默然说："邵美琼出事时，我在水塔前喂猫，听见你在学校弹钢琴了，是《明天你是否依然爱我》，还有《隐形的翅膀》。"我急忙问："你没有跟警方说吗？"许默然说："当然有，但警方没有采信。因为就我一个人听见了，而且，我们是好朋友，警察可能认为我是故意帮你脱罪的。"

我很沮丧，捡起鹅卵石打了个水漂，动作有些笨拙。我突然想到一件事，问许默然："去年五一节校演，我们班还有节目吗？"许默然说："有，还是集体舞《隐形的翅膀》，放的配乐，领舞的是唐恬恬，拿了一等奖。"

我有点失落，看来班上的节目有没有我弹钢琴伴奏并不重要。我又问："你晚上经常在厂里转悠，眼神又那么好，邵美琼的案子发生前，你有没有看见可疑的人？"许默然说："我没注意，光顾着喂猫了。"我的目光落在翻滚着白色泡沫的江面上，说："你告诉叶紫，我不会报考星城师大了，叫她放心。"许默然看向我："那你要报考哪所大学？"我说："星城警察学院。"许默然很吃惊地问："你不当考古学家了吗？"

我说："我要当警察，把蓝裙子系列杀人案破了，证明我不是凶手！"

那天许默然和我在江边一直待到太阳落山才离开，他要连夜赶回沱龙峡，明天得上班。许默然的这次到访，终结了我对叶紫的最后一缕不切实际的幻想。我知道，我送她的那条汨罗江彻底干涸了，江里再也不会流淌蓝墨水，岸边再也不会弥漫菖蒲和艾叶混合的香气了。

许默然的到访也终结了我的考古梦，我开始了另外一种形式的发掘——对案子的发掘。爷爷曾经告诉我，历史书上记载的许多内容，往往跟考古发掘得出的信息是不一致的，甚至可能是相反的。比如盗墓贼在战国魏襄王墓中掘得了一部编年体通史《竹书纪年》，这些竹简上明确记载了，尧并非禅位给舜的，而是被舜囚禁于平阳，夺其帝位的。爷爷说墓葬中的信息更加真实可靠。

我也有秘密，而且是惊天动地的秘密。

我有秘密的人生就是从 2012 年那个尖锐的春天开始的。

四

叶紫做梦都没有想到，2012 年春天的那个上午，她父亲在慕兰中学走廊内听到的那首《隐形的翅膀》，竟然是我钢琴演奏中的"绝唱"。她更没有想到，我就是蓝裙子系列杀人案的头号嫌疑人。确切地说，"嫌疑人"只是警方对我的称谓，在包括叶紫在内的5731厂的许多人眼里，我就是真正的凶手，没有什么好怀疑的。事实上当时的一些警察也是这样认为的，所谓的证据链没有闭合，只是从严谨的司法层面来说的。在刑侦实践中，限于技术和客观条件，证据往往有各种各样的瑕疵，但这并不意味着警察就是办了错案。

邵美琼被害的那个夜晚，叶紫本来原谅了我当天下午的青春冲动。得知我是犯罪嫌疑人后，回想起汉墓里的那一幕，叶紫突然觉得无比恶心，连唐恬恬说的那种男生的味道也令她作呕，她甚至真的趴在马桶上翻江倒海地吐起来。叶紫觉得，母亲当初的提醒是对的——这个男生痞里痞气，不正经，以后肯定会走歪门邪道。叶紫非常后悔，自己不仅把母亲的忠告当成了偏见，还引狼入室害死了母亲。她一刻都不想在5731厂待下去了，这里让她悲伤和羞愧，也让她厌恶。她更怕我逃脱法律的惩罚，重新出现在她的视线中，那样的话，她的精神一定会崩溃的。于是叶紫选择了趁星夜逃离这个生活了十七年的地方，没有跟任何人打招呼。

叶紫插班的星城师大附中是本市重点中学，离她父亲任教的星城师大只有一墙之隔。她外婆住院期间，郭明浩专门请了护工照顾，没有耽误叶紫的学习，也减轻了她外公的负担。手术很成功，她外婆出院后，和外公住到了郭明浩给老两口买的房子里，就在麓山脚下，环境清幽，空气好，周边配套设施齐全，非常适合养老。叶紫看得出来，外公外婆重新把这位前女婿当成了亲人，甚至是一家人。叶紫跟外公外婆住在一起，上学只需要坐三站公交车。郭明浩对叶紫非常好，每周都会过来陪她吃几次饭，在学习和生活中都给予她足够的关心，让她完全没有寄人篱下的压迫感。

叶紫的父亲至今单身，除了照顾叶紫和前岳父岳母，她父亲的业余生活几乎都被音乐创作和阅读填充了。叶紫的外公曾经劝她父亲再找个伴，郭明浩说自己这些年对女儿的亏欠太多，不愿意把自己的爱再分享给别人。为了弥补对女儿的亏欠，叶紫的父亲主动放弃了当丈夫的权利，这让叶紫特别感动，她对父亲的最后一缕成见随即烟消云散。不过叶紫曾经在父亲的书房里见过一个玻璃相框，里面有张年轻女人的照片，女人二十来岁，长得很漂亮。巧的是，那个女人也穿着一件蓝色碎花连衣裙，款式跟叶紫以前穿的那件相差无几。照片是在野外拍摄的，年轻女人的身边山花烂漫，蝴蝶翩飞，很像唯美的电影镜头。叶紫心想，这应该就是父亲那位传说中的神秘女友了，但她从未见过。星城师大附中是百年名校，有一个校史陈列馆，每届毕业生的集体照都会张贴在里面。在一张1995年的毕业照上，叶紫有重大发现，照片前排的一个女生，居然就是父亲书房相框里的那个女人。叶紫很好奇，偷偷顺着这条线索查找，她得知这个女生叫孙瑾，后来考入了星城师大生物系，毕业后在师大附中当生物老师，2010年夏天调离了学校，之后就找不到她的任何信息了。

叶紫本来想问父亲，那首《蝴蝶奏鸣曲》的创作灵感，真的是源于这个叫孙瑾的女人吗？她又为什么会从师大附中辞职，她去了哪里？他是单相思吗？如果两个人是两情相悦的话，他们为什么没在一起？但话到嘴边，叶紫又吞了回去，她不想打探父亲的隐私。从父亲把那个玻璃相框擦拭得一尘不染的行为来看，那里面一定封印着一个他不愿揭开的秘密。

叶紫的父亲是星城师大艺术学院的音乐系主任，叶紫听过他弹钢琴，有时是贝多芬的《命运交响曲》，有时是柴可夫斯基的《悲怆交响曲》，气势磅礴，颇有王者之风。她父亲弹奏最多的还是《蝴蝶奏鸣曲》，虽然主题是爱情，但依然大气——浩瀚的天空和壮美的山川，都呈现在乐曲的意境中。这个时候，叶紫想到汨罗江边那个会用钢琴弹奏通俗歌曲的少年，全是小情小调，用来哄小女生的，根本上不了台面。她当初居然把他当成了深情的白马王子，真是愚蠢至极。

我重获自由的消息很快传到了叶紫一家人的耳朵里，她的外公外婆愤愤不平，扬言要去省里告状，被叶紫的父亲阻止了。郭明浩动用自己的人脉从省公安厅打探到了内部消息，此案较为复杂，存在很大争议，需要时间补充侦查。没有将我绳之以法，叶紫耿耿于怀。但她相信善恶终有报，我迟早会受到惩罚的。叶紫花了很长时间才把我的名字从她的大脑皮层中清除掉。我送她的那只香囊，她想扔掉，奇怪的是却怎么也找不到了。那条汨罗江仿佛已然断流，从她的梦中彻底消失。同时消失的，还有菖蒲和艾叶的香气——她再也没吃过外婆做的香椿煎鸡蛋，甚至开始对香椿的气味过敏。

在叶紫的日志中，那是2012年秋天，一个多云转阴的下午。她刚放学，准备坐公交车回家，却突然听到后面有人叫她，回头一看，竟然是许默然。她惊讶地问："你怎么在这里？"许默然说："我回来看爷爷奶奶，他们最近身体都不太好。"叶紫问："今天是周二，你不上学吗？"

许默然就把自己辍学当保安的事告诉了叶紫，说他在麻风病医院请了三天假，昨天中午到的星城。他爷爷奶奶住在星城外国语大学的校园内，离星城师大很近，所以他特意过来看看她。叶紫听了，并没有对许默然辍学表示惋惜，经历了那个惊心动魄的春天，她对这个世界有了一种全新的认识。所谓是与非、善与恶，甚至爱与恨、生与死，都只是一个硬币的正反两面。很多选择在当时看来无比正确，日后却很可能大错特错。

那天许默然送叶紫回家，他们没有坐公交车，沿着两旁都是法国梧桐树的书院路往前走，聊了什么叶紫不太记得了。但她记得没聊5731厂里的往事，没聊慕兰中学的同学，也没聊那个春天发生的案子。对了，好像聊到花花了，就是许默然送她的那只猫。他问她："花花怎么样？"她说："长大了胆子还是那么小，在人多的地方非要我抱，不然就不肯走。"

换了座城市，叶紫发现许默然还跟从前一样，沉静寡言，特立独行。那两天，许默然每天都会去找叶紫，不是送她上学，就是送她回家。每一次，许默然身边都跟着好几只野猫野狗，如同一群忠实的卫兵，引得路人纷纷侧目。在这个远离汨罗江的繁华之地，许默然再次建立了自己隐秘的动物王国。充满书香气的书院路，因为这位喵星人的到来，似乎多了一些奇幻和诡谲。走着走着，有时候许默然会长久不吭声，木然地盯着车来车往的街道，似乎陷入了一种冥想的状态，世界恍如幻灯片在他眼前一一滑过。有时候他会突然在路边蹲下来，从梧桐树上投下来的光笼罩着他。就在这种斑驳的光影里，他动作轻柔地摸着流浪猫。叶紫有种感觉，被摸的好像不是猫，而是许默然自己。

在许默然离开星城前，叶紫把自己新办的手机号告诉了他。记忆中，叶紫仅有的一次在许默然面前提起我，是在高考前，她让许默然转告我，不要报考星城师大，一辈子都不要出现在她的视线中。

2013年星城师大的新生报到季，叶紫没有遇见我，却意外遇见了唐恬恬。叶紫惊喜地问："恬恬，你也上这所大学吗？"唐恬恬说："是呀，我读艺术学院舞蹈系。刚过录取线，文化课没考好，幸亏专业成绩还凑合。"帮唐恬恬办完报到手续，叶紫兴冲冲地领着她游玩麓山。叶紫没有解释去年春末自己为什么不辞而别，跟所有同学中断了联系，唐恬恬也没有问，仿佛这件事从来就没有发生过。叶紫问："慕兰中学这届有多少人考上了大学？"唐恬恬说："一半吧，二本以上的有三分之一。"叶紫又问："大龙呢？"唐恬恬笑了："他最后一个学期逆袭成功，考上了星城警察学院侦查系。"叶紫也笑了："我真想象不出他穿上警服是什么样子，总觉得他像个打入人民内部的坏分子。"

唐恬恬提起了许默然，以及他送的那只猫，说那简直就是只花脚猫，一天到晚在外面闹腾，所到之处鸡飞狗跳。但今年夏天那只猫突然失踪了，也不知道是被人偷走了还是离家出走了，她伤心得大哭了一场。叶紫问："你爸还好吧？"唐恬恬说："还好，没再给我找后妈。"叶紫问:"你爸是不是放不下邵阿姨?"唐恬恬嘴一撇:"才不是呢。"然后她岔开话题:"良子也考上了大学,你猜是哪一所?"叶紫的脸一沉,说:"不要跟我提这个人渣。"唐恬恬说:"他不是凶手,你冤枉他了。"叶紫的语气非常坚决:"错不了,就是他!"

唐恬恬尴尬了,她怕伤了和气,没有再反驳,只是默默地跟着叶紫在山林间穿行,对身边秀美的景色已然提不起兴趣。

我曾经有些疑惑,唐恬恬仅仅是因为我长了一双会弹钢琴的手,就相信我不会杀人吗?后来我才知道答案并非如此,就像我有自己的秘密一样,唐恬恬也有。那天在麓山上,叶紫对唐恬恬说:"以后不管何时何地,都不要在我面前提那个名字。"唐恬恬不置可否,她挽着叶紫的手,问她:"国庆节我会回厂里一趟,你要跟我一起吗?"叶紫看着满山还没红透的枫叶,说:"我家里人都在星城,以后我就不回去了。"唐恬恬问:"清明也不回去给你妈扫墓吗?"叶紫说:"不回去。"

唐恬恬问:"为什么?"

叶紫说:"不为什么。"

叶紫当然知道是为什么,凶手逍遥法外,她无颜面对母亲。她不想说,是因为不愿意跟唐恬恬探讨这个沉重的话题。若干年后叶紫才明白,那个响彻阿兹特克死亡之哨的春天,还有那个会弹钢琴的痞帅少年,其实从没有从自己的大脑皮层中真正消失。所有的大数据都保存在时光这台机器中,根本无法彻底删除。所谓的遗忘,只是雪藏。

魏大龙考入星城警察学院后,经常去师大找叶紫和唐恬恬玩,有时还会带上室友肥仔。虽然魏大龙和唐恬恬会刻意避免在叶紫面前提起我,但肥仔不知道内情,多次把我挂在嘴边。正是肥仔的多嘴,让叶紫知道了我也在星城警察学院上学。她对我的恨意更深了,她觉得我读警察学院,是在漂白自己的杀人犯身份。她甚至觉得,我当警察是对她和她母亲的一种嘲弄和侮辱。从那以后,只要魏大龙和肥仔一起来,叶紫就没有好脸色。搞得肥仔很郁闷,回寝室后问我:"你是不是欺负过你那位姓叶的女同学？"我死不承认，他又去找魏大龙打听，魏大龙也矢口否认。

在警察学院上学时，同学们意气风发，天天钻研各种案例，个个都憋着劲想成为福尔摩斯，最不济也要当李昌钰。有一次寝室里开卧谈会，忘了是谁提起了蓝裙子系列杀人案，肥仔突然想起来，我和魏大龙都是案发地5731厂的子弟，他问我俩："这起案子真有这么难破吗？"魏大龙说："比你把系花追到手还难。"肥仔说："那确实够难的。不过有难度才有挑战性，哥喜欢。等哥正式成为人民警察后，就靠这起案子扬名立万了。对了，有嫌疑对象吗？"我说："有。"肥仔问："是谁？"我说："是我。"

肥仔以为我在开玩笑，没当真。如果他知道我曾经的确是蓝裙子系列杀人案的头号嫌疑人，一定会惊得从床上滚下来。

谁也没有想到，从警察学院毕业后，肥仔真的把系花追到手了，但他没有机会侦破蓝裙子系列杀人案，他进了缉毒队，在度完蜜月的第三天就光荣殉职了。年轻的时候，生活总是充斥着各种变数。命运同样发生巨变的，还有唐恬恬，以及喵星人。

2014年情人节，唐恬恬在佳丽广场步行街闲逛时，被星探发现，成了一家著名影视公司的签约艺人，从此走上了璀璨夺目的星途。那年夏天，还没放暑假，叶紫在星城火车站送唐恬恬去横店拍戏，她叮嘱道："我好不容易说服我爸，准了你一个月的假，千万别超时，不然我会挨批的。"唐恬恬打趣道："万一超时了，要你爸多通融通融。等我成了大明星，会成为艺术学院的金字招牌的。"叶紫笑了："真是人如戏名，你就白日做梦吧。"

唐恬恬拍的第一部电影叫《梦的翅膀》，讲述了一个因为地震被压断了双腿的女孩，努力追求舞蹈家梦想的故事。唐恬恬说："电影中的女主角也是被别人这么嘲笑的。"叶紫说："别把戏跟现实混为一谈。"唐恬恬一甩袖子，拖着昆曲戏腔道："人生如戏啊。"

叶紫站在站台上，目送唐恬恬去追逐自己的梦想。那列臃肿的绿皮火车拖着长长的蒸汽,一直留存在叶紫的记忆中,她亲眼见证了一个明星的起点。

唐恬恬拍的这部电影莫名其妙地火了,火得一塌糊涂,成为当年的票房季军。一夜之间,唐恬恬从无名小卒跃升为当红明星,片约不断。她没有食言,真的成了星城师大艺术学院的骄傲。叶紫至今还记得她甩袖唱的那一句——

"人生如戏啊。"

高中毕业六周年,我们班搞了一次同学聚会,是魏大龙发起的。除了还在读研究生的我,大家都来了,包括红得发紫的唐恬恬。这次聚会别出心裁,地点设在距离5731厂不远的汨罗江边,主题叫激情燃烧的岁月,说得通俗点,就是露天烧烤加卡拉OK和舞会。在《星城日报》当记者的叶紫本来不想参加的,但在魏大龙和唐恬恬的不断劝说下,又听说我不会参加,才勉强去了。

那是叶紫转学到星城后,第一次回5731厂,坐魏大龙开的车,一辆大切诺基——是魏光辉送给儿子的大学毕业礼物。星城到慕兰山区已经开通了旅游高速,途经5731厂。车子不必再上盘山公路,而是走隧道,原本三个半小时的车程缩短到不足一小时。车过隧道时,叶紫就开始浑身发抖。坐在副驾驶座的唐恬恬打开车载音乐,居然是钢琴版的《明天你是否依然爱我》。叶紫把注意力转移到车窗外斑斓的秋色上,极力忍住干呕的冲动。唐恬恬在后视镜里看了叶紫一眼,问:"要换歌吗?"叶紫用几近变调的声音说:"不用。"

短短数年,5731厂迅速衰败,产品大量滞销,连退休工资都不能按时发放了。生源日益枯竭的子弟学校也已停办,校产全部被拍卖,包括那架古董钢琴。整座工厂就像一头已进入回光返照期的羸弱不堪的老骆驼,随时可能訇然倒下。机器的轰鸣声小了,烟囱排出的污染少了,山区的天却更蓝了,汨罗江的水也更清了。上午十点半,同学们陆续到达了聚会地点。白色的沙滩上散布着古陶片和亮晶晶的云母，叶紫看见了一簇生长在鹅卵石缝里的野水仙花。水鸟盘旋的姿势没有变，风吹过来的角度也没有变，一切都是以前的样子，叶紫却有一种强烈的陌生感。她在心里问自己，她曾经的那些奇思妙想，真的是在这里诞生的吗？为什么她现在觉得这条江是如此平凡，丝毫激发不了她的写作灵感了？

叶紫还看见了那座汉墓，高耸的封土笼罩在白花花的阳光中，像只巨大的胸罩，她突然又想吐了。她青春中那些美好的、浪漫的、干净的、香气袭人的部分，就埋葬在这只白色的胸罩里面。七年了，它们腐烂了、分解了，发酵成了有毒的沼气，从汨罗江边一直弥漫到湘江边和麓山下，弥漫到她的生活当中，令她窒息。有时这些气体甚至会闪爆，让她的灵魂在大火中痛苦地炙烤。

魏大龙把家里的音响搬到了江滩上，震耳欲聋的音乐惊飞了芦苇丛里的一大群水鸟，也打断了叶紫对往事的追忆。露天舞会开始后，魏大龙抢占花魁揽住了唐恬恬的腰，大家纷纷仿效，邀约自己的舞伴，最后只剩了叶紫和刚刚从沱龙峡赶过来的许默然。那时候除了我和魏大龙，还有叶紫与唐恬恬，班上的其他人都不知道许默然上班的那座疗养院其实是麻风病医院。魏大龙挤眉弄眼地说："你们俩也跳一支呗。"许默然说："我不会。"唐恬恬说："让叶紫教你。"

在众人的起哄下，叶紫和许默然跳起了最简单的慢三。叶紫感觉许默然肌肉僵硬，跟个木偶似的，于是用闲聊来转移他的注意力："找女朋友了吗？"许默然说："没有。"叶紫笑道："医院应该有很多漂亮的小护士吧，怎么不找一个？"许默然反问："你怎么还没找男朋友？"叶紫说："我爸给我介绍了几个，都没成。"许默然问："为什么没成？"叶紫说："合不来，每个相处都没超过一个月。"许默然又问："你觉得什么样的人才能合得来？"叶紫的眼神有点迷蒙，说："不知道。"接着自我解嘲地笑了笑，"可能蜗牛的爱情要慢一些吧。"

许默然没有再问，老盯着自己的脚尖看，生怕再踩到叶紫。

换了舞曲，叶紫对许默然说："喝杯香槟，歇歇吧。"

叶紫只喝了一口香槟,就又被唐恬恬拽起来跳舞了,她问叶紫:"你刚才跟喵星人聊什么呢?"叶紫瞥了一眼正在和许默然闲聊的魏大龙,打趣道:"聊你和你的舞伴。"唐恬恬问:"我和大龙有什么好聊的?"叶紫说:"你们今天是双子星,全场的焦点。对了,你们是不是该明确一下了?"唐恬恬问:"明确什么啊?"

作为发小和闺密,叶紫一直不知该如何定义唐恬恬和魏大龙的关系,既不像纯粹的友情,又不像热乎的恋情。这种异性间暧昧不明的情愫,或许正是许多人在青春期拥有过的。叶紫说:"明确你们的关系啊。"唐恬恬笑了:"这还需要明确吗?他一直是我的男闺密。不过,我还是觉得少年时代的他更可爱。"叶紫说:"他现在也算是年轻有为了,你就不想跟他深入发展一下?"唐恬恬说:"我跟他不合适。"

叶紫问:"为什么?"

唐恬恬迟疑了一会儿才说:"不合适就是不合适。"

又换了一支舞曲,魏大龙直接把唐恬恬从叶紫身边抢走,然后把许默然推到了她面前。这一次,许默然的身体放松了许多,也很少再踩叶紫的脚背了。跳舞的场地是在遍布沙子和鹅卵石的江滩上,并不平坦。叶紫突然被鹅卵石绊了一下,重心不稳,踉跄着扑到了许默然的身上,她立即感觉到一种男生特有的压迫感扑面而来。七年前的那个春天,在汨罗江边的汉墓里,她感受过同样的压迫。这种压迫后来成了她的梦魇,让她一次次发出阿兹特克死亡之哨那样的恐怖叫声。此刻,叶紫又发出了一声足以撕裂众人耳膜的尖叫,她猛地推开许默然,蹲在地上呕吐不止。唐恬恬急忙上前问叶紫:"你怎么了?"叶紫完全说不出话,连绿色的胆汁都呕出来了。

魏大龙想问许默然刚才发生什么事了,一扭头却发现他不见了。许默然的消失并没有引起特别的关注,大家以为叶紫只是吃了不干净的东西引发了急性肠胃炎,七嘴八舌地安慰了她几句后就继续快乐去了,歌照放,舞照跳。唐恬恬把叶紫扶到沙滩椅上坐下,又拿来了一瓶矿泉水给她漱口。叶紫虚弱得像个田野里的稻草人,足足休息了一刻钟，她才慢慢缓过劲来。唐恬恬开了一瓶红酒，坐在旁边问叶紫："是不是喵星人非礼你了？"叶紫犹豫了一下，摇摇头。

2012年春天之后，叶紫成了过敏性体质，香椿、竹笋、古董，甚至钢琴弹奏的通俗歌曲，都会引起她的条件反射，让她产生类似于心脏神经官能症的症状：心悸、胸闷、头晕、呼吸困难，有强烈的濒死感。她相亲屡屡失败，就是因为双方相熟后，男方对她会有一些亲密举动，比如牵手、拥抱和亲吻。每逢此时，她就会歇斯底里发作，甚至会不顾场合，当众给男方一个耳光。男方受不了，会觉得她有神经质，关系自然就维持不下去了。

唐恬恬倒了两杯红酒，递给叶紫一杯，然后很认真地说："叶紫，你应该去看看心理医生，挂个专家号。"

那个中午，魏大龙在几百米开外的玉兰山上找到了许默然，他正坐在树桩上抚摸一只脏兮兮的野猫。魏大龙揪住许默然的衣领质问："你是不是对叶紫动手动脚了？"许默然说："我没有。"魏大龙说："放屁！那她为什么突然发作？"许默然摇头说："我不知道。"魏大龙松开手，点了根烟，静静地看了许默然一会儿，又问："你是不是喜欢叶紫？"许默然没回答，那只野猫被他摸得直打哈欠，昏昏欲睡。魏大龙说："你可以光明正大地追她。"许默然说："她是良子的。"魏大龙说："他俩已经分手了，良子在她心里是张牙舞爪的妖怪，是黑暗的存在。"

许默然说："黑暗的存在，也是存在。"

喝多了啤酒的魏大龙突然有了强烈的尿意，他朝树林深处走去。有时候不得不相信命运的奇诡，在给一棵玉兰树浇完水后，一道光斑不偏不倚地打在魏大龙脸上。他好奇地寻找光斑的来源，发现是从旁边的一座金井底部反射上来的太阳光。他的第一反应是：有金子，而且是狗头金！魏大龙找来一根结实的长藤，叫许默然在上面拽着，自己下到了金井内。然而，他找到的不是狗头金，而是一部老款的三星手机，液晶显示屏在太阳下闪闪发光。许默然催魏大龙赶紧上来，说好像听到唐恬恬在江滩上叫他。

魏大龙说:"等等,里面还有东西。"

许默然问:"什么东西?"

魏大龙说:"尸骨,人的!"

那一年,屏江刚刚撤县设区,并入星城。魏大龙还没有进屏江分局当刑警,他是星城市公安局缉毒支队的民警,但他跟时任屏江分局副局长的赵卫国有过几次工作上的接触,彼此留存了对方的手机号。魏大龙把电话打过去时,赵卫国正在四季鲜的包厢里,跟我父亲和梁奇志一起喝革命小酒,畅谈熊人谷的血色往事。这是他们喝酒时永远的话题。短短十四天的经历,成就了他们一生的友谊。其间每一秒发生的事都成了谈资,他们谈了三十多年,从不觉得厌倦。

每次聚餐都是梁奇志做东,谁叫他是大老板呢,这个大户不吃白不吃。梁奇志在2014年成立了奇志控股集团,总部设在星城,业务涵盖制药、化工、房地产开发、影视传媒、职业教育、餐饮酒店、旅游等诸多领域。用赵卫国调侃的话来说,梁奇志长相差、人品差、口才差、审美差,就是不差钱。那天三人喝得有点高了,舌头都不利索。听魏大龙说在玉兰山上发现了一具尸骸,可能涉及命案时,赵卫国和我父亲的酒同时醒了,两人扔下梁奇志拔腿就走。父亲如此紧张,是因为玉兰山靠近5731厂,他担心尸骸跟厂里的人有关。这几年,厂里的效益呈滑坡式下降,很多职工处于半失业的状态,戾气很重,案子时有发生。

父亲跟着赵卫国赶到现场,在山脚下见到了厂里的一群子弟,个个衣着光鲜。他们被魏大龙拦在路口,正在谈论尸骸的来源。让父亲意外的是,叶紫竟然就在其中。赵卫国跟魏大龙简单地询问了一下尸骨的发现经过,就把带来的刑警派出去设置警戒线、勘查现场了。看到我父亲跟赵卫国在一起,两人一身酒气,七年前的那些传闻再次像子弹一样射进叶紫的胸膛,她的心脏在痉挛,血管在爆裂。她控制不住自己，抬手扇了我父亲一个耳光，说："你个伪君子！帮凶！"

就跟叶丽萍当年掌掴我一样，这个耳光足够响亮，在场的所有人都听见了，连树丛中栖息的各种昆虫也听见了，吓得都闭了嘴。赵卫国连忙解释："叶小姐，你误会老姚了，他从来没有包庇过罪犯。迄今为止，并没有任何证据表明是他儿子杀害了你母亲。"叶紫激动地说："我不信，你们都是一伙的，狼狈为奸！"魏大龙说："良子现在也是警察，还立过功，差点牺牲了，他怎么可能是凶手？"叶紫愤然说："这更说明了他就是凶手，他在赎罪！"

赵卫国看了看身边一名不知所措的女警，对方读懂了他目光中的意图，立即上前准备带走歇斯底里的叶紫，但被我父亲阻止了。父亲吐出一口带血的唾沫，说："打得好，应该再用力点。"叶紫认为父亲是在故意嘲弄她，她气血攻心，抡圆了手臂要继续掌掴我父亲。魏大龙和唐恬恬见状急忙拉住她，强行把她带离了山脚，推到停在江边的那辆大切诺基里。

父亲坐在警戒线内的一块断碑上抽烟，坐在2019年秋天的血色阳光中，他的脚下全是烟屁股，脸颊上还有叶紫留下的巴掌印。赵卫国吩咐谁都不要去打扰父亲，让他一个人静一静。七年前的春末夏初，我被警方无罪释放后，父亲在厂里的威信就崩崖式下跌，再没有人把他当成可以跟厂领导叫板的硬汉子了。有人甚至在背后说，他算什么缉毒英雄，也就是个护犊子的狗熊。七年了，父亲在厂里都没抬起过头来，腰弯了，背驼了，脚也跛了，三高都有了。我考上警察学院后，父亲没有任何欣喜。他跟叶紫想的一样——我放弃考古学家的梦想，穿上警服，是为了漂白嫌疑人的身份。我跟枪贩子拼死搏斗，伤重差点挂掉那次，母亲哭得肝肠寸断，父亲却连医院都没去。他也跟叶紫的想法相同——我这样做是为了赎罪。刚才叶紫打在我父亲脸上的一巴掌，比三十多年前在熊人谷的热带雨林中，毒贩打碎他膝盖的那一枪还要疼。

赵卫国走过来，暂时缓解了父亲的疼痛。赵卫国在父亲身边坐下，他戴着手套，拿着魏大龙从金井里捡到的那部三星手机，说不用尸检，都可以推断出死者是他杀的，不然不可能被埋在荒废的金井内，更不会有手机陪葬。父亲朝发掘现场看了一眼，死者的尸骨正在被刑警一点点地从金井内挖出来，还有衣服的残片。鞋子也在，是双没完全烂掉的男式皮鞋。父亲问："男的？"赵卫国点点头："个头不会低于178厘米，尸骨应该是在长期的雨水浸蚀下暴露出来的。"父亲问："被害多久了？"赵卫国说："从白骨化的程度来看，应该有七八年了。"父亲松了口气："那就不是最近的事了。"赵卫国问："老姚，七八年前，你们厂里有人口报失踪吗？"父亲说："有一个。"

赵卫国问："谁？"

父亲不假思索地回答："刘冬梅她爸，刘学峰。"

那部三星手机的液晶显示屏再次反射出一道光斑，赵卫国被晃花了眼，手机差点没拿稳掉到地上。

因为叶紫连续两次的歇斯底里，那次的同学聚会草草收场。其实在返程的路上，叶紫已经不太在意露天舞会上发生的那件事了，她不能控制别人的生理反应，就像她无法控制自己的情绪一样。叶紫很自责，因为她的过激反应把许默然置于一个非常尴尬的境地。她想跟许默然道歉，但他的电话一直关机，发信息也没回。叶紫再次听到许默然的消息是在两个月后，那天唐恬恬正好回星城拍戏，她去探班，两人在一起喝咖啡。魏大龙打来电话，说因为连日暴雨，沱龙峡发生了严重的山洪，许默然在协助医护人员转移麻风病患者时，被汹涌的山洪卷走，下落不明。搜救队持续搜救了五天五夜，只找到了和许默然一起被卷走的另外三人的尸体。从出事时的情况来看，许默然根本没有生还的可能。

听闻噩耗，叶紫和唐恬恬当即抱头痛哭。那个给她们的少女时代带来了许多传奇色彩的喵星人，就这样一去不复返了。叶紫没有来得及跟他说对不起，他也来不及跟大家说再见。但叶紫固执地认为，喵星人的消失并不是死亡，他只是去了一个异度空间。那里没有变态、谋杀和秘密,只有爱、悲悯与光。那里的人类和动物都有洁净的灵魂,而且都说着同样的语言。

不久,由魏大龙牵头,原慕兰中学的老同学给许默然举行了一个小型的追思会。当时我和导师在北京参加一个关于青少年犯罪心理学的研讨会,抽不开身。追思会的那天晚上,我偷偷登录了叶紫的QQ,在空间日志里,她把许默然的遇难也归咎于我。叶紫说,她知道许默然一直暗恋自己。事实上她对许默然并不反感,甚至颇有好感,她欣赏他的善良、真诚,以及身上那种谜一样的气质。如果不是因为我给她造成了严重的精神戕害,让她成了一个古怪的,连自己都讨厌的禁欲主义者,她也许会接受许默然。如果两人走到了一起,许默然很可能会辞去麻风病医院的工作,回到她的身边。总之,我又背负了一条人命,罪恶滔天,将来伏法后进十八层地狱都太便宜了我,必须进第十九层!

那次追思会之后,在唐恬恬的催促下,叶紫终于去市人民医院看了心理门诊,是三百元一个的专家号。听完她的讲述,专家说:"你颠倒了角色,恐惧和逃避的不应该是你,而是凶手。你勇敢了,凶手才会胆怯。在正义的审判到来之前,你可以先将凶手的灵魂钉上枷锁和镣铐,让他在炼狱中苦苦挣扎。"叶紫流着泪说:"我觉得自己很脏,是被他弄脏的。这么多年过去了,那些脏东西洗都洗不掉。"专家说:"不,你一直都是干干净净的,从身体到灵魂,都很干净,脏的是那名凶手。"叶紫说:"母亲是间接被我害死的,我无法原谅自己。"

专家说:"如果实在抵抗不了生命中的那些黑暗,你应该学会跟黑暗和解。"

叶紫没有跟黑暗和解,她做不到,就跟她母亲做不到和父亲和解一样。她跟黑暗结下了死仇,她的任何原谅,都是一个女儿对母亲的残忍背叛,绝不能饶恕。2012年春天发生的那些事,就像癌细胞,在她体内一点点扩散。无论她怎样治疗,都无法彻底清除这些撒旦因子。她忍受不了治疗的痛苦,那种强烈的副作用把她折磨得生不如死。她索性放弃了无谓的挣扎，顺其自然，让时间来缓解病痛。自那以后，叶紫再没回过 5731 厂，她甚至很后悔那次回去，汨罗江已经不是那条流淌着楚辞的河流了，只是一个苍白的地理名词。她再也没有闻到过蓝墨水的味道，以及菖蒲和艾叶的混合香气。

对了，那次同学聚会，魏大龙在玉兰山金井内发现的那具尸骸，后来经过警方鉴定，的确是刘冬梅的父亲刘学峰的。尸检表明，刘学峰是被钝器重击头部，致颅骨凹陷性、粉碎性骨折，颅脑损伤而亡，他的右臂还有骨折伤。

结合尸骨的风化程度，以及刘学峰手机的最后一次通话时间，警方判断，2012 年 3 月 17 日上午 9 点 45 分，很可能就是他的遇害时间。因为时过境迁，很多线索已经湮灭，这起案子也就成了悬案。

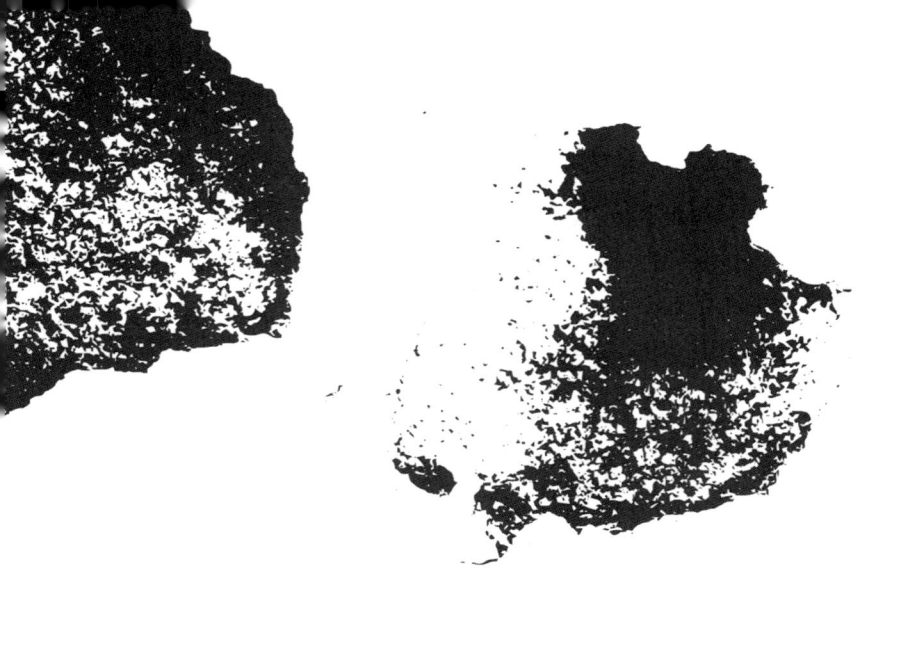

青春之刺

一

　　2013年夏天,我以高分考入星城警察学院侦查系。金榜题名时,我以为自己可以回厂里了,可以去汨罗江畔听水鸟用楚音吟哦《离骚》,去闻一闻已经久违的菖蒲和艾叶的香气了。结果母亲过来告诉我:"你爸干保卫工作的这些年,得罪了不少人,你被羁押后,厂里很多人幸灾乐祸,故意说你就是凶手,你回去了会被人指指点点的,你难受,我和你爸也会跟着难受。"

　　母亲的话说得很委婉,但我清楚,这绝对不是父亲的原话,父亲的风格肯定要粗砺得多。父亲禁止我回家,其实是在变相跟我断绝父子关系。

　　上大学后,每次寒暑假,我都住在爷爷家,母亲会抽空过来陪我,父亲从不来。2016年端午节,爷爷去世,是食道癌,父亲不准母亲把噩耗告诉我。但母亲最终没能忍住,托魏大龙曲线传信。我连夜赶回屏江奔丧,爷爷已经下葬。我在坟前长跪不起,欲哭无泪。这一次,我和父亲还是没能见上一面。父子间的隔阂不再如冰墙,而是像钢筋水泥浇铸的坟墓,是生与死的距离。

　　大学期间,我跟赵卫国一直保持着联系,我多次询问过蓝裙子系列杀人案的侦破进度,赵卫国的回答总是那一句:"暂无进展。"问得急了,他就会多说一句:"还是你小子的嫌疑最大。"

　　跟叶紫一样,我也成了过敏体质。每次看到蓝裙子,我就好像被蜘蛛咬到了心头肉,一阵强烈的悸痛会迅速传遍全身。

　　爷爷去世后,我就极少回老家了。偶尔回来,也是去给爷爷奶奶扫墓，住两天就走。2022年春天，汨罗江边的楚王台汉墓群被盗墓贼光顾，考古队赶过去抢救性发掘，正在市局缉私队调研的我也来到了现场。那天下着毛毛细雨，一股浓郁的菖蒲和艾叶混合的香气扑面而来，水鸟飞翔的姿势也像是楚辞里写的那种姿势。这场雨仿佛是从2012年的春天下过来的，持续了整整十年，我瞬间恍惚了。当我进入一座甲字形大墓时，似乎看到了少年的自己和少女时代的叶紫，我们拥吻着，浑身散发着光。这些光熠熠生辉，把墓室照得亮如白昼，让整个青春绚烂多彩。

站在我身后的考古队员不知所措，谁也不知道我为什么突然发起了呆。领队小心翼翼地问了我一声："姚警官，是不是墓穴封闭久了，里面有毒气？"

我这才回过神来，我知道不是墓内有毒，而是我的青春被扎进了一根具有神经性毒素的刺，十年了都没有拔除，时不时就会让我出现幻觉，并伴随着放射性疼痛。

高中毕业十周年，魏大龙本来想搞一次同学聚会，但这一年，同学结婚的结婚，生子的生子，大家的时间很难统一。也是在这年夏天，父亲去世了，走得很突然，是脑出血。这一变故让魏大龙最终放弃了搞十周年同学聚会的念头，以示对我父亲的尊重。为了弥补遗憾，2024年3月初，魏大龙发起了高中毕业十一周年同学聚会。这次聚会我参加了，叶紫却没参加，她有个重要的采访任务。唐恬恬本来也没空参加的，她说要拍戏，是跟一个香港巨星联袂主演的。我和魏大龙费了很多口舌才请动大驾，说她要是缺席，整个同学聚会就会黯淡无光，格调直线下降十八个等级。

梁奇志得知我们把聚会的地点设在琵琶岛的度假山庄，主动给我打电话，许诺给大家的消费打对折，另外赠送每人一瓶澳大利亚进口干红。我说："谢谢梁叔，让您破费了。"梁奇志说："谢个屁！2012年那件事发生后，你爸在厂里干得越来越不如意，我叫他去我公司当副总，他死活不肯，要是他去了，可能还不会走。我欠你爸一个天大的人情啊，一辈子都还不上。"

那次聚会，为了活跃气氛，魏大龙安排了一个节目——唐恬恬领着四位女同学跳舞蹈《隐形的翅膀》，我用钢琴伴奏。2012年五一节，正是这个缺少了我的组合夺得了校演一等奖。2024年惊蛰的晚上，时隔十二年之后，我终于坐在了钢琴前。当年的那架古董钢琴，被梁奇志从5731厂拍卖回来后，摆在了琵琶岛度假山庄松涛阁的楼顶宴会厅。梁奇志是个有情怀的企业家，每个月他都会请郭明浩来琵琶岛演奏一次，以提升度假山庄的品位和人气。

雕刻着圣母形象的琴盖上似乎还残留着我的指纹，不再锃亮的漆面依稀能照见那个十七岁的少年，往事踩着泛黄的黑白琴键纷至沓来。唐恬恬身穿蓝色碎花连衣裙，四位女同学则穿着当年的校服，青涩和羞赧早已从脸上褪去，她们的身材也由扁平变得婀娜多姿。五朵金花化好妆出现在舞池里，只等音乐响起，她们就会翩翩起舞，找回渐行渐远的青春。但我舒展开的十指迟迟没有落下，唐恬恬穿的蓝裙子让我瞬间起了过敏反应，以至于脸色蜡白，满头虚汗。

魏大龙有些迷惑不解，上前轻声问我："良子，怎么了？"

我抹了一把汗说："没什么，开始吧。"

然而，我的手指根本不听使唤，踩在踏板上的腿僵硬无比。从钢琴里飞出的不是美妙的音符，而是一串怪异的噪声。原本已经起跳的女同学纷纷停了下来，只有唐恬恬例外。所有人都用奇怪的眼神看着我，不明白这个当年全厂唯一会弹钢琴的男生，此刻为什么会走调得如此厉害。我听到一个男同学小声说："我三岁的女儿都比他弹得好。"我停止了演奏，我也被自己弹出的声音吓了一跳，坐在那里有些不知所措。唐恬恬却在没有任何音乐伴奏的情况下继续跳舞，集体舞变成了她的独舞。魏大龙随机应变，笑呵呵地说："良子这是故意的，想让我们的大明星充分展示自己的才艺。"

大家纷纷附和着魏大龙的话，一场尴尬就此化解。

那天的晚宴我喝得有点多，烂醉后不知被谁扶进了客房。睡到半夜，我闻到了一股菖蒲和艾叶的气息。我迷迷糊糊地起床，寻找香味的来源，黑暗中却一时没找到电灯的开关。落地窗外有棵粗壮的牛奶子树，风吹动枝叶发出簌簌声，像是往事的回响。我又出现了幻觉，仿佛置身于2012年春天那座暗黑的汉墓中。一只手扶住了我，挟带着叶紫的味道。我情不自禁地搂住了她。一个声音在我耳边呢喃，我听出来了，这不是叶紫的声音。我猛然推开对方，找到电灯开关飞快地按下。房间里顿时灯火通明，站在我面前的果然不是叶紫，而是唐恬恬！她的长发披散在肩头，只穿着一套丝绸面料的粉红色睡衣。

我的酒彻底醒了，急忙说："恬恬，你怎么在这里？"唐恬恬系上睡衣的腰带，莞尔一笑："是我送你回来的。"我说："对不起，我喝多了，刚才有些失态。你骂我吧，打也行。"唐恬恬娇嗔道："都快成中年大叔了，你怎么还腼腆得像个少年？我什么时候怪怪你了？"

我进洗手间用冷水搓了把脸，出来后唐恬恬已经泡好了两杯咖啡。我盘膝坐在临窗的榻榻米上，点了根烟。唐恬恬刚才的话让我有些错愕，我怀疑她也喝多了，却没有从她身上闻到丝毫酒气。

一只小巧而古拙的香炉放在墙角，菖蒲和艾叶的气息就是从那里面飘出来的。透过烟雾，我看着眼前的唐恬恬。当年那个温婉如玉的少女华丽转身，成了落落大方、光芒四射的万人迷。唐恬恬往我的咖啡杯里加了块方糖，轻笑道："老同学，生活不够累吗？还要在我这里装深沉。"我说："谢谢你在聚会上救场。"唐恬恬抿了一口咖啡，翘着兰花指说："别把我说得那么高尚，我胆小，从来不敢见义勇为。我只是在趁机表现自己，满足我这个自恋狂的虚荣心。"

我知道唐恬恬是在维护我的自尊，我再次凝视着她。在灯光下，她宛如一朵美艳的夜来香，散发着让男人难以抵挡的诱惑。如果叶紫没有霸占我的青春，也许我会喜欢上这个爱跳舞的女孩。我想起了魏大龙，这些年，唐恬恬从没离开过他的心里，他在等她。演员都是吃青春饭的，他在等她身上的灿烂星光消失后，回归平凡，做他的小女人。唐恬恬迎着我的目光问："看什么呢？我脸上长雀斑了？"我说：

"不是长雀斑了，是长漂亮了。你得赶紧找位护花使者了，不然惦记你的人太多，不安全。"唐恬恬伸手摸了摸光滑的脖颈，然后把刚才激情时变了位置，被长发遮掩的一条项链挪到胸前，说："放心吧，我有护身符，百鬼不侵。"

我简直不敢相信自己的眼睛，面前这位国内顶流大明星戴的项链，竟然是我当年送给她的那条：用红丝绳穿着的开元通宝古币，它在夜色中闪烁着一种穿越千年的奇幻之光。我喝着咖啡说："怎么还戴着这个？太不符合你的身份了。"唐恬恬把那枚开元通宝放在嘴边亲吻了一下，说："我的身份，只有这条项链才能配得上。"

唐恬恬的眼里没有任何戏谑的成分，我看出来了，她不是在开玩笑，也不是在演戏。但她接下来说的话就像是一部爱情电影的台词，她说在慕兰中学第一次见到我就被深深吸引了，我到底好在哪里她也说不清楚。总之从那以后，我就成了她梦中的白马王子，但她打小就害羞，只能把这个秘密藏在心底。后来发现我喜欢上了叶紫，她更不敢表露心迹了。成为明星后，她逢场作戏，见多了虚情假意，发现少女时代的那份暗恋才是最美、最纯真的。但她知道我的心里还有叶紫，这个夜晚，香炉里燃烧的菖蒲和艾叶就是她专门为我准备的。她至今没有交男朋友，她在等一个机会，等一个代替叶紫的机会。今晚她以为自己等到了，但我退缩了，她很伤心。

看到我一脸不敢置信的表情，唐恬恬说邵美琼出事的那天晚上，她本来想送给我一个优盘做留念的，但走到我家楼下后，她又没有了上去的勇气，就委托正在水塔前喂猫的许默然，要他第二天把优盘转交给我。我说我没见过这个优盘，许默然也从来没告诉过我这件事。唐恬恬说邵美琼出事后，她知道自己走不成了，就去找了许默然，想拿回那个优盘。但许默然说，他不小心弄丢了。

我很好奇，问唐恬恬："优盘里有什么？"

唐恬恬说："我跳的舞蹈。还有，对你的表白。"

我十分意外，结了一寸长的烟灰掉在裤腿上。

唐恬恬说："那时候我以为我们要分别很久，所以我鼓足了勇气，把不敢当面对你说的那些话录在了里面。"我调侃道："看来那些话你不该说，所以老天爷不想让我看到。"唐恬恬看着窗外模糊的树影，有些伤感地说："这就是命运。"

唐恬恬还告诉我，每次看到那架古董钢琴，她就会想起我和叶紫的初吻。她说出了那个夜晚和魏大龙偷窥到的秘密，她感觉叶紫母亲的耳光也是打在她脸上的，很疼，疼到了心里。其实我早就从叶紫的QQ空间日志里知道了，是唐恬恬和魏大龙发现了那个禁忌之吻的秘密，但我并不埋怨他俩。青春是一款早已编好程序的热血游戏，不管是打怪还是升级，该来的终究会来。

唐恬恬问我："你和叶紫不可能了，对不对？"我说："我从没想过这个问题，这些年我一直在等待。"唐恬恬问："等待什么？"我掐灭烟头说："等待一个真相，那个春天的真相。"唐恬恬说："真相就那么重要吗？随着时间的推移，那个案子对你生活的影响越来越小了。也许再过几年，我们这些亲历者都会忘记了。良子，别再纠结了，让过去成为过去吧。"

我一口气喝完已经变凉的咖啡，缓缓说："时间可以过去，我心里过不去。"

按照行程安排，同学聚会的第二天是集体游玩铁牛寨。就跟当年一样，魏大龙成了唐恬恬的专职摄影师。只不过鸟枪换炮，他拿的不是手机，而是价值几万元的单反。跟昨天一样，唐恬恬穿上了那件蓝色碎花连衣裙——十三年前的夏天，她第一次去铁牛寨，也是这副打扮，只不过现在的蓝裙子要比当年的高级许多。

接下来发生的一幕，让我笃信命运就是量子纠缠，两个不同的粒子能够穿越时间和空间相互影响。2011年的暑假，在铁牛寨的闯王庙前，我用魏大龙的手机给叶紫和唐恬恬拍照，当时两人摆出了一个蝴蝶展翅飞翔的造型，一只有绿色斑纹的蝴蝶不早不迟，从叶紫的胸前飞过，被我抓拍到了。时隔十三年，还是在闯王庙前，唐恬恬也摆出了一个蝴蝶飞翔的姿势。同样有一只绿色斑纹的蝴蝶飞过来，闯入我和魏大龙的镜头中。但这只蝴蝶不是从唐恬恬的胸前飞过的，而是落在了她的刘海上，短暂地停留了几秒后就飞走了。

我甚至在想，跟这两个女孩亲密接触的蝴蝶会不会是同一只？历经十三年，穿越不同的时空，从叶紫的身边翩翩飞到了唐恬恬的身边。这似乎是一只魔蝶，它美丽的翅膀有一种神秘而不可抗拒的强大牵引力，把我的意识体直接拽到了2012年的那个春天，拽到了5731厂的命案现场。我想到了三个女人诡异的死亡姿势——叶丽萍盘膝而坐，手臂交叉放在小腹前；刘冬梅跪在地上，双手被反绑在背后；邵美琼仰躺在床，四肢被捆绑在床头的柱子上。

进入省厅悬案股后，我打开尘封的档案，无数次审视过蓝裙子系列杀人案的现场照片，却始终不知道这三种死亡姿势到底意味着什么。对此，专案组曾经有两种猜测：第一，凶手迷恋SM，对花式捆绑异性有癖好，追求一种变态的性刺激；第二，可能跟邪教有关，是某种献祭仪式。此时此刻，我突然发现，这三种死亡姿势竟然像极了蝴蝶的三种姿态——振翅、栖息和展翅。

这是巧合，还是另有玄机？

从铁牛寨游玩回来，当晚大家继续入住琵琶岛度假山庄。湖边专门开辟了一个烧烤区，同学们围坐在篝火旁，一边烤串一边畅谈中学时代的种种糗事。我没胃口，把正在大快朵颐的魏大龙叫到湖心亭，他是去年五一后调任屏江分局刑侦大队大队长的，我问他："屏江的案子现在全归你管了，你对当年的蓝裙子系列杀人案有什么看法？"魏大龙刚啃完一只凤爪，用纸巾擦了擦手，说："我能有什么看法？我看过案卷了，基本上都是当年的那些内容，只补充了一点——经过调查摸排，警方发现叶丽萍和梁奇志在学生时代有点暧昧关系，但两人都没有公开承认过。郭明浩在接受警方的询问时，也否认了叶丽萍和梁奇志有地下情，说那些传闻完全是空穴来风。"

魏大龙剔着牙，继续说："就算有地下情又如何？梁奇志根本没有作案动机，那么大一个老板，想要什么就能买到什么，犯得着去当变态杀手吗？"

我在悬案股，案卷里记载的这些内容我自然也知道。我说："你小子别给我背书，谈点你自己的想法。"魏大龙扔过来一根芙蓉王，问我："你是不是今天看见恬恬穿了蓝裙子，突然想起了以前的案子？"我说："不全是。"

我把在铁牛寨上的发现告诉了他，说："我知道那三种死亡姿势意味着什么了。"魏大龙问："你的意思是说，那是蝴蝶的姿势？"我点头说："三名受害人死亡时，都被捆绑成了蝴蝶的姿势，像是人体标本。"魏大龙一拍大腿，说："还真是像，谁这么变态？"我说："凶手对制作昆虫标本一定很在行。你还记得我们那次探访麻风病医院吗？喵星人住过的宿舍里就有许多蝴蝶标本。"

湖心亭里的灯光漫射出来，把湖面上的绿荷照得晶莹剔透，犹如美玉雕琢的艺术品。这些浮游植物还是许默然的父母种下的，在夜色中保持着一种沉静而优雅的姿势——倾听的姿势。魏大龙抽着烟，凝视着绿荷良久无语。我也把目光投向湖面，似乎和魏大龙的视线碰撞到了一起，迸射出了耀眼的火花。抽完半根烟后，魏大龙问我："你怀疑凶手是许默然？"我说："在5731厂，除了子弟学校的生物老师，我不知道还有谁会制作昆虫标本，而且我记得几名生物老师都是女的。"魏大龙问："你怀疑许默然，就因为他会制作蝴蝶标本？"我说："他还有机会偷到三名被害人穿的蓝裙子。"魏大龙又问："动机呢？他的杀人动机是什么？"

我说："他父亲因公殉职后，是母亲在照顾他，他可能因此产生了恋母情结。母亲死后，他对母亲的感情无处寄托。他本来就性格孤僻，朋友很少，无处倾诉的苦闷让他的心灵越来越压抑。为了排遣这种压抑带来的痛苦，他就把恋母情结转移到了其他成年女性身上。有可能他的某些不当举动，比如偷窥，被受害人发现了，对他进行了严厉的斥责，甚至威胁他要去学校举报。他在惊恐之下，杀人灭口。"

魏大龙摇头说："害怕事情败露，冲动杀人，确实有可能。但连杀三人，就绝对不是因为一时冲动，而是有计划地谋杀了。"我说："连环杀手都有一个共同的特征，第一次杀人后会非常恐惧，承受着巨大的心理压力。但如果一直没有被警方发现，他的这种压力就会大大减轻，之后犯罪就肆无忌惮了。叶丽萍被害后，警方的侦破没有取得任何进展，许默然的恐惧心理就慢慢消失了，于是盯住了刘冬梅和邵美琼，然后对她们做了同样的事。"

魏大龙一脸不可思议地问："喵星人有这么变态吗？"我说："可能不是变态，是病态，他控制不住自己的不当行为。"魏大龙问："那他给被害人穿上蓝裙子这件事怎么解释？"我看了看在篝火旁载歌载舞的唐恬恬，她白天穿的蓝裙子还没有换下来，在火光的映照下，她就像一朵蓝色妖姬。我说："也许，他母亲生前喜欢蓝裙子。"魏大龙还是很纳闷，继续问："那他把被害人捆绑成蝴蝶的姿势是什么意思？"我说："这个就得问他本人了。"魏大龙说："可是他已经死了，死了快五年了。"

我和魏大龙同时陷入了沉默。此刻万鸟归巢，各种啼鸣声夹杂在一起，犹如在用琵琶弹唱一首哀婉的安魂曲。

在铁牛寨看到蝴蝶跟唐恬恬亲密接触后，我一直在琢磨蓝裙子系列杀人案，直到黄昏时分才厘清思路，把嫌疑人锁定为许默然。我已经全然忘记了，他在2019年夏天的那场山洪中丧生了，确切地说是下落不明。但因意外事故失踪满两年的人，是可以宣告死亡的。很奇怪，我跟叶紫的想法类似，我有一种强烈的直觉，许默然没有死，只是穿越了，去了一个喵星人的世界，那里也许原本就是他的家园。所以我对他的离去并没有太悲伤，他不过是忘了跟朋友们打招呼，孑然一身踏上了归途，回到了那个真正属于自己的世界。当魏大龙突然告诉我，许默然已经死了时，我才反应过来，蓝裙子系列杀人案真正的头号嫌疑人，已经不在这个人类社会上了。

魏大龙说："许默然的嫌疑再大，我们也无法给他定罪，你确定还要继续查吗？"我说："必需的。"魏大龙问："想证明自己的清白？"我说："不光是。"魏大龙追问："还因为什么？"望着星星点点的萤火，我沉默了很久才说出两个字："好奇。"

忘了是初二还是初三时，我看过一篇鸡汤文，记者询问英国著名探险家乔治·马洛里为什么想要登山。乔治回答："因为山就在那里。"

我从小就热衷考古，热衷破译故纸堆里的未解之谜。2024年这个暗香浮动的夜晚，我想对魏大龙表达的是跟乔治同样的意思：因为谜就在那里。

参加聚会的同学在烧烤区燃放起了烟花，欢呼声响彻夜空。我在抬头张望那些五彩缤纷的轨迹时，竟然被灼痛了眼睛。但这个夜晚，我和魏大龙还不知道，在这片平静的湖水下面，在这座沉默的山谷里，在并不遥远的时光中，曾经掩埋了一个无限悲情的故事。故事的主人公，平凡却不平庸，他们的生命如同烟花，短暂而灿烂。

同学聚会结束的第二天，唐恬恬要赶回上海拍戏，我和魏大龙把她送到黄花机场后，径直开车去了沱龙峡。在高山云雾中颠簸了三个多小时后，我们终于找到了那座在地图上没有任何标志的疗养院，也就是许默然工作过的麻风病医院。山洪事故发生后，医院在原址重建了。我特意打量了一下周边的环境，这里比开发之前的琵琶岛更偏僻，地处山腰上，四周全是茂密的原始次生林，只有一条砂石路通到山脚下。医院的规模也没琵琶岛上的那座大，四周有高墙环绕。我和魏大龙都没穿警服，门卫一开始很警惕，问我们是来干什么的，他身后的两条狼狗也狂吠不止。我亮出了警官证，说来了解一下许默然的情况。门卫的脸色这才缓和下来，他喝退狼狗，把我们领到接待室，泡了两杯茉莉花茶，然后叫来了院长——一个三十岁出头的中年胖子，姓徐。

我和魏大龙对视一眼，皱了皱眉。从徐院长的年龄来看，许默然的父母因公殉职时,他应该还没参加工作。徐院长以为我们是想了解许默然的事迹,他说,那次山洪事故是在半夜发生的,完全猝不及防。当时下着暴雨,电闪雷鸣。许默然在值夜班,第一个发现险情,但他没有只顾自己逃生,而是立即拉响警报,协助医护人员把患者全部转移到了安全地带。让人痛心的是,他和另外三名来不及撤离的医护人员都被汹涌的山洪吞没了。

魏大龙当时参加了对医院失踪人员的搜救行动,我早就从他那里知道了这些细节。我打断徐院长带着演讲腔的介绍,说:"我们不是来了解许默然在那次山洪事故中的表现的。"徐院长问:"那你们想了解什么?"魏大龙直接问:"许默然以前在这里有什么异常的行为吗?"徐院长很奇怪魏大龙这样问,我在一旁解释说:"他涉及一桩陈年旧案,我们是例行调查,并非只针对他一人,相关人员都会查,你不要有顾虑,实话实说就好了。"

徐院长说:"小许这个人平时不爱说话,喜欢跟猫猫狗狗玩。哦,他还喜欢做蝴蝶标本。有个叫张琴的护士主动追求他,但他像个木头人,不解风情,两人的关系也就没发展下去。"魏大龙来了兴趣,问徐院长:"我们能跟张琴聊聊吗?"徐院长说:"张琴也在那次山洪事故中遇难了。"我喝了口茉莉花茶,问:"你对许默然的父母有了解吗?"徐院长摇头说:"不了解,我来这里不到十年。听说小许的父母以前也在我们医院工作,十几年前就因公殉职了。"我又问:"医院有别人了解许默然父母的情况吗?"徐院长说:"我们这里比较特殊,医护人员流动性大,一般干个三五年就调走了,我算是干得长的。我不掌握的情况,估计别人也不掌握。"

我有些失望,看来今天是白跑了。我和魏大龙小声商量了一下,许默然的外公外婆已经去世,但爷爷奶奶还在,实在不行就去找两位老人。徐院长突然说:"你们要是早几天来就好了,有个叫俞利国的保安队队长,上周刚退休,回星城养老去了。他是医院的第一批职工,老前辈。除了猫猫狗狗,在这里就数他和小许走得最近,他肯定熟悉小许父母的情况。"

我和魏大龙驱车返回了星城，按照徐院长提供的地址，在星城坡子街的一栋老旧阁楼里，找到了刚从公园散步回来的俞利国。

窗外夜色阑珊，屋内的灯不太亮，光线比较暗。整栋阁楼像个饱经沧桑的老者，楼板在脚底下发出类似哮喘的声音。问明我们的来意，俞利国指着挂在阳台上的一只鸟笼说："里面的画眉还是许默然捉了送给我的，你们找我算是找对了人。"

我把从超市买的水果放在桌上，凑到这个五十多岁的男人跟前给他点烟。我注意到他脖子上戴着一条红豆穿成的狼牙项链，跟许默然的那条一模一样。狼牙在许默然的脖子上，隐隐透着血色，有一种撕咬黑暗的力量。但在俞利国的脖子上，狼牙不仅暗淡无光，还让他更显老态。

我心中一动，问俞利国："许默然的那条狼牙项链是您送给他的吧？"俞利国很吃惊，反问："你怎么知道？"我说："听许默然讲过这件事，我还知道您是老兵。"魏大龙补充道："我们俩和许默然都是5731厂的子弟，关系挺铁的。"俞利国说："我想起来了，听许默然提起过，他有两名警察同学，指的应该就是你们。"我问俞利国："您跟许默然接触的时间长，有没有发现他有什么反常的地方？"

俞利国用一根画眉羽毛掏着耳朵，说："多着呢。"魏大龙连忙问："具体表现在哪些方面？"俞利国说："三棍子打不出一个屁来；白天总是神游，也不知道脑袋里在想什么，天一黑就精神了，夜班基本上都是他值；那么漂亮的小护士想跟他好，他都不理，宁愿把小猫小狗搂在被窝里睡觉……"

整整一根烟的工夫，俞利国说的全是许默然与众不同的个性和生活习惯，我换了个话题，问："他父母是怎么死的？"

俞利国说："那是很多年前的事了，当时医院还建在琵琶岛上。我记得那天刚入秋，大概是凌晨两三点钟，湖边的芦苇突然起了大火，医护人员都跑去灭火了。"魏大龙插了一句嘴："半夜三更，火是怎么烧起来的?"俞利国抽着烟说:"事后调查了才知道,是两个歹徒故意放的火,用调虎离山计引开医护人员,然后溜进医院作案。许默然他爸发现后,跟歹徒搏斗,结果被枪打死了。"

我一怔,魏大龙迫不及待地问俞利国:"歹徒呢,抓住了吗?"

俞利国说:"也死了。"魏大龙追问:"两个全死了?"俞利国点点头,扔掉烟屁股说:"都死了。"我又上前敬了根烟,问俞利国:"那是麻风病医院,歹徒来岛上干什么?"魏大龙调侃道:"不会是惦记上了哪个小护士吧?去麻风病医院猎艳,这口味也是够重的。"俞利国说:"是偷东西。"我有点奇怪,入室行窃的歹徒都会携带凶器,但很少带枪。我问:"歹徒来偷什么东西?"俞利国说:"贼嘛,什么值钱偷什么。"我问:"那两个歹徒是怎么死的?"俞利国说:"被一个病人反杀的。"我追问:"那个病人叫什么名字?还在住院吗?"俞利国慢悠悠地吐出一口烟,反问:"你们不知道这件事吗?"

我和魏大龙都摇头,魏大龙说:"许默然他爸遇害那会儿,我们还在读初中呢。"俞利国说:"那倒也是,许默然当时才十三四岁,还不爱说话,跟个哑巴似的。但奇了怪了,他就跟那个病人的话最多,其次才是我。"

我突然想起来,高一下学期,有个从麻风病医院逃出来的病人躲在梧桐山上,许默然深夜给他送饭时,不小心掉进了金井里。我记得许默然说过,那个病人叫孙飞虎。当时整个屏江县如临大敌,都在找这个人。我问俞利国:"反杀歹徒的是孙飞虎吗?"俞利国有点惊讶,再次反问:"你也知道他?"我说:"听许默然提过,具体情况不清楚,您老给我们说说呗。"

俞利国说:"他第一次住到岛上来,是2003年夏天,2006年春天出的院。后来病情复发,他又住了进来。麻风病不容易断根,他住院、出院,反复了三四次。"我问:"他住院前是做什么工作的?"俞利国说:"听说他当过兵,具体是做什么的不知道。医院有保密制度,不让打听。对了,当初岛上发生的那起盗窃杀人案,就是你们警察下的封口令，不许外传，不然要负法律责任。"

我和魏大龙同时一愣，我意识到这件事不方便深入询问，于是继续之前的话题："许默然的母亲是怎么死的？"俞利国叹了口气："采药时坠崖，当场就挂了。他妈可漂亮了，是医院的一枝花。"

为了证明自己所言非虚，俞利国翻出一本砖头厚的相册，里面有医院工作人员的许多照片。我看见了许默然母亲的倩影，高挑白皙，明眸皓齿，确实称得上是美人。在一张照片上，十岁左右的许默然正专注地制作蝴蝶标本。我有种莫名的伤感，野猫、野狗、鸟雀、蝴蝶，这些连如今的农村孩子都不稀罕的东西，居然都成了许默然孩提时的玩伴，他的内心该有多寂寞？他的童年世界杂草丛生，荆棘遍地，根本看不到远方。他的视线被群山阻隔，也被世俗阻隔。他就像一个小小的囚徒，被流放到了一座荒凉的岛屿上。和他一起被流放的，还有他那些五彩斑斓的梦想。他有如自己手中的蝴蝶标本，摆着僵硬的造型，露出虚假的笑容，孤独而忠实地守望着一个被人遗忘的生命禁区。

相册的最后一页有三张照片，全是同一个女人，二十岁出头，一眼看上去比许默然的母亲还漂亮。三张照片背景各异，一张是碧波荡漾的湖水，一张是争奇斗艳的山花，还有一张是绚烂多彩的晚霞。女人摆的姿势也不同，或巧笑嫣然，或娇憨可爱，或沉静优雅。但三张照片有一个共同点——女人的身边都有一群翩翩起舞的蝴蝶，一股人与自然的和谐美穿透相纸，扑面而来。

我和魏大龙的视线同时被这三张照片吸引住了，吸引我们的，不是那个女人的美貌，而是她穿的蓝色碎花连衣裙。在这三张照片上，她都穿着蓝裙子，只是款式略有不同。俞利国说："这是孙飞虎的妹妹孙瑾，是中学的生物老师。她经常来医院探望她的哥哥，跟许默然一家的关系都很好。许默然制作标本的手艺，就是她教的。"我问俞利国："她在哪里教书？"俞利国说："这我就不知道了，但人已经死了。"

我和魏大龙惊得面面相觑，魏大龙问："她是怎么死的？"

俞利国说："是被人害死的，具体原因我也不清楚。我只知道孙飞虎从医院逃出去，就是为了给他妹妹报仇。"

离开前，俞利国有些忐忑地问我许默然到底犯了什么事，我说他没事，我们只是走个程序。俞利国这才放下心来，说："我想也是，他心那么善，怎么可能犯案子。他肯定变成了一只蝴蝶，飞到了天堂。"

我脑袋里"咔嗒"一声，似乎有某个神秘的机关被拧动了，跨出门槛的腿又收了回来。我回头问俞利国："您这句话是什么意思？"俞利国说："是许默然告诉我的，他说人死了要是变成蝴蝶，就能进天堂。"我问："是谁告诉他的？"俞利国说："我也这样问过他，他说是孙瑾老师。对了，你们能找到许默然的家属吗？"我问："有什么事吗？"俞利国从抽屉里拿出一个粉红色的优盘，说："这是我在整理他的遗物时发现的，在水里泡了几天，也不知道还有没有用，交给他的家属可以留个念想。"

唐恬恬那个晚上说的话依旧萦绕在我耳边，我抢在魏大龙伸手前接过那个优盘，揣进了自己的口袋。我对俞利国说："您放心，我们一定会转交给他的家属的。"

从阁楼出来，已经是深夜了。我和魏大龙在夜宵摊买了两串臭豆腐，坐在老街的青石板上吃了起来。魏大龙说："许默然不是恋母，应该是暗恋那个叫孙瑾的女老师。"我抹了一把沾在嘴角的辣椒酱，说："把被害人捆绑成蝴蝶的样子，就是想让她们的灵魂进入天堂。"魏大龙："喵星人是不是中邪了？"我说："孙飞虎和孙瑾兄妹俩的身上肯定有秘密。"魏大龙说："许默然的父亲是勇斗歹徒牺牲的，多光荣啊，许默然怎么没提过半个字？会不会真的像俞利国说的那样，那起案子涉密？一个鸟光会拉屎的地方，能有什么秘密？"我说："我先去省厅打听一下，如果案子真的涉密，就申请解密。"

老街昏暗的灯影里，一只野猫蜷缩成一团。那双绿幽幽的猫瞳，迸射出一种足以刺透黑暗的光。它似乎在死死地盯着我和魏大龙看,又似乎在冷冷地窥视着这个光怪陆离的世界,以及生活的本质。

二

无论是有着宏大叙事结构的人类发展史,还是平头老百姓的个人史,都处在不断的轮回中。就跟十二年前那个多雨的春天一样,2024年的春天也显得格外潮湿,只要不出太阳,地面、车辆、墙壁、空气,以及呼吸都是湿漉漉的。数百万人口如同置身巨大的加湿器中,每个细胞都充盈着水分。我经常担心自己的身体发霉,长出蘑菇。我甚至担心那些在阴霾天气中飞舞的蝴蝶,会因为翅膀难以承载水分之重,从空中坠落到地面,被人制作成血肉尽失的标本。

在省厅档案科,我查到了 2007 年夏天发生在琵琶岛上的那桩血案,案情跟俞利国说的差不多。作案动机是警方推测的,两个歹徒事先可能并不知道岛上是麻风病医院,还以为是干部疗养院。他们携带着两支仿六四式手枪潜入医院行窃,被许智远发现了,双方发生搏斗,许智远被歹徒残忍枪杀。在部队服过役的孙飞虎听到枪声后,夺枪反杀了两个歹徒。案件中的很多细节语焉不详,连歹徒的身份都没有过多交代。至于孙飞虎曾经是在哪支部队服的役,回到地方后在什么地方工作,是怎么染上麻风病的,籍贯在哪里,是哪一年出生的,婚姻状况如何,家里还有什么人,案卷上更是一概没写。

我又查了孙瑾的案子,信息量更少。孙瑾是星城师大毕业的,在附中生物系当老师。2010 年夏天,她在慕兰山区的福禄山上采集蝴蝶标本时,被三个歹徒盯上,被轮奸杀害。孙瑾是屏江人,未婚,被害时年仅二十九岁。

我问档案科的负责人老易,他说这两起案子都涉密,密级还不低。我能看到的,只是可以公开的少部分内容。

我递交了解密申请,理由是这两起案子的当事人跟蓝裙子系列杀人案的重大嫌疑人有关。我附上了我写的分析报告，洋洋洒洒十几页，希望能够说服相关部门的领导。十天后，我在忐忑不安中等来了领导的批复：同意。但后面附加了条件，解密范围仅限于三人——我、赵卫国和魏大龙。如果越权泄密，我们仨都将被组织严厉追责。这让我很惊讶，原来赵卫国也不知情。

打开机密档案袋，我的震惊无以复加。解密文件带给我的强大冲击力，丝毫不亚于十二年前发生在5731厂的三起离奇命案。

2024年3月16日下午，我在介山脚下的一江春订了个小包厢，要了壶碧螺春、几样点心和两包芙蓉王。赵卫国和魏大龙进来后，我对茶楼服务员亮出警官证，说我们在谈公务，闲杂人员一律不许靠近。来的路上，魏大龙已经把我们从徐院长和俞利国那里调查到的情况，简明扼要地告诉了赵卫国。已经升任屏江公安分局局长的赵卫国觉得我们的分析很有道理，从目前的情况来看，许默然的确是蓝裙子系列杀人案的重要嫌疑人。他还说，当年孙飞虎和孙瑾兄妹俩的案子，虽然都发生在屏江县的管辖范围内，却是由省厅和市局成立的零号专案组负责侦办的，县刑警队被排除在专案组外。他连现场都没去过，对具体案情并不清楚。

我给赵卫国斟了杯茶，说孙飞虎是屏江本地人，1985年3月在云南武警边防总队服役，1987年转到了某边防支队缉毒大队，担任二排排长。赵卫国一听霍然起身，说："不可能！我就是从那个部队转业的，1987年我在二排尖刀班当副班长，你爸是班长，排长叫孙楚，不叫孙飞虎。"我说："他的确叫孙楚，孙飞虎只是他的化名。"赵卫国还是不相信，他说："2011年春，孙飞虎从麻风病医院逃走那次，是我亲自带人在梧桐山上找到的人。我见过他，跟孙楚绝对不是同一个人。"

我从档案袋里拿出孙楚的几张照片摊在茶桌上，既有戎装照和生活照，也有患麻风病后的照片。我说："别忘了，他得了麻风病，毁容了。"魏大龙拿起照片对比，说："脸型还真有点像，特别是眼睛，一个样，跟刀子似的。"赵卫国也反复比对照片，愣了半晌才咬牙切齿地说："原来真的是那孙子，老子要是早知道，一枪崩了他！"魏大龙问："赵局，你跟他有仇？"

赵卫国从烟盒里抽出一根芙蓉王，点着后，讲述起了逃离熊人谷的那段传奇经历。这个故事我小时候就跟魏大龙讲过，而且讲过不止一遍。但现在赵卫国讲述时，故事里多了一个主人公——孙楚。

当年就是孙楚的二排具体负责大学生合唱团的安全保卫工作。梁奇志失踪后，孙楚带领父亲和赵卫国深入熊人谷寻找，最终四人历尽艰险，平安归队。但孙楚还是因为这件事受到了严厉的处分——撤职、关禁闭、记大过。孙楚觉得梁奇志的失踪主要是因为浓雾，属于不可抗力，梁奇志本人也要对此负责任——他脱离集体，擅自行动。孙楚认为自己冒死把梁奇志救回来，没有功劳也有苦劳，部队根本不应该处分他。带着这种抵触情绪，孙楚拒绝写检查，还经常发牢骚、讲怪话，扬言要报复处理他的领导，结果被开除了军籍。在被遣送回原籍的头天晚上，孙楚携枪逃进了熊人谷，加入了贩毒团伙。正是因为孙楚可耻的叛逃，父亲和赵卫国在讲述那段血色往事时，有意将这个人选择性删除了。

听赵卫国讲述了完整的版本后，魏大龙说："喵星人跟这种军中败类打得火热，难怪会成为杀人犯。"我咬了口云片糕，说："其实他的真名不叫孙楚，叫周鲲。他没有叛逃，而是受组织指派去贩毒团伙当卧底了，代号零——这个代号的意思是，之前所有的生活归零，一切从头开始。在转到缉毒大队之前，周鲲就接受了秘密任务，寻找机会卧底，所以他用了孙楚这个化名。"

我话音刚落，赵卫国就被一口烟呛到了肺，眼泪都出来了。魏大龙也吃惊地看着我，差点被刚吃下去的五香酱干噎住。赵卫国说："这怎么可能？他叛逃时还枪杀了两名哨兵呢。"我说："两名哨兵是假死的，后来隐姓埋名调到了别的部队。"魏大龙觉得自己仿佛在听书，急着听我抖包袱，他问："后来呢？"我说："周鲲在贩毒团伙卧底了

215

整整四年，传回了大量高价值的情报，对我武警边防部队的缉毒工作做出了重大贡献。后来他因为线人的出卖，身份暴露，被迫结束卧底，转业回到了地方。"魏大龙问："回地方后，周鲲为什么没有公开身份，跟那些老战友说明真相？"

我说："当时他的父母还在世，他还有个妹妹，为了保证家人的安全，身份需要继续保密。他以孙勇的化名转业到湘北临襄市公安局缉毒队当队长，并切断了以前的所有社会关系。他结了婚。妻子叫沈婧，是慕兰山林业派出所的民警。1995年3月初，沈婧和出世才一周的女儿同时被毒贩杀害。"

魏大龙问："这是怎么回事？"我说："一次例行巡查时，沈婧在一个很偏僻的山谷里发现了大面积的罂粟，是人工种植的。沈婧和几位民警守株待兔，抓获了两名犯罪嫌疑人。审讯后得知，是一个绰号叫何首乌的人雇佣他们种植的罂粟。零号专案组就是在那时候成立的，专案组顺藤摸瓜，查到何首乌是湘北一个贩毒团伙的老大，但多次对其实施抓捕均告失败。1995年元宵节刚过，沈婧住进了距林业派出所六十多里的5731厂职工医院，在那里生下了女儿。"

魏大龙忍不住插嘴问："她为什么要到咱们厂的医院来生孩子？"

我说："当时专案组接到线报，何首乌可能会对沈婧进行打击报复，所以紧急通知正在县人民医院待产的她，秘密转院到5731厂职工医院。但何首乌还是找过来了，先是偷走了她的女儿，引诱她追到梧桐山上。沈婧中了圈套，母女俩被何首乌活埋到了一座金井内。"

包厢里的氧气似乎突然被抽离了许多，空气变得稀薄了，我们三人都感觉胸闷气促。我起身打开窗户，让空气对流。

魏大龙问："职工医院发生了这么大的案子，怎么从来没听厂里人说过？"

我重新坐下来，说："我也没听我爸说过。沈婧出去找女儿时，没有告诉医院的人，只告诉了她丈夫周鲲和零号专案组。当时周鲲远在临襄市，说这是毒贩的圈套，叫她不要独自去找女儿，等他和专案组的人过来再说。但沈婧爱女心切,等不及了,她带着一支92式手枪孤身犯险,结果出了事,枪也被何首乌抢走了。"

沉默了许久的赵卫国声音有些发抖,他催促我:"继续说!"

我喝了口碧螺春润润嗓子,接着说:"2003年春天,周鲲化装成收购中药材的贩子,在大云山区的一个麻风村找到了何首乌的秘密制毒窝点。零号专案组成功捣毁了这个制毒窝点,周鲲亲手击毙了毒枭何首乌,并夺回了沈婧丢失的佩枪。为了纪念妻子,经上级特批,周鲲将这支九二式佩枪留在了自己身边。也正是在那次化装侦察时,周鲲不幸染上了麻风病。2007年夏天,发生在琵琶岛上的那起案子,就是毒贩对周鲲的报复。"魏大龙问:"何首乌不是被击毙了吗,怎么还会反扑?"我说:"何首乌的爪牙并没有被一网打尽,其贩毒团伙的二号人物绰号蝎子,为人更狡猾,更凶残。他控制了这个贩毒团伙,把毒品买卖做得更大了。为了给何首乌报仇,蝎子费尽心机,终于查到孙勇化名孙飞虎,住进了琵琶岛上的麻风病医院。他派了两名心腹摸上岛刺杀周鲲,被许默然的父亲撞见,结果许智远被杀害,两名毒贩被周鲲反杀。"

魏大龙问:"案发后,周鲲继续住在那座麻风病医院里面吗?"

我说:"2006年春天,周鲲出院过一次,回到了临襄市缉毒队工作。但因为病情复发,2007年初,他重新回到了琵琶岛,2008年底,他再次出院。2010年4月中旬,在107国道临襄段,他截获蝎子贩毒团伙从云南秘密运回的一批毒品,价值上千万。同年5月下旬,他病情反复,第三次住进了麻风病医院。住进去不到两个月,他的妹妹周瑾遇害了。"

魏大龙又问:"就是星城师大附中的那个生物老师孙瑾?"

我点点头,从档案袋里拿出周瑾的几张照片放在桌上,说:"对,孙瑾是她的化名。周瑾喜欢制作昆虫标本,尤其是蝴蝶标本。因为经常去麻风病医院探望周鲲,她被蝎子盯上了。2010年7月4日,周瑾在距离琵琶岛不远的福禄山采集标本时,被蝎子的三名马仔轮奸杀

217

害，尸体还被肢解。案子迟迟没有侦破，周鲲按捺不住了，就趁麻风病医院搬迁时逃走，要去找蝎子报仇。零号专案组想阻止周鲲的冒险行动，就协同相关部门以查找逃走的麻风病人为由，秘密寻找他。"

魏大龙一口吸掉小半根烟，说："有个性，是个纯爷们！"然后他又满脸疑惑地问："周鲲逃出来后，为什么要躲到梧桐山上？"

我说："据周鲲事后说，他根据一些线索，查到蝎子曾经在5731厂附近出现过，所以他就过来摸排。"赵卫国看着周鲲的照片，喃喃自语："当时是我把他按在地上的，我眼瞎，竟然没认出他来。以前多俊的一个小伙子啊，脸竟然成了那样。"

我喝完杯中的茶，说："周鲲被找到后，零号专案组对他进行了严厉的批评，他答应不再冲动，回医院好好治病。专案组想把他的佩枪收回去，但他一口咬定，自己在逃跑的路上不小心把枪弄丢了。事实上枪没丢，是被他藏起来了。周鲲住进搬到沱龙峡的麻风病医院后，专案组特意派了两名警察在医院蹲点，加强对他的看守。但没多久，他再次出逃了。"

赵卫国的视线被在窗外飞舞的一只蝴蝶吸引，不知道脑袋里在想什么。

我继续说："周鲲之前摸排了一个多月，终于在慕兰山区一个叫梅溪的废弃村子里找到了杀害他妹妹的三名毒贩，那里也是蝎子的一个秘密制毒窝点。交火后，周鲲制服了三名毒贩，并用手机把他们的照片发给了零号专案组。他要求专案组马上派人过来，说只要把犯人带回去一审，肯定能挖出那只蝎子。然而，等专案组的增援过去时，周鲲和三名毒贩都被枪杀了。尸检表明，周鲲是被近距离射杀的，他的那支九二式手枪也不见了。专案组推测，应该是蝎子打的黑枪，让周鲲猝不及防。但蝎子到底是谁，至今仍是个谜。"

我刚拿起一根烟，魏大龙就凑过来给我点着火，他急不可耐地问："那支枪后来找到了吗？"我说："那支枪再次出现，是在去年中元节的晚上，月池塘旁边的一条巷子里。"赵卫国的视线从蝴蝶身上移开，他看向我，一脸吃惊地问："就是李霞案子中出现的那支手枪？"我点头说："没错。"

李霞的案子因为涉枪，而且是一支丢失的警用佩枪，在当时影响比较大。但这支手枪到底是谁丢失的、怎么丢失的，赵卫国和魏大龙都不知道。

赵卫国说："这就古怪了，老周的枪是落在蝎子手上的，怎么会出现在李霞的案子里？"魏大龙说："有可能蝎子把那支枪送给了自己的马仔，这家伙吸毒后精虫上脑，想找个女人发泄兽欲，所以携枪预谋劫色。也有可能蝎子把那支枪卖给了别人，想转移警方的追查视线。"

我说："也许，还存在更多的可能性。"

青花瓷壶里的茶水已经一滴不剩了，两包芙蓉王也成了空盒。一楼大堂里正在唱花鼓戏《跳粉墙》，赵卫国的目光落在戏台上，有些发直。我刚才的讲述，似乎比台上的花鼓戏更戏剧，更让他茫然。

我说："虽然周鲲以一己之力抓住了杀害他妹妹的凶手，但毕竟是擅自行动，他也为自己的冒险付出了生命的代价。所以，梅溪村血案不宜公开宣传，他也没被评为烈士。另外，虽然周鲲的母亲2021年已经去世了，但父亲还活着。为了老人家的安全，周鲲还是不能回归自己的真实身份。"

赵卫国突然起身，打开包厢门走了出去。魏大龙正要叫住他，说包厢里就有厕所。我摆摆手："赵局不是去找厕所的，是找酒。"

魏大龙问："你怎么知道？"

我说："他跟我爸一个德行。"

果然，只过了一会儿，赵卫国就拎了两瓶老白干回来，还买了几盒软中华。魏大龙有些犹豫，说："赵局，今天值班，喝酒犯错误啊。"赵卫国牛眼一瞪："今天破例，犯错误老子也认了。"

我没有任何迟疑，往三个茶杯里倒满了酒。

我知道赵卫国此刻心情复杂，如果父亲还在，肯定也跟他一样。三十多年来，周鲲这位曾经的亲密战友，一直被父亲和赵卫国视为叛徒，是军人的耻辱，是那段光辉岁月的一个污点。就像我想把2012年的那个春天从生命中清空一样，父亲和赵卫国也想把周鲲这个名字从脑海里删除掉。然而，事实证明周鲲不仅不是军人的耻辱，反而是骄傲，他是那段激情燃烧的岁月中最耀眼的火焰。

赵卫国喝着酒说："我和老姚都对不起老孙，不，应该叫老周。每次酒喝大了，我们都要骂他十八辈祖宗。还在缉毒大队时，我和老姚甚至密谋再次潜入熊人谷把老周抓回来，结果被大队长察觉，关了我俩禁闭。我和老姚的脑袋真是被驴踢了，老周那么硬气的一个人，怎么可能叛逃呢？这些年，老周受了多大的委屈啊。战友都把他当叛徒，每次聚会都要骂他。对了，老周是个白面书生，超级自恋，总把自己比作刘海哥。"赵卫国拿起周鲲被麻风病毁容后的照片，声音哽咽起来："看到自己的脸变成这个样子，老周心里不晓得有多难受。他妹妹的案子我也听说了一点，现场那个惨啊，尸体被肢解成了数百块，而且是在人活着的时候被肢解的。如果那是我妹子，老子也不管什么纪律了，一定要把那些狗娘养的人剁了！"

说着，赵卫国竟然趴在桌上，一把眼泪一把鼻涕地哭了起来。

我知道，赵卫国的心思就是父亲的心思，我陪他喝酒就是陪父亲喝酒。就让父亲开怀畅饮吧，想醉就醉。一杯敬光辉岁月，一杯敬血色青春。还有一杯呢，那就敬蝴蝶吧，飞向天堂的蝴蝶。

两瓶老白干见底，天也快黑了。一场大雨不期而至，风裹挟着雨滴吹进没有关窗的包厢，我们的酒全醒了。毫无疑问，许默然的反侦查手段都是从周鲲那里学的。然而，在蓝裙子系列杀人案的真相即将浮出水面时，许默然却已不在人世。这就意味着我们目前所有的推理都只能是猜想，没有口供，也找不到实证。案子依然悬而未决，而且会成为死案。这对警方和被害人家属来说，都是难以接受的。最悲惨的还是我，在5731厂，在叶紫面前，我将永远无法为自己正名。

魏大龙说："周前辈这是灯下黑啊，英雄一世，却没看出自己教出来的徒弟是杀人犯。喵星人的世界真是让人搞不懂，作案时，他冷血无情；山洪暴发时，他又见义勇为。你们说他这叫不叫人格分裂？"赵卫国不置可否，他点了根软中华，眉头拧成了一把锁，说："我总觉得这起案子里还有不对劲的地方。"魏大龙问："哪里不对劲了？"赵卫国说："5731厂的三起命案都发生在2012年3月到4月间，从那以后直到现在，许默然再也没有作过案。他好像突然没有了作案的理由，这个理由是什么？"

魏大龙回答不上来，他把求助的目光投向我。

这段时间，我所有的精力都放在了蓝裙子系列杀人案上，对案件中的每个细节都了如指掌。赵卫国的分析确实没错，许默然杀人的理由似乎只存在于2012年的那个春天，这不科学，也不合乎逻辑。我把周鲲和周瑾的照片放回档案袋，说："按照犯罪心理学，凶手在连续几次完美作案后，自信心会成倍增加，犯罪频率会更高。但许默然突然停止了作案，这很反常。"根据我对国内外数十起连环杀人案的研究，杀手中止犯罪，通常只有两种原因——

第一，年迈或突患疾病，行动不便。

第二，生活遭遇重大变故，犯罪心态改变。

从我们目前掌握的信息来看，这两点许默然都不符合。

魏大龙更茫然了，问："难道他不是凶手？"

我没有回答，起身叫服务员送来三份煲仔饭。吃饭时我们都没吭声，想着各自的心事。那只档案袋静静地放在我旁边，并不厚，却浓缩了几个人的一生。薄薄的纸片上，每个字都有千钧的重量。

吃饱喝足后，赵卫国用番茄汤漱了漱口，问我："案子中的悖论，你怎么看？"我说："我最初觉得许默然是因为恋母情结杀人的，后来又怀疑他是暗恋周瑾。从某种意义上来说，他暗恋周瑾也可以归纳为恋母情结。周瑾比他大很多，给了他母性的关怀。但这些天我琢磨来琢磨去，觉得因为恋母情结杀人的可能性不大。"赵卫国问："为什么？"我说："恋母情结需要长时间的心理发酵，不可能突然产生，也不可能突然消失。蓝裙子系列杀人案是在短短一个月内发生的，时间非常集中，之前没有任何征兆，之后也没有再发生，这不符合恋母情结的心理特征。"

赵卫国说："那许默然为什么要把那三名被害人当成作案目标？"我说："三名被害人生前在5731厂的不同岗位上，彼此之间并无过多来往，看似互不相干，但其实是有内在关联的。"魏大龙说："这个我知道。叶丽萍是叶紫她妈，当时你和叶紫偷偷好上了；刘冬梅当时在勾引我爸；邵美琼是唐恬恬的后妈。许默然跟我们几个混熟了，对三名被害人的生活习性比较了解，所以就把她们当成了作案目标。"

赵卫国说："这个内在关联性，之前的专案组也分析过。凶手应该对被害人很熟悉，才有机会实施完美谋杀。"我说："三名被害人的关联性，专案组并没有分析错，但对作案动机的分析错了。"赵卫国说："当时专案组一致认为，凶手是性变态。特别是那种特殊的捆绑姿势，很像玩SM。"

我说："我觉得许默然可能不是为了泄愤或者泄欲，而是在以一种特殊的方式实施救赎。"魏大龙一脸蒙地问："救赎，什么意思？"赵卫国点着一根软中华，看着我，目光和脸色都在烟雾中变得异常深沉。我说："许默然担心三名被害人可能会对他的朋友，也就是我和你，还有叶紫和唐恬恬，造成某种严重的威胁，他想帮我们消除这种威胁。"魏大龙使劲抠了一下头皮，说："我还是不懂，良子，你能说明白点吗？"

我起身走到窗前，外面电闪雷鸣，像是有一辆空中列车在夜色里轰轰烈烈地行驶，车轮摩擦铁轨溅起耀眼的火星。我深呼吸了一会儿，似乎要把那些宇宙中的带电粒子统统吸收到体内，为我接下来的回答提供能量。

我转过身说："比如刘冬梅，把你家闹得鸡飞狗跳，逼你爸妈离婚，许默然看不下去，就把她选定为作案目标。"魏大龙仿佛被蜘蛛咬了一口，浑身一抖，愣了好一会儿他才问："那叶丽萍和邵美琼呢，她们威胁到谁了?"紧接着,他说:"我知道了,叶丽萍横竖看你不顺眼,阻碍你和叶紫相好,许默然为你打抱不平,就把叶丽萍杀了。还有一种可能性,因为叶丽萍老和叶紫吵架,许默然杀她是为叶紫出气。"我摇摇头说:"别忘了,许默然的母亲是叶丽萍的闺密,叶丽萍对许默然也还不错,他没那么丧心病狂。"

魏大龙问:"那他为什么要杀害叶丽萍?"

我没有直接回答,而是坐下来,问赵卫国:"还记得最初调查叶丽萍的案子时,法医二次尸检的结论吗?"赵卫国把一根烟抽到只剩过滤嘴,说:"记得,市局派来的两名法医专家在尸检后,推翻了县里法医的尸检报告,认定叶丽萍是自杀。如果不是刘冬梅的突然被害,叶丽萍的案子很可能就以自杀定性了。"

我调动起全身的带电粒子,说:"叶丽萍应该就是自杀的。"

对赵卫国和魏大龙而言,我的这句话无异于一声惊雷在包厢里炸响,他们都有点蒙。自杀这两个字眼对我来说同样惊骇,我产生了严重的耳鸣,我甚至听到窗玻璃被震得嗡嗡作响。事实上从十二年前的那个春天起,我就一直刻意避免把自杀跟叶丽萍的死联想到一块。我知道这对叶紫意味着什么,一旦这个死因成立,她就从被害人的家属变成了凶手。

如果背负着这个沉重的精神枷锁走在泥泞的青春里,叶紫肯定走不到今天。

三

每次回忆起 2012 年的那个春天,我的眼睛都有点潮,心里也潮乎乎的。就像每到汛期,汨罗江边的沙砾、草本植物、房屋、车辆,甚至阳光,都会浮上一层微不可察的水珠。3 月 17 日那天,我和叶紫相约去县城逛街。我初中之前都生活在县城,对那里的每一个旮旯都很熟。我许诺带她去王四婆子店里吃五香酱干和桂花冻米糕,去介山庙里喝禅茶,去天岳书院看抗战文物展。

为了不引起厂里人的注意,我们决定分开走。叶紫坐六点的早班车,我坐九点的。我是打着去纸马河寻宝的幌子出门的,父亲当时坐在阳台上听收音机,从那里可以看见厂门口的客车停靠点。我担心被父亲发现我上了去县城的班车,就改变路线,穿过水塔后的侧门,准备从江边绕到公路上去拦车。我背着一个帆布包,里面塞了一把折叠兵工锹。

经过厂围墙外的菜园时,我意外地看见了叶紫的母亲,她正蹲在那座荒废的汉墓前埋头找什么东西,手里拿着个黑色塑料袋。距离有点远,我看不太清楚,后来才知道她是在采荠菜。快到农历三月三了,我们当地有用荠菜煮鸡蛋的风俗。我不想碰见叶丽萍,正犹豫着是不是原路返回,突然发现她放下塑料袋,钻进了汉墓里。除了我们这些激素分泌旺盛的少男少女,一般人是不会去那座墓里的,嫌阴森晦气。我当时的第一反应是,叶丽萍内急,躲到汉墓里方便去了。我急着去公路边拦车,就趁她不在赶紧往前走。快走到公路上时,我回头望了一眼,发现叶丽萍还没从汉墓里出来,我感觉有些不对劲。

惊蛰刚过,万物复苏,这个时节蛇虫最为活跃,毒性也最强。尤其是在古墓这种阴暗潮湿的地方,经常蛰伏着毒蛇、蜈蚣和蝎子。我担心叶丽萍如厕时被蛇虫咬伤,就往回走,想探个究竟。一开始我只敢躲在墓穴口偷听,但什么也听不见。我更紧张了,索性横下一条心,钻进了墓穴。我蹑手蹑脚地摸黑往前走,大气都不敢出。我当时担心叶丽萍还在方便,比如拉肚子或便秘,万一撞见,那就太尴尬了。

汉墓里的空间很大,有耳室、侧室、主室、后室。穿过甬道,我突然听见主室内有一男一女在说话。女的就是叶丽萍,男人的声音我一时没听出来,直到他用打火机点了一根烟,我才看清楚,居然是刘冬梅的父亲刘学峰!

在那个阴暗的世界里,借着微弱的火光,我还目睹了让我终生难忘的一幕。叶丽萍正在脱衣服,直至一丝不挂。我完全没有料到,传说中的叶孃孃,那个古板刻薄的女人,她裹在衣服里面的胴体是如此起落有致,就像一幅意境深远的山水画卷,又像是画像砖上的仕女复活了,从汉代穿越到了现在。那是我第一次在现实生活中看见女人的裸体。但我没有闻到梦中那股熟悉的香椿味,我闻到的是乳汁的味道,那是一种能安抚人心的母性的味道。

刘学峰比叶丽萍大几岁,我从没听说过两人有暧昧关系,更没想到他们会搞到一起。刘学峰在厂里恶名远扬,一双贼溜溜的眼睛,母猫见了都绕着走。最初,我以为两人是在偷情,但很快我就发现并非如此,我听到了叶丽萍的哭泣声,还听到她哀求刘学峰:"这是第一次也是最后一次,求求你放过我们母女俩吧。"

刘学峰抽着烟,摆弄着打火机,色眯眯的目光在叶丽萍的裸体上扫来扫去。他拿起叶丽萍的白色胸罩,在鼻子底下嗅了嗅,一脸猥琐地说:"再给我十万块,这事就了了。"

我这才明白,叶丽萍是被胁迫的,刘学峰可能捏住了她的什么把柄。

我听到叶丽萍哭着说:"我哪里有那么多钱,厂里的效益越来越差,每个月就那点死工资,攒不了几个钱。叶紫还小,以后还要上大学、考研究生,得花不少钱,我最多只能给你两万块。"刘学峰说:"你打发叫花子呢?你自个儿要是没钱,可以去财务科的保险箱里拿。或者找叶紫她亲爸要,她亲爸是大老板,身家过亿,十万块只够他吃两顿饭的。"

我脑袋里"嗡"的一声,像断了根琴弦。刘学峰说的这个大老板肯定不是钢琴家郭明浩,难道叶紫还有一个亲爸?一种不安从黑暗中蔓延过来,笼罩了我的胸腔。

叶丽萍拼命摇头说:"不,贪污厂里的公款是要坐牢的。我也不会去找那个人渣要,我不想让他知道叶紫是他的亲生女儿。"

我终于确认了自己的猜测:叶紫是私生女。

刘学峰说:"那就别废话了,今天先把老子伺候舒服了,三天之内再给老子十万块。"说着,他把那只白色的胸罩往地上一扔,就去掏自己的裤裆。

眼看叶丽萍就要受辱,我连忙从帆布包里抽出兵工锹,像头小豹子一样冲了过去。黑暗中突然窜出一个人,吓了刘学峰一大跳,赤身裸体的叶丽萍更是发出了一声尖叫。

魏大龙曾说,叶紫看见母亲的死亡现场时,发出的尖叫声就像阿兹特克死亡之哨。我听见过那种哨声,凄厉、恐怖、悲伤、绝望,像是从地狱的最底层传出来的,比鬼哭狼嚎还瘆人。但叶丽萍在古墓里发出的那声尖叫,远比阿兹特克死亡之哨更刺激神经,它一次次撕破时空,在我的记忆中回荡。

趁刘学峰愣神的工夫,我冲惊魂未定的叶丽萍大喊:"快跑!"

刘学峰再次点燃打火机,他认出了我,面目狰狞地说:"臭小子,原来是你啊。老子踩了这么多年缝纫机,就是你爸害的,今天新账旧账一块算!"

当时的刘学峰赤手空拳,我手上举着兵工锹,而且个头比他高,按理说占有优势。可我手里的兵工锹只是吓唬他的摆设,我根本不敢拍下去。刘学峰可是亡命之徒,他没给我任何犹豫的机会,冲上前一个抱摔,我倒在了湿滑的地面上,兵工锹脱了手。我眼冒金星,踉跄着爬起来,跟刘学峰扭打到了一块。我鼻子上挨了刘学峰的一记重拳,血糊了一脸。叶丽萍趁机穿上衣服跑出了汉墓。我不敢恋战,也撒腿往外跑,刘学峰在后面紧追不舍。

叶丽萍是往厂里跑的,我不想别人知道汉墓里发生的事,就往玉兰山的方向跑。跑到山脚下时,我体力不支,双腿一软摔倒在地,刘学峰扑上来,骑在我身上,我们再次扭打到了一起。刘学峰用双手用力掐住了我的脖子,我透不过气,眼珠子都快瞪出来了。这时他的手机突然响了,他腾出一只手去接电话。后来我才知道,这个电话是刘学峰生前接到的最后一个电话。我瞅准时机,从地上抓起一把土,朝刘学峰脸上撒去。他的眼睛被眯住了,发出"啊"的一声惨叫。我立马一个兔子蹬腿把他踹翻了,他的手机掉在地上,我听见里面传出一个男人的声音:"峰哥,你怎么了?"

刘学峰摇晃着身子站起来,他喘着粗气,捡起手机正要说话,对方已经挂断了。刘学峰把手机塞回口袋,伸手去腰间摸索着什么,嘴里骂骂咧咧:"小王八羔子,有种你别跑,今天我非弄死你不可!"

我担心刘学峰掏刀子,捡起一块半个西瓜大的石头朝他砸去。刘学峰连忙抬手一挡,石头砸在他的右臂上,我清晰地听到了骨折声,他再次发出了杀猪般的惨叫声。我掉头往汉墓的方向跑,我的帆布包和兵工锹还留在里面。这次刘学峰没有追赶,他捂着右臂,像条蛇一样在地上痛苦地翻滚。

重返那座汉墓,我不仅找到了自己的兵工锹和帆布包,还意外发现了叶丽萍的身份证和那只白色的胸罩。应该是她在逃跑时因为太慌张遗留下的。我的鼻子还在流血,一滴鼻血可能恰好掉在了胸罩上,但我当时没注意到。经过这么一通折腾,九点去县城的那班车早就开走了。我没有办法去新华书店赴叶紫的约,只好假戏真做前往纸马河寻宝。叶丽萍的身份证和胸罩都被我塞进了帆布包,我有她家的钥匙,准备找个机会悄悄还给她。

傍晚回来时我听说叶丽萍死了,我的本能反应是她被我撞破了汉墓里的秘密,羞愧难当自杀了。得知她是被害的,我最初怀疑是刘学峰干的,但仔细一琢磨觉得不对。刘学峰的右臂被我砸骨折了,他使不上劲勒死叶丽萍。而且,刘学峰还等着叶丽萍给他十万块封口费呢,没必要杀人。我破坏了刘学峰的好事,又打伤了他,这家伙最想杀的人应该是我才对。没多久刘冬梅也遭遇不测,我更加确信凶手不是刘学峰了。

我把叶丽萍的胸罩和身份证藏在床垫下面,打算过了风头再扔掉。案子刚刚发生,保卫科和警察盯得紧,现在处理容易被人发现。如果警察顺藤摸瓜查到我头上,汉墓里发生的那件事就会尽人皆知。到时叶丽萍就成破鞋了,叶紫也会在厂里抬不起头来,甚至会毁了她的一生。

2024年这个大雨滂沱的晚上，在一江春茶楼，当我挖开那个埋藏在2012年春天深处的秘密时，坐在我对面的魏大龙"扑哧"一声笑了："我知道一个性变态的故事是怎么诞生的了。"

赵卫国审视着我，长时间没有说话。

我知道他在想什么，我说："刘学峰不是我杀的，我确信我只是用石头砸了他一下，而且砸的是手臂。我后来每天在书包里放一块板砖，就是担心他回来找我麻烦，我根本不知道他死了。"赵卫国说："照你这么讲，那天你离开玉兰山脚下后，刘学峰遭到了第二次袭击，这次袭击才是致命的。"魏大龙问："会不会是这家伙被良子打蒙了，分不清方向，自己走到山上，失足掉进了金井？"赵卫国摇头说："他不是摔死的，是被钝器连续打击头部，颅脑损伤致死。"

魏大龙对我说："我想起来了，那个救了你一命的电话是瘦猴打的。"

我说："我知道，我认识这家伙。"

2023年夏至这天，屏江分局在天岳书院前抓到一个假古董贩子，外号叫瘦猴，真名叫曹阳。审讯时，他交代了警方之前没有掌握的一条线索。2010年6月，他伙同刚出狱的刘学峰去到缅北，打着做珠宝生意的幌子搞电信诈骗。因为业绩不好，两人差点被割腰子，于是逃回了国。瘦猴说，原本他和刘学峰约好2012年3月下旬去青海盗墓的，对外谎称做中药材生意。3月17日上午，他给刘学峰打电话，刘学峰接通后发出了"啊"的一声惨叫，他问刘学峰怎么了，刘学峰没吭声，他就赶紧挂了。第二天他再打刘学峰的手机，就打不通了，从那以后，刘学峰就人间蒸发了。瘦猴怀疑刘学峰是碰到了黑道的仇家，他不想引火烧身，也就没再联系刘学峰。瘦猴给刘学峰打电话用的是不记名的黑卡，所以警方追查刘学峰的通话记录时，一直没查到他头上。

这几年缅北的电信诈骗越来越猖獗，到了人神共愤的地步。曹阳作为亲历者，按照警方的要求在电视里现身说法，揭露电诈集团的黑幕。我恰好看了这期节目，认出了曹阳。十二年前，因为贩卖假药，这个尖嘴猴腮的家伙跟我关在同一个号子里。

十七岁的那年春天，我宁愿背负杀人的黑锅，也要保护叶紫身世的秘密。我觉得那就是担当，就是爱。当上警察后，我必须承认，隐瞒一起重大刑事案件的信息，是严重的渎职行为。我对赵卫国说，回头我会写个情况说明报告，向组织上自请处分。赵卫国似乎没听见我的自我检讨，他问："你觉得刘学峰是谁杀的？"我说，我不止一次想过这个问题。

按正常逻辑，刘学峰骨折后应该第一时间去职工医院治疗，然后在家休养。但我一直没有在厂里见到他，我还特意到他家窗户外面转悠过几次，屋子里根本没人，这说明他在受伤后并没有回来。除了我父亲，整个5731厂，刘学峰谁都不怕。刘学峰失踪后，我怀疑他是怕我向我父亲告状，我父亲会找他算账，所以吓得不敢回厂里了。

魏大龙插了一句话："你的意思是，刘学峰是在外面养伤期间被杀的？"

赵卫国说："不可能。那天上午之后，刘学峰的手机再无任何通话记录。如果他还有时间治伤，肯定会跟人联系，至少会跟他的女儿刘冬梅联系。"我说："赵局的分析是对的，刘学峰应该就是在受伤后不久被杀的，连电话都没来得及打出一个。"魏大龙问："玉兰山那里荒无人烟，谁会要了这家伙的命？"我说："我和刘学峰打斗时，应该被人发现了，而且凶手很可能是一路跟踪过来，趁刘学峰手臂骨折，失去反抗能力时，用钝器将他打死的。"

魏大龙失声叫道："是叶丽萍？"他分析起来："叶丽萍可能担心你出事，半路又折返回来，悄悄尾随着你和刘学峰。她有足够的动机杀死刘学峰，一是为了泄愤，二是为了灭口。"

我说："一开始我也是这样认为的，的确，叶丽萍杀死刘学峰的动机是最强烈的。但我后来仔细看了案卷，梳理了叶丽萍死亡前几个小时的整个活动轨迹，发现她从江边逃回去后，再没有离开过厂里。而且，以她一己之力，要把刘学峰的尸体拖到玉兰山上，扔到金井里，有点勉强。"

赵卫国说："杀死刘学峰，很可能是为了灭口。不想让叶紫身世秘密曝光的，有四个人——良子、叶丽萍、叶紫本人和那个身家过亿的大老板。叶紫可以排除，她那天一早就坐车去了县城，有不在场证明。"魏大龙说："那嫌疑对象就只剩下那个大老板了，对了，会不会就是梁奇志？听我妈说，上中学时，梁奇志和叶丽萍之间有那么点意思。"

我看着赵卫国，说："梁叔的情况，赵局比我更清楚。"

赵卫国抽着烟，慢悠悠地说："如果刘学峰没有撒谎，他说的那个大老板应该就是梁奇志。十二年前，整个屏江，身家过亿的老板屈指可数。刘学峰在讹诈叶丽萍的同时，也有可能讹诈梁奇志，两边获益。梁奇志是有妇之夫，是社会知名人士，他不想凭空多出一个私生女让他身败名裂，甚至争夺他的财产。所以，他是有杀人灭口的动机的。但以他的身份和身价，动手杀人的可能性极小。刘学峰对他来说就是只小蚂蟥，他随便放点血就能把这只蚂蟥喂饱，犯不着冒险杀人。"

续过几次水的碧螺春已经寡淡无味，我还是倒了一杯。回忆似乎抽走了那个春天积蓄在我体内的所有潮湿的东西，我迫切需要补充水分。我喝了两口茶后，说："我后来查过梁奇志，2012年2月中旬，他就去美国度假了，他老婆孩子都定居在芝加哥，3月底才回来，他没有作案时间，至少他本人没有。其实，还有一个人也不希望叶紫身世的秘密曝光。"

魏大龙立即反应过来："是许默然？"

我点点头，说："那座汉墓附近有野猫野狗出没，许默然经常去那里给它们喂吃的。那天上午，他有可能也在汉墓里，无意中听到了叶丽萍和刘学峰的对话，甚至，比我听到的更多。刘学峰追打我时，许默然有可能尾随在后，目睹了整个打斗的过程。在我离开后，他才现身。或许，他和刘学峰也发生了打斗，并且失手把刘学峰打死了。他害怕承担刑责，于是藏尸灭迹。"

就跟蓝裙子系列杀人案一样，绕了一个大弯，许默然又成了刘学峰被害案的头号嫌疑人。我说："以前我从没怀疑过许默然，最近受到蝴蝶姿势的启发后，我把那些忽略的线索都串联了起来，发现背后隐约都有许默然的影子。"

魏大龙问我："你为什么认为叶丽萍是自杀的？"

我说："许默然是到过叶丽萍家的为数不多的几名男性之一，叶丽萍死后，他接受过保卫科和警方的例行询问。我看了他的不在场证明，案发当天吃完午饭后，他于十二点三十六分进入厂门口对面的新星书店看书，接着去了李师傅理发店，理完发他去了俏佳人超市买猫粮，然后在美多多奶茶店前喂流浪猫，两点四十五分才回厂里。这四家店都有监控记录可以验证许默然的话，而叶丽萍的死亡时间是下午一点半到两点之间，因此许默然根本没有作案时间。把许默然确定为蓝裙子系列杀人案的嫌疑人后，我做了种种努力，试图从他的这个不在场证明中找出破绽，但一直没有成功，太完美了，无懈可击！"

魏大龙说："尸检得出的死亡时间是有误差的，不排除一种巧合，许默然作案恰恰就在这个时间差之内。"

三杆烟枪把包厢变成了一个大香炉，仙气飘飘中，赵卫国如老僧入定一样沉默不语，眼皮耷拉着，似睡非睡，脸上看不出任何表情。

我对魏大龙说："我最初也怀疑许默然是打了个时间差作案，但我反复推理后，发现他的杀人动机太牵强了。"魏大龙问："既然叶丽萍的胸罩和身份证是你捡的，那为什么刘冬梅和邵美琼死后，犯罪现场楼下也都找到了她们的胸罩和身份证？"我说："许默然知道我是无辜的，为了帮我脱罪，他故意把两名死者的胸罩和身份证扔到了楼下。"

魏大龙又问:"发现有人伪造犯罪现场后,你当时不觉得奇怪吗?"

2012年春天,我离开5731厂后,就再也没有回去过。最初是父亲禁止我回去,父亲去世后,是我自己不愿意回去。父亲的辞世跟蓝裙子系列杀人案有关,郁积在心里的悲愤严重损害了他的健康。我不想回厂里面对那些异样的目光,不想被他们当成害死父亲的凶手。我告诉自己,要回去,就等我砸碎了背上的黑锅再回去。每次都是母亲来单位宿舍看我,顺便帮我收拾一下那个狗窝。就在三天前,母亲又过来了。这次我没有让她打扫卫生,而是花了整整一个下午,跟她讲述十二年前的案子,讲述那些被我刻意隐瞒的细节。母亲听得热泪长流,说我五官像她,骨子里还是随我爸,死犟死犟的。

我对魏大龙说:"我一直以为是我妈在帮我脱罪,伪造了现场。刘冬梅死后,犯罪现场并没有贴封条,她家的钥匙被我爸放在保卫科办公室,我妈是有机会拿到的。邵美琼死后,我妈也去过现场,她有偷走邵美琼的胸罩和身份证的机会。三天前,我特意向我妈求证了这件事,她矢口否认,说自己没那么大的胆子。那就只有许默然具备这个动机了,他也有这个智商。"

魏大龙说:"这也太奇怪了,凶手都是巴不得嫁祸于人,许默然却生怕警方抓错了人。"我说:"蓝裙子系列杀人案其实没有凶手。"魏大龙简直惊掉了下巴,问道:"没有凶手?你不是说许默然是头号嫌疑人吗?"我说:"他只是涉案,但不是凶手。"魏大龙说:"良子,我怎么越听越糊涂了,你别绕了,说重点吧。"

我深吸了一口被雨水过滤的新鲜空气,说:"就在三天前,我得知了邵美琼死亡的真相。"魏大龙问:"难道她也是自杀?"我说:"邵美琼不是自杀的,也不是他杀,而是被误杀的。"魏大龙看着我,就像在看一个蜥蜴人,他问:"为什么是误杀?"

赵卫国也一怔,从入定状态中醒过来,他睁圆了眼睛听我解释。

我说:"邵美琼的死亡原因是喝了掺有降压药的西柚汁引发的心梗。这杯西柚汁不是凶手强迫或者诱骗邵美琼喝下的,而是邵美琼自愿喝的,当然,喝的时候她并不知道里面溶解了降压药,因为这杯西柚汁原本不是为她准备的。"

魏大龙追问:"那是为谁准备的?"

我说:"唐恬恬。"

魏大龙的嗓音都有点变调了,就像在唱花鼓戏:"凶手本来想杀唐恬恬?"我摇头说:"不是,我已经说过了,蓝裙子系列杀人案没有凶手。这杯西柚汁是唐恬恬为自己准备的。"魏大龙手舞足蹈地冲我吼道:"不可能,唐恬恬怎么会自杀?你有什么证据证明她要自杀?良子,你是不是被案子整魔怔了,得了妄想症?"赵卫国示意魏大龙冷静,说:"让他解释完。"

雨小了,那辆狂飙的空中列车渐渐远去,车轮的滚滚声已微不可闻。我抽着烟,望着窗外越来越浓的夜色。如果回到十七岁那年的春天,我依然会对叶紫身世的秘密,还有唐恬恬自杀的秘密都守口如瓶。我不想泄露她们的隐私,不想伤害我的任何一个朋友。有时候,一个少年的倔强是成人无法想象的,那是被激素催化出来的一种高傲,确切地说是高贵,不惜用青春和热血捍卫的高贵。但现在我是警察,破译跟案情有关的秘密是我的职责。

从俞利国家回来的那天晚上,我打开了那个粉红色的优盘,里面只有一个舞蹈视频。比起如今银幕上风情万种的唐恬恬,视频里的她,无论是舞姿还是表情都有些青涩,但我更喜欢这种邻家小妹的风格。这支舞蹈的配乐是王菲唱的《我也不想这样》,是在邵美琼遇害那天晚上的七点四十五分录制的,时长两分半。唐恬恬跳完舞后,开始对我表白,羞答答的,有点像在课堂上被老师点名背书。这些话她在琵琶岛度假山庄告诉过我,我并不意外。让我震惊的是这段爱情独白末尾的一段话——唐恬恬带着哭腔说,这是她生命谢幕前的最后一支舞,把它献给我,自此来生再见。唐恬恬说出了她告别这个世界的原因,希望我记住她的美丽。

她还引用了王菲的两句歌词："越在乎的人，越小心安抚，反而连一个吻也留不住。我也不想这么样，反反复复，反正最后每个人都孤独。"

在视频中，唐恬恬身后的桌子上有一盒降压药非洛地平、一瓶已经开封的西柚汁，以及一只装满白色汁液的玻璃杯。我对蓝裙子系列杀人案的案卷倒背如流，我清晰地记得，邵美琼是晚上八点半左右通知唐恬恬收拾行李，准备连夜带她去县城的。尸检表明，邵美琼的死亡时间是当晚九点到九点半之间。也就是说，邵美琼很可能是误喝了唐恬恬为自己准备的那杯毒饮料，回家后死于心梗的。

我当即给唐恬恬打了电话，说我找到了当年她托许默然转交给我的那个优盘，看完了里面的视频，想跟她谈谈。唐恬恬最初不相信，以为我在诓她，说："许默然十二年前就把那个优盘弄丢了，怎么可能失而复得？"我只问了一句："那瓶西柚汁和一盒非洛地平都是你买的吗？"唐恬恬一下就沉默了，过了好一会儿才说："我在南京拍戏，刚卸完妆，我马上打飞的过来，你到黄花机场接我吧。"

我借了魏大龙的大切诺基，但没告诉他用途。唐恬恬是坐凌晨的红眼航班到星城的，戴着大口罩，没有人认出这位大明星。上车后我问她去哪家酒店，她说不去酒店了，去汨罗江边吧，我跟叶紫经常去的地方。

一路上我和唐恬恬都没怎么说话，大切诺基像一匹脱缰的野马在夜色中狂飙，直接开到了5731厂附近的江滩。我熄了火，下车和唐恬恬在布满鹅卵石的滩涂漫步。我问她："你当年为什么会有轻生的念头？"她停下脚步，反问："我在视频里不是都说了吗？"我说："我不敢相信那是真的，任何视频都可以作伪，我想听你亲口告诉我真相。"

唐恬恬回望着漆黑一片的厂区，浑身微微发抖。过了足足十分钟才开口："我上初二那年夏天，林东亮深夜在屏江县城街头飙摩托车，撞死了人。"我说："这事我知道，撞死的是一个摆夜宵摊的伤残退伍军人。邵美琼给死者家属赔了一大笔钱,才把儿子从号子里捞出来。"

唐恬恬说:"这笔赔款耗光了邵美琼的所有积蓄,导致她开的汽车配件专卖店资金周转困难,快要经营不下去了。她到处借钱融资,但屡屡碰壁。"我说:"她跟我妈开过口,我妈本来想借她两万块钱应急的,但我爸不同意,他最痛恨欺负退伍军人的坏种,说子不教,母之过,应该让这母子俩长长记性。"

唐恬恬扭头看向江面,月光下的汨罗江像一块神秘的黑曜石。她说:"邵美琼走投无路,只好带着我去求助梁奇志。"我问唐恬恬:"她为什么要带你去?"唐恬恬说:"邵美琼和梁奇志虽然都是厂里的子弟,但不太熟,也不同届。我爸在慕兰中学读高中时,跟梁奇志同班,还同桌过一学期。"我又问:"邵美琼为什么不让你爸去找梁奇志?"唐恬恬说:"我爸这个人死要面子,不愿意求人,不肯去。"

我明白了,邵美琼这是在打感情牌,希望梁奇志见到唐恬恬后能想起老同学的情分,出手帮她一把。

唐恬恬继续往前走,说:"一开始梁奇志满口应承,还请我们吃了顿丰盛的海鲜。当邵美琼问他什么时候能转账时,他却装聋作哑,吃饭时老不怀好意地瞟我。"唐恬恬的呼吸明显急促起来,就好像四周潜伏着一头食肉猛兽,让她感觉到了威胁。我听父亲跟母亲说过,梁奇志有了钱之后喜欢在外面拈花惹草,他跟赵卫国都看不惯,要不是在熊人谷一起出生入死过,两人可能早就和梁奇志绝交了。唐恬恬说:"那天晚上吃完海鲜,邵美琼没有带我回她在县城买的房子,说小区停电。她在芙蓉大酒店开了间房,等我洗完澡后,她给我喝了一杯柠果汁,后来我才知道她在果汁里掺了安眠药。等我醒来后,发现梁奇志趴在我身上……"

我紧盯着唐恬恬,希望她是在梦游,或者是在说台词。可是她的表情告诉我,她是在回忆一个真实而可怕的夏天。

每次父亲追忆光辉岁月,熊人谷的那段生死穿越总是一场重头戏。实事求是地说,我对梁奇志的仰慕,胜过对父亲和赵卫国的崇拜。梁奇志上过大学，也上过缉毒战场，是在屏江坐头把交椅的企业家和慈善家，政商两界都混得风生水起。尽管生活作风不太检点，但这是有钱人的通病，瑕不掩瑜。而父亲和赵卫国都只有高中学历，虽然一度当过缉毒英雄，说到底，也只是尽军人的本分而已。特别是转业到地方后，他们在工作上并没有什么建树，过着很平凡的生活，甚至显得有些平庸。不像梁奇志，经常上报纸、电视，生活精彩纷呈。然而，在2024年春天，凌晨两点半的汨罗江边，梁奇志在我心中的形象迅速坍塌。

我问唐恬恬："你为什么不报警？"唐恬恬说："邵美琼先是哀求我，帮她挺过难关，不然靠我爸的那份工资，一家人得喝西北风。见我哭闹不止，她又威胁我，梁奇志跟县公安局刑警队的赵队长，还有你爸，都是铁哥们，报警没用。而且我爸有把柄在他们手上，我要是不听话，他们就会把我爸抓去坐牢。"

我知道邵美琼说的把柄是什么。唐恬恬的父亲唐璜是个老好人，唯独好酒，喝多了就有点犯迷糊。有天晚上他在外面喝断片了，晕头转向地进了厂里的女厕所。一个叫王蓉芳的女青工正在如厕，吓得尖叫一声，提起裤子就往外跑，径直去了保卫科。我父亲亲自处理了这件事，他知道唐璜人品好酒品差，肯定是误闯的，就让他跟王蓉芳赔礼道歉，并写了份检讨书存档。这本来只是一场小纠纷，可王蓉芳的丈夫觉得自己的老婆被人看光了，吃了大亏，就隔三岔五地家暴泄愤，最终导致王蓉芳服毒自杀。

这下事情闹大了，王蓉芳的丈夫和娘家人都报了案，一口咬定是唐璜耍流氓导致了王蓉芳的自杀，要求警方严惩凶手，并找唐璜索赔一百万。在我父亲和赵卫国的调解下，唐璜赔了十万块，风波才得以平息。邵美琼用这件陈芝麻烂谷子的事来吓唬涉世未深的唐恬恬，用心可谓险恶至极。

唐恬恬说："我被吓到了，就忍下了梁奇志的兽行。但噩梦并没有结束，而是刚刚开始。从那以后，邵美琼经常以各种借口把我带到县城去开房。我稍有不从,她就会指使林东亮殴打我。"

夜色深沉,江风吹乱了我的头发。我在阴沉木上坐下来,十二年过去了,这根木头依旧弃置在江滩上,以一种隐世高人的姿态,日复一日地看着大浪淘沙。我点着一根烟,目光投向汉墓,那里仿佛是个巨大的数据储存器。我记得魏大龙曾经说过,唐恬恬的胳膊上有伤,想必就是被林东亮打的。

唐恬恬紧挨着我坐下,她的脸像是被月色漂白过一样,闪烁着莹莹光泽。随着她的讲述,邵美琼的死亡真相,像一头浑身流满绿色脓液的水怪从江心爬了出来——梁奇志"投桃报李",不仅借了钱给邵美琼,缓解了她的资金周转危机,还资助她开了两家汽车配件分店。林东亮也成了梁奇志的专职司机,一身名牌,人五人六起来。2012年春天,邵美琼利用蓝裙子系列杀人案在5731厂造成的恐慌情绪,强迫唐恬恬转学到县一中,目的就是更好地控制她,把她当成自己的摇钱树。这种变本加厉的蹂躏让唐恬恬不堪忍受,精神几近崩溃。

说到这里,唐恬恬的身体又开始颤抖,脸上有一种深入骨髓的惊惶。我犹豫了一下,握住了她的一只手。她的皮肤很凉,像瓷器上的釉。唐恬恬慢慢平静后,继续讲述——

她曾在网上看到,西柚汁和降压药同时吃,产生的药物反应会致命。于是她买了盒非洛地平,碾碎后溶解在了西柚汁中,准备在离开5731厂的头天晚上,跳完最后一支舞后彻底解脱自己。为了坚定自己的决心,她拔掉了电话插头,服毒前不打算接任何人的电话。不料那天晚上梁奇志兽性大发,唆使邵美琼驾车过来接她,连夜到县城的芙蓉大酒店开房。可能一路开车过来有些口渴,邵美琼喝下了那杯冰镇的西柚汁。

我问:"你明知西柚汁里下了药,为什么不阻止她喝?"唐恬恬说:"当时我出门去给你送优盘了,不在家。托许默然把优盘转交给你后,我心里很乱,就在厂里溜达了一会儿。回去后,我发现邵美琼已经坐在房间里等我了,她要我抓紧时间收拾一下,一个小时后去找她。"

我问:"你没有发现她已经喝了西柚汁吗?"唐恬恬摇头说:"没有。"我有点困惑:"那这一个小时你在干什么?"唐恬恬说:"大龙经常夸我像天使,我想走得像个真正的天使。我花了一个小时梳妆打扮,还洗了个澡。就在我准备跟世界说再见时,突然发现装西柚汁的玻璃杯空了。当时我的大脑一片空白,过了好一阵子才反应过来,西柚汁肯定是被邵美琼喝掉了。我吓坏了,赶紧给她打电话,但没人接,我撒腿就往她家跑。"

一个绝望的少女奔跑在2012年春天的夜晚,虽然她打算告别这个世界,却不忍心看着伤害她的那个人死掉。她在跟死神赛跑,但她输了。唐恬恬说:"我一口气跑到了邵美琼家门口,发现钥匙插在锁眼里。我打开门后发现,邵美琼穿着蓝裙子,以一种诡异的姿态死在了房间里。"我问:"你当时是怎么想的?"唐恬恬说:"我以为是巧合,邵美琼在药性发作前,恰好碰到了那个连环杀手。说实话,我当时很害怕,也有些释然——就算邵美琼没有喝那杯下了药的西柚汁,她也会被凶手杀害,她的死跟我无关。"

我拨弄着打火机问:"后来呢?"

唐恬恬说:"后来我跑回家,把装过西柚汁的玻璃杯、饮料瓶和药盒子全部扔进了防空洞。做完这些,我故意拎着行李箱重返邵美琼家,制造我是刚去那里的假象。因为我改变了主意,不想自杀了。"我问:"为什么?"唐恬恬说:"我不想跟邵美琼去同一个地方,我怕她再折磨我。"我继续问:"林东亮和梁奇志后来还胁迫你吗?"唐恬恬摇摇头:"邵美琼死后,我爸不让我转学了,他也申请调到了总务科,天天在家陪着我,可能他们觉得没机会下手了。"

唐恬恬把头枕在了我肩膀上,就像一片云静静地停靠在山头。我第一次在她身上闻到了魏大龙说的那种牛奶子树的味道,香香的,让人迷醉。不得不承认,长久以来,我忽略了这个天使一样的女孩。我的青春岁月里充斥着菖蒲和艾叶的气息,盖住了牛奶子树的味道。

接下来的聊天变得很家常，唐恬恬讲了一些鸡零狗碎的事，说魏大龙送她的那双红舞鞋质量太差，只跳了几回就开裂了，他爸肯定是被湘绣店的人忽悠了；她说我转学后，她偷偷去县一中找过我好几次，远远地看着坐在牛奶子树下发呆的我，她一句话都不说，然后再搭车回厂里；她说我弹奏的钢琴曲是她少女时代听到的最美妙的天籁之音，那时候她最大的梦想，就是我能专门为她弹奏一首曲子，就像我专门为叶紫演奏那样。唐恬恬还提起了她的父亲，说2018年的重阳节晚上，她在浙江一家电视台做节目，现场朗诵了拜伦的诗歌《唐璜》，结果她父亲就是在那晚走的。

唐恬恬父亲去世这件事我知道，当时很轰动，上了本地热搜。唐璜得了肝癌，是晚期。他放弃了治疗，回到厂里，想安然度过最后的时光。重阳节那天晚上，林东亮开车送梁奇志去厂里看望唐璜，三人在家里吃火锅。结果因为房间通风不畅，引发了一氧化碳中毒事故。邻居次日察觉不对劲后报告了保卫科，我父亲破门而入，发现室内三人都倒在地上。唐璜和林东亮抢救无效死亡，梁奇志昏迷了一天一夜，侥幸捡回了一条命。

回想那起一氧化碳中毒事故，我的心脏不规律地跳动了一下，我问唐恬恬："你爸知道你被他们欺负过的事吗？"

唐恬恬说："不知道，我没敢告诉他。"

天快亮了，唐恬恬还要赶回南京拍一部婆媳剧，清早的飞机，我开车送她去黄花机场。路过5731厂时，我们不约而同地看向窗外，那里早已没有了昔日的繁华和喧嚣，寂静得像一处失落的史前文明废墟。我似乎看到了少年时代的自己，坐在牛奶子树下弹着那架古董钢琴，叶紫在旁边朗诵普希金的诗歌《假如生活欺骗了你》，唐恬恬则跳着欢快的俄罗斯民族舞。

那时候我们都有一双隐形的翅膀，都有一张从没被生活欺骗过的脸。

四

在一江春茶楼里，讲述完唐恬恬被凌辱的青春，以及邵美琼的死亡真相后，魏大龙怒起，说："我现在就以涉嫌强奸把梁奇志抓起来！"赵卫国厉声喝止："你有证据吗？单凭唐恬恬的一面之词，根本指控不了梁奇志。"魏大龙盯着赵卫国的双眼有如电焊，像在喷火，他质问："赵局，你和梁奇志是生死之交，你不会是想放他一马吧？"赵卫国猛地一拍桌子，茶壶都差点震落到地板上，他怒道："放屁，再胡说八道，老子揍你！"我把魏大龙强行拽回了座位，说："大龙，你别冲动，赵局他不是这种人。"

服务员听到了包厢里异常的动静，推开门探头探脑，我挥手示意他离开。魏大龙梗着脖子问："难道就让姓梁的逍遥法外？"赵卫国喝了口凉茶，怒火消了一些，说："梁奇志是政协委员，动他要谨慎。明天我把良子反映的情况写成书面报告，递交给市局的齐局长和省厅的程副厅长，等上面研究后再做决定。"

我说："唐恬恬在上飞机前告诉我，她可以随时配合警方的调查，但她手里没有任何证据。每次在宾馆开房时，梁奇志都很小心，在前台登记的都是邵美琼或林东亮的名字。"

我提醒魏大龙，在没有掌握确凿证据的情况下，就对梁奇志采取行动，很容易被他反咬一口。到时被不良媒体一炒作，会害了唐恬恬。魏大龙终于冷静下来，说："那就让姓梁的多蹦跶几天。"赵卫国说："2018年重阳节的那起中毒事故我去过现场，事后我也询问过梁奇志，没发现什么问题。现在看来，很可能是蓄意谋杀，凶手就是唐璜本人。"我点头说："这是父亲在为女儿报仇，他要把梁奇志和林东亮捆绑下地狱。"魏大龙有点纳闷，说："可唐恬恬说她并没有告诉她爸，她被那两个男人欺负过。"我说："有可能是别人告诉唐璜的。"魏大龙问："谁？"

"许默然。"我说，"那天晚上，唐恬恬要他把优盘转交给我，他可能看出了唐恬恬情绪不对，就打开了优盘，得知了她要轻生的秘密。他跑到唐恬恬家，想阻止她自杀，结果发现那杯毒饮料被邵美琼喝了。他没有声张，后来他又伪造了邵美琼的死亡现场，以使唐恬恬不受牵连。当唐恬恬打消轻生念头，找他索回那个优盘时，他便谎称遗失了。"

魏大龙又问："他为什么要撒谎，把优盘直接还给唐恬恬不就行了？"

我说："那个视频会显示播放次数，他担心被唐恬恬发现他看过。"

赵卫国说："如果叶丽萍是自杀的，许默然的那份完美的不在场证明就解释得通了。叶丽萍死亡时他确实不在现场，他是后来才进入她家的。也许他跟你一样，也有一把叶家的钥匙。邵美琼误喝毒饮料的那天晚上，他又用这把钥匙偷走了叶紫的蓝裙子，穿在了邵美琼身上。"魏大龙问："那刘冬梅的死呢，难道也跟许默然无关？"我说："刘冬梅是不是被许默然杀害的，现在还不好下结论，只能说这件事肯定跟他有关。"魏大龙感叹："那时候我们天天跟喵星人在一起，竟然没想到案子就是他一手'炮制'的，他没去当警察真是可惜了。"

我有同样的感受，想到这些年来，许默然那双诡谲的猫瞳一直在暗处偷窥，对一切洞若观火，而我毫不知情，浑身就忍不住起鸡皮疙瘩。

直到茶楼打烊，我们才在服务员的催促下离开。赵卫国打车去了分局，说要连夜写报告。魏大龙在滨江小区买了一套两室一厅的房子，他爸给的首付，我去那里借宿。我们是走着去的，不到三站路，魏大龙吐了两次。我知道他吐不是因为胃酸，而是因为心酸。在他心中冰清玉洁的女神竟然有过那样一段暗黑岁月，一直自诩护花大使的他肯定接受不了。我很能理解这种心情，生活就是一部充满各种反转的悬疑剧，一如我从没想过十二年前在古墓里的那次窥探，居然会埋葬我的初恋。

到了小区，我和魏大龙没有任何睡意，干脆泡了一壶巴拿马翡翠庄园的瑰夏咖啡，继续闲聊。反正第二天是周日，不用打起精神上班。这种咖啡口感很好，据说价格不菲，是唐恬恬送给我们的，我和魏大龙一人一大听。魏大龙说，在邵美琼死亡的前几天，恬恬也给他送了一个优盘，他看过了，里面除了她跳舞的视频，什么都没有。他觉得很奇怪，恬恬怎么没把自己要轻生的事告诉他，而是透露给了我？我喝着咖啡，思考怎么回答魏大龙。之前在茶楼里讲述那个优盘里的内容时，我特意省略了唐恬恬的爱情独白。

我终于找到了一个貌似合情合理的借口，说："恬恬知道你暗恋她，怕你受不了这个打击，所以让我来告诉你这个秘密。"魏大龙说："我猜也是这样。"他回忆道："那天晚上我本来想约她去看电影的，下午就见她蔫蔫的，以为她身体不舒服，没打通电话就放弃了。我眼瞎，没看出来她其实是有心病。"我感叹道："恬恬要是把那个优盘直接交到了我手里，生活就会是另外一个样子了。"魏大龙说："就算那晚你拿到了优盘，你当时的魂都在叶紫身上，哪里有心思打开看啊？对了，唐璜谋杀梁奇志和林东亮，会不会是许默然指使的？"我说："可能性非常大。"

魏大龙点了根烟，火光映照在眼球上，像猩红的血，他恨恨地说："老天不开眼哪，让姓梁的活过来了。"我说："要是我爸还在，知道了这件事，一定会找上门去，把梁奇志揍成太监。"魏大龙阴着脸说："老子要不是警察，也会这么干！"

第二天上午十点半，我和魏大龙正在睡大觉，被赵卫国的电话叫醒了。赵卫国说水电泵厂发生了一起杀人未遂案，涉枪，要魏大龙赶紧带人过去。魏大龙走后，我继续睡觉，快到中午时，他打来电话，说："良子，你来现场一下，尽快！"

我听他语气不对，意识到案子不寻常，顾不上洗漱就打车赶了过去。

是水电泵厂宿舍楼里一个叫王海英的女租客遇袭,差点丧命。从凶手的作案手法来看,几乎就是十二年前蓝裙子系列杀人案的翻版,只不过这次凶手在现场开了一枪,受害人没死。然而,许默然早已遇难,这就意味着我和魏大龙之前的所有推理都是错的,凶手另有其人。

果然,魏大龙给王海英看了许默然的照片,她说跟凶手长得完全不一样。最早到达现场的是接到110指挥中心通知的巡警,刑警是第二批到达的。听到魏大龙反馈的情况,赵卫国立即放下写了一通宵的报告,也赶到了水电泵厂。看完现场,问了一些细节后,赵卫国的脸色异常难看,我和魏大龙也差不多,脸上都堆起了厚厚的阴霾。昨晚我们仨还在一江春茶楼侃侃而谈,以为破译了蓝裙子系列杀人案之谜,没想到只隔了一夜就被打脸了。

回到分局,我和魏大龙跟在赵卫国后面进了局长办公室。桌上还摊着那份手写的报告。从警这么多年了,赵卫国还是不习惯用电脑办公。魏大龙直接拿起桌上一包没开封的和天下,正要撕开锡箔纸,赵卫国说:"是梁奇志给的。"魏大龙立马把烟扔回了原处,从自己身上摸出半包芙蓉王,一人发了一根,说:"真邪门,又出来一名凶手!"赵卫国瞪着布满血丝的眼睛问我:"你觉得呢?"我说:"有两种可能。第一,凶手是模仿作案;第二,我们之前的推理错了,蓝裙子系列杀人案不是许默然干的。"

赵卫国说:"如果是第二种可能,就太诡异了。在刘冬梅和邵美琼的案子中,许默然拿走受害人的胸罩和身份证是想为你脱罪,这能说得通。可是,王海英的胸罩和身份证也被凶手丢弃在了现场附近,这又做何解释?"魏大龙说:"也许凶手另有其人,在叶丽萍死后,他本来也想带走叶丽萍的胸罩和身份证,但没找到,所以就放弃了这一变态的行为?"我说:"这太巧了,可能性微乎其微。"赵卫国说:"更巧的是,凶手正好选择在邵美琼心梗发作时作案,我也不相信世上有这么巧的事。"

魏大龙说:"那就肯定是模仿作案。"赵卫国问:"那凶手的动机是什么?王海英没有遭受性侵,也没有丢失任何财物,劫色、劫财都不成立。"魏大龙说:"这次凶手杀人未遂,是因为作案时正好有个男人来敲门找王海英。可能凶手慌了,来不及劫色、劫财就跳窗逃跑了。"我摇头说:"不对,如果是模仿作案,凶手就不应该劫色、劫财。十二年前的那三桩命案,死者都没有被性侵,也没有丢失财物。"赵卫国问:"那你认为王海英的案子,跟十二年前的案子有什么关联?"我使劲抽了几口烟,说:"一定是同一个人干的。"赵卫国问:"为什么?"我说:"直觉。"

当天下午,我特意去了趟星城科技馆,在蝴蝶标本展区一直待到闭馆才走。那些标本模拟蝴蝶活着时的各种姿势,或栖息,或飞翔,或吸水,或交媾,或采花蜜,处处展示出一种死亡的诗意。我脑袋里不断浮现出叶丽萍、刘冬梅和邵美琼的死亡姿势,几乎跟眼前的蝴蝶标本完全重合了。难道除了许默然,还有一个擅长制作蝴蝶标本的凶手吗?

从科技馆出来,我沿着林荫道往省厅宿舍走,那些蝴蝶好像都在我脑袋里活过来了,它们不断扇动翅膀发出共鸣声。我不得不在街角停下来抽了根烟,把成群结队的蝴蝶从大脑里驱散。走到解放西路,我揣在裤兜里的手机突然响了,一看来电显示,是个陌生的号码。我以为是骚扰电话,就挂了没接。那个电话却不屈不挠地又打了过来,我心里本来就窝火,摁下接听键,张嘴就骂:"你有病啊!"但听到对方的声音后,我瞬间就哑巴了……

案发两天后,省厅的程斌副厅长把我叫到办公室,说弹痕检测表明,王海英案子中涉及的枪支为92式手枪,跟去年李霞案子中涉及的手枪为同一支,也就是说,两起案件中的涉案枪支均为周鲲丢失的那把佩枪。省厅决定联合市局和屏江分局重建零号专案组,将王海英案和李霞案,跟十二年前的蓝裙子系列杀人案并案侦查,由他担任专案组组长，我和赵卫国分任副组长，行动代号为猎魔。

我问："赵局提交到市局的梁奇志涉嫌强奸的报告您看了吗？"

程副厅长说："看过了，这件事是十几年前发生的，取证困难，先抓重点！"

跟星城日报社协调后，零号专案组配备了一名女记者，负责案件的跟踪报道。在正式进入专案组之前，我叫魏大龙以他的名义通知那名女记者到一江春茶楼，我要单独跟她谈谈保密纪律。约定的时间是晚上七点半，女记者推开包厢门时，映入我眼帘的是一张无比熟悉的脸，没错，就是叶紫！

我早知道是她，但她不知道我就是那位要见她的专案组副组长。她愣在了门口，我说："进来吧，大龙应该给你看了凶手的模拟画像，不是我。"叶紫犹豫了一下，坐在了我对面，包厢门仍敞开着，她说："我听说有可能是模仿作案。"

我直视着叶紫，问："如果画像上的那个人才是真凶呢？"

叶紫迎接了我的视线，整张脸像是亘古不化的冰川。我轻轻耸了下鼻子，没有闻到那种菖蒲和艾叶的混合香，也许是被冰封了吧。我们就这样对视着，渐渐地，冰川似乎消融了一些。但她并没有回答我的问题，而是一副公事公办的口吻："说吧，要我注意什么？"我说："主要是两条。第一，凶犯有枪，跟踪采访时有一定的危险，要服从零号专案组的安排，不能擅自行动；第二，这起案子比较特殊，也比较复杂，不管你认可与否，报道时要以专案组提供的信息为准，不能自由发挥，写好的文章要经过我的审核后才能见报。"

叶紫问："说完了吗？"我说："公事说完了，还有些私事。"叶紫说："私事就没必要谈了，等案子破了再谈。"她起身就往门口走，我在后面说："我想告诉你，你母亲出事那天，我没有去县城赴约的真相。"叶紫回头看着我，问："是真相还是借口？"我说："你自行判断，先把门关上。"叶紫迟疑片刻，关上了门，重新坐回到我对面。我给她倒了杯铁观音，她没喝，催促道："说吧，我还有事。"

叶紫这天晚上穿了件蓝色的职业套裙，宛如冰原上的一朵水仙花。仿佛有一条汨罗江从春天深处呼啸而来，在我的身体内涌动。我极力压抑着这股暗流，问叶紫："你爸是什么血型？"叶紫反问："你打听这个干吗？"我说："你先回答我。"叶紫说："我爸前段时间刚做了个甲状腺瘤切除手术，术前好像验过血型，但我没注意看。"我又问："那你妈呢，她是什么血型？"叶紫说："O 型。"我说："我记得初二上学期，你做阑尾炎切除手术时查过血型，也是 O 型，手术是我妈给你做的。"

叶紫可能没想到我还记得这种细节，略微有些诧异，但很快神色如常了，说："对。你还没告诉我，你问这个干什么。我已经不是中学生了，对血型、星座这些东西早就不感兴趣了。"我喝了口铁观音，说："如果你的生物知识还没忘的话，你应该能推算出来，你爸是什么血型。"叶紫想了想："他有可能是 O 型、A 型或 B 型血，不可能是 AB 型血，这有什么问题吗？"

我掏出手机，打开最近收藏的一个网页，递到叶紫面前。上面是 2012 年 3 月 13 日的一则报道——著名钢琴家、星城师大艺术学院教授郭明浩在校园内带头献血，将 400 毫升 AB 型血汇聚成一股爱心的洪流……

看完网页，叶紫不以为然地说："可能是记者搞错了，这种笔误在新闻报道中很常见。"我说："是不是搞错了，你可以跟你爸核实一下。"叶紫说："没必要，你到底想说什么？"

世界上的每个秘密都有自己的解密期，我知道，叶紫的身世之谜是时候解开了，虽然残忍，但我不得不这样做。我沉默地抽完一根烟，然后把十二年前的那个春天，我在汉墓里听到的秘密告诉了叶紫。但我没点明她的生父就是梁奇志，DNA 检测还没有做。且这位亿万富豪涉嫌强奸目前只是唐恬恬的一面之词，需要调查核实。

叶紫的反应很激烈，直接把一杯还有点烫的铁观音泼到了我脸上，厉声说："姚嘉良，你无耻！想不到十二年过去了，你还是满嘴谎言。我现在越来越相信你就是那名凶手了，不会有别人！"我扔掉被浇灭的烟头，抹了一把脸上的茶水，说："不管你信不信，这就是我那次失约的真相。"叶紫说："好，我现在就戳穿你的谎言。"说着，她当着我的面拨通了郭明浩的手机，打开了免提，把我刚才的话都告诉了他。

我重新点了根烟，屏风上漆绘的侍女，在我吐出的烟圈中亦真亦幻。

叶紫说："爸，他就在我旁边，你告诉他你到底是什么血型，看他还怎么狡辩。"

郭明浩在电话那头沉吟半晌，我似乎听到了一阵杂乱无章的钢琴声，是贝多芬的《月光奏鸣曲》，还是柴可夫斯基的《悲怆交响曲》？声音走调了，我听不太真切。叶紫催促道："爸，你听见我的话了吗？"

郭明浩终于开腔了，但答非所问："你把手机给良子，我跟他说几句。"

叶紫想避免跟我有肢体接触，她把手机放在桌上，让我自己拿。我没有伸手去拿，直接对着手机说："郭老师，我想您应该关注了最近的报道，蓝裙子系列杀人案的凶手时隔十二年重新现身了，我不是凶手。"郭明浩问："你刚才跟叶紫讨论的事，跟案子有关系吗？"我说："肯定有关，但有多少关系现在还不清楚。"郭明浩问："你说为了保护叶紫，你顶着骂名，把她的身世之谜捂了十二年，那为什么现在又要公开这个秘密呢？"我说："因为我有种预感，案子很快就会真相大白了。叶紫的身世之谜是案子的一部分，她迟早会知道，我想让她有个心理准备。"

郭明浩再次陷入了沉默，我看了叶紫一眼，她的愤怒已经变成了惴惴不安。我又给她倒了杯铁观音，她依然没喝，眼睛看着茶楼檐角的风铃，心似乎也在摇摇晃晃。我说："郭老师，我不知道这件事对您来说算不算秘密，如果算，我希望您有直面真相的勇气。"郭明浩吐出两个字："不算。"叶紫的身体猛地颤动了一下，我说："那就好，您跟叶紫解释吧。但是，请您暂时不要透露她生父的名字。"郭明浩问："为什么？"我说："案子还处在侦查阶段，等案子破了，我再亲口告诉她。"

叶紫的手指颤抖着，她终于端起了那杯铁观音，不断用喝水来掩盖内心的紧张。

郭明浩说："叶紫，十二年前的那则报道没错，我的血型的确是AB型。"叶紫哆嗦着嘴唇说："不……不可能！"郭明浩说："这是事实，但我觉得血缘关系并不重要，互相认同才是最重要的。二十多年来，我一直把你当成自己的亲生女儿，从未见外。"叶紫仿佛处在梦游的状态中，精神恍惚，再也说不出一句话。我说："郭老师，叶紫一时接受不了，还是我来慢慢解释吧。"郭明浩说："那你就费心了。"

我起身打开窗户，让汨罗江上春天的气息透进来。再次坐下后，我在沉默中打量着叶紫，风吹动她的裙摆，她就像一只悲伤的蝴蝶。我突然发现自己对蓝裙子不过敏了，好像就是从星城科技馆出来后开始的。

我对叶紫说："那个人只是你生物学意义上的父亲，在情感上不是。虽然说血浓于水，但情更浓于血。人的出身是不能选择的，我觉得一个人的社会属性，远大于生物属性。在情感层面，郭老师才是你真正的父亲。"叶紫静静地听着，情绪稳定了一些，她问："那个人是谁？"我说："对不起，暂时不能告诉你。"叶紫问："这也需要保密吗？"我点点头："因为他跟案子有关。"叶紫说："就算这个秘密是真的，也不能证明你就是无辜的。"我说："十二年前，在我身上发生了一场真实的青春事故，如果你现在不相信，可以先当成故事听，让时间去证明。"叶紫问："还有别的秘密吗？"我的目光停留在她脸上，缓缓点头。她问："关于谁的？"我说："唐恬恬。"

叶紫和唐恬恬从小就形影不离，好得跟连体姐妹似的，连生理期都差不多。唐恬恬当了大明星后，依然把叶紫当闺密，什么事都跟她讲。

叶紫说:"网传恬恬跟一个当红小生有地下恋情,恬恬跟我辟谣了,说是对方签约公司的商业炒作。"我说:"我不关心那些'八卦'。"叶紫问:"她跟大龙好上了?"我摇了摇头:"是十几年前的事,我也是才知道的。"叶紫有点好奇了,她想不明白,十几年前,唐恬恬能有什么秘密瞒着她。叶紫说:"如果这个秘密跟案子无关,就不要告诉我了,我不想窥探别人的隐私,尤其是好朋友的。"我说:"这个秘密跟邵美琼的死有关。"

那天送唐恬恬去黄花机场时,我提醒过她,作为案件的重要当事人,她的口供不可能只封存在案卷上。一旦结案,她的隐私可能也会被公之于众。还有一点我暂时没告诉唐恬恬,几乎可以肯定,叶紫就是梁奇志的私生女。十二年前,我在汉墓里听到的那个秘密,是蓝裙子系列杀人案中不可缺少的一环,随着案件的侦破,所有的秘密都将不再是秘密。解密犹如蝴蝶破茧而出,会有一个阵痛的过程。在全部真相曝光的那一天,一些人的生活乃至命运都会发生重大的改变,我不知道这对闺密往后该如何相处。我截取秘密中的一部分,提前告诉叶紫,就是想让她有个逐步适应的过程。就像我,习惯青春期留下的疼痛,用了整整十二年。

我花了半个多小时,讲述了唐恬恬的那段晦暗的往事,包括邵美琼是如何被她误杀的。就跟在魏大龙面前一样,我也向叶紫隐瞒了唐恬恬暗恋我这件事。叶紫听得泪流满面,她很内疚,觉得自己太粗心大意了。闺密的青春一直带着伤,比她更重的伤,她居然毫无察觉。

叶紫泣不成声地问:"你说的都是真的吗?"我说:"是恬恬亲口告诉我的。"叶紫当即要给唐恬恬打电话求证,我按住她的手机说:"现在还不是时候。"叶紫问:"那你为什么要告诉我?"我说:"以后你会明白的。"叶紫惊讶得连连摇头:"太不可思议了,在恬恬身上怎么会发生这种事?那时候她还是个喜欢做梦的小女生,白纸一张,梁奇志怎么下得了手?"

我也有同感，汨罗江边的那个晚上，让我重新认识了唐恬恬。在我的整个学生时代，唐恬恬都是作为配角出现的，主角是叶紫。也许是女主的光环太强，让配角黯然失色了，以至于在我的记忆中，唐恬恬的形象一直十分模糊，我发现我完全不了解她。对考古的热爱，使我相信命运无常，有时候我觉得生命就如一面锈蚀的铜镜，很难分清楚到底哪一面是幻象，哪一面是真实的自己。丛林社会里的个体是永远不平等的，有人位居食物链顶端，有人在底部，只有在死亡面前才被一视同仁。在考古发掘中，不管墓穴里埋葬的是平民还是贵族，根据墓志铭的记载，墓主人大都是死于一场意外。其实世间每个人都一样，最后都会在意外中离开——一场意外的疾病，或者，一次意外的事故，只是时间早晚的问题。

叶紫问："这件事要是传开了，恬恬以后怎么办？"我说："我问过恬恬，她说早就厌倦了娱乐圈这个名利场，想去一个没有人认识她的地方，法国、瑞士、新西兰，都行，安安静静地读几年书。"叶紫说："她现在拥有的，是许多人梦寐以求的，她放得下吗？"

我照搬了唐恬恬在登机前说的一句话："她说她可以为一个人，放弃整个世界。"

叶紫很惊讶："她有喜欢的男人了？"我吹了吹掉落在桌面上的烟灰，犹豫再三，说："也许吧。"叶紫问："他们会一起出国吗？"这次我的回答很果断："不会。"

叶紫并不知道唐恬恬口中的那个男人是我，她在为自己的闺密担心，问道："他介意恬恬的过去？"我说："是那个男的很介意自己的过去，他曾经喜欢过另一个女孩。"叶紫不自觉地进入了记者的角色，一脸探询："后来呢？"我的眼神有点飘，说："他们分手了。"叶紫问："是那个男的做了什么错事，辜负了那个女孩吗？"我说："不是，他们都没做错。"我紧接着补充了一句："是生活阴差阳错。"

我的这句话可能触动了叶紫心里的某根弦，她不再追问，一下子安静下来，看向窗外那条黑色的河流。其实什么都看不清楚，也许，她的目光逆流而上，看到了过去的自己。再次开口时，叶紫的话题转移到了梁奇志身上："我没参加上次的同学聚会，就是因为要去濯水乡采访一个慈善活动。梁奇志给乡里捐建了一所希望小学，他在捐赠仪式上慷慨陈词，说教育能使孩子们明心智、知善恶、辨是非。没想到他是两面人，太讽刺了，简直让人三观碎裂。"

我很想说，我爸当初就不应该把梁奇志从熊人谷救回来，但想到梁奇志是叶紫的生父，我就把这句话憋了回去。叶紫说："肯定不止恬恬一个受害者，姓梁的还不知道祸害了多少女生，这种人渣就应该化学阉割。"

我谈起了发生在5731厂的那起一氧化碳中毒事故，把我的猜想告诉了叶紫。但我没有告诉她，这件事跟许默然有关。在这个晚上的讲述中，我一直没有提起喵星人。但自始至终，我都感觉黑暗中有双猫瞳在注视我。叶紫说："梁奇志心里最清楚中毒到底是怎么回事，但他做贼心虚，不敢说出真相。"我说："从某种意义上来说，邵美琼和林东亮都是被梁奇志害死的。"叶紫说："梁奇志也有一个女儿，在美国读博，她要是知道自己的父亲做了那些禽兽不如的事，心理不知会受多大的戕害。如果换成是我，一定会离家出走的。父亲再有钱，我也不会认他，宁愿当乞丐，当孤儿。"

我抽着烟，几次把想说的话吞了回去。

我真希望自己从没听到过汉墓里的那个秘密，从没有。

离开一江春茶楼，叶紫是开着自己的雷克萨斯回去的。她住在麓山区，从屏江区过去，走高速也要四十多分钟。省厅分给我的宿舍距离麓山区不远，但叶紫并没有主动提出让我搭她的顺风车。十二年的芥蒂，不是一个晚上就能消除的。不过我已经很满足了，至少她现在不排斥面对面跟我交流了。我没有回省厅的宿舍，零号专案组的办公室设在屏江分局，明天我就要正式进驻了。魏大龙给我找了家老祠堂改建的民宿，粉墙黛瓦，雕梁画栋，他知道我钟情那种风格。虽然当了警察，我骨子里还是像个搞考古的，喜欢老物件，喜欢慢节奏的生活。所以我一直没买车,风驰电掣的感觉经常让我的脑袋里一片混乱。

我一路走回民宿,步速很慢。屏江撤县设区后,建了不少高楼大厦。这些钢筋水泥的建筑太坚硬了,我还是喜欢屏江过去的样子,连时间都是柔软的,像刚蒸出锅的蒿饺。简简单单几条街,闭着眼睛都不会走错路。过去多香啊,阳光、汨罗江、菖蒲、艾叶、水仙、牛奶子树、钢琴,还有夜晚和月亮,还有雨和梦,还有人,男人和女人,都是香喷喷的。对我来说,这些香气都被2012年的那个春天带走了,连梦里的香椿味也消失了。每天早晨起来,我再也不用打开窗户,散掉那些令人骚动不安的气息了。有时候我的视觉和听觉会突然失灵,仿佛整个世界变成了一杯无色无味的白开水。也许只有把案子破了,那些消失的香气,还有那些原本属于我的最珍贵的东西,才能全部回来。

深夜的街道反射着清冷的月光,像一件旧年的银器。我发现自己走错路了,竟然鬼使神差地来到了新华书店前面。在我旁边还停着一辆没有熄火的车,是叶紫的雷克萨斯。她在这里应该待一会儿了,但没有下车,驾驶座旁边的窗户敞开了半边,她侧着脸,盯着新华书店那座显得有些落寞的老房子,目光有些发直。十二年前,我们就是约好在这个地方见面的,结果我失约了。我不知道叶紫注意到我没有,我刚到她就驾车驶离了原地。在她关上车窗的一瞬间,我听见车载音箱在播放陈楚生的《思念一个荒废的名字》。

或许,我真正的名字已经在叶紫的记忆中荒芜了,我烙印在她脑海里的,是"杀人犯"三个字。但她叶紫的名字一直在我的心底葱茏着,一根杂草都不生。

走不出来的春天

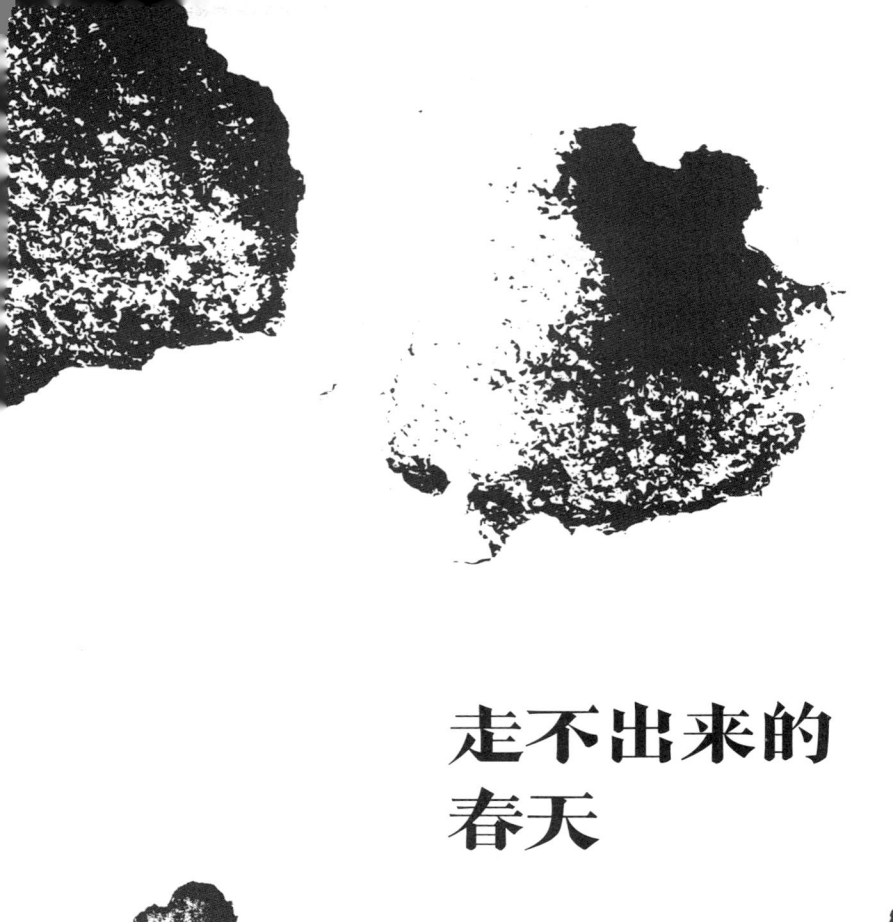

一

零号专案组开始运转的当天,叶紫就把她采写的新闻稿发了出去,说据警方消息,王海英案和李霞案跟2012年春天发生的蓝裙子系列杀人案,很可能是同一名凶手所为。凶手作案时所持手枪,系十三年前一名孙姓缉毒警被杀时被抢走的佩枪。新闻稿中不仅配发了犯罪嫌疑人的模拟画像,还有警方悬赏五万元征集线索的通告。新闻稿一出,半小时内就上了热搜,各大媒体竞相转载。

程副厅长和赵卫国是坐镇指挥,具体行动主要由我负责。我给专案组成员下了一道命令,凶手有枪,要防止他狗急跳墙,伤及无辜。一旦发现凶手,必须立即报告,在任何情况下都不能擅自抓捕。这道命令引起了很大的争议,平时实施抓捕行动,只要凶犯手里没有人质,警察都是把个人生死置之度外的,义无反顾往前冲,畏畏缩缩哪里还像名警察?而且,抓捕时机稍纵即逝,如果凡事都需要请示后再行动,很可能贻误战机。一些刑警在背后发牢骚,说我在办公室里坐久了,只会纸上谈兵,没有实战经验。我把这些怪话当成耳边风,在会上三令五申,谁违反专案组纪律就处分谁,绝不姑息。

魏大龙也有想法,他单独找到我问:"良子,你这一手是不是有点教条主义?"我说:"屁!哪本教科书上写了这条?具体案子具体对待,我这是灵活办案。"魏大龙扔过来一根芙蓉王,说:"行,我叫底下那些人闭嘴。到时如果凶手跑了,案子破不了,你给老子兜着。"我说:"我已经跟程副厅长立军令状了,一个月内破案,你就等着立功吧。"魏大龙惊得叼在嘴里的香烟掉到了地上,问我:"十二年都没破的案子，你打包票说一个月破？良子，你脑袋是不是被电梯门夹了？"我说："你给老子找的民宿，七十块钱一天，没电梯，没空调，还不包早餐。"魏大龙说："嫌破啊？又不是我定的住宿标准，是分局定的。"我说："将就着住吧，我这人专一，不这山望着那山高，至少比住宿舍强。"魏大龙重新点了根烟，说："要不你住我那里去？"我说："算了，两个老男人住一起，传出去不像话，我还没找对象呢。"

魏大龙说："良子，你把破案时间定得这么短，这不是把我往死里逼吗？"我说："这叫置之死地而后生。"魏大龙没辙了，开始跟我扯闲篇："你跟我撂句实话，叶紫是不是你弄到专案组来的？"我说："这是惊天大案，需要最精干的记者随同专案组采访报道，叶紫可是星城媒体圈内的一支笔，不找她找谁？"魏大龙一撇嘴："你就扯淡吧，当了你肚子里那么多年的蛔虫，你有几根花花肠子我还不清楚？你就是打着跟踪报道的名义，把叶紫弄到你身边来修复关系，想要她看到你破案时的英明神武。别怪我没提醒你，案子要是在期限内破不了，你跟叶紫就彻底没戏了。"

我凝视着墙上的凶手模拟画像，说："我跟叶紫有没有戏另说，这次你就等着看一场好戏吧。"魏大龙问："你对破案就这么有把握？"我没回答，问魏大龙："恬恬要是真出国了，你怎么办？"魏大龙狠命地抽了两口烟说："我等她回来。"我说："她要是去个三五年，你等得了吗？"魏大龙反问："老子都等二十几年了，还怕再多等三五年？"我由衷地说："是个爷们！"

叶紫每天都会更新报道，如果没有新内容，她就把十二年前的旧案翻出来，重新组织语言发一遍。如今红得发紫的大明星唐恬恬，是被害人之一邵美琼的继女，仅此一点，就足够吸引眼球。叶紫笔下留情，没有披露我这个专案组副组长，当年是案件的头号嫌疑人，否则新闻一定会更具轰动效应。滚动报道了两周多，加上警方的深入摸排，凶手的信息在整个星城几乎家喻户晓。

2024年4月9日上午十点二十五分，一个收废品的老头打来举报电话，说十分钟前，他看到一个疑似凶手的男子出现在氮肥厂内，手里提着一瓶花生油。男子打喷嚏时摘下了口罩，被他认出来了。

汨罗江边以前有包括氮肥厂、木材厂、纸板厂和硫酸厂之类的许多工厂，每天不停地往江里排放污水。为了环保，后来全部关停了。所以那片老工业园区早已人去楼空，荒草萋萋，凶手藏身于此确实很难引人注意。我当即带人封锁了氮肥厂，以及周边的几个废弃厂区。搜索面积太大，人手不够，经过紧急协调，驻屏江区的武警中队派了两个排的战士前来驰援。搜索是地毯式的，每个角落都不放过。虽然没有找到凶手，但有了重大收获。在氮肥厂职工宿舍二楼的一个房间里，发现有人居住过的迹象，床铺被盖和锅碗瓢盆一应俱全。拾荒老汉说的那瓶花生油就放在桌子底下，桌上一部老式电脑正在播放岛国动作片。在一个简易衣柜里，还发现了几件不同款式的蓝色碎花连衣裙。种种迹象表明，这里就是蓝裙子系列杀人案嫌疑人的落脚点！

勘查现场、提取证物，直到天黑我才把人全部撤回。老工业园区的探头虽然都已拆除，但从园区附近经过的一条县级公路仍然保留了几个探头。我回到分局时，技侦组已经调取了疑似凶手进出氮肥厂的影像。经王海英辨认和模拟画像对比，确定就是涉案的犯罪嫌疑人。魏大龙的手下议论纷纷，说我在抓捕时应该悄悄行动，不能大张旗鼓，搞得整个屏江区的人都知道了，凶手肯定是闻风而逃了。我没有理会这些闲言碎语，命令技侦科的小佟和小段立即展开视频追踪，查找凶手这些天的活动轨迹，并且死盯那条县级公路上的探头，二十四小时内出现在监控中的人员和车辆都要查。

我吃了碗泡面当晚餐，然后去了分局大楼的棋牌室。我每天都要在里面坐一会儿，那里有架钢琴，平常几乎没人碰。很奇怪，似乎是从进入零号专案组的这天起，我突然恢复了钢琴演奏的技能。今夜，上帝坐在教堂的十字架屋顶，目光悲悯，俯瞰人间。我弹了首《明天你是否依然爱我》，这首很多年前的老歌里全是我的回忆，美好的、破碎的。在我准备弹第二遍时，叶紫推门进来说："姚副组长，稿子写好了，你过目一下，看看需要删改吗？"在专案组，叶紫都是这样称呼我的，很生疏，但又让人挑不出毛病。

我接过叶紫打印出来的稿子粗略看了一遍，然后还给她说："不用改了，就这样发吧。"叶紫站着没动，欲言又止，我问她："还有什么事吗？"她问："你可以把刘学峰说的那个人的名字告诉我吗？"我合拢琴盖，摸出一根烟点上。叶紫说："我回家问了我爸好几次，他始终不肯说。"我往窗外吐了口烟圈，说："不是说过了吗，等案子破了我会告诉你。"叶紫问："是还需要核实吗？"我说："你可以这样理解，但也不完全是。"

叶紫说："弄错了也不要紧，反正我不会去找他的。就算他真的是我的生父，我也不会找他，我讨厌没有责任感的男人。"我问："那你为什么急着知道他是谁？"叶紫说："好奇。每个人都会关心自己是从哪里来的，这是一种自然属性，跟感情无关。"我问："你很在意他的身份吗？"叶紫摇头说："不在意，对我来说，他就是生物学的符号。"

看着叶紫恳切的目光，我有点于心不忍。但我很清楚，现在还不是告诉她的时候。魏大龙突然进来，解了我的围，他说："良子，有两个男的刚刚去了氮肥厂。"我对叶紫说："走，一起去看看。"

进入五楼监控室，小佟回放了那两名男子的影像，他们是开着一辆三菱越野吉普过来的。车停在公路边。两人从后备厢里拿出了钓竿和水桶，一路东张西望朝氮肥厂内走去。我说："把人脸放大！"

因为光线昏暗且像素不高，小佟将抓拍的人脸放大后，仍然不够清晰，但还是能从基本的体貌特征中辨认出并非犯罪嫌疑人。叶紫在一旁说："我认识他们。"我问："他们是谁？"叶紫说："个子高点的叫杨超，是奇志集团保安部的总监；个子稍矮的那个叫李国栋，林东亮去世后，他成了梁奇志的专职司机。"我问："你是怎么认识他们的？"叶紫说："梁奇志很会利用媒体来包装自己，跟他打交道多了，他身边的好多人我都认识。"

魏大龙说:"氮肥厂有个装货码头,看样子他们是去夜钓,应该没什么好查的。"我问魏大龙:"白天我见过那个码头,距离厂门口还有五六百米,他们去夜钓为什么不直接把车开到码头上去?还有,钓鱼就钓鱼,两人怎么贼眼乱瞟,边走路边到处瞅?"魏大龙想了想,说:"也对啊,这车不便宜,路边又黑灯瞎火的,他们就不怕玻璃被人砸了偷走车里的东西?"

我问小佟:"还有其他人去那一带吗?"小佟说:"半小时前,有辆尼桑停在纸板厂门口。"我问:"车上是什么人?"小佟脸红了,说:"一男一女,人没下来,逗留了四十多分钟就开走了。"魏大龙口无遮拦:"就那几平方米的空间,腿都伸不直,能鼓捣四十多分钟,体力真好。"叶紫的脸也红了,她假装没听见。我问小佟:"凶手的活动轨迹查得怎么样了?"小佟说:"今天的已经查清了,早上九点半,他戴着口罩从氮肥厂出来,去了五里之外的花溪巷,在那里吃了碗馄饨。接着他在向阳西路的新新超市买了瓶花生油,然后沿原路往回走,进了厂区就消失在了监控里。"

我继续问:"在这之前的轨迹呢?"小佟说:"从已追踪到的视频来看,这些天他在外面活动的时间很长,还原完整轨迹得费不少劲。对了,他有时候连口罩都不戴就招摇过市,还去天岳剧院看了电影《哥斯拉大战金刚2》,根本没有想要逃离屏江的迹象。"魏大龙说:"这家伙胆子还真肥,不是神经病就是自恋狂。"

我吩咐小佟继续追踪犯罪嫌疑人的活动轨迹,又叮嘱小段追踪杨超和李国栋这几天的活动轨迹。4月11日傍晚,我又在棋牌室里弹钢琴,魏大龙急匆匆地走进来,说:"良子,有发现!"我抬头问:"什么发现?"魏大龙说:"杨超和李国栋这两天都没上班,从早到晚都在外面活动,你知道他们在干什么吗?"我从钢琴前起身,说:"别卖关子,说。"魏大龙说:"在找人,找我们要找的那个人!"我问:"你是怎么知道的?"

魏大龙说:"视频追踪发现的。这两人每天开着那辆三菱吉普在街头游荡,郊区的各个犄角旮旯都去过了。杨超还召集了一帮小弟,要他们帮忙找悬赏通告上的凶手,说谁找到了给二十万,死活不论。有一次,还真让一个叫黄毛的发现了,跟踪了两条街,但最后跟丢了。"

我在一张棋牌桌前坐下来,问:"杨超还有小弟,他在道上混过?"魏大龙坐在我对面说:"我查了他的底细,开过典当行和养狗场,道上都叫他超哥,老江湖了,但没案底。后来他进了梁奇志的公司,就没在道上混了。"我手里洗着一副扑克,说:"警方才悬赏五万,他们给二十万,这可是赔本的买卖啊。"魏大龙说:"那个黄毛寻衅滋事被我逮过。我找他打听了一下,他说这是梁奇志的意思。"我问:"梁奇志为什么要找犯罪嫌疑人?"魏大龙说:"一开始我以为梁奇志跟王海英有一腿,想替她出口气。后来觉得姓梁的品位不会这么低,王海英到他公司做保洁可能都没资格。"

我说:"别绕弯子!"魏大龙说:"黄毛听杨超说,十二年前,有个叫叶丽萍的被害人是梁总上学时的相好。梁总重感情,想帮警方尽快抓到凶手,让相好安息。对了,黄毛还说,超哥再三交代,发现了凶手不能报警,要第一时间通知他,梁总想让凶手先吃点苦头,再去蹲号子。"

我揉了揉鼻梁,魏大龙再次展示出了蛔虫本色,甩过来一根芙蓉王,并帮我点着。我问:"你觉得梁奇志找人的理由成立吗?"魏大龙说:"他跟叶丽萍育有一个私生女,为孩子她妈报仇,从逻辑上说得过去。"我说:"梁奇志不一定知道叶紫是他的私生女,他对叶丽萍也不见得有那么深的感情。叶丽萍下葬那天,在厂里的大礼堂开过追悼会。听我妈说,不管是跟叶丽萍关系好的还是不好的,以前的同学基本上都来了,实在脱不开身的也托人送了花圈。那时候梁奇志已经从美国回来了,但他没参加叶丽萍的追悼会,也没送花圈,好像是在一个什么山庄打高尔夫球。"

魏大龙说:"他没参加追悼会,有可能是怕自己太伤心,情绪失控。"我摇头说:"以梁奇志的风流本性,他对叶丽萍不会这么专情。而且过去十二年了,他更犯不着冒违法的风险,对凶手动私刑。"魏大龙问我:"那你觉得梁奇志找人是什么意思?"我没有回答,起身径直走进了监控室,对小段说:"马上给我查杨超和李国栋的实时位置。"魏大龙尾随我进来,他想问什么,看我没有搭理他的意思,就把话咽回去了,闷头抽着烟。

读研时,导师说的一句话让我至今印象深刻:物证是会撒谎的,生活中的每个人都是伪装大师。我看过许多考古方面的书籍,还原历史真相是不能完全依赖一两次的发掘成果的。因为文物上面包含的信息是孤立的、零散的,撷取不同的截面会有不同的解读可能,有时结论甚至是相反的。要想得出一个经得住历史检验的结论,必须反复求证。2012年的那个春天,5731厂三个女人的死亡之谜,像汨罗江上成群的蚊虫一样盘旋在我身边。它们时常叮咬着我的躯体、心脏,甚至灵魂,让我疼痛难忍。但就在今天晚上,我有种强烈的直觉,这些蚊虫就要被彻底驱散了!

二十分钟后,目标人物被定位了。我看了实时监控,杨超和李国栋从三菱吉普上下来,走向天岳广场,那里有个草台班子正在唱花鼓戏《打铜锣》,两人不停地往看热闹的人身上扫视。我掏出手机,发了条短信。

魏大龙终于忍不住了,说:"要不干脆把这两个人带回来问个明白。"我说:"你先集合人手,随时待命。记住,尽量用新面孔,人不要太多,七八个足够,全穿便衣。对了,得出枪。"魏大龙一脸迷惑地问:"把这俩小子弄回来用得着七八个人?还出枪?这也太抬举他们了。"我说:"今晚得抓人。"魏大龙问:"良子,他们又没犯法,抓捕不合适吧?"我说:"别废话,照我说的做。"魏大龙悻悻地往外走,说:"行,鸡毛在你手上,我听你的。上头要是告老子滥用职权,你别怪我甩锅。"我给叶紫打了个电话:"你现在到监控室来。"叶紫说:"我在写稿子,等会儿吧。"我说:"别写了,有重要情况。"

叶紫就在分局的会议室里写稿子，两分钟不到就过来了，问我："什么情况？"我说："今晚有行动。"叶紫正要张嘴问，小段大喊起来："疑似凶手出现了，也在天岳广场！"我和叶紫的目光投向监控视频，一个戴棒球帽和黑色口罩的男子优哉游哉地走了过来，他斜挎着一个阿迪达斯的背包，手里拎着个摩托车头盔，混进了看花鼓戏的人群当中。可能是烟瘾犯了，他居然摘下口罩点了根烟。

叶紫激动地说："错不了，模拟画像我看了千百遍，就是他！"

小佟在旁边感慨："整个星城的警察都在找他，这家伙还有心情看戏，心理素质太强大了。"我没吭声，继续看监控，还在广场上转悠的杨超和李国栋很快发现了疑似凶手的男子，开始朝他慢慢靠近。那名男子似乎觉察到了危险，立即扔了烟屁股，掉头走出人群，然后戴好口罩和头盔，骑上了停在广场一角的雅马哈摩托车，朝海棠路的方向驶去。杨超和李国栋迅速上了三菱吉普，尾随那辆雅马哈而去。

我叮嘱小段和小佟："从现在起不能出监控室一步，一个盯死犯罪嫌疑人，一个盯死杨超和李国栋，随时向我报告他们的方位。"说完我转身往外走，叶紫紧跟在后面问："杨超和李国栋为什么要跟踪凶手？"我说："抓到人就清楚了。"叶紫问："今晚能抓到凶手吗？"我点头说："肯定。"

叶紫嗫嚅着说："良子，我希望十二年前，真的是我搞错了。"

"良子"这个称呼从叶紫嘴里说出来，我的内心深处像是暴发了一场地震，山崩地裂，巨浪滔天。我强迫自己镇静，想安慰一下叶紫，从嘴里冒出来的却是很无厘头的一句话："我送你的汨罗江呢？"叶紫还没来得及回答，魏大龙就从电梯里闪身出来，问我："人手已到位，都在车上等着，什么时候行动？"我踏入电梯，说："现在。"叶紫跟着我进来，问："我们去哪里？"我说："琵琶岛。"魏大龙惊奇地问："不是去天岳广场吗？"我说："换地方了。"

走出电梯时，叶紫想起来了，说："我爸今晚在琵琶岛度假山庄演出。"我说："今晚你爸要被人抢风头了。"叶紫很深情地看了我一眼说:"我很期待。"魏大龙说:"你们俩能不能不要这么腻歪,我都起一身鸡皮疙瘩了。把那两个贼兮兮的家伙抓回来,易如反掌的事,有什么风头好出的?"叶紫说:"是抓那名凶手,不是抓杨超和李国栋。"我边往大楼外面走边说:"都抓。"

魏大龙一脸蒙,问我:"那个王八蛋冒头了?"我点头说:"告诉你的人,这次跟之前都不一样,不能鸣笛,不能声张,动静要小。到了琵琶岛,不要一窝蜂进去,全部伪装成游客,分批次上岛,分散到各个位置隐蔽待命,把进出路口都给我堵死了。没有我的命令,谁都不能擅自行动。"魏大龙说:"放心好了,老子不养菜鸟,谁菜我扒了谁身上的那张皮。"

到了停车场,魏大龙向手下传达了我的命令。我打电话给程副厅长,他没接。我又把电话打给赵卫国,他接了。我汇报了即将采取的行动,他很简短地说知道了。我听见话筒里传出心电监护仪发出的声音,我心里一咯噔,问他:"赵局,你没事吧?"他说:"没事。"

挂了电话,我脑子有点蒙,听赵卫国的语气,他那边肯定有事,只是不方便说,我也来不及多问,径直上了车。叶紫坐在副驾驶座上,问我:"良子,凶手刚从天岳广场逃走,你怎么知道他要去琵琶岛?"听到叶紫的话,驾驶座上的魏大龙猛然转过身来,望着我,眼睛瞪得比核桃还大:"什么,那家伙还在路上?良子,你会算卦呢?"

车队四辆车,全部挂民用牌照。一路上我都没有回答叶紫和魏大龙提出的问题,我闭眼坐在后排小憩,脑子里还在想赵卫国那边的嘀嘀声。只有在小佟和小段告诉我目标人物的位置时,我才微微睁开眼。

车进隧道时,叶紫打破了车内这种有些奇怪的寂静,说恬恬发了朋友圈,她刚到黄花机场,今晚要在星城拍一场夜戏。我说:"叫她明晚再拍,马上赶到琵琶岛来。"叶紫犹豫着说:"这不太好吧?违约要赔很多钱的。"我说:"她跟我也有约定,抓人时一定要通知她。"魏大龙挺纳闷:"凶手又不是梁奇志,恬恬怎么把他给恨上了?"我说:

"今晚抓的就是姓梁的。"

魏大龙的手一滑,车子差点撞上路边护栏,他连忙稳住方向盘。他和叶紫同时在后视镜里看了我一眼,发现我并没有解释的意思,于是两人都没有寻根究底。叶紫开始给唐恬恬发信息,我重新进入假寐的状态。我再次睁开眼睛时,是接听赵卫国的电话,他说梁奇志已经赶往琵琶岛了,就在我们的车队前面,距离不到三公里。我问赵卫国现在的位置,他说刚上高速。赵卫国还给我带来了一个消息,半小时前,周鲲的父亲去世了,肾衰竭。我打电话汇报时,他和程副厅长正在医院,送老人最后一程。

我问:"周鲲的事老人知道了吗?"赵卫国说:"知道了,他一直以为儿子在三十多年前就牺牲了。"我眼窝一热,又问:"那今晚的行动呢,他知道吗?"赵卫国说:"也告诉他了。老人走得很安详,说去了那边,一家人就可以团圆了。"程副厅长拿过赵卫国的手机,说:"周鲲的档案可以解密了。"

我坐直身子,说:"是。"

车子从5731厂的职工陵园经过时,我打开车窗,在心里把周鲲的那些事统统告诉了父亲。但转念一想又觉得多余,两位老战友应该早就在泉台重逢,天天一起喝革命小酒,无话不谈了,哪里还用得着我赘述。不过,蓝裙子系列杀人案的真相父亲并不知道,我又在心里跟他解释了一遍,说您以后别再在梦里跟我吹胡子瞪眼睛,拎着手枪追着我满厂区跑了。

魏大龙已经在我跟赵卫国和程副厅长的通话中,听明白了八九分,叶紫却一头雾水,问我怎么了。我简明扼要地跟她说了周鲲的事,叶紫听哭了,说:"良子,不管今晚你能不能自证清白,我都相信你是无辜的了。"我问:"为什么?"叶紫哭出声来,说:"不为什么,就是信了。"

我一阵沉默,听到了冰层碎裂的声音。

叶紫问:"杀害周鲲的蝎子抓到了吗?"我说:"这狗日的今晚就

263

会落网。"魏大龙大惊失色,问:"梁奇志就是蝎子?"我说:"应该是。梁奇志可能早就认出那个得了麻风病的缉毒队队长就是孙楚了,也就是周鲲。但周鲲并不知道蝎子就是梁奇志,所以对他没有任何防备。在梅溪村抓毒贩那次,周鲲最后见到的人很可能是梁奇志,他放松了警惕。否则,以他的谨慎,不太可能被偷袭。"魏大龙说:"良子,你打了一晚上哑谜,现在可以解谜了吗?梁奇志为什么要派手下跟踪犯罪嫌疑人?"我说:"那不是犯罪嫌疑人,是许默然。"

魏大龙和叶紫几乎同时"啊"了一声,叶紫问:"这怎么可能?他不是在山洪事故中遇难了吗?"我说:"他死里逃生,但得了麻风病,毁容了。今晚就是他当线人,把蝎子从洞里面引出来的。先不要着急打听这是怎么回事,从现在起,猎魔行动全面启动,等行动结束我再跟你们解释。"

许默然死而复生,对叶紫和魏大龙来说都是一个巨大的冲击。特别是叶紫,原以为今晚可以抓到蓝裙子系列杀人案的真凶,给母亲一个交代,现在凶手身份再次云遮雾罩,她望着夜色茫然起来。魏大龙没有追问我,但放起了摇滚乐,他迫切需要用劲爆的音乐来释放内心的震撼。

我刚得知许默然还活着的消息时,同样十分震惊。2024年3月17日,王海英遇袭那天下午,从科技馆看完蝴蝶标本出来,我接听了那个陌生的来电,但声音一点都不陌生,是喵星人的。我当时以为是那些蝴蝶标本占据了我的大脑,是翅膀挥动时产生的幻听。直到那个声音叫我回头,我看见一个戴口罩的男子站在街道转角,怀里抱着一条雪白的京巴,脖子上戴着的狼牙项链闪烁着血光,我才确信,喵星人重回了人间!

抵达琵琶岛,我让魏大龙把车停在许默然的雅马哈旁,这辆摩托车是我从二手市场买回来给他的。魏大龙拿起对讲机,对行动队员发出指令,说模拟画像上的那个男子不是凶手,是线人,今晚的目标是梁奇志和他的两个手下——杨超和李国栋。我补充了一句："要绝对保证线人的安全。"

行动队员下车后，两人一组分散开来，各就各位。我叫魏大龙和叶紫都待在车上，手机保持静音。我打开免提，用手机拨出一个号码，那边接听了，许默然的声音传出来："你们到了吗？"我说："到了，在停车场，你那边怎么样？"许默然说："刚到不久，尾巴还跟着。对了，我看见了梁奇志。"我问："他在什么位置？"许默然说："进了松涛阁，我也正朝那边走。"我问："不要让他们发现你在通话。"许默然说："我没摘口罩，你给的隐形耳麦挺好使的，看不出来。"我说："一个小时前，周鲲的父亲去世了。"许默然沉默了一会儿，说："知道了。帮我照看一下雪梨，在摩托车的后备厢里。小心点，它很凶的。"

雪梨是许默然收养的一条京巴，我让叶紫下车把雪梨从雅马哈的后备厢里抱出来。重新上车后，叶紫坐到了后排。很奇怪，雪梨趴在她怀里一点都不凶，反而乖巧呆萌。许默然说："我现在去楼顶宴会厅，郭老师的演出开始了。"我说："注意保持通话状态。"许默然说："明白。"

在许默然前往宴会厅的间隙里，我看见在青春年少时经常闪耀的一种光，又投射在了魏大龙和叶紫的脸上，熟悉而温暖。我们好像不是在执行任务，而是在玩一个游戏。手机里很快传出了悦耳的钢琴曲，是老约翰·施特劳斯的《夜莺圆舞曲》，还是小约翰·施特劳斯的《维也纳森林的故事》？这父子俩的作品我总是分不清。许默然的声音也随之响起："他们跟过来了，一左一右坐在我身后，梁奇志在贵宾席。"我说："保护好自己，你的安全比行动的成败更重要。"

许默然没接我的话，手机里只有钢琴声。车内非常安静，不，是整个世界都相当安静，没有丝毫杂音。我又分不清了，这种空灵感是钢琴曲带来的，还是许默然带来的。我甚至觉得弹琴的不是郭明浩，而是许默然，今晚他才是天才的演出大师。许默然的声音穿透了钢琴声:"良子,我盯上了一个女的,准备按计划行动了。"我说:"随时报告方位,通话期间手机一定要黑屏。"许默然说:"明白,他们仨都跟上来了。"

我对魏大龙说:"梁奇志那边开始行动了,为了掩人耳目,度假山庄的监控很可能会被临时切断。"魏大龙明白我的意思,立即拿起对讲机,命令一小组秘密控制监控室。许默然的声音再次响起:"他们没坐电梯,应该是走的消防通道。我已经到了五楼,那女的住508,走廊上没别人。"我说:"沉住气,等他们快到时再假装敲门。"许默然突然降低声调:"他们来了。"

紧接着,我听到一个声音在问:"先生,您是哪个房间的?"许默然说:"508。"叶紫压低声音对我说:"是杨超。"另外一个声音响起:"把你的房卡拿出来看看。"叶紫说:"这个是李国栋。"我点点头,听见许默然回答:"房卡不见了,我去前台重新办一张。"杨超说:"别装了,我们盯住你很久了,你根本没办入住手续。"李国栋问:"鬼鬼祟祟的,你到底想干什么?"许默然反问:"你们是干什么的?"杨超说:"老子是这里的保安。"

手机里突然传出一声闷响,然后是李国栋的声音:"超哥,你下手可真狠,一拳就把这小子揍趴下了。"叶紫正要惊叫,我眼明手快地捂住了她的嘴。杨超说:"别废话,把他的口罩摘了,看看是不是警方要找的那个变态。"李国栋说:"超哥,就是他!"杨超说:"快,走消防通道,把他弄到808去,老大在那里等着呢。"

魏大龙拔出手枪,准备下车,被我用眼神制止了。他只好按捺住,把枪插回皮套。唐恬恬给叶紫发来信息,说她已经到了松涛阁的楼顶宴会厅,正在听钢琴演奏,她问叶紫在哪里,我松开捂住叶紫的手掌,用她的手机回了条信息,说抓捕即将开始,叫她待在原地别动。很快,我的手机里传出了门铃声,紧接着是许默然被拖拽进房间的声音。梁奇志的第一句话就是:"搜一下他的身,看看枪在不在。"杨超说:"老大,找到了。子弹都上膛了,幸亏我们下手快。"

手机里传出拆卸弹夹的声音，梁奇志说："就是这支，血还在上面。"

李国栋说："老大，坑早几天就挖好了，在岛上的芦苇地里，有三米深，一头牛都能放下。本来想找到这小子后，带过来埋了，没想到他主动送上了门。老大头顶真是有吉星高照啊，怪不得能发大财。"梁奇志说："少给老子拍马屁，赶紧搜搜他包里还有什么东西。"没多久，杨超就报告："包里有部手机，一双手套，一件蓝色碎花连衣裙，一捆绳子。哦，还有一袋狗粮。"梁奇志说："冰箱里有瓶可乐，弄醒他，问完了再处理掉。"

我听见了开关冰箱的声音，然后是二氧化碳气体从瓶嘴喷出的声音。他们似乎是把冰镇可乐泼在了许默然的脸上，许默然苏醒过来，声音有些虚弱："你们要干什么？"李国栋说："老实点啊，不然现在就弄死你。"梁奇志问："你是谁？"许默然没吭声，李国栋踹了他一脚，吼道："我们老大问你话呢！"许默然说："道上的。"杨超问："朋友，哪条道上的？报个名号，看老子听说过没。"许默然说："蓝裙子系列杀人案是我干的。"梁奇志打哈哈："案子十二年前就发生了，你当时胯里毛都没长出来，还敢弄女人？吹牛不交税是吧。"杨超跟着笑："那几个女的死了他都没敢上，这小子八成是个太监。"

叶紫右手搂着雪梨，左手和我的右手不知何时紧扣到了一起。她似乎很担心许默然的安危，全身的肌肉处于紧绷状态，目光望着黑暗深处，闪烁不定。有那么一瞬间，我感觉回到了2011年那个奇幻的仲夏之夜，竹影婆娑，流萤飞舞，我们几个在琵琶岛上探索荒废的麻风病医院，当时叶紫也是这样紧握住我的手的。

魏大龙手中的对讲机响起："一小组报告，监控室被控制，重启已经被关闭的监控。"魏大龙在后视镜里看了我一眼，我点头示意知道了。手机里继续传出许默然的声音："女人脏，老子不稀罕上。"梁奇志问："十二年前你多大？"许默然说："十七。"梁奇志问："你不会是慕兰中学的吧，我怎么没见过你？"许默然说："我小学就离家出走了,不是本地人,没上过中学。"杨超插嘴问:"你是哪里人?叫什么?"许默然说:"临襄人,王钊。"

梁奇志问:"为什么离家出走?"许默然说:"爸妈天天吵架,还拿我出气,我就跑了,再没回去过。"梁奇志问:"那你靠什么生活?"许默然说:"偷,偷不到就坑蒙拐骗。"梁奇志问:"女人怎么就脏了?你一个流浪汉,女人还嫌你脏呢。"许默然说:"我以前喜欢过一个女孩,比我大五岁,我十七岁那年,她做鸡了。"

手机里传出三个男人粗野的笑声。

我不得不佩服许默然的机智镇定,他完全是自编自导,在这台戏里,我更像一个跑龙套的角色。我听见了酒倒进玻璃杯里的声音,梁奇志突然提高嗓门问:"这支枪是哪里来的?"许默然说:"抢的。"梁奇志很响地喝了口酒,问:"抢了谁的?"许默然似乎回忆了一会儿,说:"刘学峰。"梁奇志问:"你认识他?"许默然说:"不认识。"杨超在旁边吼:"不认识你怎么知道他叫刘学峰,你跟我们老大耍嘴皮子呢,找死啊?!"

许默然说:"十二年前的事了,好像是三月,也可能是四月,具体时间不太记得了。一个男的在5731厂门口的小卖部买烟,掏钱时我见他腰里别了一支枪,就跟着他,想偷过来。结果被他发现了,我们在山脚下扭打起来,我失手把他打死了,用石头砸的。他口袋里有张身份证,写的刘学峰。"

梁奇志又喝了口酒,问:"尸体呢,怎么处理的?"许默然说:"扔山上的金井里了,什么山我忘了,离5731厂不远。"

我听见了金属打火机点烟的声音。

梁奇志问:"你当时去5731厂干什么?"许默然说:"那附近有座古墓,空的,我经常住在里面,冬暖夏凉。"梁奇志突然拉动枪栓,似乎是把枪口顶在了许默然的脑门上,他恶狠狠地问:"你偷枪干什么?不说实话老子一枪崩了你!"

叶紫把我的手抓得更紧了,指甲掐进了我的肉里。魏大龙再次掏出了手枪，迅速推弹上膛。我示意两人冷静，其实我的心脏也悬在了嗓子眼上。许默然的呼吸急促起来："老板，别开枪，我……我偷枪是想杀那个婊子。"梁奇志问："杀了吗？"许默然说："条子扫黄，她进去了。"梁奇志问："所以你就杀了那三个女的泄愤？"许默然说："对。"

梁奇志笑了："枪顶头上都没尿，到底是杀过人的，有种。我再问你，杀那三个女的，为什么不用枪？一个勒死，一个用毒蜘蛛咬死，还有一个好像是喝了有毒的饮料，你就不嫌麻烦？一扣扳机，脑袋就成了碎西瓜，多省事。"许默然说："那时候还不知道用枪，没琢磨透。"

梁奇志似乎把枪收起来了，语气缓和了不少："那倒也是，老子十七岁时，连枪都没见过。对了，杀了那三个女的后，你怎么隔了这么长的时间才再次作案？这期间去哪里了？"许默然说："去了云南，往内地贩四号，麻古和神仙水也卖过，小打小闹，没挣到钱。条子打击得厉害，就又回来了。闲着没事，上街看见穿蓝裙子的女人就想弄她，跟犯了毒瘾一样。"杨超笑道："你小子是中了女人的毒，这可是天下最厉害的毒品，无药可救。"

梁奇志问话专挑重点："你为什么恨穿蓝裙子的女人？"许默然说："骗我感情的那个婊子喜欢穿蓝裙子。"梁奇志问："你拿着枪闯荡了这么多年，怎么还有这么多子弹？"许默然说："主要是用来吓唬人的，保命的时候才开枪。"梁奇志故意套许默然的话："这么好的枪，你怎么也不保养一下，弹夹上都是血。"许默然解释："那血不是我的，枪在刘学峰的手里就有血了。我特意留着，万一把枪弄丢了，警察验血也不会查到我头上。"杨超说："老大，这小子手上沾过血，业务也熟，脑瓜子还灵光，要不把他收了，押个车什么的应该是把好手。"

梁奇志没有马上表态，他似乎在考虑，手机里有踱步声。

一首悲伤沉郁的钢琴曲回荡在月光清朗的夜空中，这首曲子我知道，是莫扎特的《安魂曲》，每次听到都很伤心，但我那时候还没意识到，这不是一个好兆头。《安魂曲》是那个只活了三十五岁的天才钢琴家的绝唱，喵星人也是天才，上帝同样嫉妒他。

许默然问："老板，我们往日无怨近日无仇，你为什么要弄我？"

我竖起耳朵听着，我们之所以迟迟没有采取行动，就是在等这个答案。跟许默然的整个通话过程，我都录了音，我需要证据。但李国栋替梁奇志回答了："你是跟我们没仇，但我们老大跟这支枪有仇。谁打这支枪的主意，老大就让谁死。"许默然问："这支枪怎么了？老板要是喜欢就拿去好了，我再去弄一支。"

李国栋说："小子，让你死个明白，这支枪是我们老大抢了一名警察的，弹夹上沾了老大的血，还没来得及擦干净，就被刘学峰那个狗日的偷走了。后来枪又落到了你手里。你拿着到处弄女人，要是被警察逮住了，一验枪上的血，不就把我们老大坑进去了？"杨超冲李国栋吼了句："你不说话没人把你当哑巴！"

踱步声停止了，梁奇志终于做出了决定："这小子被警察盯得太死，留着会引火烧身。算了，只能怪他命不好。处理干净点，背包烧了，手机和枪都扔湖里。"杨超说："明白，我们走员工电梯，从地下停车场出去，鬼都不知道。"梁奇志说："把他的嘴堵上，等我走了再动手。"

许默然的嘴似乎被什么东西堵住了，只能发出呜呜的声音。

魏大龙急切地看着我，我点头说："行动。"

魏大龙迫不及待地拿起对讲机下达指令："各小组注意，一小组继续控制监控室，二小组封锁岛上出口，第三、第四小组出击，目标松涛阁808，行动！快！"

事后我才知道，杨超和李国栋把许默然往员工电梯口拖拽时，第三、第四小组持枪冲过去，把两人按倒在地，缴获了从许默然手中拿走的那支枪，这一幕恰好被梁奇志安排的一个眼线看见了，立即打电话报告了刚刚进入楼顶宴会厅的梁奇志。这家伙老奸巨猾，立即意识到翻船了，他不顾唐恬恬的嫌恶，假装镇定地坐在了她身边。

第三、第四小组在冲进宴会厅前，已经将杨超和李国栋铐上，送到监控室交给第一组看押了。郭明浩的钢琴演奏吸引了很多客人前来欣赏，里面座无虚席。为了不引起误会，两组行动人员一进门就要求服务员把宴会厅里的灯全部打开了，并亮明了身份，说梁奇志涉嫌多项犯罪，要带他回公安机关接受调查，请大家配合。现场顿时一片哗然，郭明浩也停止了演奏。梁奇志企图制造混乱，叫道："他们是假冒的警察，想绑架我敲诈勒索，快拦住他们！"

　　客人不明真相，骚动起来，纷纷拦在了便衣警察前面。梁奇志热衷公益事业，除了偶尔传出一些绯闻，倒也没别的负面新闻，口碑还算不错。他突然被指控犯罪，客人都难以置信，他们更愿意相信四名便衣是绑匪。

　　梁奇志说："如果你们真的是警察，就拿出我犯罪的证据。"

　　四名便衣面面相觑，他们只是奉命行动，确实不掌握证据。

　　梁奇志得意起来，说："大家看到了吗？他们根本没有证据，就是绑匪！"有人开始打电话报警，有人叫保安，宴会厅里的服务员开始推搡四名便衣。梁奇志正准备趁乱逃离，但被唐恬恬一把拽住了，她大声说："我可以做证，来抓梁奇志的就是警察。姓梁的，没想到吧，你也有今天！"

　　之前为了烘托演出气氛，灯光昏暗迷离，没有人注意到唐恬恬的到来。此刻在明亮的灯光下，所有人都认出了这位大明星，现场再次哗然。梁奇志坐到唐恬恬身边，原本是想在关键时刻拿她当护身符。没想到反而被唐恬恬当众戳穿画皮，他恼羞成怒地说："大家不要相信唐小姐的话，她勾引我上床，然后想敲诈我一千万，没有得逞，所以就雇凶来绑架我。"唐恬恬怒不可遏："梁奇志，你血口喷人！"

　　梁奇志指使服务员："快把她带走，送到保安室。"

　　两名服务员正要上前拉扯唐恬恬，我和魏大龙赶来了，叶紫和抱着雪梨的许默然跟在后面。魏大龙朝天花板开了一枪，扯着嗓子说："住手！"枪声一响，宴会厅里立即安静下来。郭明浩从钢琴前站起身，说："这位我认识，是屏江区公安分局的刑侦大队长。"这时，赵卫国和程副厅长也走进来了，魏大龙很会来事，连忙恭敬地介绍两人。宴会厅里的客人一听两人的身份级别这么高，这才意识到梁奇志可能真的涉案了，而且是大案。

程副厅长说："梁奇志涉嫌多项犯罪，请大家不要妨碍公务。"

梁奇志突然掏出了一枚手雷，熟练地拔掉保险销，然后迅速用一只胳膊勒住了唐恬恬的脖子，叫嚣道："要么给老子让开，要么都给老子陪葬！"

现场顿时响起一片尖叫声，还有各种器皿摔碎的声音。许默然再次恢复了喵星人的本色，整个宴会厅里，只有他泰然自若，蹲在地上摸着那条叫雪梨的京巴。警察都把枪口对准了梁奇志，魏大龙说："梁奇志，你个狗日的敢动恬恬一根毫毛，老子扒了这身警服也要超度你。"梁奇志狞笑着："大龙，别跟我玩这手，我梁奇志拿枪杀人的时候，你爸妈还没好上呢。"

赵卫国怒斥："梁奇志，你还好意思提起过去的那些事？老子这辈子最后悔的事，就是跟建宏和周鲲一起把你从熊人谷救出来。你别再装了，这些年来，你制贩毒品，作孽多端。周鲲的妻子沈婧和妹妹周瑾就是被你杀的，在梅溪村，你又杀了周鲲。今天晚上，你终于露出了蝎子尾巴，我该出手除害了！"

看见正在淡定逗狗的许默然，梁奇志意识到了他根本不是什么变态杀手，很可能是警察，或者警方的线人。他一脸仇恨地说："小子，我什么时候得罪你了？你居然给老子下套。"许默然缓缓站起身，用一双锐利的猫瞳盯着梁奇志，说："在琵琶岛上，我爸就死在你派去的杀手枪下。"梁奇志问："你就是马卉的儿子许默然？怎么跟以前长得不一样了？"许默然慢慢朝梁奇志靠近，说："没错，我不过是换了张脸而已。今晚我是来讨还血债的，这一天来得有点迟了。十三年前，如果我早半个小时赶到梅溪村，死的就不是周鲲，而是你。"

梁奇志有点紧张，冲许默然叫道："站住，别过来！"唐恬恬已从叶紫之前发给她的信息中,知道了所谓的变态杀手,其实是被麻风病毁了容的许默然,她说:"默然,危险,快往后退。"

我和魏大龙也齐声叫许默然停下来,不要再往前走。但许默然似乎没听见,继续朝梁奇志靠近。梁奇志按住手雷的保险握片,面目狰狞地威胁道:"你再往前走一步,老子手一松,把这里全部炸飞。"许默然似乎犹豫了,他停下脚步,蹲在地上,再次摸了摸跟他寸步不离的雪梨。我突然看见,许默然喂雪梨吃了两口狗粮,接着对它做了几个不易察觉的手势,又拍了拍它毛茸茸的小脑袋。

就在我还没反应过来时,雪梨像一道白色的闪电飞向了梁奇志,张口咬住了他握着手雷的那条胳膊。梁奇志惨叫一声,手雷掉在了地板上,他勒住唐恬恬的手也下意识地松开了。

魏大龙趁机大喊:"恬恬,快,往我这边跑!"

我也回过神来,迅速扑向那枚已经松开保险握片的手雷。几乎与我同时,许默然像一头狼,带着凛冽的杀气冲向了梁奇志,阻止他跟我抢夺手雷。赵卫国朝混乱的人群大叫:"都别乱跑,全体卧倒!"

梁奇志是从熊人谷的枪林弹雨里闯过来的,很有实战经验。突如其来的变故并没有让他慌乱,他立马从身上摸出了一支手枪,一枪打死了撕咬他胳膊的雪梨。就在他把枪口转向我时,许默然猛地把他撞倒在地。我趁机捡起手雷,奋力朝楼下的琵琶湖扔去。

一切都是在电光石火间发生的。

被许默然压在身下的梁奇志垂死挣扎,持枪的胳膊肘抵着地板,朝许默然的胸腹部连开了三枪。枪声响起的刹那,手雷也爆炸了,像喷泉一样在湖里溅起了大片的水花。现场的警察手里虽然都有枪,但怕伤到许默然,不敢开枪。我和魏大龙冲过去,想夺下梁奇志的手枪。他的双眼突然翻起绝望的鱼肚白,持枪的胳膊像面筋一样松软下来,一股鲜血从他的喉管中喷射而出,糊了许默然一脸。

许默然翻身下来,正好跟那条被打死的京巴躺在一起。我一脚踢开梁奇志掉在地板上的手枪,魏大龙把枪口死死对准他,随时准备扣动扳机。梁奇志的双腿抽搐了几下就不动了,但眼睛还大睁着,似有万般不甘。我和魏大龙同时发现,梁奇志的脖子上有个东西——那是一条红豆穿成的项链,已经被拽断,狼牙看不见了,深深没入了梁奇志的喉管中。

唐恬恬跑过来,蹲在许默然身边大喊:"你千万别睡着了,把眼睛睁开,一定要坚持住。"时隔多年,叶紫又一次发出了那种阿兹特克死亡之哨的声音:"快叫救护车!"

我站着没有动,我的耳朵瞬间失聪了。我看见魏大龙正对着行动队员嘶吼着什么,状如疯魔;叶紫和唐恬恬围在许默然身边不断哭喊,但我听不见她们哭喊的内容;程副厅长和赵卫国神情严肃地交谈着,我同样听不清。我就像在看一部上个世纪初拍的默片,不,我更像是置身默片中。

我多次跟唐恬恬说过,要和魏大龙在她主演的电影中客串一个角色,路人甲路人乙都行。魏大龙不肯,说他要演就演男二号。我说你小子还真二,也不想想,就你那海拔和颜值去演男二号,还有票房吗?

难道刚才发生的事都不是真的,只是电影?

我不知道自己是怎么走到琵琶湖边的,我闻到了手雷爆炸后还没完全散去的火药味。我的听力慢慢恢复了,我听见了虫鸣声,听见了松涛声,听见了钢琴曲——是从松涛阁的楼顶宴会厅飘下来的,郭明浩又在弹那首《安魂曲》了,这次我听着不仅是感到伤心,而且是好像万箭穿心。我对着湖面,攒足了所有的肺活量大喊——

"喵星人,你给我回来!"

这是一种发自灵魂深处的呐喊,带着某种神秘的召唤力量,在我的喉咙里压抑了十二年,终于狂暴地宣泄出来。我听见原本波澜不惊的湖水开始骚动不安,听见山谷中的风声如群马呼啸。我不知疲倦地绕着琵琶湖跑,边跑边喊。我要留住那个渐行渐远的背影,不让他孤独地离开。他是属于我们五人小团体的,不能擅自出走。我喊了一遍又一遍，喉头都泛起了血腥味。

"喵星人，你给我回来！"

我最初以为是回声，回头一看不是。魏大龙、叶紫和唐恬恬不知什么时候跟在了我身后，和我一起呐喊着。后面还跟着一群野猫野狗，它们也在叫喊。

每个人都出生在异乡，生命的终点才回到故乡。人如候鸟，穷其一生，就是在不断的迁徙中回归自己的故乡。我终究没能留住喵星人，他并不属于这片异乡的土地。他要去的那个故乡在远方，那里有原野，有炊烟，有红豆杉，有稻草人，有母亲的蓝裙子和父亲的慈悲。那里是他温暖的家园，蝴蝶纷飞，百兽争宠，安放着他最纯真的灵魂。

我突然记起这一天是个不平凡的日子，农历三月三，荠菜煮鸡蛋。

二

2024年3月17日下午，从星城科技馆出来后，我和许默然去了韭菜园的一家火锅店。锅底端上来之前，他一直没摘下口罩。后疫情时代，戴口罩成了很多人的习惯，一开始我并没有在意。许默然说，在那次山洪事故中，他被冲到了离麻风病医院五公里开外的下游。两条被他喂养过的哈士奇跟着山洪一路猛追，最终在一处浅滩把他拉上了岸，他昏迷了一天一夜才醒。因为丢了手机，他无法跟外界取得联系。身体又多处受伤了，行动不便，他只好找了个被养蜂人遗弃的小木屋，带着两条哈士奇暂住下来。幸好屋里不仅有铺盖，还有一些过期的粮油米面，吃喝不愁。我脑补着许默然隐居山林的画面，一人两狗，门前山花烂漫，抬头星光璀璨，在树皮上刻下自己最真实的话，梦里面都是浆果发酵的味道。

我想，在这个浮躁的世界上，或许只有许默然才能把那种与世隔绝的生活，变成很多人追求的一种诗意。

许默然说一个月后他基本康复了，准备离开时却发现自己出现了麻风病的症状，应该是在医院抢险时不慎感染的。跟所有麻风病患者的心态一样，他不愿意以一张丑陋的面孔示人，就放弃了下山的念头。他对治疗麻风病的草药非常熟悉，就自己采药煎服，还慢慢学会了养蜂和采集山货。除了偶尔去集市换取一些生活必需品，他几乎不跟任何人打交道。他说，麻风病医院虽然也很闭塞，但他这种自给自足的生活状态更原始，是完全野生的。他跟外界接触的唯一方式就是一台旧收音机，是用五斤蜂蜜从山民手中换来的。

2022年冬天，许默然的麻风病痊愈了，但他也被毁容了。他把所有的蜂蜜和山货卖了，搭乘运输木炭的卡车去了邻省。我插了一句嘴，问许默然："那两条哈士奇呢？"许默然说，一条老死了，一条病死了，都是在他怀里断的气。我点点头，示意许默然往下讲述。他说他用攒下的五千多块钱，在邻省一家整形美容医院做了面部疤痕修复手术。他本来想在术后跟我和魏大龙联系的，但因为钱不够，医生没给他用好药，导致术后效果不佳，他不想吓到我们，于是又回到了山间的小木屋，继续靠养蜂和采山货为生。

说到这里许默然才摘下口罩，我发现眼前的这张脸有些丑陋，跟记忆中的喵星人完全是两副面孔。如果不是他自报家门，不是在讲完自己的遭遇后再展露真容，即使是在街头跟他擦肩而过，我也认不出来。但现在我知道对面的这个男人就是他，而不是别人冒充的了。我看见了他特有的能刺破黑夜的猫瞳，认出了像是从喵星人的世界传过来的声音，还闻到了他身上散发出的熟悉的气味，特别是挂在他脖子上的那颗狼牙，似乎浸透了血色，有一种噬人的魔性，跟从前给我的感觉一模一样。虽然这时候模拟画像还没有出来，但根据王海英对犯罪嫌疑人体貌特征的描述，我能够确定，进入水电泵厂出租屋里作案的人就是许默然。

锅底和配菜都端了上来，我控制住上前抓捕许默然的冲动，问他："你为什么又离开山林？"许默然说："我知道你心里在想什么，边吃边聊吧，我从琵琶岛说起。"我点点头，拿起筷子，身体放松了一些。

许默然说："被父母接到岛上后，那种单调枯燥的生活让我逐渐患上了自闭症，我在湖边一坐就是一整天，只能跟候鸟、野猫野狗和蝴蝶做朋友。后来有个叫孙飞虎的病人注意到了我，经常给我讲故事，慢慢地，我们就成了忘年交。他每次讲故事时都神秘兮兮的，不许其他人听见，也不许我告诉别人，包括我爸妈。他讲得最多的是卧底跟毒贩斗智斗勇的故事，那时候我还不知道故事中的主人公就是他。我被那些故事深深吸引，梦想自己长大后也能当一名缉毒警，甚至渴望去卧底，觉得特别刺激。孙飞虎说，要想当卧底，就要学会忍受孤独。可能是看我有一个警察梦，他教了我许多侦查和反侦查的技能，我以为这些都是他从书上或电视里看来的。"

我往红汤里下了一把金针菇，问："你知道他住院前是做什么工作的吗？"许默然道："我问过，他说自己是临襄市一所中学的物理老师，妻子很多年前就去世了。"许默然夹了一块刚烫熟的毛肚，继续说，"孙飞虎有个妹妹叫孙瑾，比他小很多，是星城师大附中的生物老师，对蝴蝶颇有研究。孙老师经常利用节假日到琵琶岛上来看望孙飞虎，一住就是好多天。她跟我爸妈的关系都很好，还给我补习功课，教我制作蝴蝶标本。"

我问："孙瑾喜欢穿蓝裙子对吗？"许默然笑了："看来你已经查得很深入了，没错，孙老师特别喜欢穿蓝裙子，因为蓝色象征纯净、梦幻和辽阔。"我问："她为什么那么喜欢蝴蝶？"

许默然说："孙老师说她小时候在书上看过一个故事，人死后如果变成了蝴蝶，生前的种种痛苦，甚至罪孽，都会在破茧而出的那一瞬间化为乌有，从此生命中只有鲜花和阳光，灵魂会升入天堂。为了验证这个故事的真伪，她立志成为蝴蝶专家。我问孙老师验证了没有，她笑着说没有，长大后才知道这只是一个美丽的传说。但她说人活着需要一种不切实际的空想，成人世界比孩子更需要童话。当苦难不能改变时，那就在苦难中寻找诗意和情趣。"

我很认同孙瑾的这种说法，多年来，我就是生活在一个成人的童话世界中。叶紫就是我的童话世界里永远长不大的白雪公主，而我像一个迷失的少年，总也走不出那片黑暗的森林。

许默然脸上的伤疤在火锅的蒸汽中显得格外瘆人，他说："2007年初，孙飞虎第二次住院。那年夏天，我爸在给他清理脸上的脓包时，组织液喷溅出来，射进了我爸的眼睛里。平常他给病人做手术都会穿防护服，戴护目镜。但那天特别闷热，头上流下来的汗很快就把护目镜弄花了。为了不影响做手术，他就没戴，就是这次疏忽导致出了问题。虽然事后我爸用酒精和盐水冲洗了眼睛，又吃了一段时间的氨苯砜，但还是被传染上了。我爸从医生变成了病人，我妈很伤心。我爸倒挺乐观的，他每天坚持写病中日记，记录自己的病情变化和身体感受，说这是很好的医学资料。"

我的心情有些沉重，叫了一扎黑啤。许默然说给他也来一扎，然后拿起我放在桌上的一盒芙蓉王，熟练地抽出一根点着。我记得他以前烟酒不沾，现在都上瘾了。

说起父亲的死，许默然的叙述跟周鲲档案中记载的差不多。略微不同的是，档案中仍然称呼他父亲为医生，而不是患者。许默然说，他父亲传染上麻风病后，跟孙飞虎住在同一间病房，所以最先发现了歹徒。血案发生后，零号专案组联合院方掩盖了真相，说歹徒是入室盗窃杀人。孙飞虎之所以能开枪将歹徒反杀，是因为他当过兵。

服务员把黑啤送上来，我跟许默然碰了一下杯，说："你父亲的事我之前已经知道了，说说你母亲吧。"

许默然点点头，喝了口黑啤说："孙飞虎非常内疚，觉得是自己害死了我父亲，从此他对我更好了，并且认我当了干儿子。那时候的琵琶岛还上不了网，也不通邮，手机信号时有时无。每个月底，母亲都会带我去铁牛镇采购生活物资。那是我最快乐的时刻，因为可以去网吧跟虚拟世界里的同龄人聊天,分享不一样的成长经历。2009年7月31日,我又和母亲去了铁牛镇。上网期间我去了趟厕所,忘了关闭聊天页面,结果被邻桌的一个男孩偷看到了我和网友的聊天记录。那个男孩当众宣布了自己的重大发现,说我是从麻风病医院来的。网吧里的人瞬间跑了个精光,只剩下了网管。我随后也被网管撵出了网吧,并被警告以后不能再去那里上网。我很屈辱。长久以来对父母的埋怨终于爆发出来,我觉得是父母自私的选择导致我成了被人嫌弃的臭狗屎。"

在辣椒和啤酒的刺激下,许默然的脸成了紫红色。我试着换位思考,如果被撵出网吧的那个男孩是我,我会是什么感受。仅仅是设想了一下,我就觉得心口刺痛。作为当事人的许默然,他当时感受到的痛楚一定是我的千百倍。

许默然放下啤酒杯,又点着了一根烟,吐了个水母状的烟圈,继续说:"以前每次采购完后,都是母亲来网吧找我。但那次我没在网吧门口等她,我负气出走了。"我吃着已经煮烂的金针菇,问许默然:"你去了哪里?"许默然说:"我漫无目的地转悠,不知不觉来到了尚未开发的铁牛寨。出走时我骑着一匹矮马,那是麻风病医院唯一的交通工具,用来驮运物资的。母亲一路顺着马粪和马蹄印追到了铁牛寨,找到了坐在牛鼻崖上发呆的我。"我问:"你母亲知道了网吧里发生的事吗?"

许默然点点头:"她已经知道了,抱着我哭泣,说回去后就写离职报告,带我回星城,让我过上跟正常孩子一样的生活。我不相信,觉得她在骗我。我站到悬崖边威胁她,如果她说话不算数,我就从悬崖上跳下去。母亲慌了,赶紧伸手去拉我,结果脚底一滑,摔下了悬崖。等我跑到崖底时,她已经没气了。我吓傻了,在母亲的遗体旁坐了足足一个小时才想起叫人。母亲的手机掉在很深的草丛中,没被摔坏。我第一个拨通的就是孙飞虎的电话,他是除母亲之外,我最信任的人。他当时已经出院了,我问他我现在该怎么办。听我讲完事情的前因后果，他沉默了一会儿才说，千万记住，真相不能再让第三个人知道。"

我问许默然："他为什么不要你跟别人说出真相？"

许默然说："我觉得是我亲手杀死了我的母亲，心里充满强烈的犯罪感。孙飞虎怕我承受不了这种精神压力，更怕真相曝光后，我以后的生活会受到负面影响。他说把一个悲剧叠加在另外一个悲剧之上，除了扩大伤害面积，毫无意义。"

我明白2011年夏天，我们五人游玩铁牛寨时，许默然为什么要站在牛鼻崖上发呆了，他不是在看风景，而是在悼念母亲。或者说，是在祭奠一段血色往事。

许默然放下筷子，很长时间都没开口，他望着沸腾的锅底陷入了一种恍惚的状态。那条京巴安安静静的，就趴在他脚下打瞌睡。他突然的沉默没有让我觉得奇怪，似乎这是一种很自然的状态。在骨子里，其实我和他有些地方是相通的，比如都特立独行、桀骜不驯，连我们喜欢的女孩都一样。京巴打了个哈欠，许默然几乎和狗同时醒来，他继续之前的话题。按照孙飞虎教的版本，他跟院方说，母亲采购完生活物资后，带他去铁牛寨挖荨麻，不慎失足，坠崖身亡。荨麻根活血散风，医院经常用这种草药配合西药治疗麻风病。没人会想到一个十几岁的孩子会撒谎，他的母亲因此被定性为因公殉职。

许默然说他至今记得，母亲坠崖那天穿了件蓝色的碎花百褶裙，是孙老师送给她的。母亲遇难时，宽大的裙摆在血泊中散开，红蓝相间，看上去就像一只在花丛中休眠的蝴蝶。他当时想起了孙老师告诉他的那个蝴蝶的传说，他不再觉得那是迷信，而是笃信母亲真的破茧成蝶，飞进了天堂。

十二年前的那个春天，5731厂三名女性的死亡姿势为什么会像蝴蝶标本，为什么她们都身穿蓝裙子，我终于找到了答案。

火锅店的客人越来越多，人声鼎沸，已经不适合交谈。看吃得差不多了，我起身埋单，和许默然在人行道上边走边聊。那条京巴亦步亦趋地跟在后面，许默然说这是他两个月前收养的一条流浪犬，叫雪梨，通人性。我们从五一路走到蔡锷路，再走到中山路，最后坐在青少年宫的草坪上。许默然讲起了孙瑾遇害的经过，以及2011年春天，孙飞虎两次从麻风病医院逃跑的原因，跟我从解密档案中看到的完全一致。

许默然说孙飞虎逃出医院后来到了5731厂，把自己的真实身份告诉了他，也说出了他父亲被杀的真相。他这才知道，孙飞虎的本名叫周鲲，那些缉毒故事中的卧底，原来就是其本人。接下来，许默然的讲述用周鲲这个名字替换了孙飞虎，说："周鲲得到了一条线索，凶手在慕兰山区一带活动过，所以他就追踪过来了。他现在已经身无分文，问我能不能想办法借点钱给他。我二话没说，把自己积攒下的一千多元零花钱都给了他，还给他送了几天饭，直到他被抓回去。但没多久，他又从麻风病医院逃跑了。"

我问："这次周鲲又找你了吗？"

许默然点点头："2011年4月30日那天早晨，我记得是周六，周鲲再次找到我，说他这次查到了杀害他妹妹的那伙毒贩，在慕兰山区的梅溪村有个秘密的制毒窝点，那个绰号叫蝎子的毒老大可能也在那里。但他不能确定，所以打算先去侦查一下。他担心自己有去无回，就叮嘱我，如果中午一点前还没接到他的电话，就意味着出事了，叫我赶紧报警。等他走后，我越想越不放心，就带着两条流浪狗追了过去。我想万一他遇到麻烦，我也可以放狗帮他一把。"

我突然想起了什么，问许默然："就是咬刘冬梅的那两条野狗吗？"

许默然抽烟比我还凶，他摸出身上的一包精白沙，点了一根，说："没错，就是那两条，大黄和二黄。梅溪村的位置非常偏僻，是个因为自然灾害频发被废弃的村子，我是靠狗嗅着气味找过去的。快到中午时，在梅溪村后面的半山腰上，我听到了几声枪响。路非常难走，我花了半个钟头才连滚带爬地到达山脚下。我跑进村子，在一座祠堂里发现了周鲲的遗体。他头部中弹,在眉心位置。祠堂里还有三个男人的尸体,被捆绑在一起,也都是头部中弹,身上还有股奇怪的味道,我猜那是某种毒品的气味。"我问:"周鲲的那支92式手枪呢?"许默然说:"在周鲲第一次来厂里找我时,我就见过那支枪。我当时很好奇,非要他教我怎么用。周鲲被害后,那支枪不见了,我想很可能是被他说的那个蝎子拿走了。"

就像叶紫见证了一个明星的诞生一样,许默然见证了一个英雄的陨落。他说:"我非常后悔,要是我早到半小时,周鲲肯定不会死。大黄和二黄在我的调教下,一点都不比狼狗差。"我问:"你为什么不报警?"许默然说:"我准备报警时突然听到两条狗在叫。我以为是毒贩杀回马枪了,赶紧往后山跑。很快,我就看见一架直升机飞了过来,降落在村口,下来的全部是拿着枪的警察,后来的事我就不清楚了。"

我又问:"周鲲的枪是怎么到你手上的?"许默然说:"我再次看到这支枪,是在一年后的3月17日。"我问许默然:"那天一大早,你也去了江边的汉墓里,对吗?"许默然点头说:"我比刘学峰和叶丽萍都先到,我也看见你进来了,躲在耳室,我在另外一间耳室里喂猫。"我说:"把我没听到的那些补充完整吧。"许默然说:"那天叶丽萍是被刘学峰胁迫来的,一进汉墓她就问刘学峰,怎么知道叶紫不是她和郭明浩亲生的。刘学峰说前几天恰好看见郭明浩在星城师大献血的报道,知道他是AB型血,而叶丽萍和叶紫母女俩都是O型血,这不科学。"

我问:"刘学峰怎么知道叶紫和她妈都是O型血?"许默然说:"叶丽萍当时也问了这个问题。刘学峰说2012年春节后的一天,他扒厂里的女澡堂子,叶紫和唐恬恬正在里面洗澡。唐恬恬突然来了大姨妈,流了很多血,她有点紧张,担心失血过多。叶紫就开玩笑说,她和她妈都是万能血型,随时可以学白求恩给唐恬恬献血。刘学峰还说,他曾经听梁奇志酒后跟人吹嘘,睡过慕兰中学的好几个女同学,其中就有叶丽萍，所以他怀疑叶紫是梁奇志和叶丽萍的私生女。"

我抬头望着夜空，其实那里什么都没有，除了黑色，还是黑色。我的心血管像是被什么堵住了，胸口一阵阵发闷。

许默然继续补充那个春天里失落的细节，他说："叶丽萍不断哀求刘学峰，不要把叶紫身世的秘密说出去。刘学峰说让他保守秘密也可以，只要叶丽萍嫁给他。叶丽萍当然不答应，她拿出钱包，说可以把里面的钱都给刘学峰。但刘学峰嫌少，没要，他提出跟叶丽萍发生性关系。叶丽萍无奈，只好同意。"

我气血上涌，忍不住骂了一句："你要是学一下雷锋，就没有后面那些破事了。"许默然苦笑一声："叶丽萍肯定不希望这个秘密被第三个人知道，我要是露面，对她来说也许伤害更大。当我正在犹豫要不要上前干涉时，你就冲过去了，跟刘学峰发生了打斗。"

我问许默然："你一直尾随我和刘学峰跑到了玉兰山脚下，对吗？"

许默然说："我追出去时，看见了叶丽萍掉在汉墓里的胸罩和身份证，但我来不及捡。我怕你吃亏，想暗中帮你一把。等我追到玉兰山脚下时，你和刘学峰的打斗已经结束。你走后，我上前警告刘学峰，再敢找叶丽萍母女俩的麻烦，我就放狗咬死他，跟咬刘冬梅一样。刘学峰以为我跟你是一伙的，朝我破口大骂，说现在就要弄死我。他用那只没受伤的左手从腰间掏出一支手枪，我连忙捡起一块大石头砸在他的脑袋上，砸了没几下，他就断气了。我拿起那支枪一看，是周鲲的，我记得他的枪号。"

我说："你当时要是报警，还算正当防卫。"许默然摇摇头："我跟你的顾虑是一样的，担心报警会毁了叶紫和她母亲，我不想让刘学峰死了还害人。我知道这王八蛋坐了很多年的牢，不可能是毒老大蝎子。我想他应该是蝎子的马仔，而且亲手杀了周鲲，否则枪不会在他手上。我有一种大仇得报的快感，还把周鲲的枪藏在了家里的天花板上，留作纪念。刘学峰的尸体被我扔在了山上的金井里，给那些动植物做饲料，好歹还有些剩余价值，算是废物利用。"

我感觉后背凉飕飕的，仿佛旁边坐着的不是一个人，而是刚从古墓里发掘出来的明器，还带着亡者的气息。我不是第一次有这种感觉，在与许默然有关的那些记忆中，这种奇异感一直存在。

许默然说："处理完尸体后，我返回汉墓，发现叶丽萍的胸罩和身份证都不见了，我猜是被你拿走了。但我意外地捡到了一把钥匙，应该是叶丽萍的。对了，我现在可以告诉你，我当初为什么突然辍学去当保安了。如果2012年3月17日那一天在我的生命中并不存在，我会跟你一样报考警察学院。"我说："你成绩比我好，肯定能考上。"许默然说："但那一天比任何一天都真实，就跟我的身体一样，我伸手就能触摸到。我杀了人，我已经没有资格当警察了。"我说："可是没人知道你那一天到底做了什么。"

许默然的瞳孔缩小了一些，他凝视着在路灯下跳舞的飞蛾，说："我自己知道。"

许默然的语调比羽毛还轻，我听起来却有一股金属的质地，坚硬而生冷。我看着这位喵星人，除了那张有些破碎的脸，时间似乎没有在他身上留下太多的痕迹。他依旧属于汨罗江边那座灰暗的工厂，属于那些不可名状的秘密和黑夜。

他好像一直待在十二年前那个奇幻而诡谲的春天里，从未走出来过。

三

许默然走在2012年3月17日的阴霾中，此刻是下午两点四十五分，他刚从厂门口喂流浪猫回来，朝九栋宿舍楼走去。他打算告诉叶紫的母亲，刘学峰已经死了，不用再害怕了，顺便把钥匙还给她。许默然没有急着还钥匙，是因为他相信每个母亲都有好几把家里的钥匙，他母亲就有两把，一把随身携带，一把放在办公室。后来他听我讲述案卷中的内容——案发那天上午九点半左右,有人看到叶丽萍拎着一把荠菜从江边回来,去了财务科,原因不明。他猜测叶丽萍有一把备用钥匙放在财务科,她那个时候应该已经知道身上的钥匙弄丢了。

许默然之所以选择下午才去叶丽萍家,是想让她有足够的时间平复上午的情绪。周鲲跟他说过,人在受到强烈刺激后的几个小时内,会有严重的应激反应,行为最不理智。楼道里静悄悄的,许默然没有碰见一个人。这不是什么好兆头。他记得在听到梅溪村的枪声前,有一段时间山林中也安静得出奇。平日此起彼伏的虫鸣声和鸟啼声都听不见了,连风都是静止的,似乎它们全受到了某种巨大的威胁。

许默然敲叶紫家的房门,始终没有回应。他脑袋里突然冒出一个不好的念头,叶丽萍会不会因为上午的事想不开?他马上用捡到的那把钥匙打开房门,结果看到叶丽萍坐在卧室的地板上自缢了——一条黄丝巾悬挂在床头的栏杆上,另一头紧紧缠绕着叶丽萍的脖颈。她死亡时的情形跟后来叶紫看到的基本一样,穿着蓝色碎花连衣裙,抹了玫瑰色的口红和紫罗兰色的指甲油。唯一不同的是死亡姿势,叶丽萍死亡时的双腿其实是伸直的,但叶紫看到的是盘膝而坐。许默然用手一摸,叶丽萍已经没有了呼吸和心跳。他本来想给叶丽萍做心肺复苏的,在麻风病医院生活了好多年,耳濡目染,他也懂一些急救知识。但很快他就放弃了,因为他发现叶丽萍已经出现了尸冷和尸斑。

在床头柜上有一张 A4 纸,那是叶丽萍写的遗书。

十二年后的同一天,我问许默然:"遗书里写了什么?"

许默然的目光落在中山路的公交站牌上,回忆道:"叶丽萍说她从没喜欢过梁奇志,都是他自作多情,还故意向班上的同学制造两人有暧昧关系的假象。她斥责过他很多次,但他嬉皮笑脸,屡教不改。在她结婚的前几天,梁奇志谎称自己很伤心,要服毒自杀,把她骗到了江边的那座古墓里,结果她一去就被梁奇志强奸了。叶丽萍没敢报警,但从那以后她就和梁奇志绝交了。叶丽萍在遗书里说,她嫁给郭明浩不是为了报恩，而是因为整个学生时代她都在暗恋他。但梁奇志给她造成的伤害，让她婚后对男人心存敌意，觉得他们都是喜欢用下半身思考的动物。郭明浩考上大学后，身上的音乐才华充分发挥出来了，有许多女生给他写情书。他对异性的强大吸引力让叶丽萍很没有安全感，她害怕自己被欺骗、背叛。婚后她使尽一切手段，试图牢牢抓住郭明浩的心，但最终事与愿违，婚姻还是解体了。她希望女儿不要复制她的悲剧，叶紫却极力想摆脱她的控制，母女关系越来越紧张。她觉得自己的人生太失败了，失去了两个最爱的人，一个是前夫郭明浩，一个是她的女儿叶紫。"

我问许默然："叶丽萍是什么时候发现叶紫的父亲不是郭明浩的？"

许默然说："刘学峰威胁她的时候她才知道。她在遗书里说，本来她想跟刘学峰做一个屈辱的交易，但他贪得无厌，提出的变态要求让她根本无法接受。你的意外介入更是让整件事失控了，她觉得自己这个肮脏的秘密很快就会人尽皆知。叶紫知道自己的身世后，肯定会回到有亿万家产的生父梁奇志身边。想到这里，叶丽萍的精神就崩溃了，她决定离开这个悲惨的世界，彻底解脱。她把手脚用充电线捆绑起来，就是为了防止在自缢时挣扎。在生命的最后时刻，她放下了所有的执念，渴望回到纯真的少女时代，重新选择自己的理想和爱情。所以她特意穿上了叶紫的那件蓝色碎花连衣裙，还找出了叶紫藏起来的口红和指甲油，给自己美美地化了个妆。"

在许默然的回忆中，我听到了一个母亲绝望而悲情的呐喊。十二年前，赵卫国对这起案子性质的判断确实没有错。叶丽萍自杀前没戴胸罩，是因为叶紫的蓝裙子对她来说偏小，再戴上胸罩既不舒服也不美观。她一身萝莉风，是在追求一种仪式感，这是一个被生活戕害的中年女性对美好青春的怀念。我想叶丽萍的内心一定是渴望美丽的，是梁奇志的强暴摧毁了她对男人的信任，甚至让她觉得美丽是有罪的，是恶之花。

许默然说，叶丽萍自杀时穿的蓝裙子让他想起了当年自己母亲的死，想起了那个浪漫的蝴蝶传说，也想起了周鲲对他说的那句话——把一个悲剧叠加在另外一个悲剧之上，除了扩大伤害面积，毫无意义。我问他："这就是你把叶丽萍的自杀伪装成他杀的动机？"

许默然点点头："叶丽萍是坐着自缢的，穿搭色彩斑斓，有点像蝴蝶。我趁尸僵还不严重时，把她的双腿盘了起来，这就更像一只展翅欲飞的蝴蝶了。接着，我带走了遗书和那条黄丝巾，擦掉了自己留在现场的所有痕迹。"

我问："第二次尸检后，警方倾向于认为叶丽萍是自杀的。你发现叶紫的情绪越来越糟糕，随时可能崩溃，为了减轻她的精神压力，你就用毒蜘蛛咬死了刘冬梅，让警方重新认为叶丽萍的案子是他杀，对吗？"许默然说："我没杀刘冬梅，那只毒蜘蛛是刘学峰的。"我非常诧异，问他："你是怎么知道的？"

许默然说："叶丽萍自杀前一个月，我在防空洞里喂流浪猫时，发现刘学峰在里面投喂一只被关在笼子里的大蜘蛛。我以为那是他养的宠物，也就没在意。刘学峰死后，我又在防空洞里发现刘冬梅在投喂那只蜘蛛。有一次，我看见刘冬梅把蜘蛛从笼子里夹了出来，装在一个密封的饭盒里。我觉得奇怪，就尾随在她后面，想看看她要干什么。结果我发现她在跟踪大龙的母亲吴兰舟，但可能是没找到下手的机会，她又回到防空洞，把蜘蛛放回了笼子里。我察觉到刘冬梅不怀好意，那只蜘蛛很可能有毒，就给蜘蛛拍了张照片，上网查了一下，确认了是毒性非常强的悉尼漏斗形蜘蛛，人被它咬一口足以致命。"

我看向许默然，问道："你的意思是，刘冬梅担心魏大龙他爸不兑现那份保证书，于是跟刘学峰串通，打算用毒蜘蛛咬死魏大龙他妈，自己好名正言顺地上位？"

许默然点头说："毒蜘蛛应该是刘学峰从宠物黑市弄来的，所以警方在案发后查不到来源。清明节那天上午，在我准备去弄死那只毒蜘蛛时，发现刘冬梅倒在了防空洞里，右手手背上有蜘蛛咬的伤口，整条手臂都发黑了。她当时还没死,求我救她,说自己喂蜘蛛时被咬了,想跑出去求救时,在黑暗中慌不择路迷失了方向,结果毒性发作了。"

我问许默然:"你没有救她吗?"许默然反问:"你觉得我救得了她吗?"我无言以对。我查过资料,被悉尼漏斗形蜘蛛咬伤,需要注射一种从兔子身上提炼出来的抗毒血清,否则死亡率非常高,而国内的医院并没有储备这种血清。

许默然说:"我背着刘冬梅就往防空洞外面跑,但还没跑出去,她就断气了。我当时就想,既然刘冬梅作死,那就用她的死来帮叶紫做点什么。刘冬梅住在二十四栋一楼,楼道里就有个防空洞的入口,她就是从那里进来的。我背着她钻出防空洞,用她身上的钥匙打开她家房门,换掉她弄脏了的衣服和鞋袜。然后我趁唐恬恬在职工陵园扫墓,到她的家里偷了蓝裙子、口红和指甲油。"

我打断许默然的话,问他:"你是怎么进入唐恬恬家的?"

许默然说:"我只用一根小铁丝就捅开了她家的锁——这是周鲲教我的,他说犯罪分子经常用这一手入室盗窃,他当时教我开锁的目的是防盗。我返回刘冬梅家里,给她化好妆,穿上蓝裙子、红色高跟鞋和黑丝袜。因为叶丽萍死时没戴胸罩,我也把刘冬梅身上的胸罩取下来带走了。接着我用在衣柜里找到的一条绿围巾,反绑她的双臂,让尸体跪在地板上,摆成蝴蝶吸水的姿势。我希望她死后能脱胎换骨,变成蝴蝶,赎清罪恶,不再作孽。我担心那只逃逸的毒蜘蛛会咬伤别人,就又进入防空洞找到了它,踩死后把尸体放到了刘冬梅家的卫生间里。伪造完现场后,我再次进入唐恬恬家,把没用完的化妆品放回了原处。"

我问许默然:"刘冬梅的胸罩和身份证是你丢弃的吧?"

许默然说:"没错。发现你被警方怀疑后,我就在半夜三更悄悄进入刘冬梅家,偷走了她放在爱马仕包里的身份证,跟她的胸罩一起,扔到了宿舍楼下的绿化带里。我知道你是无辜的,确切地说,你也是受害者。在这个世界上,你和叶紫,还有大龙和恬恬,都是我最好的朋友,我想帮你洗脱作案嫌疑。"

我伸手去摸烟,发现烟盒空了,许默然的烟也抽完了。我们就像两只暗夜里的蝴蝶,长时间地蛰伏在草地上,跟黑暗融合成了一个整体。我抽出锡箔纸在手里随意折叠,问许默然:"邵美琼的死亡现场也是你伪造的吧?"

许默然的眼神变得有些迷离,往事恍若慢镜头在他眼里一一闪回,他说:"唐恬恬转学前的那天晚上,她要我把一个优盘转交给你。我察觉她神色不对,好像刚哭过,就回家打开了优盘看,结果知道了她要自杀的秘密。在视频里,她不仅说了自己自杀的原因,还说了自杀的方式。我想阻止她,但跑到她家门口,刚好看见邵美琼端起那杯西柚汁喝。"我问:"你没告诉她西柚汁里下了药吗?"许默然摇头说:"她没发现我,我当时犹豫了一下,就悄悄离开了。我觉得她该死,是罪有应得。"

我问许默然:"你是什么时候发现邵美琼死亡的?"

许默然摸着蜷缩在身边的雪梨说:"具体时间不记得了。我去邵美琼家时,房门是开着的,钥匙插在锁眼里,她整个人倒在床上,不省人事,应该是刚一进门药性就发作了。于是我转身去了叶紫家,她正好不在,我拿走了挂在阳台上的那件蓝裙子,还有她的口红和指甲油。我没想到你之前来过,在裙子上留下了指纹。再次返回邵美琼家时,她已经没了呼吸。我取下她身上的胸罩,用电话线把她的四肢分开捆在床头的柱子上,把她打扮成一只展开双翅飞翔的蓝蝴蝶。伪造完现场后,我带走了她的胸罩和身份证,扔到宿舍楼下。接着,我又把化妆品放回了叶紫家。我这样做的目的只有一个,就是让警方误以为邵美琼的死是他杀,不让唐恬恬受牵连。我的警察梦破碎了,我不希望恬恬的舞蹈家梦想也支离破碎。"

我问许默然:"你担心唐恬恬知道你看过优盘里的视频,就谎称优盘弄丢了,对吗?"许默然说:"不完全对。当恬恬想要回优盘时,我就知道，她已经打消了轻生的念头。我谎称优盘丢了，是想保存她误杀邵美琼的证据。幸好，十二年来，警方一直没怀疑过她谋杀邵美琼。"

笼罩在蓝裙子系列杀人案上的迷雾终于全部散开，真相以一种奇特的方式呈现在我面前。我觉得一些事物原本固有的属性似乎发生了变化，凶手和受害者的界限是如此模糊，是犯罪还是救赎？我陷入了定义的困境。

不知不觉，那张锡箔纸竟然被我折叠成了一只蝴蝶，银光闪闪。

沉默良久，我问许默然："2018年重阳节，发生在唐璜家的那次一氧化碳中毒事故跟你有关吗？"许默然反问："你觉得呢？"

我说："林东亮和梁奇志没有得到应有的惩罚，一直让你耿耿于怀。当唐璜的生命进入倒计时的时候，你就把优盘里的那个秘密告诉了他。唐璜盛怒之下要跟两人拼命，于是你策划了那场堪称完美的谋杀——让唐璜在重阳节那天邀请林东亮和梁奇志来家里吃火锅。梁奇志和唐璜毕竟是老同学，于情于理他都不会拒绝一个将死之人的邀请。吃火锅时，唐璜故意把两人灌醉，然后将家里的门窗全部关严，不断往火锅内添加木炭，让房内一氧化碳的浓度不断升高。最终，唐璜成功把林东亮拖进了地狱，梁奇志则侥幸逃离了鬼门关。事后，梁奇志肯定会怀疑这是谋杀，但他没有证据，也不敢声张，吃了个哑巴亏。"

许默然没有辩解，只是无声地笑了笑，我问他："你这是默认了吗？"他模棱两可地说："有时候，沉默是最好的结局。"

我又问了许默然一个更加尖锐的问题："李霞和王海英的案子是你做的吗？"这次许默然爽快地承认了，我问："动机是什么？"许默然说："引蝎子出洞。"我问："这跟蝎子有什么关系？"许默然反问："你还记得那个曹阳吗？"我说："记得，他和刘学峰臭味相投，一起去缅北搞过电诈。"许默然说："曹阳被抓后，记者采访他的过程被电视直播了。他不仅供述了自己的罪行，还说他特意选择在2011年4

月30日和刘学峰回到屏江,是因为那天是他母亲的生日。可能是为了说明犯罪分子良知未泯,电视台没有删掉这个细节。"

我突然想起来了,说:"周鲲就是这天被害的,从时间上来推算,刘学峰没有参与梅溪村血案。"许默然把雪梨抱在怀里,说:"之前我一直把刘学峰当成杀害周鲲的凶手。在养蜂人的小木屋里,我恰好用收音机听到了这次直播,才发现凶手不可能是刘学峰,应该就是蝎子本人。"

我说:"虽然你没杀人,但犯了罪。就算你成功引出了蝎子,也逃脱不了法律的制裁。伪造证据、非法持枪、故意伤害,这三项罪名就足够你踩很多年缝纫机了,你承受得了这个代价吗?"

许默然摸了摸脸上的疤痕,说:"我无限接近过死亡,看透彻了,这个世界上除了生死,所有的代价,都只是擦伤。"

夜深了,只剩我和许默然还坐在青少年宫的草坪上。车流逐渐稀少的中山路树影憧憧,四周隐秘的角落里像是潜藏了某种危机,而游荡在街头的行人个个显得面目可疑。我问许默然:"警方追查了这么多年都不知道蝎子是谁,你怎么引他出来?"许默然向左右观察了一下,突然从身上摸出了一支手枪。我立即认了出来,这就是周鲲的那把92式佩枪。我条件反射地按住许默然持枪的手,说:"别动!"许默然说:"别紧张,我给你看样东西。"

我迟疑了一下,松开手。

许默然让我打开手机电筒,然后他抽出手枪弹夹,说:"看见上面的血迹了吗?"在电筒光的照射下,我看见弹夹和几颗弹头上沾满了已经凝固的深褐色血迹,心中不由一惊。我说:"脑子正常的犯罪嫌疑人不会把自己的血留在枪上,枪很可能是刘学峰偷的,血是别人的。他没有擦掉血迹,是打了个如意算盘——如果他用这支枪作案后被警方查获,就可以嫁祸于人。"许默然说:"我外公外婆去世后,家里一直没人住。我担心小偷进来,偷走藏在天花板上的手枪,就悄悄回了一趟家,把枪带走了,还带走了跟手枪藏在一块的叶丽萍的遗书。"

我问："你是什么时候发现枪里面有血迹的？"

许默然说："从刘学峰手上拿到枪后，我从没动过，直到听了曹阳的直播，我怀疑凶手另有其人，才开始检查这支枪，发现了血迹。"

我问："有没有可能是周鲲的血？"许默然说："不可能。我在血案现场见过周鲲的遗体，他头上有血，但手上没有。弹夹和弹头上的血迹都有指纹，一定是杀害周鲲的凶手留下的。"

我问许默然："去年中元节晚上，你在月池塘被李霞的丈夫追赶时，故意开了枪，还把一颗带血的弹头遗落在了现场，就是为了让警方根据血迹来寻找杀害周鲲的凶手，对吗？"许默然点头说："我早就踩好点了，知道她丈夫会来接她。但可惜的是，你们始终没有锁定凶手。这也说明凶手的 DNA 样本并没有录入警方数据库，无法比对。"

我说："你故意尾随王海英入室，还在现场开了一枪，威胁她穿上蓝裙子，让警方以为十二年前的连环杀手重新现身了，制造轰动效应。这样不仅警方会全力搜捕你，杀害周鲲的蝎子也会寝食难安，到处找你。他担心的不仅是自己留在枪上的 DNA，更担心偷枪人被警方抓获后，供出是在哪里偷的枪。我们盯住了你，就盯住了蝎子。"

许默然看着深不可测的夜色，说："就是这个意思，我来当诱饵，以后也许能少踩几年缝纫机。"

这就是猎魔行动的开端。

回到省厅宿舍，我把房间里的灯都关掉，屏蔽了这个世界所有的光和喧嚣。虽然置身伸手不见五指的黑暗中，但我感觉脑袋里仿佛升起了一盏大功率的聚光灯，是从未有过的明亮。我花了三个小时来消化许默然说的话，然后连夜写了情况说明和申请报告，并附上了叶丽萍的遗书、唐恬恬的优盘，以及周鲲的那支 92 式佩枪。凌晨四点，我打开窗户，把那只用锡箔纸折叠的蝴蝶扔到了窗外，蝴蝶像是被赋予了某种魔力，越飞越快，越飞越远，就好像要飞回十二年前，飞回那个藏着许多秘密的春天里。

经过两天的慎重研究，上级终于批准了这次行动。谨慎起见，在把手枪还给许默然之前，有关部门特意做了技术处理，确保子弹不能击发。除我之外，整个零号专案组，只有程副厅长和赵卫国知道许默然的线人身份。开会讨论案情、走访调查、悬赏通告、媒体追踪报道都是故意虚张声势，给蝎子造成一种强烈的紧迫感，诱使他出洞寻找所谓的连环杀手。果不其然，蝎子现出了原形。

据杨超交代，梁奇志最早是何首乌贩毒团伙的二号人物，在何首乌的指使下，他亲手活埋了沈婧母女俩。何首乌被击毙后，梁奇志成了团伙的老大，行事更加隐秘。他销售的毒品，全是根据自己研制的配方生产的，纯度不比金三角的差。梁奇志曾吹牛，说美剧里的那个绝命毒师只配给他拎包。梁奇志就是靠制贩毒品赚取了人生的第一桶金，不过是黑金。梁奇志对妨碍他制贩毒品的人进行过疯狂报复，杀害了警方的多名线人。

杨超还交代，梁奇志查到了那个处处跟他作对的缉毒队队长孙勇，化名孙飞虎住进了琵琶岛上的麻风病医院，于是派了两名马仔去暗杀。失败后，为避风头，他消停了一段时间。2010年春天，孙勇又截获了梁奇志的大批毒品，他气急败坏，决定再次实施报复，这次他把目标锁定在了孙勇的妹妹孙瑾身上。杀害孙瑾后，马仔从她的钱包里找到了一张合影。梁奇志一眼就认出，照片上那个穿警服的男人，就是跟姚建宏和赵卫国一起，把他从熊人谷救出来的武警排长孙楚。梁奇志终于明白了孙楚当年的叛逃是怎么回事，彼时的孙楚还没有被麻风病毁容，他和孙勇、孙飞虎其实是同一个人。

不过，梁奇志直到死，也不知道孙楚还有个名字叫周鲲，那才是他的真名。

李国栋交代，2011年4月30日那天，梁奇志恰好去梅溪村制毒窝点视察。发现那里已经被孙楚控制后，他心生一计，假装观光摄影，进了村子。孙楚认出了梁奇志，虽然没有打招呼自曝身份，但放松了警惕。梁奇志趁机拔出手枪，近距离射杀了孙楚。在梁奇志拔枪的瞬间，孙楚还是反应过来了，把枪口对准了他，但晚了几秒，没打中他的要害，只射中了他的右臂。后来梁奇志在孙楚的遗体上找到了一个备用弹夹，装进了那支92式手枪，他的血就是在这个时候留在弹夹和弹头上的。梁奇志用这支手枪射杀了已经暴露身份的三名马仔，然后逃离了现场。

当天下午，梁奇志驱车来到5731厂的职工陵园给父母烧纸，感谢二老在天有灵，保佑他死里逃生。但父母并没有真正保佑他，从陵园出来，梁奇志发现自己的车窗玻璃被砸了，放在工具箱里的92式手枪不翼而飞，上面的血迹他还没来得及擦干净。同时丢失的，还有半条软中华和数千元现金。

从某种意义上来说，梁奇志射杀孙楚的那颗子弹并没有停止呼啸，在继续飞行了十三年后，绕了个圈子，把梁奇志送进了地狱。

2024年4月19日，谷雨，我正蹲在介山庙的屋檐下喂流浪猫，魏大龙开车过来说："已基本查清楚了，梁奇志在收购农药厂时就开始制贩毒品了，数额巨大。在奇志集团的仓库里收缴了两吨制毒原料和半成品，价值过亿。"我摸了摸猫，起身问："他是怎么入行的？"魏大龙甩给我一根和天下，说："人都死了，鬼晓得。赵局猜测，梁奇志在熊人谷亲眼看见了一次毒品交易，可能是毒品的暴利刺激了他。"我问："恬恬还好吗？"

魏大龙说："她正在配合调查，情绪还算稳定。姓梁的是个畜生！"我抽着烟说："车借我用半天。"魏大龙把车钥匙扔给我，说："还记得送喵星人上路那天吗，殡仪馆里到处是野猫野狗，叫个不停，你说奇怪不奇怪？"

我感觉嗓子眼有些刺痛，我摸了摸挂在脖子上的狼牙项链，没吭声。

魏大龙问："良子，叶紫生父的事，你准备怎么跟她解释？"我还是没回答，径直坐进了驾驶室，一脚油门驶出老远。隐隐听到魏大龙在后面叫："你捎我一程啊，要不老子怎么回去？"

我把大切诺基开到5731厂附近的江滩上，笼罩在烟雨中的汨罗江就像一个环佩锦衣的楚美人。我没有下车，隔着风挡玻璃，我看见一对少男少女脱下鞋袜，在江边浅水里雀跃嬉戏，少年说要用沧浪之水濯足，沾沾屈原老先生的才气，今年考上985。介山庙里的木鱼声和唱经声似乎有一种穿透时空的力量，隔着几十公里依然萦绕在我耳边，我渐渐陷入一种冥想的状态。三十六年前，如果边防热带雨林里没有出现那场神秘的大雾，梁奇志就不会迷路，我父亲、赵卫国和周鲲就不会闯入熊人谷冒死营救他，母亲就不会嫁给父亲，也就没有了我。叶紫、唐恬恬、魏大龙和许默然的命运都会改变，蓝裙子系列杀人案也不会存在。这就是所谓的蝴蝶效应，只要蝴蝶轻轻扇动一下翅膀，很多看似平行的轨迹就会在某个神秘的节点发生交集，甚至改变整个世界的走向。

郭明浩打来的电话结束了我的冥想，他问我："叶紫的身世是不是可以解密了？这些天叶紫问了好几次，我都没说。"我说："我来告诉她。对了，郭老师，您是不是早就知道叶紫不是您亲生的了？"郭明浩承认了，说："是叶丽萍的父母供我上的大学，为了减轻他们的经济负担，整个大学期间我都在勤工俭学，勉强能维持收支平衡。大三那年暑假，我听说捐精来钱快，就去了市人民医院生殖中心。但体检不合格，医生说我患有精索静脉曲张。这种病没有明显的症状，也不影响夫妻生活，但会导致不育。"我问："你没有治疗吗？"郭明浩自我解嘲地笑了笑："那时候年轻，又是学艺术的，自尊心特别强，怕丢人，不好意思治。再说了，我不想再花叶家的钱，叶丽萍当时还在上大学，她家也不宽裕。"

我问："叶丽萍知道这件事吗？"

郭明浩说："谁都不知道。大学一毕业，我就和叶丽萍结婚了，没多久她就怀孕了。我立马意识到孩子不是我的，但我没有揭穿，一是不想曝光我的隐疾，二是叶家对我有恩，我不想让岳父母难堪。虽然我没跟叶丽萍撕破脸，但这个意外的发现让我对她的感情迅速变淡。她感觉到了我的变化，以为我在外面有了野女人，于是我们开始了吵婚模式。我研究生毕业后，跟她实在相处不下去了，就离了婚，净身出户。"

我继续问："你爱过叶丽萍吗？"

我能够感觉到郭明浩就坐在钢琴前，手指如同雪花从琴键上轻轻滑过，沉默半响后，他说："我爱过少女时代的她，但她从来没爱过我，也从没说过爱我。"我说："不对，她在遗书里写得非常清楚，除了父母，这个世界上她只爱过两个人，一个是叶紫，一个是你。"郭明浩再次陷入了沉默，重新开口时声音已哽咽，他问我："真的吗？"我说："当然。"我又"八卦"了一下，问郭明浩：《蝴蝶奏鸣曲》中的那个女人真的存在吗？"

郭明浩说："存在，她叫孙瑾，哦不，叫周瑾，就是你们报道的那个缉毒英雄周鲲的妹妹。"我惊呼起来："什么，是她？"

郭明浩说："二十年前，我去慕兰山区的一个瑶族村寨采风，收集一些民歌元素，糅合到交响曲中。在那里，我遇见了正在采集蝴蝶标本的周瑾，对她一见钟情。当时她穿着一件蓝色碎花连衣裙，很惊艳，像蝴蝶女王。我能感觉到她也是喜欢我的，但她好像有什么难言之隐，对我总是忽冷忽热。我就是在这种感情的折磨下创作了《蝴蝶奏鸣曲》，每次思念她的时候，我就弹起这首奏鸣曲。她未婚，我也不娶，我们始终保持着一种柏拉图式的精神恋爱。直到前几天她哥哥的案子解密，我才知道她用心良苦，她是怕连累我，才刻意跟我保持距离的。"

惊愕了好半天，我又问："叶丽萍怀孕时，你知道孩子的生父是谁吗？"

郭明浩说："一开始，我怀疑孩子是梁奇志的，因为他多次纠缠过叶丽萍，后来我才知道不是。"我猛然一惊："你说什么，叶紫的生父不是梁奇志?"

郭明浩比我更吃惊,他反问:"叶紫的生父是周鲲,难道你不知道吗?"

听完郭明浩的解释,我像是被球状闪电击中了,电流在身上四处游走,灵魂在战栗,不断冒出蓝色的火焰。二十九年前的那个早春二月,叶丽萍和沈婧都住在5731厂职工医院妇产科,两人在同一间病房,生的都是女儿,叶丽萍只早分娩一天。三月初的一天,何首乌打探到了沈婧的住院地点,就制订了一个诱杀她的计划。他派梁奇志潜入职工医院,抱走沈婧的女儿,并留下一张字条,要她带上五万块钱去梧桐山上赎回孩子。

当时叶丽萍还在住院,财务科有笔账目急需她亲自核对,她就让沈婧帮忙照顾一下正在睡觉的女儿。叶丽萍离开没多久,她女儿就醒了,哭闹不止。沈婧只好放下自己的女儿,给叶丽萍的女儿喂奶。这一幕恰好被梁奇志看见了,于是闹出了乌龙。当沈婧发现毒贩把叶丽萍的女儿当成她的亲生骨肉偷走了时,她意识到孩子凶多吉少。她很内疚,出于补偿心理,她就把自己的女儿交给了回到病房的叶丽萍。孩子出生才一周,五官都没长开,叶丽萍根本没发现女儿被调包了。

因为案件涉密,沈婧没有在职工医院声张,跟专案组汇报后,她不顾丈夫的劝阻,只身前往梧桐山追捕偷走婴儿的毒贩,却不幸中了埋伏,和女婴一起被梁奇志活埋了。也就是说,梁奇志亲手杀死了自己的女儿。沈婧在遇害前,把女儿调包的秘密告诉了丈夫。妻子遇害后,周鲲没有去找叶丽萍要回自己的女儿,他不忍心让一个无辜的女人承受失去亲生骨肉的痛苦。他甚至觉得,自己的女儿在别人家里长大,也许是一种幸运,至少比在他身边更安全。

我明白了叶紫为什么喜欢穿蓝裙子,她跟那个钟爱蓝裙子的蝴蝶女王有神秘的血缘关系。

我问郭明浩:"你是什么时候知道这个秘密的?"郭明浩说:"在周鲲遇害前半个月,他突然找到我,说自己这次追凶有可能回不来了,他不想把这个秘密带入坟墓,也不想打扰叶紫的生活,所以只告诉了我一个人。最初我不信,后来他拿出了和妹妹的合影,照片上的女人就是我日思夜想的蝴蝶女王,我立即信了。"

案子还在侦办中,专案组没有撤销。

跟郭明浩通完电话,我拨通赵卫国的手机,把郭明浩反映的情况告诉了赵卫国,他说马上跟程副厅长汇报。我打开车载多媒体,搜索出郭明浩弹奏的《蝴蝶奏鸣曲》,点了播放按钮后,我下了车。那对少男少女不知什么时候离开了,四周空寂无人。春汛开始了,江面上的旋涡如同无数可怕的黑洞,把所有靠近它的东西都吸纳至江底。

大切诺基的音响效果很不错,是环绕立体声,充满现场感。钢琴曲像长了翅膀的蝴蝶从车内倾巢而出,在江边漫天飞舞。我突然看见叶紫穿过厂区侧门外的那片菜园,朝我一路飞奔。我迎上去,到了叶紫跟前却不知道说什么好。叶紫也像是失语了,朝我羞涩地一笑就不作声了。我们就这样默默地走在江滩上,还是沿着当年的路线。有时候我们会蹲下来,拾起陶片打个水漂;有时候我们会踮起脚,伸手摸一摸枝头嫩绿的香椿——跟我对蓝裙子脱敏了一样,叶紫对香椿也脱敏了。水鸟在身边欢快地叫着,我又听出了楚辞和《诗经》的韵味,闻到了蓝墨水的气息。

走了约莫半小时,天空飘起了毛毛细雨,跟十二年前的那场雨一模一样,这是一场淋湿了我们整个青春期的雨。我和叶紫继续保持原来的节奏在雨中漫步,每一滴雨都是包含蛋白质的有机体,都传递了我们曾经的青春密码。

叶紫终于停下脚步,顶着满头的水晶珠链,说:"我刚才去看我妈了,跟她说了案子的事。"我说:"是该有个交代了。"叶紫说:"我还跟你爸道歉了。"

我看着身穿蓝色碎花百褶裙的叶紫,正要说什么,我的手机响了,是赵卫国打来的。我走到一边接听电话。基本上都是赵卫国在说,我在安静地听。这些天他都没休息好,嗓子是嘶哑的,像在拉一把没有抹松香的二胡。案子破了后我去他的办公室汇报工作,发现挂在墙上的那张合影变样了,梁奇志被裁掉了,他把周鲲用PS给加上去了。

五分钟后,我接完电话回到叶紫身边,她问我:"有事吗?"我说:"工作上的事,不急,回去再处理。"叶紫说:"我好怕。"我问她:"怕什么?"叶紫找了一片紧邻水边的白沙滩,捡了一块青花瓷碎片塞到我手里,说:"把我生父的名字写在沙滩上面,好吗?如果是一个我讨厌的名字,就让潮水把它抹去,我就当它从没出现过。"

我凝视着那片白沙滩,它像一张自带清除功能的纸,每隔几秒浪就会涌上来,冲刷掉上面的一切痕迹。我紧捏着青花瓷,记忆中,我下笔从没这么艰难过,即使是面对我最头疼的几何题。叶紫说:"哎呀,你的手指流血了。"

我看了看指头,是被锋利的瓷片割破的。

叶紫问:"你们为什么迟迟不肯告诉我那个名字?"我说:"还没到时间。"叶紫有点急了:"你上次说案子破了就告诉我的,你说话不算数。"我说:"对不起,保密期延长了。"叶紫哭着问:"是不是那个人很不好?"我说:"恰恰相反,他值得你骄傲,一辈子引以为傲!"

叶紫泪眼婆娑地问:"你是不是在骗我?"

我扔掉手中的瓷片,轻轻擦去叶紫眼角的泪花,说:"十二年前我没骗过你,现在也不会。"叶紫握住我的手,抬头看着我说:"我相信你,这双被天使吻过的手,写出来的名字肯定也是美好的。"

我们牵着手,不约而同地朝一个地方走去。那座被青草覆盖的汉墓不再像一只胸罩了,它更像奶水丰盈的乳房,哺育了我们年少饥饿的时光。我和叶紫钻进墓室,很自然地拥抱到了一起。不仅是身体,我们的灵魂也在亲密接触的一瞬间相通了,没有任何电阻。这个深埋地下的世界中虽然没有灯,却明媚如白昼,是被我和叶紫身上发出的光照亮的。这是一种足以穿透地幔的光源,被辐射到的一切都会改变物理性质,发生化学反应。

我和叶紫像两只重生的蝴蝶，挣脱了坚硬如铁的蛹，顺着这道神奇的光，唱着歌，一路跋山涉水，风雨兼程，花了整整十二年，才飞进只属于我们的蝴蝶天堂。叶紫突然轻轻推开我，说："闭上眼睛，不许偷看。"我干脆转过身去，笑问："这下放心了吧？"

　　叶紫一只手搂着我的腰，一只手从我的腋窝下伸过来，好像拿着什么东西在我的鼻子前晃了晃，我感觉到了气流的细微变化。

　　叶紫问："知道是什么了吗？"

　　我闻到了一股菖蒲和艾叶的混合香，一开始只是丝丝缕缕，像是从写在竹简上的《离骚》里飘过来的。慢慢地，这种香气越来越浓烈，充盈了叶紫的整个身体，整个墓室，甚至整个世界。

　　叶紫说："是我在那条准备送你的红围巾里找到的。"

　　我一把将叶紫揽到胸前，她不说我也知道，这股气息渗透在我的每一个细胞中，我从来没有忘记过。

　　叶紫问："还没猜出来吗？"

　　"不用猜，就是我送你的那条汨罗江。"

　　我曾以为自己真的天生不会哭，说完这句话竟然泪流满面。

全书完